QUANDO AS ESTRELAS SE APAGAM

POR PAULA MCLAIN

Love and Ruin

Circling the Sun

The Paris Wife

A Ticket to Ride

PAULA McLAIN

QUANDO AS ESTRELAS SE APAGAM

Uma jovem desaparecida.
Uma detetive se escondendo do mundo.
Um caso do passado que as une.

Tradução de: Luiza Romagnoli

ALTA BOOKS
GRUPO EDITORIAL
Rio de Janeiro, 2023

Quando as Estrelas se Apagam

Copyright © 2023 da Starlin Alta Editora e Consultoria Eireli.
ISBN: 978-65-5520-749-1

Translated from original When the Stars Go Dark. Copyright © 2021 by Paula McLain | Maps copyright © 2021 by David Lindroth Inc. ISBN 978-0-5932-3789-2. This translation is published and sold by permission of Ballantine Books, an imprint of Random House, a division of Penguin Random House LLC, the owner of all rights to publish and sell the same. PORTUGUESE language edition published by Starlin Alta Editora e Consultoria Eireli, Copyright © 2023 by Starlin Alta Editora e Consultoria Eireli.

Impresso no Brasil – 1ª Edição, 2023 – Edição revisada conforme o Acordo Ortográfico da Língua Portuguesa de 2009.

Dados Internacionais de Catalogação na Publicação (CIP) de acordo com ISBD

M478q   McLain, Paula
          Quando as Estrelas se Apagam / Paula McLain; traduzido por Luiza Romagnoli. – Rio de Janeiro : Alta Books, 2023.
          384 p. ; 16cm x 23cm.

          Tradução de: When The Stars Go Dark.
          ISBN: 978-65-5520-749-1

          1. Literatura americana. 2. Ficção. I. Romagnoli, Luiza. II. Título.

                                        CDD 813
2022-1389   CDU 821.111(73)-3

Elaborado por Vagner Rodolfo da Silva - CRB-8/9410

Índice para catálogo sistemático:
1. Literatura americana : Ficção 813
2. Literatura americana : Ficção 821.111(73)-3

Produção Editorial
Editora Alta Books

Diretor Editorial
Anderson Vieira
anderson.vieira@altabooks.com.br

Editor
José Ruggeri
j.ruggeri@altabooks.com.br

Gerência Comercial
Claudio Lima
claudio@altabooks.com.br

Gerência Marketing
Andrea Guatiello
andrea@altabooks.com.br

Coordenação Comercial
Thiago Biaggi

Coordenação de Eventos
Viviane Paiva
comercial@altabooks.com.br

Coordenação ADM/Finc.
Solange Souza

Coordenação Logística
Waldir Rodrigues
logistica@altabooks.com.br

Direitos Autorais
Raquel Porto
rights@altabooks.com.br

Produtoras da Obra
Illysabelle Trajano
Maria de Lourdes Borges

Produtores Editoriais
Paulo Gomes
Thales Silva
Thiê Alves

Equipe Comercial
Adenir Gomes
Ana Carolina Marinho
Ana Claudia Lima
Daiana Costa
Everson Sete
Kaique Luiz
Luana Santos
Maira Conceição
Natasha Sales

Equipe Editorial
Andreza Moraes
Beatriz de Assis
Betânia Santos
Brenda Rodrigues
Caroline David
Henrique Waldez
Kelry Oliveira
Marcelli Ferreira
Mariana Portugal
Matheus Mello
Milena Soares

Marketing Editorial
Livia Carvalho
Marcelo Santos
Pedro Guimarães
Thiago Brito

Atuaram na edição desta obra:

Tradução
Luiza Romagnoli

Copidesque
Gabriela Araujo

Revisão Gramatical
Natália Pacheco
Ana Mota

Diagramação
Joyce Matos

Editora
afiliada à:

ASSOCIADO

ALTA BOOKS
GRUPO EDITORIAL

Rua Viúva Cláudio, 291 – Bairro Industrial do Jacaré
CEP: 20.970-031 – Rio de Janeiro (RJ)
Tels.: (21) 3278-8069 / 3278-8419
www.altabooks.com.br – altabooks@altabooks.com.br
Ouvidoria: ouvidoria@altabooks.com.br

Para Lori Keene, ali desde o primeiro momento

em que sonhei este sonho

Aqui está o mundo.

Coisas lindas e terríveis acontecerão.

Não tenha medo.

— Frederick Buechner

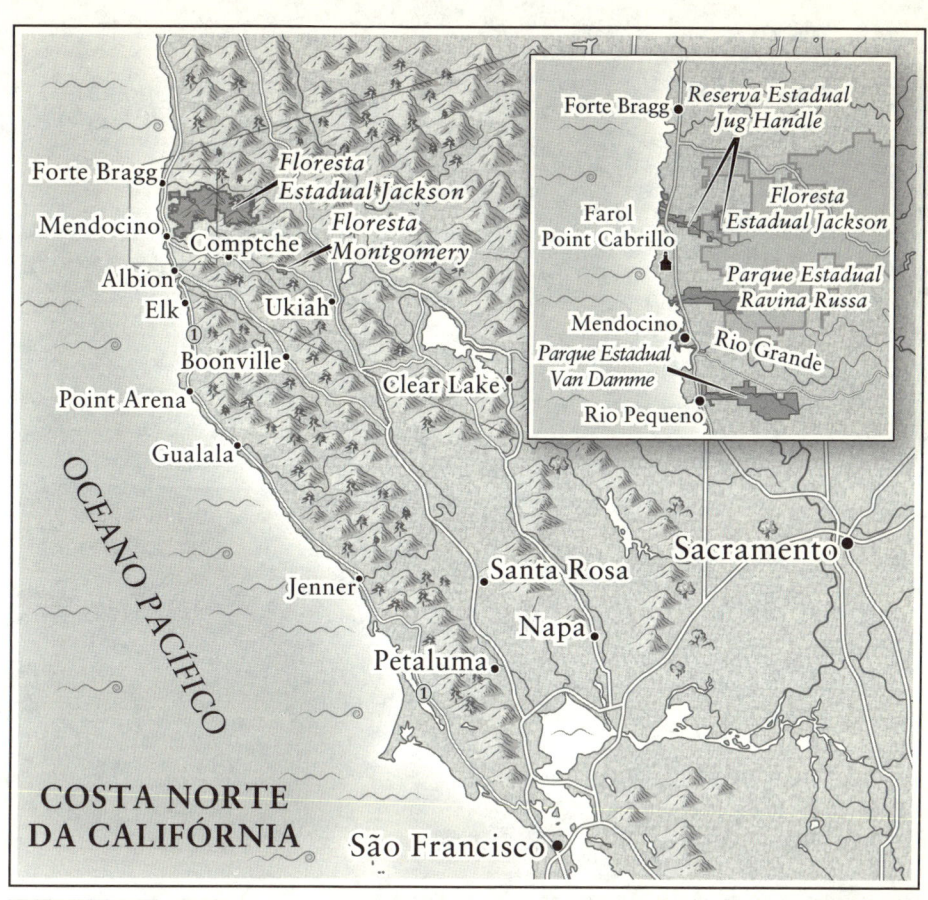

COSTA NORTE
DA CALIFÓRNIA

MENDOCINO

(prólogo)

A mãe que rasgou o vestido quando a polícia veio à sua casa com a notícia e que então correu rua abaixo usando apenas os sapatos, enquanto seus vizinhos, mesmo aqueles que a conheciam bem, escondiam-se atrás das portas e janelas, com medo do seu luto.

A mãe que agarrou a bolsa da filha enquanto a ambulância se afastava. A bolsa rosa e branca em formato de *poodle* e manchada de sangue.

A mãe que começou a cozinhar para os detetives e o padre da vizinhança enquanto eles ainda tentavam explicar o que havia acontecido; com as mãos em carne viva, cortava uma montanha de cebolas e lavava pratos em água fervente. Ninguém conseguia fazer com que ela se sentasse. Sentar-se significava que ela tinha que saber. Aceitar.

A mãe que deixou o necrotério depois de identificar o corpo da filha e entrou na frente de um bonde em movimento, o choque jogando-a seis metros para trás, as pontas dos dedos fumegando onde a corrente passou, os lábios pretos. Mas ela tinha sobrevivido.

A mãe que costumava ser uma atriz famosa, mas agora esperava por notícias como as geleiras esperam na outra ponta do globo: congelada e quieta, apenas metade viva.

✦❉✦

A mãe que eu era naquele dia de julho, de joelhos, enquanto o paramédico tentava se comunicar comigo usando palavras, frases, o meu nome. Eu não era capaz de largar o corpo da minha filha.

— Detetive Hart — disse ele repetidamente enquanto minha mente ofegava, despencando. Como se essa pessoa ainda pudesse existir.

1

SINAIS E VAPORES

(um)

A noite parece fragmentada enquanto deixo a cidade; por meio da névoa penetrante, um céu de setembro em ruínas. Atrás de mim, Potrero Hill é um trecho de praia morta, uma São Francisco completamente inconsciente ou absorta. Acima da linha das nuvens, uma esfera amarela assustadora está emergindo. É a lua, gigantesca e inchada, com a cor de limonada. Não consigo parar de observá-la erguendo-se cada vez mais alto, saturada de brilho, como uma ferida. Ou como uma porta totalmente iluminada pela dor.

Ninguém está vindo para me salvar. Ninguém pode salvar ninguém, embora eu já tenha acreditado no contrário. Acreditava em todo tipo de coisa, mas agora vejo que o único caminho a seguir é começar do zero, ou qualquer coisa que seja menos que zero. Tenho a mim mesma e mais ninguém. Tenho a estrada e essa névoa serpenteante. Tenho essa lua atormentada.

Dirijo até os marcos familiares ficarem para trás e paro de olhar pelo retrovisor para ver se alguém está me seguindo. Em Santa Rosa, o Hotel Travelodge fica escondido atrás de um estacionamento de supermercado; a área está vazia e iluminada como uma piscina à noite sem ninguém dentro. Quando toco a campainha, a gerente noturna faz um barulho vindo de uma sala nos fundos e logo aparece animada, enxugando as mãos num vestido de algodão chamativo.

— Tudo bem? — pergunta ela. A pergunta mais inofensiva do mundo, mas impossível de responder.

— Tudo bem.

Ela estende o cartão de registro e uma caneta roxa, a parte carnuda debaixo do braço se desenrolando como uma asa. Sinto o seu olhar em meu rosto, meu cabelo. Ela observa minhas mãos, lendo-me da cabeça aos pés.

— Anna Louise Hart. Que nome bonito.

— Quê?

— Você não gosta, querida? — A voz dela tem o som do Caribe, um tom rico e caloroso que me faz pensar que ela chama todo mundo de "querida", até eu.

É difícil não recuar diante de sua gentileza, ficar de pé sob o tom esverdeado da lâmpada fluorescente e anotar o número da minha placa; falar com ela como se fôssemos apenas duas pessoas em um lugar qualquer, vivendo sem uma única tristeza.

Ela finalmente me dá a chave e vou para o quarto, fechando a porta atrás de mim com alívio. Lá dentro, há uma cama, um abajur e uma daquelas cadeiras estranhas em que ninguém se senta. A má iluminação transforma tudo em retângulos opacos: o carpete de mau gosto, a colcha que parece de plástico e as cortinas com os ganchos faltando.

Deixo a mochila no centro da cama, removo a minha pistola Glock-19 e a coloco embaixo do travesseiro duro, sentindo-me segura de tê-la por perto, como se fosse uma velha amiga. Mas talvez seja mesmo. Então, pego uma muda de roupa e ligo o chuveiro, tomando cuidado para não olhar no espelho ao me despir, exceto para checar os seios, que endureceram como pedras. Ao tocar, percebo que a mama direita está quente, com uma protuberância vermelha e cheia de bolhas em torno do mamilo. Abro a torneira do chuveiro o mais quente possível e fico ali, sendo queimada viva, sem nenhum alívio.

Quando saio, pingando, coloco uma toalha debaixo da torneira antes de depositá-la no micro-ondas, ensopada, até que fique fumegante. O calor parece vulcânico quando pressiono o pano com força contra mim, chamuscando as mãos enquanto me curvo sobre o vaso sanitário, ainda nua. A carne solta em volta da minha cintura está elástica e macia contra meus braços, como um bote salva-vidas desinflado.

Com o cabelo molhado, vou à farmácia 24 horas, compro ataduras, uma bomba tira-leite, bolsas *ziplock* e uma garrafa de um litro de cerveja mexicana. Eles só têm uma bomba manual em estoque, estranha e lenta. De volta ao quarto, a televisão velha e pesada projeta sombras espalhadas na parede vazia. Bombeio com o som de uma novela espanhola, tentando me distrair da dor da sucção. Os atores fazem movimentos e expressões exagerados, confessando coisas uns aos outros enquanto trabalho em um seio e depois no outro, enchendo o reservatório duas vezes e depois esvaziando o leite em saquinhos que rotulo como 21/09/93.

Sei que deveria jogar tudo fora, mas não tenho coragem. Em vez disso, seguro os saquinhos por um tempo, assimilando seu significado antes de colocá-los no freezer do minibar e fechar a porta; pensando brevemente na empregada que irá encontrá-los, ou em algum caminhoneiro que tinha encalhado na estrada e procurava por gelo, sentindo repulsa ao abrir o minibar. O leite conta toda uma trama sórdida, embora eu não consiga imaginar nenhum estranho adivinhando tudo corretamente. Estou tendo dificuldade em entender e sou a personagem principal; sou eu quem escreve a história.

Pouco antes do amanhecer, acordo febril e me entupo de antitérmico, sentindo a garganta emperrar e queimar em volta das cápsulas. Um banner de notícias de última hora está passando na parte inferior da TV, e diz: *47 mortos confirmados em Big Bayou, Alabama. O acidente mais mortal da história da Amtrak.* Em algum momento no meio da noite, um barco rebocador saiu de curso no rio Mobile devido à densa neblina, lançando uma balsa contra a ponte Big Bayou Canot e deslocando a via em um metro. Depois de 8 minutos, o trem Amtrak Sunset Limited, que funcionava de acordo com o cronograma, viajando de Los Angeles a Miami, atingiu a fissura a 112 quilômetros por hora, arrancando os três primeiros carros, derrubando a ponte e rompendo o tanque de combustível. A Amtrak está acusando o motorista do rebocador de negligência. Vários membros da tripulação estão desaparecidos, e as equipes de resgate ainda estão trabalhando. O presidente Clinton deve visitar o local ainda hoje.

Clico para desligar o aparelho, desejando que o botão vermelho emborrachado do controle remoto pudesse funcionar para desligar tudo, por dentro e por fora. Caos, desespero e morte sem sentido. Trens avançando em direção a vãos e fissuras, todos a bordo dormindo e sem noção do que acontecia. Capitães de rebocadores no rio errado no momento exatamente errado.

Oito minutos, quero gritar. Mas quem iria me ouvir?

✦ ✕ ✦

(dois)

Certa vez, trabalhei em um caso de uma pessoa desaparecida: um menino que, mais tarde, encontramos em pedaços sob a varanda de sua avó em Noe Valley. A avó estava na tal varanda, sentada em uma cadeira de balanço que rangia, bem em cima do corpo, quando paramos em frente à residência. Por meses, o rosto dela ficou gravado em minha mente; as dobras da pele em torno de sua boca, o batom rosa fosco pintado acima da linha do lábio superior. A serenidade em seus olhos azuis lacrimejantes.

O neto dela, Jeremiah Price, tinha 4 anos. Ela o envenenou primeiro para que ele não se lembrasse da dor. "Lembrasse" nas palavras dela, a primeira palavra na trama que estava contando a si mesma sobre o que ela sentiu que precisava fazer. Mas a história só fazia sentido para ela e ninguém mais. Quando obtivemos sua confissão, fizemos a mesma pergunta repetidamente. *Por que você o matou?* E ela nunca nos contou.

Em meu quarto escuro no Travelodge, há um telefone rotativo na mesinha de cabeceira, barata e danificada, com a tarifa de chamadas de longa distância e instruções para a discagem. Brendan atende no segundo toque, a voz lenta e grossa, como se saísse do concreto. Eu o acordei.

— Onde você está?

— Santa Rosa. Não fui muito longe.

— Você deveria dormir um pouco. Está com uma voz horrível.

— Pois é. — Olho para as minhas pernas nuas sobre a coberta, sentindo a textura de palha de aço do tecido barato contra as coxas. Minha camiseta está úmida e amassada, grudada na nuca por conta do suor. Envolvi os seios em um torniquete de ataduras, e a dor, apesar de todo o Advil, é aguda a cada batida do coração, uma espécie de ecolocalização irregular. — Não sei o que fazer. Isso é horrível. Por que você está me punindo?

— Não estou, é só que... — Há uma pausa longa e carregada enquanto ele pondera as palavras. — Você tem que descobrir algumas coisas por conta própria.

— Como vou fazer isso?

— Não posso te ajudar. — Ele parece derrotado, prestes a sucumbir. Posso imaginá-lo no seu lado da nossa cama à luz do amanhecer, o corpo curvado sobre o telefone, uma mão no cabelo escuro e espesso. — Tenho tentado e estou *cansado*, sabe?

— Me deixa voltar para casa. Podemos consertar tudo.

— Como? — pergunta ele, ofegante. — Algumas coisas não podem ser consertadas, Anna. Vamos dar um tempo. Isso não precisa ser para sempre.

Porém, algo em seu tom me faz duvidar. Como se ele tivesse cortado o cordão, mas tivesse medo de reconhecer. Porque não sabe o que vou fazer.

— De quanto tempo estamos falando? Uma semana? Um mês? Um ano?

— Não sei. — Seu suspiro é desgastado. — Tenho que pensar em muita coisa.

Na cama ao meu lado, minha própria mão parece seca e rígida, como algo que pertence a um manequim em um shopping. Desvio o olhar, fixando-o em um ponto na parede.

— Você se lembra de quando nos casamos? Aquela viagem que fizemos?

Ele fica quieto por um minuto e em seguida diz:

— Eu me lembro.

— Dormimos no deserto debaixo daquele cacto enorme cheio de pássaros. Você disse que era um condomínio.

Outra pausa.

— Sim. — Ele não tem certeza de aonde isso vai dar, não tem certeza de que não perdi o juízo completamente.

Eu mesma não tenho tanta certeza.

— Aquele foi um dos nossos melhores dias. Eu estava realmente feliz.

— Sim. — Pelo telefone, a respiração dele acelera. — Acontece que não vejo essa mulher há muito tempo, Anna. Você não tem nos apoiado e sabe disso.

— Eu posso melhorar. Me deixa tentar.

O silêncio se espalha pelo receptor, envolvendo-me na cama enquanto espero a resposta dele.

Por fim, ele diz:

— Não confio em você. Não posso. — A clareza em sua voz é devastadora. A certeza. Por semanas, ele esteve tão bravo, mas isso é pior. Ele tomou uma decisão contra a qual não posso lutar, porque lhe dei todos os motivos para que se sentisse exatamente assim. — Se cuide, ok?

Sinto que estou oscilando à beira de um precipício sombrio. Houve momentos do nosso casamento em que ele teria me jogado uma corda.

— Brendan, por favor. Não posso perder tudo.

— Sinto muito — diz ele e desliga antes que eu possa falar outra coisa.

Quase duzentas pessoas compareceram ao velório, muitas delas uniformizadas. Colegas, amigos e estranhos bem-intencionados que leram a história no *Chronicle* e pensaram: *"não fosse a graça de Deus, ali estaria eu"*.

Fechei o zíper de um vestido que não conseguia nem sentir, estava tão chapada de ansiolítico que a roupa podia até ser feita de facas. Por trás de enormes óculos escuros, lia os lábios de Brendan enquanto dizia "obrigado" toda hora. De volta à casa, fiquei em um canto da cozinha, longe da quantidade agressiva de flores, dos bilhetes de pêsames, dos rostos abatidos em torno da mesa cheia de caçarolas e das travessas de queijo. Meu supervisor, Frank Leary, encontrou-me lá; nas mãos, um prato de comida que ele nem fingia querer.

— O que posso dizer, Anna? O que alguém pode dizer sobre algo tão terrível? — Sua voz normalmente era rouca, não suave assim. Desejei poder congelá-lo onde ele estava, ele e todos os outros, como se brincássemos de estátua, e ir embora. Em vez disso, apenas assenti.

— Obrigada.

— Você pode tirar o período de luto que precisar. Não se preocupe com nada, está bem?

A parede parecia se aproximar lentamente enquanto ele falava.

— Na verdade, estava pensando em voltar na próxima semana. Preciso de outra coisa em que me concentrar.

— Qual é, Anna. Não pode estar falando sério. É muito cedo. Você deveria pensar na sua família agora e cuidar de si mesma.

— Você não entende, Frank. — Podia ouvir minha voz estrangulada em torno das palavras e tentei diminuir o ritmo para soar menos desesperada. — Vou enlouquecer aqui sem nada para fazer. Por favor.

Ele ergueu as sobrancelhas e parecia prestes a me corrigir quando meu marido se aproximou. Frank se endireitou um pouco e estendeu a mão.

— Brendan. Dia difícil. Meus pêsames, cara. Me avise se houver algo que eu possa fazer.

— Obrigado, Frank. — A gravata de malha cinza de Brendan pendia frouxa na gola aberta de sua camisa, mas nada em seu corpo parecia remotamente relaxado enquanto parava entre mim e Frank e olhava de um para o outro, como se tentasse interpretar a energia ao redor.

— Então, o que está acontecendo aqui?

— Nada — menti de pronto. — Podemos falar sobre isso mais tarde.

— Eu ouvi. — Ele piscou rapidamente, o rosto enrubescendo. — Você não pode estar falando sério sobre querer voltar ao trabalho agora.

— Olhe — disse Frank, dando um passo à frente. — Falei a mesma coisa. Estou do seu lado.

— E quem está do *meu* lado? — Atrás de mim, a parede era lisa e fria contra a minha mão, mas de repente me senti enjaulada. Encurralada. — Só estou tentando superar isso, ok? Se não conseguir me distrair... — Não conseguia terminar a frase.

— Não acredito nisso! — Brendan comprimiu os lábios, as narinas dilatadas. — E nós? Que tal focar na sua família? Não merecemos isso de você? Especialmente depois do que aconteceu?

Foi como se ele tivesse me dado um tapa. Meu corpo congelou.

— Não foi isso o que eu quis dizer. — Pude ouvir como minha resposta soou rígida, muito na defensiva.

— Sim, foi sim.

Frank e eu o observamos dar meia-volta e abrir caminho pela sala cheia, com a cabeça baixa.

— Você deveria ir atrás dele. Ele só está de luto. As pessoas dizem todo tipo de coisa quando estão sofrendo.

— *Pessoas*, Frank? E quanto ao *meu* sofrimento? — Dentro do meu peito, tudo parecia sufocante, selado a vácuo. — Você também me culpa, não é? Diga logo.

(três)

A temperatura do ar parece a da água do banho quando saio de Santa Rosa e o sol brilha obscenamente. Até o estacionamento malcuidado do hotel é um jardim; meia dúzia de árvores-da-seda com flores emplumadas na cor fúcsia. Há pássaros por toda a parte – nos galhos, no céu limpo, no quiosque em neon do *drive thru* Jack in the Box, onde três filhotes peludos me olham de um ninho formado por embalagens de canudos, as gargantas tão rosadas e abertas que dói olhar para eles.

Peço um café grande e um sanduíche de ovo que não posso comer antes de seguir para a Rota 116, que me levará pelo Vale do Rio Russo até a costa. Jenner é a cidade ali, mais um cartão-postal do que um vilarejo de verdade. Bem abaixo, Goat Rock parece uma bola de brinquedo gigante e rústica contra o azul vertiginoso do Pacífico, o tipo de truque de mágica que o norte da Califórnia parece fazer de olhos fechados .

Em 35 anos, nunca deixei o estado ou morei em qualquer lugar ao sul de Oakland, e, ainda assim, a beleza ainda me impacta. Uma beleza estúpida, espontânea e ridícula, que se mantém indefinidamente – a montanha--russa da Estrada da Costa do Pacífico, o mar semelhante a uma bofetada de cores selvagens.

Paro e estaciono em um pequeno e rígido acostamento oval, cruzando as duas pistas até alcançar um lugar aberto acima de arbustos retorcidos, rochas pretas serrilhadas e rajadas de espuma pontiaguda. O mergulho é dramático. Atordoante. O vento vem até mim, arranhando cada camada de roupa de modo que tenho que me abraçar, tremendo. Então meu rosto está molhado de repente, as lágrimas surgindo pela primeira vez em semanas. Elas não surgem por causa do que fiz ou não fiz. Ou do que perdi e nunca poderei ter de volta, mas surgem porque há apenas um lugar para onde posso ir a partir daqui, percebo, a única estrada no mapa que significa algo para mim agora. O caminho de volta para casa.

Por dezessete anos, fiquei longe de Mendocino, trancando o lugar dentro de mim como algo precioso demais para sequer olhar. Agora, porém, na beira deste penhasco, parece que é a única coisa que me mantém viva, a única coisa que sempre foi minha.

Se parar para pensar, a maioria de nós quase não tem escolha sobre o que vai se tornar ou quem vai amar, ou qual lugar na Terra nos escolhe, tornando-se um lar.

Tudo o que podemos fazer é ir quando formos chamados e rezar para que ainda sejamos acolhidos.

✦ ◼ ✦

Quando chego a Albion algumas horas depois, a névoa costeira encobriu o sol. Ela gira à frente dos meus faróis baixos, fazendo tudo desaparecer e reaparecer: a estrada costeira sinuosa, os pinheiros agrupados e, então, a cidade, finalmente, como algo saído de uma fábula sombria – casas vitorianas flutuando, brancas, à deriva sobre os promontórios, a névoa ao redor estremecendo e se dissipando, parecendo respirar.

Sinto uma pressão conforme cada curva sinuosa me leva para mais perto do passado. As formas das árvores parecem ecoar. Os sinais de trânsito e a longa ponte úmida também. Estou quase em cima do semáforo quando percebo e tenho que abrir o caminho, correndo pelo sinal amarelo em direção à Estrada Lago Pequeno. Então sigo a intuição, guiando-me exclusivamente pela memória muscular.

Virando à esquerda na Rua Lansing, sinto como se estivesse me espremendo pelas dobras do tempo. Acima da linha do telhado do Salão Maçônico e contra um céu transparente, as figuras da estátua *O Tempo e a Donzela* se erguem nítidas e brancas, a coisa mais icônica da vila. Uma figura idosa, barbada, com asas e uma foice, trançando o cabelo de uma garota à sua frente. A cabeça dela inclina-se sobre um livro apoiado em uma coluna quebrada, um galho de acácia em uma das mãos, uma urna na outra e uma ampulheta perto dos pés – cada objeto é um símbolo enigmático em um quebra-cabeça maior. A escultura inteira como um mistério à vista de todos.

Certa vez, quando tinha dez anos, logo depois de vir morar em Mendocino, perguntei a Hap o que a estátua significava. Em vez de responder, ele sorriu e me contou a história de como um jovem operário e carpinteiro chamado Erick Albertson a esculpiu de um único pedaço de sequoia-vermelha em meados de 1800, trabalhando à noite em sua cabana na praia. Durante esse tempo, ele se tornou o primeiro mestre da Ordem Maçônica de Mendocino, mas nunca parou de trabalhar em sua obra-prima. Levou sete anos ao todo e, então, algum tempo depois que a escultura foi erguida em 1866, ele morreu em um estranho acidente que os livros de história não podiam explicar propriamente.

Hap era membro da Ordem Maçônica há décadas, por mais tempo ainda do que era guarda-florestal. Presumi que ele sabia de tudo, tudo o que havia para saber. Mas quando lhe perguntei como o falecimento de Albertson estava relacionado às figuras e o que elas significavam, ele me olhou de soslaio.

— A morte de Albertson não tem nada a ver com você. E, de qualquer forma, aconteceu há muito tempo. Os símbolos não fariam sentido mesmo se eu explicasse. Eles contam uma história conhecida apenas pelos maçons, nunca escrita, apenas transmitida oralmente quando estes galgam o Terceiro Grau.

Fiquei ainda mais intrigada.

— O que é o Terceiro Grau?

— O que você está me dando agora — disse ele e se afastou antes mesmo que eu entendesse a piada.

✦✕✦

Estaciono, coloco um boné de beisebol e óculos escuros antes de sair para a rua fria e úmida. É difícil imaginar qualquer pessoa local me reconhecendo como uma mulher adulta, mas os jornais de São Francisco são amplamente lidos aqui, e, ocasionalmente, meus casos foram parar no *Chronicle*. Aliás, o acidente também.

No Mercado de Mendosa, mantenho a cabeça baixa, tentando pegar apenas o essencial, verduras em lata, alimentos não perecíveis, coisas fáceis de preparar. Mas parte de mim se sente presa no rolo giratório de um filme antigo. Parece que eu estava aqui, bem aqui perto da geladeira iluminada cheia de leite enquanto Hap estendia a mão para pegar um galão frio e o abria, bebendo no gargalo e piscando para mim antes de colocá-lo em minhas mãos. Então ele estava empurrando o carrinho de novo, manobrando com os cotovelos, inclinando-se sobre a cesta. Calmamente, como se tivéssemos todo o tempo do mundo.

Mas ninguém tem isso.

Quando termino de pegar o que preciso, pago em dinheiro, colocando as sacolas na parte de trás do meu Ford Bronco antes de descer a rua em direção ao Café GoodLife. Quando eu morava aqui, tinha outro nome, mas não me lembro qual, e não faz diferença. O som, a forma e o cheiro do lugar se encaixam perfeitamente na minha memória. Peço um café e uma tigela de sopa, em seguida me sento próximo à janela de frente para a rua, reconfortada pelos barulhos ao meu redor; o som de pratos sendo reunidos em caixas plásticas, grãos frescos no moedor, conversas amigáveis. Então, por cima do ombro, ouço dois homens discutindo.

— Você realmente não acredita em toda essa besteira, não é? — grita um para o outro. — Videntes e outras baboseiras? Você sabe quanto dinheiro essa família tem. Ela só quer uma fatia. Diabos, eu não a culpo.

— E se ela realmente souber de algo e ninguém der continuidade? — profere o outro homem de volta. — A menina pode estar sangrando em algum lugar ou coisa pior.

— Ela provavelmente já está morta.

— Qual o seu problema? Ela é uma *pessoa*. Uma criança.

— Filha de uma pessoa famosa.

— Isso não quer dizer nada. E se a vidente estiver dizendo a verdade? Você nunca viu ou ouviu algo que não pôde explicar?

— Não. Não posso dizer que já.

— Então você não está prestando atenção.

Ouvi-los me traz uma sensação aérea de desamparo. Pago o café e a sopa, com cuidado para não olhar na direção deles, e vou até o quadro de mensagens na parede oposta. Sempre fez parte do nosso ritual de manhã, do Hap e do meu. Ele tinha a mania de se inclinar para trás em vez de para a frente enquanto examinava o quadro, uma caneca toda branca na mão, os olhos buscando por algo que ainda não tinha se destacado.

— Quanto você acha que pode saber sobre uma cidade desse tamanho? — perguntou-me uma vez, logo no início. Tinha morado em cidades maiores e mais sombrias em todo o condado de Mendocino. Em comparação, a vila era nova em folha, com apenas quinze ruas que até tinham nomes. Na minha cabeça, parecia uma casa de boneca que se podia abrir como uma mala e espiar dentro, cômodo por cômodo.

— Tudo.

— Pessoas que você vê todos os dias? Casas pelas quais passa mil vezes sem reparar?

— Acho que sim.

— Pense, Anna. O que cria um ponto cego?

Ele fazia referência às ocasiões em que dirigíamos.

— Quando alguém está bem no seu ombro, perto demais para ver. Isso também funciona para as pessoas. Qualquer pessoa sob seu nariz simplesmente desaparece. Essa é a zona de perigo, bem ao seu lado. Em quem você mais confia.

Eu estava ouvindo-o, com bastante atenção. Desde que conseguia me lembrar, as pessoas sempre me diziam que eu devia confiar nelas: assistentes sociais, professores e estranhos; todos dizendo uma versão da mesma coisa, que eu deveria baixar a guarda e me abrir. Mas o mundo estava me mostrando o oposto, e, agora, Hap também.

— Qual é o segredo, então?

— Não há segredo. Fique de olhos bem abertos. O tempo todo, mas especialmente quando pensar que não pode se surpreender. É aí que você aprende a prestar atenção, a ouvir a sua própria voz.

— E quanto às outras pessoas?

— Eles vão ganhar sua confiança, ou não.

Ele se referia a si mesmo e à sua esposa, Eden, também. Outro tipo de menina de 10 anos com um conjunto diferente de experiências poderia ter ficado nervosa ao ouvir isso, mas fiquei aliviada. Ele ainda não confiava em mim, e eu não confiava nele. Finalmente, alguém que não tentava fingir que as coisas eram fáceis. Finalmente alguém que decidiu contar a verdade.

O nome do café pode ter mudado, mas o quadro de mensagens, não. Vasculho as postagens lentamente, pedaços brilhantes de papel colorido divulgando aulas de violão, leituras de mãos e jardinagem. Alguém está procurando um modelo para posar para um artista. Outra pessoa quer lenha de graça. Levo um tempo lendo as mensagens uma por uma até chegar à garota desaparecida, seu lindo rosto perdido sob as palavras "VOCÊ ME VIU?"

Cameron Curtis
Idade: 15 anos
Vista pela última vez: 21/09
Camisa de flanela vermelha, jeans preto
1,63m, 47kg
Cabelo preto comprido, olhos castanho-escuros
Pistas: 724-555-9641
Recompensa substancial oferecida

Ontem, 21 de setembro, o dia em que Brendan finalmente se cansou e pediu que eu fosse embora. A coincidência me deixa trêmula quando olho para a garota novamente, seu olhar escuro e sério, o cabelo caindo até a cintura, bela demais para que ficar segura em qualquer lugar por muito tempo. A curva de sua boca me diz que coisas muito ruins aconteceram com ela, mesmo antes de ela desaparecer. Já vi muitas como ela para acreditar no contrário. Mas aqui não é São Francisco, onde folhetos de adolescentes desaparecidos estão espalhados em todos os quiosques de bondes, uma visão tão familiar que acaba ficando transparente. Em um lugar pequeno como Mendocino, sei muito bem que qualquer ato de violência é pessoal. Todos vão sentir. Todos serão afetados.

Olho para a garota por mais um momento e, em seguida, pego o número de uma cabana para alugar, logo abaixo do pôster de desaparecida. O lugar fica a onze quilômetros da cidade e custa quatrocentos dólares por mês. Quando ligo para o proprietário, Kirk, ele explica que não há serviço de TV, linha telefônica ou aquecimento central.

— É o que você chamaria de esqueleto — diz ele. — Mas é um bom refúgio, se gosta de coisas tranquilas.

— Eu gosto.

(quatro)

A primeira vez que vi Mendocino, nem parecia um lugar real. As ruas limpas estavam alinhadas com casas no estilo *gingerbread*, a maioria delas brancas com luxuosas decorações e cercas de estacas. A cidade inteira se estendia na encosta desgrenhada e arredondada contra o Pacífico, era tão pequena que conseguíamos observar tudo de uma vez: uma mercearia, um punhado de lojas charmosas, dois cemitérios e uma escola primária.

— O que são aquelas coisas? — perguntei a Hap, apontando para uma torre de madeira com laterais quadradas, grudada em uma casa vizinha. A Sra. Stephens, minha assistente social, tinha acabado de sair, e estávamos no jardim do Hap e da Eden, na Rua Covelo.

— São casas-tanque — explicou Eden. — Torres de água. — Seu corpo era macio, redondo e cheirava a talco, enquanto Hap era alto e forte, com ombros largos e bigode em formato de guidão. Se ele parecia um cowboy, ela parecia uma avó, mas não era uma, eu tinha acabado de descobrir. Eles ofereciam lar temporário para muitas crianças, mas nunca tiveram filhos.

A casa deles era linda, grande e em estilo vitoriano, parecia um navio. O segundo andar era mais largo do que o primeiro, com janelas frontais arredondadas voltadas para os promontórios; havia uma extensão enorme de grama dourada e ciprestes retorcidos pelo vento.

Enquanto estávamos ali parados, apenas sentindo um ao outro e este novo ajuste, o sol estava se pondo no jardim da frente.

Eu tinha acabado de chegar de Forte Bragg, de uma pequena e triste caixa que chamava de casa, perto da base do exército. De lá, também dava para ver o oceano, mas não desse jeito. Nada que eu já tivesse visto era desse jeito. O sol deslizava para o Pacífico como se estivesse derretendo lentamente, uma bola de caramelo laranja e rosa que parecia pulsar do centro, como um coração batendo. Eu não conseguia tirar os olhos dele.

Então, assim que o sol desapareceu por completo, houve um súbito clarão verde.

— Isso é boa sorte — disse Eden.

Eu não acreditava mais na sorte, mas *algo* estava acontecendo. Mendocino já tinha começado a me atrair, como a gravidade.

Seguindo as instruções de Kirk, saio da vila na Estrada Lago Pequeno. Oito quilômetros depois, o asfalto da estrada se transforma em terra e cascalho. Abetos, pinheiros e coníferas Sitka spruce se fecham ao meu redor, vindo de todas as direções, árvores de contos de fada com pontas pretas que tecem sombras do nada, noite no meio do dia – como se tivessem roubado toda a luz e a escondido em algum lugar. Deus, como eu senti falta delas.

Depois de mais quatro quilômetros, viro uma curva acentuada à esquerda marcada com uma bandeira vermelha e uma placa de madeira gasta com o aviso: ACESSO PROIBIDO. A pista de terra encolhe à medida que desce uma colina íngreme por quase quinhentos metros. Então vejo a entrada de automóveis e a silhueta da cabana de cedro piscando através de um bosque de pinheiros altos e densos. Parece um lugar onde um eremita viveria, como uma ilha nas árvores, uma caverna para desaparecer. É perfeito.

Kirk está esperando por mim na varanda. Ele parece estar na casa dos 60 anos, com os ombros rígidos e os cabelos grisalhos, curtos e espetados, como em um corte militar. Seu rosto é angular, e seus olhos parecem duros, mesmo quando sorri. Ele acena suavemente com as chaves na mão.

— Foi difícil achar o lugar?

— Nem tanto. — Percebo que a varanda está arrumada, com lenha empilhada quase até o parapeito de um lado da janela. — Isso era uma cabana de caça?

— Já foi, acho. Era da família da minha esposa. Agora alugo quando posso. — Sinto que ele me analisa, perguntando-se sobre a minha história. — A maioria das pessoas quer muito mais, uma escapada romântica. Esse tipo de coisa.

Apenas concordo com a cabeça e sigo atrás dele. A sala principal é sombria, cheia de painéis escuros e cheira a camundongo, um odor ligeiramente adocicado e podre, quase selvagem. Um fogão a lenha redondo está posicionado em um canto, manchado pelo uso. Cortinas de chita cor-de-rosa emolduram as janelas da minúscula cozinha, onde há uma pia digna de uma casa de boneca, um balcão com tábua de lavar e uma geladeira mais adequada para um dormitório. Um único pano de prato puído está pendurado em um gancho de metal.

— Você pode ver que tem tudo de que precisa aqui — disse Kirk.

Se ele soubesse como preciso de pouco. O quanto.

Saindo da sala de estar, o banheiro escuro tem um chuveiro do tamanho de um armário com uma porta de vidro fosco barato. O quarto individual parece ser uma adição tardia. Quando entro, a soleira cede como uma esponja, mas o quarto em si parece sólido o suficiente; com uma cama de casal de estrutura metálica e uma cômoda simples com um abajur. Uma janela panorâmica voltada para a parede sul dá para uma densa floresta desenhada contra a luz fraca. *O ocaso* era como Eden sempre se referia a essa hora do dia, um termo estranho que significava "brilhar", mesmo quando se referia à escuridão.

— Pode ficar bem frio à noite — disse Kirk. — Aconselho a manter um fogo aceso enquanto estiver aqui. Pode usar quanta madeira quiser, contanto que corte mais. Esse aquecedor consome propano. — Ele gesticula para a unidade contra a parede. — Qualquer coisa que usar, precisa reabastecer na cidade.

— Tudo bem — asseguro, só querendo ficar sozinha agora.

Mas tem mais. O chuveiro tem torneiras complicadas, com os registros de quente e frio invertidos. A chaminé do fogão a lenha precisa de um empurrãozinho de vez em quando. Ele me mostra como usar o gerador se faltar energia, o que ele avisa que às vezes acontece.

— Os madeireiros cortaram as linhas. Acho que passam mais tempo bêbados do que sóbrios. A maneira como eles dirigem nessas estradas, é bom ficar de olho. E mantenha tudo trancado à noite, também. Uma mulher sozinha, digo... — Sua voz falha e diminui como se tivesse acabado de perceber que cruzava uma linha invisível para o íntimo e pessoal.

— Vou ficar bem. — A irritação é notória em minha voz.

Kirk tosse sem jeito.

— É claro que vai.

Quando ele finalmente sai, a cabana fica silenciosa. Tiro as poucas coisas de dentro da mochila e saio para a varanda no crepúsculo frio e roxo. Os espaços entre as árvores se contraíram. Respiro a quietude e, por um frágil momento, permito-me pensar na vida que acabei de deixar – não por escolha própria –, em Brendan e nossa cozinha bagunçada, nos brinquedos espalhados por toda a parte, na banheira de bebê virada na pia, nos nossos nomes lado a lado na caixa de correio, como um talismã que falhou em seu propósito. Passamos sete anos juntos – não foi o suficiente –, mas ele estava certo em dizer que não estive ao seu lado. Não estive mesmo.

Acima de mim, procuro a lua nas fendas irregulares das copas das árvores, mas não consigo encontrá-la. Uma coruja grita e emite um ritmo trêmulo de pios a distância. De longe, um cachorro começa a latir, parecendo melancólico. Ou é um coiote? A temperatura despencou. Usando só uma camisa de flanela e casaco, começo a tremer, imaginando a queda de temperatura antes do amanhecer e se a garota tem um cobertor ou uma lareira onde quer que esteja.

A garota.

Não tenho ideia de onde veio o pensamento, mas imediatamente tento afastá-lo. Meu mundo inteiro ainda está ruindo atrás de mim por causa de garotas como Cameron Curtis. Os desaparecidos e os machucados, as histórias deles me atraindo como o canto da sereia. Nos últimos anos, tenho trabalhado para uma iniciativa na região da Baía de São Francisco, chamada de Projeto Farol, com foco em crimes sexuais e crimes contra crianças que foram sequestradas e assassinadas por estranhos, levadas e subjugadas por seus próprios familiares, ou visadas por cafetões e monstros, vendidas e revendidas de modo invisível.

É o trabalho mais difícil que já fiz e o mais importante, mesmo que Brendan nunca possa me perdoar. E sou boa nele. Com o tempo, desenvolvi uma espécie de radar para vítimas, e Cameron Curtis é bem familiar, quase como se um sinal em neon brilhasse sobre a cabeça dela, telegrafando sua história, sua vulnerabilidade. E não apenas para mim. Não importa como o sinal tenha chegado lá, sei que os predadores também podem vê-lo, com um brilho intenso e inconfundível.

Penso na família da garota, afogados em preocupação e pavor. Penso em como Cameron deve ter se sentido solitária e perdida por anos, até desesperada – desconectada. Como a tristeza e a vergonha são mais do que sentimentos; são uma doença, um câncer terrível que se espalha pelo mundo, tirando vidas de uma forma cíclica e oculta, que pode nunca ter fim.

Quando o ganido vem de novo, sobressalto-me. Definitivamente, é um coiote. Mais do que qualquer outro animal nesta floresta, eles parecem quase humanos – frios, solitários e famintos. Até mesmo assustados. Chorando sem parar.

✦ ✦ ✦

(cinco)

Naquela noite, flutuo como se não tivesse corpo, acima de um crescente branco de uma praia enquanto alguém tropeça, correndo por meio de um emaranhado de algas e sombras. Mas não há para onde ir. É uma menina, óbvio. Ela tropeça e cai de joelhos, fica de pé e cai novamente, cambaleando para trás sobre as mãos, gritando e tremendo. Então ela se acalma de repente. Assim como um animal faz quando sabe que a perseguição acabou.

Acordo com um sobressalto. Meu coração bate forte, e minha pele está pegajosa de suor. A febre deve ter voltado. Jogo os cobertores ásperos para o lado. Sob o suéter grosso, meus seios ainda estão presos no torniquete, mas o inchaço não diminuiu. A dor é suave, mas constante. Um ponto de ancoragem latejante.

À minha volta, a escuridão está fria como gelo e parece formar uma poça. Tinha me esquecido de como é dormir na floresta, totalmente isolada, sem luz, barulho da rua ou vizinhos. Calço um segundo par de meias e saio para a sala principal, onde o micro-ondas piscando me diz que ainda não são 4 horas da manhã. Dormi por cinco horas, talvez. Desmaiei é a palavra certa.

Encontro um pouco de Ibuprofeno e outro comprimido para dormir, engolindo-os com uísque, na esperança de tirar o pesadelo da cabeça. Só posso presumir que a garota era Cameron Curtis. Meu subconsciente está criando uma versão de seu desaparecimento, preso no drama que sempre me preocupou, muito antes de eu me tornar uma detetive. É como se gritos de socorro, que estão sempre ecoando na atmosfera, fossem amplificados quando cruzam meu caminho. E grudam nos ouvidos. Como se pertencessem a mim de alguma forma, e eu não tivesse como evitá-los, nenhuma escolha a não ser tentar respondê-los.

✦ ✕ ✦

A primeira coisa que vejo quando acordo várias horas depois é a garrafa de bebida pela metade no chão, ao lado do sofá, e minhas meias enroladas na mesinha de centro. Atrás dos olhos, sinto a ressaca pulsar. Se Hap estivesse aqui, ele ficaria preocupado em me ver bebendo tanto. Ele também já estaria vestido, com o rosto lavado e com o café no fogo. Ele adorava manhãs e ficar acordado até tarde também. Às vezes eu me perguntava se sequer dormia, mas era reconfortante pensar que ele sempre estaria lá se eu precisasse, acordado e pronto. Queria que isso ainda fosse verdade.

Visto-me em camadas, sentindo o botão de cima da calça jeans afundando na carne macia da cintura. As pontas dos meus dedos roçam a pele enrugada, como o tecido de uma cicatriz recente. Prendo o cabelo para trás sem me olhar no espelho e, em seguida, encho a garrafa térmica com café antes de trancar a porta da cabana atrás de mim e voltar para a cidade.

Quando chego à estrada costeira, viro o carro para o norte em direção a Caspar e ao Rio Jug Handle, um dos lugares favoritos do Hap para caminhadas diurnas. Quando eu tinha 11 anos, Hap e muitos dos guardas-florestais com quem trabalhava se juntaram a ativistas locais para proteger os penhascos da exploração madeireira e do desenvolvimento imobiliário – e venceram. Um legado do qual toda a área se orgulhava. Hap tinha apenas 20 anos quando começou a trabalhar para o Serviço Florestal dos Estados Unidos, subindo na hierarquia até se tornar diretor-chefe, não muito depois de eu vir morar com eles, supervisionando dezenas de guardas-florestais e vinte mil hectares de terras de propriedade federal.

Seu trabalho era importante e às vezes perigoso. As histórias que ele contava eram repletas de acidentes de caça e aventureiros em apuros, de adolescentes azuis e sem vida, retirados de pedreiras escondidas. Ele sabia o que um urso-negro agressivo poderia fazer a um homem e o que os homens podiam fazer uns aos outros em meio àquela imensidão.

Ao longo dos oito anos que morei em Mendocino com os Straters, tornei-me aluna e ajudante de Hap, eu era a sua sombra. A princípio, não entendi por que ele queria passar tanto tempo comigo ou por que ele e Eden me acolheram. Eu já tinha passado por meia dúzia de casas, e nenhuma tinha vingado. Por que aqui seria diferente? Levei tempo e vários falsos recomeços para acreditar que Hap e Eden eram o que pareciam ser na superfície, apenas pessoas decentes, dedicadas a serem gentis porque podiam. Eu os testei e forcei a barra, tentando incitá-los a me mandar embora como todo o mundo tinha feito. Uma vez, fugi e dormi na floresta, esperando para ver se Hap iria me procurar. Quando ele foi, pensei que ficaria zangado ou farto das minhas bobagens, mas não. Ele apenas olhou para mim, toda molhada e enlameada, tremendo depois de passar a noite no chão.

Levando-me de volta para a caminhonete, ele disse:

— Se vai ficar aqui fora sozinha, vai ter que aprender algumas coisas, para que possa cuidar de si mesma.

— Já sei cuidar de mim mesma — falei, entrando na defensiva.

— As coisas têm sido difíceis para você, eu sei. Você teve que ser durona para suportar, mas resistência não é a mesma coisa que força, Anna.

Era como se ele tivesse direcionado uma luz diretamente para meus olhos, mirado bem na fenda do meu coração, que eu achava ter escondido.

— Como assim?

Tínhamos chegado à caminhonete e entrado nela. Ele se acomodou ao volante, parecia não ter pressa em responder à minha pergunta. Finalmente, ele se virou para mim e falou:

— Linda nos contou o que aconteceu com sua mãe, querida.

Linda era a Sra. Stephens, minha assistente social. Tudo o que eu podia fazer agora era fingir que não me importava com o que ele sabia ou não, o que ele pensava de mim ou não.

— E daí?

— Não consigo nem imaginar o que deve ter sido para uma criança da sua idade. Honestamente. Isso parte meu coração.

Quaisquer pensamentos que estivessem na minha cabeça naquele momento desapareceram com um estalo forçado. No piloto automático, aproximei-me mais da maçaneta da porta.

Hap percebeu e ficou muito quieto. Apenas os olhos dele pareciam se mover, e eles viam tudo.

— Não vou te impedir se quiser fugir, mas, se puder nos dar uma chance e ficar, posso te ensinar coisas que poderão ser úteis mais tarde. Coisas que me ajudaram. Sobre estar na floresta.

Mantive meus olhos no para-brisa dianteiro, na camada de poeira acima das escovas do limpador, dando de ombros para que ele soubesse que não tinha toda a minha atenção.

— A natureza exige nosso respeito, Anna. Ela tem um lado brutal com certeza, mas, se você aprender a língua dela, encontrará paz e conforto também. É o melhor tipo de remédio que conheço.

— Estou bem assim como estou. — Eu o encarei, desafiando-o a dizer o contrário.

— Sem dúvidas. Mas que tal uma lição antes de voltarmos para casa? Posso te ensinar como encontrar o Norte de verdade. Isso é fácil.

Eu queria dizer sim, mas a palavra tinha ficado presa há muito tempo; presa e fixa como uma bola de gude no meio da minha garganta. Em vez disso, afastei a mão da porta e a coloquei sobre o colo.

— Ou talvez mais tarde — disse ele. — Isso pode esperar. Vamos para casa.

Naquela noite, antes de dormir, ele me deu um livro encadernado em tecido chamado *Sobrevivência Básica na Vida Selvagem*. Eu o empurrei para dentro de uma gaveta na mesa de cabeceira, mas tirei-o novamente assim que Hap saiu do quarto, examinando os títulos dos capítulos: "Sinalização", "Sustento", "Abrigo", "Nós e Amarras". Fiquei acordada até depois da meia-noite, devorando o livro. Havia instruções detalhadas para testar a comestibilidade de plantas e insetos, estabelecer armadilhas, construir abrigos simples e capturar peixes com as mãos. Havia uma nomenclatura de mapas e bússolas para aprender orientações de campo e considerações de terreno, como fazer fogueiras, proteção pessoal, tratamento de feridas, adaptabilidade, superação de estresse, hipotermia e medo.

Não entendi por que fui atraída por esses cenários, pelo menos não naquela época, mas eles falaram comigo no nível mais profundo. Hap era um homem sábio. Ele deve ter adivinhado desde o início que essa seria a maneira de falar comigo, de sobrevivente para sobrevivente.

Paro no pequeno lote no início da trilha, amarrando duas vezes as botas pesadas, fecho o zíper da jaqueta corta-vento até o queixo e saio, contornando o início da trilha principal para seguir uma rota menos conhecida para a curva do promontório. Depois de 800 metros, chego a um denso bosque de ciprestes e passo por uma fenda estreita nas árvores, colocando a mão na frente do rosto para afastar as teias de aranha que sei que estão lá, embora não possa vê-las. Meus dedos ainda estão pegajosos das teias enquanto faço o caminho mata adentro, e então o tempo também se torna pegajoso. Tenho 10 ou 11 anos de novo, descobrindo o caminho secreto pelo bosque pela primeira vez.

"*Krummholz*" é a palavra para esse tipo de vegetação, aprendi em uma das aulas de Hap, um termo em alemão que significa "madeira curvada". Ao longo de muitas décadas, o clima severo esculpiu as árvores em formas grotescas. O vento rico em sal vindo do norte mata as pontas dos galhos, forçando-os a envergarem e se retorcerem, lançando-se contra o solo em vez de ao céu. Eles são um desenho vivo da adaptação, da inteligência e da resiliência da natureza. Eles não deveriam ser capazes de continuar crescendo dessa maneira e, ainda assim, crescem.

No bosque, sinto uma saudade repentina e aguda de Hap. De toda a beleza que ele me mostrou e a feiura também. De como ele revelou o mundo, de novo e de novo, confiando em mim a ponto de me deixar participar. Estar aqui me faz sentir mais perto dele e muito mais perto das respostas que vim buscar, da maneira como talvez possa me recompor, como um quebra-cabeça esparramado e estilhaçado.

Fecho os olhos, tentando manter tudo parado – a luz fina e sobressalente e o cheiro denso de musgo. Mas quando o faço, um pensamento surge como se estivesse em uma tela de cinema escurecida; um lampejo de imagem residual, rápido e escuro. *Este lugar é perfeito para enterrar um corpo.*

Cameron Curtis surge na superfície da minha mente, enquanto o calor e o sangue formigam em minhas mãos ao apertá-las. Os grandes olhos castanhos que conheceram coisas difíceis. O conjunto teimosamente esperançoso de sua boca e seus longos cabelos escuros. Não parece importar que eu tenha falhado com outras pessoas como ela, e com eu mesma ao longo do caminho, ou que provavelmente já seja tarde demais. Ela está aqui.

Estou quase tropeçando quando recuo pela fenda, em direção ao promontório, caminhando cada vez mais rápido ao longo da trilha vazia, até a beira da falésia, onde o vento é tão forte que quase me derruba. Lá embaixo, quatro corvos-marinhos oleosos se fixam em uma rocha preta e irregular, os pescoços entranhados para trás contra o corpo como se fossem ganchos. As ondas balançam ao redor deles, lançando espuma. Mais longe, há ondas pretas e ondas verdes. Um barco de pesca navega até o topo de uma crista e depois desaparece, como se tivesse entrado em um alçapão.

Quero que Cameron Curtis vá embora assim, para fora da minha cabeça e para sempre. Mas nem mesmo o barco desaparece de verdade. Ele brota no mar de novo, pequeno, branco e persistente. Meus ouvidos começaram a zumbir de frio, mas me sento mesmo assim, abraçando os joelhos com força, mantendo-me firme. Meu cabelo sopra sobre os olhos e dentro da boca; tem gosto de salmoura. Tudo parece girar em um vórtice, puxado para frente e para trás, horrível e lindo. E eu estou aqui, tentando me lembrar de como viver momentos impensáveis, de como superar a brutalidade, o caos e o medo.

✦ ✖ ✦

(seis)

Mais ou menos uma hora depois, ao voltar para o carro, estou gelada até os ossos, mas com a cabeça mais calma. Assim que chego ao estacionamento, paro no meio do caminho. Duas barreiras policiais bloqueiam a entrada do parque. Meia dúzia de agentes uniformizados está se organizando perto do quadro dos guardas-florestais, com equipes com cães e comunicadores. Essa é uma busca por Cameron Curtis.

Apertando o capuz da jaqueta, sigo para o meu Bronco, sentindo-me em evidência, em alerta máximo. Estou a três metros de distância, com as chaves na mão, quando ouço meu nome, mas devo estar imaginando. Ninguém me conhece aqui, não mais. Apertando o passo, alcanço a porta no mesmo momento em que uma mão toca as minhas costas.

— Ei.

Giro com as mãos em punhos automaticamente, pronta para um confronto. Mas nada pode me preparar para o rosto que vejo – tão familiar, mesmo com os anos que se passaram. É como nadar em meio à vertigem ou acordar em uma máquina do tempo.

— Anna Hart. Não acredito!

Só consigo olhar para ele: olhos cinzentos, agora marcados, mas com a mesma luz; o queixo quadrado e nariz reto e fino; a franja do cabelo ruivo-dourado e rebelde se eriçando sob a aba do chapéu. Ele é um fantasma, uma lembrança, um amigo de longa data.

— Will Flood.

Vou abraçá-lo e bato o cotovelo em seu ombro, afasto-me e piso em seu pé.

— Ai! — Ele ri. — Que diabos está fazendo aqui?

Não consigo pensar rápido o suficiente para responder. A última vez que vi Will, eu tinha 18 anos, e ele, 22, recém-uniformizado no escritório do xerife que seu pai tinha administrado tranquilamente por décadas. Naquela época, Will tinha grandes sonhos, muitas vezes falando de São Francisco, Los Angeles, Denver, Seattle, qualquer lugar, menos sob a extensa sombra de Ellis Flood.

— O que está acontecendo aqui? — pergunto, como se não fosse óbvio.

— Garota desaparecida. Há dois dias. Sumiu de casa no meio da noite, sem sinais de invasão.

— Ela costumava fugir?

— Acho que não. É filha da Emily Hague.

— Emily Hague, a *atriz*?

Nem consigo acreditar. Uma estrela de cinema em Mendocino?

— Quais são as chances de isso cair no meu colo? A família quer que tudo fique fora da mídia. O pai tentou me dar dez mil dólares por debaixo dos panos para acelerar a busca. Como se isso funcionasse. É só mostrar dinheiro que a garota aparece de dentro da cartola.

— Espero que tenha aceitado.

Ele logo ri.

— Escuta, venha beber comigo mais tarde.

— Não posso.

— Como assim não pode? No bar do Patterson às 20h ou vou atrás de você.

Sinto outro espasmo de vertigem e gostaria de poder piscar e desaparecer. Estar invisível e distante. Mas é o Will.

— Vou tentar.

— Vai conseguir.

Em seguida, ele caminha em direção à equipe reunida, dando ordens enquanto avança.

Subo no Bronco e ligo o motor enquanto a equipe mergulha na trilha principal. Sei de cor o trabalho árduo que está à frente deles. Farão uma matriz de cada quilômetro quadrado, procurando por marcas na vegetação ou pedaços de roupa, qualquer coisa que pareça estranha ou fora do lugar. Alguns dos cães são animais de busca e salvamento, treinados com o auxílio de um moletom, fronha, ou algo que ela usava com frequência, e focados no cheiro de Cameron. Outros são cães farejadores, treinados para detectar traços de decomposição humana, um resquício de cheiro subindo do solo ou pairando no ar.

Em um caso como esse, quando alguém simplesmente desaparece, as chances são igualmente prováveis de que a pessoa apareça ilesa – ao menos no início. É possível que Cameron tenha se perdido na floresta em algum lugar ou que tenha escolhido fugir.

Não é crime desaparecer, mas parece haver um vazio revelador aqui, um brilho escuro familiar que me faz pensar: ela pode ter sido coagida a fugir ou até mesmo sido cúmplice de qualquer mal que tenha acontecido a si mesma. Lembro-me de uma velha história de fantasmas sobre isso, como o diabo pede diretamente para roubar as almas. Ele não é um ladrão, mas um mestre da manipulação. O perigo real, ou pelo menos conta a história, não está no diabo em si, mas em não saber que você tem a opção de mandá-lo embora.

A meu ver, essa é a parte mais triste, e tenho visto acontecer repetidas vezes. Algumas vítimas não têm nem um sussurro de um *não* dentro de si, porque não acreditam que a vida que têm é delas para salvar.

(sete)

Durante todo o caminho até a cidade, sinto-me como um globo de neve estremecido; pontinhos afiados de lembranças colidindo uns com os outros. Will ainda está aqui. Ele se tornou o xerife da cidade, assim como o pai. E agora? Como posso responder a qualquer uma das perguntas que ele provavelmente fará sobre minha vida e por que vim para casa? Como posso evitar ouvir mais alguma coisa sobre o caso dele, que já está me pressionando? E como evitaremos falar sobre o passado? Afinal, não somos apenas dois velhos amigos sem nenhuma bagagem.

Todo aquele tempo, desde os meus 10 anos e os 14 de Will, fazíamos parte da história um do outro. Seu pai, Ellis Flood, era o amigo mais próximo de Hap, por isso estávamos frequentemente juntos. Mas, mesmo que não fosse o caso, em uma cidade pequena como Mendocino, as crianças corriam em bandos, construindo fortes de madeira na Praia dos Portugueses, vagando pela floresta atrás da Rua Jackson ou brincando de esconde-esconde de lanterna nas falésias em noites sem lua. Também faziam parte do nosso grupo Caleb e Jenny Ford, gêmeos que viviam com o pai desde que a mãe havia fugido anos antes com outro homem, em busca de uma vida que não os envolvesse.

Sempre me senti atraída por crianças com uma história parecida com a minha, como se fôssemos uma espécie de clube, com uma senha implícita. Eles eram dois anos mais velhos do que eu, uma diferença de idade que parecia maior com Jenny do que com Caleb, por algum motivo. Ele era inteligente de um jeito que me interessava, sua cabeça cheia de fatos e histórias estranhas sobre a cidade, o que o tornava um amigo natural. Sempre gostei de saber das coisas, não apenas a história, mas tudo o que estava acontecendo. Detalhes sobre pessoas e lugares, histórias antigas, mistérios novos e segredos de todos os tipos.

Caleb também sabia dos melhores esconderijos para esconde-esconde. Uma noite, eu o segui quando Jenny começou a contar e todos se espalharam. Muitas das crianças queriam se esconder sozinhas, mas Caleb não se importou que eu fosse junto. Eu o acompanhei até a beira do penhasco, onde ele pareceu cair por uma porta invisível. Quando o segui, vi que ele havia encontrado um pequeno e perfeito apoio em um ninho de corvo, em um cipreste. Os galhos bifurcados suportavam seu peso; a árvore era toda incrustada como um truque mágico na lateral do penhasco. Era um espaço genial com ar de lugar proibido. Tecnicamente, estávamos na beira do penhasco, contudo, era mais ou menos protegido. Os galhos abaixo de nós tinham a forma e o tamanho certos para duas crianças esqueléticas. Eram grossos o suficiente para nos esconder – um dispositivo de camuflagem tão eficaz que, quando Jenny correu e olhou diretamente para a árvore, seu rosto iluminado na cor amarelo-limão por conta da pequena lanterna, ela seguiu em frente e continuou procurando.

Tudo isso ainda era novo e estranho para mim, as brincadeiras noturnas e as risadas dos amigos da vizinhança: a infância. Caleb e eu sorrimos um para o outro, satisfeitos, porque já tínhamos vencido o jogo. Cada jogo que pudéssemos jogar. A noite parecia se estender em todas as direções, invencível – imortal –, feita para crianças como nós. Enquanto isso, longe do penhasco, Jenny gritava nomes, na esperança de fazer alguém correr. Nós a observamos por um longo tempo, sua lanterna balançando e mergulhando entre as gramíneas pretas, até que finalmente a luz que lançava se tornou menor do que a ponta de um alfinete.

Naquela época, Will tinha uma queda por Jenny, mas todo mundo tinha. Não havia uma garota mais bonita ou mais legal na cidade. Ela tinha dentes retos e brancos, como um comercial de pasta de dente, sardas acobreadas na ponta do nariz e longos cabelos castanhos que balançavam de um lado para o outro quando andava. Ela também cantava muito bem; uma voz alta e impressionante, como a de Joni Mitchell. Tocava violão nas noites de fogueira, os pés enterrados na areia molhada, enquanto outras crianças se alternavam para dar goles na cerveja roubada, não prestando tanta atenção. Mas eu não conseguia desviar o olhar.

Uma noite, ela cantou uma música que havia escrito, chamada *Boa Noite, Califórnia*, sobre uma garota que se sente tão vazia e perdida que sai para o mar e nunca mais volta. *Não me procure, eu não sou ninguém,* dizia a letra.

Na praia, à luz do fogo vermelho e dourado, ela evocava um sentimento de tamanha intimidade, que era como se eu realmente a estivesse observando sozinha no quarto, o corpo inclinado sobre o instrumento, as palavras cantando solidão. Na vida real, Jenny nunca passou essa impressão, mas eu sabia que isso não significava nada. Qualquer superfície pode esconder tristeza por baixo.

Como Jenny era dois anos mais velha, e eu não era muito próxima dela, não sabia muito sobre sua vida em casa. Mas, mesmo que fôssemos melhores amigas, ela poderia não ter me contado. Eu sabia que havia mil maneiras diferentes de ficar em silêncio. A música falava, pelo menos comigo, causando arrepios nos meus braços e no pescoço, atingindo em cheio. *Boa noite, Califórnia. Boa noite, azul. As ondas podem contar minha história agora. Todas as palavras são para você.*

Eu tinha 15 anos quando Jenny Ford desapareceu, em agosto de 1973. Ela tinha quase 18 anos e havia acabado de se formar no Ensino Médio de Mendocino. No outono, ela deveria ir para a Universidade da Califórnia em Santa Bárbara, para estudar enfermagem. Nesse meio tempo, trabalhava a 45 minutos da cidade, nos Vinhedos Husch, em Boonville. Estava economizando para comprar um carro e voltava para casa de carona com qualquer um que cruzasse seu caminho. Uma noite, saiu do trabalho normalmente, mas nunca voltou para casa. Por dias, toda a cidade entrou em pânico, principalmente Caleb. Foi devastador assistir. Houve boatos de que ela poderia ter fugido. Os adolescentes faziam isso o tempo todo, por vários motivos. Mas Caleb insistiu que ela não faria isso – não sem avisá-lo ou levá-lo com ela.

Enquanto esperávamos por notícias, senti um medo antigo e adormecido despertar em meu corpo. Aqueles anos em Mendocino com Hap e Eden haviam me deixado mal-acostumada, fazendo com que me sentisse segura – salva. Mas agora eu sabia, com certeza, que o que aconteceu com Jenny poderia facilmente ter acontecido comigo. No fundo, não éramos tão diferentes.

✦ ✖ ✦

(oito)

Will está sentado na outra extremidade do local com uma xícara de café quase vazia na sua frente, quando finalmente atravesso a porta do bar do Patterson, um pouco depois das 20h30.

— Estava começando a achar que tinha levado um bolo — diz ele, dando-me um abraço forte e cálido.

Eu o abraço de volta, percebendo que ele tomou banho e colocou um uniforme limpo. Seu cabelo está úmido e nivelado, mas sei das ondulações que os fios formam assim que secam. Exceto pela ação normal do tempo, Will está assustadoramente igual – o mesmo queixo forte e os cílios longos; a mesma graça energética no corpo, como se ele fosse metade homem, metade golden retriever.

— Você me assustou hoje — comento.

— Digo o mesmo. — Ele ri um pouco e sinaliza para a garçonete, uma loira de meia-idade com um queixo suave e olhos fortemente delineados.

Peço uma Guinness com uma dose de Jameson e, em seguida, viro-me para Will.

— Não vai me acompanhar?

— Não durante o plantão. Estarei de serviço até encontrar essa garota.

— Ah, óbvio. Não sei no que estava pensando.

A garçonete volta com meu pedido e levanto o copo de cerveja em direção a Will em um pequeno brinde debochado.

— Não acredito que ainda está aqui. Você tinha tantas ideias grandes.

— Tinha? — Ele faz uma careta. — Para onde eu deveria ir?

— Mil lugares. Qualquer lugar.

— Sair da sombra do meu velho, você quer dizer?

— Pode ser. Penso nele às vezes. Nas imitações do Pernalonga que ele fazia.

— Sim. Ele se dedicava muito a isso, praticava por horas. Pode ser um filho da puta em outras coisas, mas é engraçado.

— Ele ainda está firme e forte, então? — pergunto.

— Em uma casa de repouso em Forte Bragg. — Will estende os dedos sobre a xícara de café, remexendo-se com um desconforto óbvio. — Não está batendo bem da cabeça, como dizem.

— Ah, sinto muito.

— Tudo bem. — Will dá de ombros, tentando liberar algo. — Ele ainda consegue fazer meus filhos rirem.

— Filhos? Que ótimo! Aposto que você é um bom pai.

— Eu tento.

— Menino? Menina?

— Um de cada, 10 e 12. Os dois são muito espertos para a idade que têm.

— E sua esposa, o que ela faz?

— Beth. Ela leciona na Escola Montessori, nessa mesma rua. Está lá há muito tempo. É maravilhosa com as crianças.

— Parece ótimo.

Por instinto, olho para a sua mão esquerda. Não há nenhuma aliança, nenhuma marca onde deveria ter estado, e nenhuma linha de bronzeado também. Talvez não use uma, ou talvez haja outra história que ele não esteja me contando.

— E você? — continua ele. — Quanto tempo vai ficar?

— Não tenho certeza. — Olho para longe. — Apenas levando as coisas um dia de cada vez.

— Casada?

— Casei com meu trabalho. — É uma mentira com oceanos de verdade.

— Acompanhei um pouco a sua carreira. Projeto Holofote. Você se saiu tão bem.

— Farol — corrijo-o —, sim.

— Todas aquelas crianças desaparecidas, deve ser difícil. Eu não conseguiria fazer isso.

Você está *fazendo isso*, quero dizer, mas não seria justo.

— Como está levando? — pergunto em vez disso.

Ele balança a cabeça, parecendo cansado.

— Não durmo desde que recebi a ligação. A família quer respostas, mas não tenho nenhuma.

— O FBI interferiu?

— Preciso de provas de que foi um sequestro para ter atenção federal, e não há. Nenhuma prova de qualquer tipo, na verdade. Nenhum motivo. Sem testemunhas e sem cena do crime.

— Mas você acha que alguém a sequestrou — afirmo.

— É apenas um sentimento, mas sim, acho. Teve aquela garota perto de Richmond alguns anos atrás. Desapareceu no próprio jardim.

— Amber Swartz-Garcia.

— Mesma idade, não é?

— Ela tinha 7. Existe uma grande diferença entre 7 e 15. De qualquer forma, isso foi há cinco anos.

— É verdade. — Ele suspira. — Desculpa. Estou esquecendo de que você está de férias.

— Tudo bem. Meu cérebro de policial nunca tira férias de verdade. Alguma razão para suspeitar da família?

— Não de cara. Ainda estamos conduzindo as entrevistas.

— Suponho que esteja abordando criminosos sexuais registrados na área? Verificando liberdade condicional, saída por bom comportamento? Alguém que possa ter afinidade com essa idade da menina, esse tipo de delito?

Ele me lança um olhar engraçado.

— Você realmente quer falar sobre isso?

— É o meu único hobby. — Dou de ombros e beberico a cerveja. — Talvez ela esteja sendo manipulada de alguma forma. Ou foi arrastada para algo obscuro sem saber.

— Como drogas, quer dizer? Ela parece limpíssima.

— Pode ser sexo. Alguém pode estar controlando ela.

— O irmão da mãe foi acusado de estupro na faculdade, mas isso foi há trinta anos. Talvez seja o pai da Cameron?

— Acontece.

Quando me inclino para frente, não posso deixar de notar a tensão em torno dos olhos de Will. Ele está desesperado por uma pausa, e sinto por ele. Sei exatamente com o que ele está lidando agora. Como tudo isso pode ser árduo.

— Ela é adotada. Talvez isso signifique alguma coisa?

Ele soltou o detalhe como se fosse apenas mais uma coisa a considerar, mas foi pessoal demais para mim. Cameron pode estar sofrendo com questões clássicas de adoção, testando o amor de seus pais ao se rebelar. Ou pode ter diversas cicatrizes emocionais, problemas de identidade ou apego, dificuldades com limites ou tendências autodestrutivas.

— Talvez — respondo, tentando manter o tom calmo —, se ela estiver com problemas. Mas você acabou de dizer que ela está limpa.

— Eu sei. Porra. — Ele solta um longo suspiro, em seguida sinaliza à garçonete para trazer a conta.

— Espero que você consiga uma pista logo — digo.

— Eu também. — Ele não parece convencido. — Vou te dizer uma coisa: tenho um novo apreço pelo meu pai. A pressão que ele deve ter sentido naquela época, quando não conseguia consertar as coisas. E a sensação de fracasso. — Seu suspiro carrega gerações dentro dele, da mesma maneira que uma concha carrega todo o Pacífico. — Todos contavam com ele para se sentirem seguros novamente. Mas ele nunca conseguiu.

Ele está falando sobre Jenny Ford. Nós dois falamos sobre ela sem mencionar seu nome.

— Você já viu o Caleb? — pergunta Will de repente.

— O quê? O Caleb está *aqui*?

— Ele voltou há quase um ano, depois que o pai dele faleceu. Derrame. Caleb herdou tudo, vendeu todas as pinturas. Aquele velho desgraçado tinha milhões.

— Tinha? — Evoco Jack Ford, o eremita excêntrico que conheci, sempre com o mesmo jeans manchado de tinta e camisa de flanela, o cabelo desgrenhado, como se ele próprio o tivesse cortado com uma faca de cozinha. *Milionário*? — Nunca gostei dele.

— Nem eu. Tinha algo estranho naquele cara. Ele nunca se casou de novo, sabia?

— Não estou surpresa. Não acho que ele gostava muito de gente. Como está o Caleb agora?

— Ele está bem, acho, considerando tudo isso. Não vejo ele com frequência.

— Eu achava que ele ficaria longe para sempre. Esta cidade é muito dolorosa para ele.

— Para nós também, acho — diz Will simplesmente. — Mas aqui estamos.

✦ ✠ ✦

Depois que pagamos, sigo Will para fora do bar e para a rua tranquila, onde os postes parecem lançar um brilho sobrenatural sobre a estátua *O Tempo e a Donzela*, tão desconcertante e hipnotizante para mim, como sempre.

Will para no meio da calçada, piscando.

— É bom te ver de novo, Anna. Este não tem sido o melhor dos anos, não vou mentir.

— Para mim também não.

Eu o abraço rapidamente, surpresa com o nó na minha garganta.

— Dirija com cuidado, está bem?

— Não tem como ficar bêbada com cerveja — respondo.

— É mesmo? Diga isso a si mesma durante todo o caminho para casa.

O carro dele está estacionado perto do meu. Sei que ele ainda tem trabalho a fazer, mas sinto que está enrolando para ir. Talvez seja apenas a ansiedade do caso que sinto irradiando dele, ou talvez seja pura solidão. Esses detalhes sobre sua família perfeita podem ter sido uma mentira. Ou seu casamento pode ter sido completamente bom, mas ele se perdeu de algum jeito. A rapidez com que sua própria vida pode virar contra você – isso eu conheço.

Destrancando a porta, sento-me atrás do volante do Bronco assim que Will se aproxima, parecendo triste e desprotegido. Por um longo momento, ele mantém o olhar fixo no meu, desencadeando um zumbido baixo de apreensão. *Ele vai tentar me beijar?*

Mas entendi errado.

— Estou feliz por você estar de volta — diz ele —, mesmo que seja temporário. Em tempos como estes, quando o mundo parece tão louco, é bom ter amigos por perto.

Ele está certo, óbvio. Não vim para casa para isso, mas ele está absolutamente certo.

✦ ✖ ✦

(nove)

Cinco dias após o desaparecimento de Jenny, dois pescadores encontraram seu corpo no Rio Navarro, tão encharcado e desfigurado que o médico legista precisou confirmar a identidade por meio de registros odontológicos.

Hap me levou até a floresta para me contar. Nunca o tinha visto perder a compostura, mas ele lutava para se controlar enquanto segurava as minhas mãos.

— Sou sempre franco com você, não sou, Anna? — perguntou com a voz trêmula.

Minha boca ficou seca. O chão sob meus tênis parecia se mover, mas Hap continuou falando, explicando como os pescadores haviam se deparado com os restos mortais de Jenny em um trecho pouco usado do rio; como ela poderia nunca ter sido encontrada de outra forma. Ela também não tinha se afogado. Havia sido estrangulada.

A história era tão repugnante que eu queria que Hap parasse. Mas sabia que ele não pararia. Se ele realmente iria me proteger, não podia me esconder nada.

— Quem fez isso? — Minha própria voz parecia ricochetear nas árvores e cair no meu colo como uma pedra, um pequeno pedaço duro do mundo.

— Não sabemos ainda.

— Será que o xerife Flood vai conseguir pegar quem fez?

— Eu acredito que vai.

— Como alguém poderia fazer uma coisa dessas? — perguntei, embora já soubesse a resposta. Eu tinha visto todos os tipos de pessoas transformadas pela dor e pelas circunstâncias. Pessoas que foram feridas tanto e tão profundamente, que não podiam evitar fazer o mesmo com outra pessoa. — Jenny era tão jovem. — Chorei, lágrimas quentes corriam para dentro da boca. — Ela nem teve uma chance.

— Há morte na vida, Anna. Coisas muito impossíveis de suportar. Tantas coisas e, ainda assim, as suportamos.

Eu sabia que ele estava certo, mas teria dado qualquer coisa para ouvir o contrário. Se ao menos Hap pudesse me prometer que isso nunca mais aconteceria, que eu nunca morreria, e que ele e Eden também não e que ficaríamos protegidos do perigo juntos, embora o mundo estivesse cheio de coisas e pessoas terríveis. Pessoas doentes por dentro o suficiente para assassinar uma garota de 17 anos e deixá-la como lixo no rio.

— Como suportamos? — perguntei finalmente. — Essas coisas impossíveis.

A mão dele estava estática e quente na minha; quente, firme e viva. Ele não se movia ao meu lado.

— Assim, querida.

Nos próximos dias, saio da cabana com uma mochila e sem nenhum destino, o plano é apenas estar na floresta. Há muito tempo, Hap me ensinou a ler e seguir uma trilha, mesmo que pouco usada, assim como a viajar sem ela. Não há nada como isso para aquietar a mente; a beleza do mundo dos vivos, samambaias úmidas enroladas ao longo do solo do vale, atadas com a umidade, líquen cor de mostarda e musgo barbudo, respingados como tinta contra as rochas escuras e troncos de árvores. O dossel acima é como um mapa traçado no céu.

Uma tarde, depois de uns sete ou oito quilômetros de caminhada pela Floresta Estadual Jackson, atravesso uma estrada isolada do condado e chego ao Rio Grande, que se estende por toda esta parte da cordilheira litorânea do norte, antes de se derramar para o estuário da Praia do Rio

Grande, logo ao sul da cidade. O leito do riacho é estreito e raso, forrado de pedras musgosas. Tenho um carretel de linha leve e alguns anzóis comigo e tento pegar uma das trutas pálidas que entram e saem das sombras. Mas elas são muito cautelosas, e logo estou com muito calor. Desisto, tiro a roupa, ficando apenas de lingerie, e entro na poça. Acima, moléculas de pó de pinheiro giram como névoa dourada por meio da luz inclinada. A água brinca na minha pele como fitas de seda fria. Sinto o batimento cardíaco lento. Isso. Isso é o que Hap queria dizer com remédio.

No caminho de volta, vou direto para o cume, mais pelo esforço. O terreno torna-se tão íngreme em alguns lugares que tenho de descer e engatinhar através do líquen cinza, da samambaia e do húmus; a respiração fica rápida e afiada, e meu rosto se enche de poeira de pinheiro e pólen fosforescente.

No topo do cume, paro para beber água, sentindo-me sem fôlego e empolgada. Uma cicuta caiu aqui e parece um gigante morto, seu tronco como uma esponja escura molhada. Onde a raiz se ergueu violentamente, vejo três longos arranhões na terra e um pedaço de excremento animal que pode ser de uma onça-parda. Quando me curvo para olhar mais de perto, algo cintila na minha visão periférica, não um animal, mas uma forma sólida. Abrigo.

Embora o sol tenha começado a baixar e um frio tenha se instalado entre minhas omoplatas, mergulho colina abaixo, muito curiosa para não olhar mais de perto. Tenho que me apoiar nos calcanhares para manter o equilíbrio no declive. O solo é fino e cheio de árvores caídas. A samambaia seca pica minhas mãos e bate contra a calça jeans, mas finalmente chego ao pequeno complexo. Alguém montou um local de caça como em um guia da natureza selvagem: apoiando um mastro inclinado de 1,8m contra um abeto-de-Douglas e, em seguida, prendendo-o com laços de arame espaçados. Deve estar funcionando. Em torno da base do abeto, escamas de pinha e a vegetação rasteira denunciam que foram pisoteadas, o esforço gasto redefinindo as armadilhas repetidas vezes. Este é um local de matança eficaz, elegante até. Quem o construiu sabe exatamente o que está fazendo e está comendo muito, muito bem.

O abrigo mostra o mesmo nível de sofisticação e dispara alarmes sutis em minha mente. Não parece uma cabana de caça, mas uma estrutura em forma de cone que me lembra das fotos históricas que vi de povos indígenas como os pomo. Eles se estabeleceram em pequenos grupos por todo o norte da Califórnia centenas de anos antes dos europeus, e suas casas se pareciam muito com isso: arredondadas na base, com postes sustentando as paredes angulares, amarradas com juncos e revestidas com casca de sequoia e madeira.

Quem faria esse tipo de esforço para construir uma réplica convincente de um abrigo pomo? E por que tão longe da cidade, a quilômetros de qualquer coisa parecida com uma estrada? É este o trabalho de um sobrevivencialista maluco que pensa que o mundo acabará em breve? Alguém que vive à margem da sociedade porque tem algo a esconder, talvez? Ou é meu cérebro de policial buscando possibilidades sombrias quando, na verdade, é provavelmente uma pessoa do mesmo tipo que Hap ou eu, que precisa da floresta e do silêncio para se sentir inteiro às vezes?

— Olá? — grito uma vez, aguardando uma resposta e encontro apenas o silêncio.

Só volto a entrar em Mendocino no primeiro dia de outubro, quando acabam meus suprimentos. A luz tinha começado a mudar com a estação, do jeito que sempre muda, acentuando os ângulos e as sombras e fazendo a pessoa ficar grata por cada dia de sol. Hoje está frio, mas, óbvio, com uma espécie de frescor severo que é gostoso contra o rosto. Depois de fazer compras, guardo-as no Bronco e decido caminhar um pouco. No Parque Rotary, um casal está acampado na única mesa de piquenique perto de uma pequena e esfarrapada barraca para cachorros. Trazem consigo um cão de tamanho médio, de pelo curto e avermelhado, e focinho escuro. O cachorro me vê e levanta a cabeça, como se fôssemos amigos. Então trota, andando atrás de mim.

É engraçado no início, a rapidez com que ele acompanha o meu ritmo. Paro, levantando a mão como um guarda de trânsito –"Fica" –, mas ele me ignora. Dou um passo, e ele dá um passo. Rio, e ele se senta. Estamos em uma comédia *sitcom*, de repente, embora ninguém pareça estar olhando, nem mesmo o casal *hippie* no parque.

Viro-me para eles.

— Ei, se importariam de segurar o cachorro de vocês?

— Não é nosso — diz a mulher. Ela poderia ter 30 ou 50 anos, com um rosto bronzeado e cabelos loiros espetados que lembram pelos de pato. Um moletom do time de futebol americano do Seahawks cai a meio caminho de seus joelhos sobre uma saia longa e estampada. — Nunca tinha visto.

O cara que está com ela parece estar nas ruas desde 1967, o ano do Verão do Amor. Uma única trança grisalha pende sobre um ombro, trançada frouxamente, mas limpa. Um dente de prata pisca quando ele diz:

— Animal esperto, *né*.

— Como sabe? Eu nunca tive cachorro.

— Os olhos entregam — explica ele. — Ela está ouvindo, viu?

— Ela?

Ele abre outro sorriso com o dente de prata.

— Você não gosta de cachorros.

Eu me pego rindo de repente, encantada por ele.

— Pode apenas segurar ela, para que eu possa sair daqui?

— Sem problema. — Ele aponta para o chão uma vez, e a cadela se senta, pronta para seu próximo comando. Quando ele achata a palma da mão, ela cai de barriga. Nas costas da mão esquerda, noto meia dúzia de letras "x" dentro de um círculo.

— O que a sua tatuagem significa? — pergunto, apontando.

— Lições. — Suas pupilas são tão pretas que parecem pular. — Coisas que eu nunca devo esquecer.

A mulher ao lado dele diz:

— Não acredite em nada do que ele fala. Uma vez ele tentou dizer que representa os homens que matou em batalha. Vá em frente, pergunte para ele qual foi a batalha.

— Qual batalha? — pergunto, entrando na brincadeira.

— Waterloo.

✦ ✖ ✦

(dez)

Eden foi a primeira pessoa que conheci que acreditava em vidas passadas. Antes disso, tive uma grande amostra de religião através de várias doutrinas, do Mormonismo, passando pelo Pentecostalismo até o Presbiterianismo renascido, sem me sentir persuadida por nenhuma. Mas o universo de Eden era maior e mais complexo do que qualquer outro de que eu já tinha ouvido falar e muito mais intuitivo. Para ela, a ideia de que reencarnamos era uma extensão óbvia do ciclo da vida. Toda vida. Tudo girava por meio de uma roda em constante movimento de nascimento, crescimento e deterioração, o oceano ao nosso redor e a Via Láctea acima, e todas as galáxias além da nossa; incontáveis como samambaias se desenrolando ao longo da estrada. Deus não estava lá *em cima*, em algum reino celestial, mas aqui, no mundo, em torrões de terra e orvalho, na paciência da aranha que vive atrás do pote de açúcar, nos fios requintados de sua teia. A morte não era o fim, assim como uma única onda estremecedora na Praia dos Portugueses não podia parar de se mover. Eden tinha feito as pazes com isso, mas eu ainda lutava.

Depois que o corpo de Jenny foi encontrado, uma investigação se estendeu por meses. Ellis Flood e sua equipe entrevistaram metade da cidade, ou assim pareceu, tentando desvendar o mistério: o pai de Jenny e Caleb, todos os amigos de Jenny e seus colegas de trabalho no vinhedo, em Boonville. Jack Ford foi naturalmente um dos primeiros suspeitos. Ele sempre foi um homem estranho, sempre tinha sido, e todos sabiam que bebia demais. Além de sua esposa, que o havia abandonado de repente, sem deixar nenhum sinal de seu paradeiro, quando Caleb e Jenny tinham 6 anos, ele não era próximo de muitas pessoas, fora seus filhos. Mais de uma vez eu tinha visto Caleb se encolher quando Jack chamava seu nome – mas isso não era prova de nada. Ellis Flood não encontrou absolutamente nada que o incriminasse, e a busca continuou.

Jenny mantinha um diário. As autoridades descobriram quando revistaram seu quarto. A maioria das páginas estava cheia de poemas enigmáticos e letras de músicas, mas houve uma série de menções, nos meses anteriores à sua morte, sobre o desejo de sair de casa como sua mãe tinha feito: desaparecendo sem dizer uma palavra. As coisas estavam insuportáveis. Ela não podia ficar. Não aguentava mais. Esse era o tom geral do que havia escrito, mas não havia nada específico sobre pressões ou medos, ou por que se sentia tão desesperada agora, prestes a sair de casa de qualquer maneira, para a faculdade. Quer fizesse sentido ou não, a teoria geral era que Jenny tinha a intenção de fugir na noite em que desapareceu, mas, em vez de uma carona útil, tinha encontrado seu assassino. Quanto a quem essa pessoa poderia ser, não havia pistas reais. Podia ter sido um errante, de passagem, ou podia ainda estar aqui entre nós, escondido debaixo dos nossos narizes.

Os vizinhos pararam de conversar na rua. Hap e Eden nunca tinham trancado as portas à noite, mas, como todo o mundo, passaram a trancar. A arma de serviço de Hap, aquela que ele antes mantinha trancada em sua caminhonete, costumava ficar pronta ao lado da cama enquanto dormíamos. Eu me sentia mais segura com isso? Um pouco, talvez, mas a superfície do mundo tinha mudado de um dia para o outro, ganhando novo formato – e não apenas para mim. O escritório do xerife começou a impor toque de recolher às 21h para qualquer pessoa menor de 18 anos. De qualquer maneira, ninguém na cidade queria sair depois de escurecer. Aqueles dias pareciam ter acabado para sempre, como as fogueiras na praia e o esconde-esconde com a lanterna nos promontórios. Bem quando eu tinha começado a acreditar que podia contar com eles.

✦⧓✦

No final da Rua Kelly, a casa dos Ford é uma de arquitetura tradicional da Nova Inglaterra, com telhas marrons desgastadas e um estúdio de artista independente; ambas as construções voltadas para o promontório e o mar. Caleb uma vez me disse que foi construída por um dos fundadores originais da cidade e que um ou outro de seus descendentes tinha morado lá desde 1859, no que não é difícil de acreditar, olhando para a casa. Enquanto estava vivo, Jack Ford nunca fez nenhum esforço para manter as coisas com bom aspecto, e, agora, tantos anos depois, os efeitos de sua negligência ainda são visíveis por toda a parte: na pintura descascando nos beirais e nas telhas, na porta estropiada da garagem e no quintal emaranhado com ervas daninhas altas e cardo. É quase como se ele ainda estivesse aqui, certificando-se de que nada cresça, mude ou voe para longe.

Jack sempre foi conhecido na cidade como um excêntrico. Um pintor que trabalhava em grandes telas a óleo e raramente saía do estúdio. Ele não tinha muitos amigos e parecia não saber falar com as pessoas de maneira civilizada. Sempre que eu aparecia procurando por Caleb e encontrava apenas Jack lá, tinha uma sensação estranha sobre ele, que era muito familiar. Não foi nada que ele disse de fato ou qualquer coisa que tenha feito. Era apenas um calor que ele emitia e levava à minha mente de volta, em direção a momentos que eu tinha lacrado e deixado para trás, pessoas de quem nunca falei.

Agora, enquanto caminho lentamente pela Rua Kelly em direção à casa, não sei por que vim, exatamente, ou o que espero sentir. Talvez seja o que Will disse sobre tempos loucos e manter velhos amigos por perto. Ou talvez eu nunca tenha aprendido a lidar totalmente com a morte de Jenny e precise ficar na sua porta, mais uma vez, mesmo que ela não possa atender.

Mal cheguei ao portão, ainda pensando nas coisas que poderia dizer para me explicar, quando a porta do estúdio se abre, e um homem sai. Ele é alto e forte, está usando um macacão de pintor manchado de branco. Por baixo, sua camiseta cinza expõe o pescoço bronzeado, peito e ombros largos, mãos grandes. Nada nele se parece com o garoto magro e inteligente que conheci.

— Caleb? — chamo.

Ele ergue a cabeça, os olhos desfocados por um momento.

— É a Anna. Anna Hart — digo.

Ele chega até a cerca parecendo perplexo e então me reconhece.

— Meu Deus. Anna! Que diabos está fazendo aqui?

— Só visitando. — Meu rosto fica vermelho, sinto-me desorientada. Os anos entre nós parecem se contrair e expandir. — Encontrei Will Flood, e ele disse que você estava de volta à cidade. Você está bem?

— Estou, sim. — Ele balança a cabeça. — Uau. Anna Hart.

— Já faz muito tempo.

Ele encolhe os ombros, a orelha tocando o ombro. Seu cabelo desliza infantilmente sobre a testa.

— Faz, sim.

— Escute, você tem tempo para uma bebida ou algo assim? — pergunto sem saber o que vou dizer.

— Certo — diz ele, hesitante. — Deixa eu terminar aqui e te encontro em algum lugar daqui a pouco?

— Posso só pegar um engradado e esperar por você no penhasco?

— Certo — responde novamente. — Por que não?

Quinze minutos depois, estamos sentados na rígida rocha acima da Praia dos Portugueses, bebendo latas de Coors. É meio da tarde, e a luz já está mais fraca. Quinze metros abaixo de nós, na beira da água, os maçaricos correm para a frente e para trás com pés de desenho animado enquanto a maré oscila. Por alguma razão, acho tudo reconfortante e, de alguma forma, terno. Já tínhamos nos sentado aqui centenas de vezes quando jovens, às vezes com cerveja roubada. Tenho saudades desses anos. Dessas crianças.

— Acho que você ainda estava no colégio quando fui embora — diz Caleb depois de um tempo. — Vaguei por alguns anos e depois me alistei na Marinha. Fiquei feliz por ter saído daqui, mesmo quando fui para o Golfo Pérsico.

— Irã? Deve ter sido difícil.

— Algumas coisas, com certeza. Estive lá em 1979 durante a Revolução Islâmica. Foi muito intenso, mas o oceano era incrível. Superquente, não como essa merda. — Ele sorri. — Aprendi a mergulhar lá. Ostras do tamanho de bolas de softbol. E os recifes eram incríveis *pra* caralho. — Ele dá um longo gole na Coors. — E você?

— Estudei metade de um ano na Estadual de São Francisco, depois desisti e vaguei um pouco. Por um tempo, fiz viagens para fora da divisa, em Yosemite.

— Isso parece legal.

— Foi divertido, sim, mas começou a parecer um acampamento de verão com o tempo.

— Você não queria ser guarda-florestal?

— Pensei nisso, mas o trabalho policial parecia mais importante. Assim que entrei na academia, eu me doei por inteiro. Fui atraída pelo departamento de pessoas desaparecidas desde o início. Parecia a maneira mais evidente de fazer algo de bom. Nunca saí da Região da Baía.

— Pessoas desaparecidas, é? — Ele parece surpreso. — Então, está aqui para ajudar a encontrar aquela adolescente?

— Não. — *Ainda não*, minha mente completa, mas guardo isso para mim, inquieta por caminhar tão perto de velhos sentimentos. Por conjurar Jenny mais do que já fizemos. — Estou tirando férias agora.

— Ah, legal, então. — Ele parece sincero. — Que bom para você.

— Obrigada.

O sol está se pondo rapidamente agora, manchando a linha das nuvens. Gaivotas se lançam sobre o mar abaixo de nós, boiando livres.

— Este lugar... — diz Caleb baixinho, como se tivesse lido minha mente.

— Eu sei.

✦ ✖ ✦

(onze)

Em um ano particularmente ruim no Farol, quando eu tinha lidado com a morte de três crianças em poucos meses, Frank Leary me encaminhou para a terapia.

— Não é um castigo — disse ele. — Apenas protocolo. Você já passou por muita coisa, Anna.

— Estou bem.

— Ótimo. Vamos manter assim.

O nome da terapeuta era Corolla, igual ao carro. Seu escritório ficava no píer e tinha vista para a Ponte da Baía. Da janela, só dava para ver uma pontinha metálica da ponte; caso quisessem cobrar por essa vista, seria uma piada de mau gosto. A terapeuta se sentava em uma cadeira Eames e usava óculos de armação vermelha da marca Sally Jessy Raphael; um poncho de caxemira cobria seus joelhos, e a ponta do triângulo indicou o tapete persa conservador quando ela cruzou as pernas.

Como isso vai funcionar? – perguntei-me. Como eu poderia dizer a essa mulher de poncho algo importante? E por que eu iria querer isso? Eu era boa no meu trabalho e tinha um histórico exemplar. Não havíamos salvado essas três, mas isso acontece. Salvaríamos a próxima. Continuaríamos lutando.

— Você tem dificuldade para dormir? — disparou Corolla. — Pesadelos?

— Não mais do que o normal.

— E o uso exagerado de entorpecentes? Já se preocupou com a possibilidade de estar bebendo demais?

Quanto é demais? – perguntei-me, mas afastei a preocupação e dei de ombros propositalmente.

— Escute, na verdade não acredito nessa coisa de psicoterapia. Sem ofensa. Estou aqui porque tenho que estar.

— Trabalhei com muitos clientes que têm traumas com que precisam lidar — continuou ela, sem se abalar. — Meus treinamentos foram com soldados de combate que lidavam com transtorno de estresse pós-traumático. Muitos soldados aposentados se tornam policiais. Eles acham que as coisas que viram e fizeram naquela época estão enterradas há muito tempo, todas no passado; eles afogam e entorpecem as memórias, entram em casamentos ruins, se tornam alcoólatras. Mas então algo acontece para desencadear o trauma. E, então, *bum*, eles surtam.

— Por que está me contando isso? Nunca fui militar.

— Existem outros tipos de campos de batalha, Anna. — Ela juntou as pontas dos dedos na frente do rosto, deixando seu argumento ser absorvido. — Em seu formulário de admissão, você escreveu que esteve sob a tutela do Estado, sendo atendida por programas de acolhimento familiar. Você também tinha irmãos. O que aconteceu com eles?

— Isso não tem nada a ver com o meu trabalho.

— Talvez não. Depende de quanto você trabalhou para lidar com tudo o que aconteceu. O que você já vem carregando. O que pode me dizer sobre seus pais? Você se lembra deles? Por que eles não puderam cuidar de você?

As perguntas dela eram muito rápidas e carregadas. Remexi-me na cadeira excessivamente macia, desejando que a nossa hora tivesse acabado, mas mal tínhamos começado.

— Não quero falar sobre isso. E, de qualquer maneira, como me abrir para você vai me ajudar no trabalho? Só vou me sentir pior.

— Pode ser um alívio conversar, na verdade. Já considerou isso?

— Não.

Houve uma longa pausa enquanto ela olhava para mim.

— Seres humanos são resilientes, Anna. Não tenho dúvidas de que você é incrivelmente hábil em seu trabalho. Está lidando muito bem. Mas talvez um pouco bem demais.

— O que isso significa? — Eu tinha começado a respirar pesadamente. Meus ombros estavam tensos e curvados.

— Que guardar tudo para si não é uma solução em longo prazo. Você pode estar pensando que pode simplesmente continuar assim indefinidamente, mas as coisas que você viu não vão embora de fato. Elas se acumulam dentro de você e começam a cobrar um preço. E há o trauma mais antigo com o qual você não lidou de verdade. Ninguém é à prova de balas. Pedir ajuda não significa que você seja fraca.

Fraca? De onde ela tirou isso?

— Estou bem. Pergunte a qualquer pessoa com quem trabalho.

Ela analisou meu rosto.

— Se não quiser conversar, podemos explorar outras maneiras de te ajudar no processo. Alguns dos meus clientes fazem ioga, tai chi ou começam a escrever um diário. Só estou tentando oferecer ferramentas. — Ela largou o caderno e tirou os óculos, equilibrando-os entre as mãos. — Quando na sua vida você esteve mais em paz, mais em contato consigo mesma?

— Como assim?

— Qual foi o lugar onde se sentiu mais feliz?

Não tinha ideia de aonde ela queria chegar com essas perguntas, mas Mendocino era a única resposta possível.

— Minhas lembranças não são todas boas — esclareci —, mas é a minha casa.

— Certo. — Apertando os óculos nas mãos, ela olhou para a vista da cidade, para o céu. Então fechou os olhos. — Todos os dias, quero que você imagine Mendocino, que vá até lá na sua mente. Visualize-a até que esteja completa, o lugar inteiro, exatamente como você se lembra. Então, quando estiver tudo nítido, do jeito que você quer, quero que comece a construir uma casa bem devagar, tábua por tábua. Uma casa grande o suficiente para abrigar todos que você perdeu, todos que não foi capaz de salvar.

Um arrepio passou por mim. Eu a encarei. Que tipo de pessoa *falava* assim? Que tipo de vida Corolla tinha vivido para possibilitar que ela se sentasse em um cômodo com um estranho e se sentisse segura o suficiente para fechar os olhos?

— Como esse exercício vai ajudar?

— É uma forma de integrar o que aconteceu com você. Uma história de cura.

História de cura? Ela tinha lido isso no manual de algum terapeuta?

— Não existe casa grande o suficiente — enfim respondi.

— É a sua casa, sua mente. — Os músculos do rosto dela haviam se suavizado. — Pode ser tão grande quanto precisar ser. Pinte os cômodos com cores vivas. Deixe a luz entrar. E, quando tudo estiver certo, imagine as pessoas entrando juntas, Anna; juntas, felizes e inteiras. Todas aquelas crianças, que não mereciam o que passaram.

Dentro do peito, senti algo estremecer e cair. Se ela ao menos parasse de *falar*, eu poderia reconfigurar os pensamentos. Mas ela continuou:

— Não é o que você carrega, mas como aprende a carregar. Você precisa se curar. Sua criança interior também, Anna. Abra espaço para ela. Encontre uma maneira de deixar ela entrar.

.✦✖✦ˣ

(doze)

De volta à cabana depois de deixar Caleb, aqueço uma lata de ensopado e como, apoiando-me na pia. Em seguida, coloco dois dedos de uísque Marker's Mark em um copo, percebendo meu reflexo no vidro da janela: o rabo de cavalo casual, a camiseta térmica amarrotada e o jeans que não lavo há semanas. Caleb foi educado o suficiente para não comentar nada quando estivemos juntos mais cedo, mas evidentemente parece que faço parte do elenco de *O Chamado da Floresta*.

Fico acordada até bem depois da meia-noite, bebendo e olhando para a lareira até que desabo em um ponto no sofá xadrez e áspero da sala de estar. Os sonhos vêm contra a minha vontade. Não pedi por eles. São sonhos mesmo?

Estou com Eden em uma trilha estreita na floresta. Ela caminha à frente com uma das jaquetas de trabalho pesadas de Hap, os ombros retos e firmes. Ela não estava doente na época. Ainda não.

— Olhe aqui, Anna. Uma curandeira me mostrou isso uma vez. — Ela aponta para uma árvore que está fortemente dobrada para o lado, como se tivesse cintura e estivesse olhando para o húmus espesso e úmido ao redor.

Espera aí.

— Você conhece uma *curandeira*?

— É uma árvore-guia. — Ela sequer tinha ouvido minha pergunta? — Uma seta. Centenas de anos atrás, o povo pomo às vezes fazia isso para avisar uns aos outros sobre o caminho que deveriam seguir. E, veja, estamos recebendo a mensagem agora.

— Que mensagem?

Então Eden desaparece, e, em seu lugar, surge Hap, mais velho do que jamais o conheci em vida. Dobrado como a árvore, quase pela metade, agachado na trilha.

— Só o velho quadril gritando — diz ele em voz alta, como se pudesse ouvir meus pensamentos e soubesse que estou preocupada com ele. — Vamos. Podemos fazer isso juntos. Estamos quase lá.

Onde? Tento chegar mais perto, mas estou presa de alguma forma, colada no lugar. *Estou com saudades*, tento dizer. *Não consigo fazer isso sozinha.*

— Quase lá — diz ele novamente. Mas não tinha se movido.

À nossa volta, a névoa é tão densa que as árvores gotejam. Vejo uma lesma-banana no caminho, perto da ponta da minha bota molhada, grossa e amarelo-esverdeada, escorregadia por causa do orvalho.

— Todo mundo está bem hidratado hoje. — Ele está ouvindo meus pensamentos de novo e ri um pouco. — Aqui, olhe.

É a mesma árvore-guia, mas os galhos apontam para uma corça ferida. A pele da criatura tinha sido rasgada de um jeito terrível; seu abdômen, mastigado de modo que consigo ver como seu coração treme, do tamanho de um punho, escuro com o sangue. De sua garganta sai um ruído nem humano nem animal, mas ambos simultaneamente: é um som profundo e constante de dor.

Oh, Hap, faça alguma coisa.

— Eu não posso, mas você pode. Ela é igual a você, querida. É assim que você a encontrará.

Então o cervo desaparece. O chão da floresta é da cor de canela graças às folhas de sequoia: frescas, inteiras e estáticas. Hap não está à vista, mas posso ouvi-lo, suas palavras passando por mim como um som original, o mar dentro de uma concha, a floresta inteira no galho de uma árvore.

— Não tenha medo. Você saberá o que fazer. Basta seguir os sinais.

O quê? Não. Volte aqui!

— Anna, querida. É por isso que você está aqui. Abra os olhos.

Acordo com uma dor de cabeça latejante, a língua áspera e espessa. Já faz muito tempo que tenho estes sonhos vívidos. Todos os policiais têm ou passam a ter eventualmente. Mas este causou uma ressaca que não tem quase nada a ver com o uísque.

Ligo o chuveiro e fico sob a água corrente por um longo tempo, esperando que o latejar na cabeça diminua, mas isso não acontece. Uma onda de náusea me atinge e caio no chão, abraçando os joelhos enquanto a água corre sobre mim como uma cortina de chuva quente. Sinto uma dor estranha e maçante na parte inferior das costas e na barriga, uma sensação que me confunde até que sinto o cheiro de ferro. Observo o sangue escorrendo entre as minhas pernas até descer pelo ralo, rosa-claro e diluído. Minha menstruação voltou.

Enquanto lentamente me curava da mastite e os seios começavam a voltar ao normal, tentei me esquecer do meu corpo, mas ele, obviamente, se lembra de tudo. Lembra-se de como gritei naquele dia, parecendo uma estranha para mim mesma; como Brendan insistia em dizer que a ambulância estava a caminho, como se isso fizesse alguma diferença. Minha vizinha, Joan, não saía do meu lado. Seu rosto estava branco e pálido. *Sinto muito*, ela ficava dizendo. Mas eu não conseguia respondê-la. Mais tarde, os paramédicos pairaram sobre mim; minha calça jeans agarrada às minhas pernas, molhadas e frias. Sentia-me morta dentro dela. Era hora de soltar o corpo, mas eu não conseguia abrir os braços. De longe, ouvi um bebê chorando. Um dos paramédicos repetia meu nome, o que, de repente, parecia absurdo.

Encharcada e tremendo no chuveiro, sinto tudo com uma rapidez chocante: o peso da culpa, a dor que causei a Brendan, Frank duvidando de mim, os destroços da minha vida a distância, como uma cidade em chamas. Esperava que Mendocino pudesse ajudar a me curar e esquecer. Em vez disso, a cidade cheia de fantasmas e pistas, mensagens que estiveram esperando impacientemente por mim. Hap no meu sonho com a corça ferida. *Ela é igual a você, querida. É assim que você a encontrará.* Os olhos assombrados de Cameron em seu pôster de desaparecida. Seu pedido de ajuda, que eu não tinha deixado de ouvir por um momento, não importa o quanto tivesse tentado.

Levanto-me, os joelhos batendo juntos com tanta força que parece perigoso estar no meu corpo. Acabei de chegar aqui. Não estou nem de perto pronta para nada disso, mas não importa. No vapor do espelho do banheiro, um pequeno círculo tinha se dissipado, e posso ver o meu rosto no centro dele. Cada sinal é o mesmo. Devo encontrar Cameron Curtis.

2

COISAS SECRETAS

(treze)

No dia 4 de julho de 1970, dia da Independência, todas as viaturas do departamento do nosso xerife desfilaram pela rua principal até o penhasco para queimar fogos de artifício. Ellis Flood estava distribuindo fogos para todas as crianças. Com 12 anos na época, eu aguardava chegar a minha vez. Ele tinha um estoque inteiro em seu escritório, incluindo bombas de fumaça, fontes e foguetes vermelhos que diziam: "NÃO SEGURAR APÓS ACESO" na lateral da caixa laranja e azul – como se precisássemos ser informados. Mas talvez precisássemos, sim.

Nunca me senti muito confortável com feriados. Comemorações normalmente significavam caos para mim. Os adultos no comando ficavam ainda mais distraídos e erráticos do que o normal, sentindo-se no direito de desfrutarem de uma liberdade ainda maior do que a cotidiana.

Em uma manhã de Natal, quando eu tinha 8 anos, acordei cedo em nosso apartamento em Redding e descobri que minha mãe não estava em sua cama no quarto nem em casa. Na sala de estar, a árvore de plástico, que havíamos erguido na semana anterior, tinha apenas um lençol amassado embaixo, onde os presentes deveriam estar. As luzes da árvore foram deixadas acesas durante a noite e lançavam reflexos de luz da cor do arco-íris na parede e no carpete. Na mesa de centro, ao lado de um cinzeiro transbordando, três meias de feltro vermelhas e brancas, que ainda tinham as etiquetas de preço, estavam meio penduradas para fora de um saco plástico da Longs Drugs.

Estava começando a compreender a situação quando as crianças saíram dos quartos e tive que pensar rápido.

— O Papai Noel veio? — perguntou Jason. Ele só estava vestindo a camiseta do Capitão Canguru, sem calças, com o seu guepardo, Freddy, ao lado.

— Ele deve estar ocupado este ano — falei rapidamente. — Provavelmente virá hoje à noite.

— Onde *tá* a Robin? — Amy tirou o polegar da boca para fazer a pergunta e rapidamente o colocou de volta, olhando ao redor da sala enquanto eu a empurrava suavemente por trás.

— Ajudando o Papai Noel. Venham, vamos comer.

Jason e Amy eram meus meios-irmãos, com 4 e 5 anos na época. "Gêmeos irlandeses", minha mãe sempre os chamava, embora eu não tivesse ideia do que ela quisesse dizer. A mãe deles, Trish, sempre tinha sido um pouco problemática e não aparecia para visitá-los havia muito tempo. Nosso pai, Red, estava cumprindo pena no condado por assalto à mão armada em uma loja de bebidas. Ele tinha usado uma touca ninja, mas tinha tirado assim que saiu, e houve testemunhas.

— Que estúpido — disse minha mãe mais de uma vez após a condenação dele. — Burro igual uma porta.

Aprendi a concordar com ela havia muito tempo e não tornar nada mais difícil. Felizmente ela gostava das crianças, embora não fossem realmente suas e ela nunca tivesse gostado da Trish. Eu fazia a maior parte do trabalho, de qualquer maneira. Estávamos sozinhos havia meses, nós quatro, e estava tudo bem. Eu tinha permissão para cozinhar desde os 5 ou 6 anos e nunca havia me acidentado, nem mesmo queimado um dedo.

— Você é uma boa ajudante — dizia minha mãe de vez em quando e, quando dizia, parecia que o sol estava saindo de trás de uma grande nuvem escura.

✦ ◼ ✦

Naquela manhã, arrastei uma cadeira até o fogão para fazer ovos mexidos, empurrando-os para frente e para trás na frigideira com a colher de pau até que estivessem totalmente cozidos. Amy não os comeria de outra forma.

Amy tinha cabelo louro bem claro. Quando estava preocupada, colocava as pontas dos fios na boca e as chupava junto com o polegar. Ela estava fazendo isso agora.

— Onde *tá* a Robin? — perguntou ela novamente.

— Já disse, ela está ajudando o Papai Noel. Agora beba seu leite.

— Ainda estou com fome — anunciou Jason. — Posso comer um biscoito Pop-Tart?

— Não está com fome, não. — Já tinha visto a quantidade de comida que tínhamos. Certa vez, antes de as crianças começarem a morar com a gente, minha mãe tinha ido à loja comprar cigarros e demorado dois dias para voltar. Eu havia comido cereal até ficar sem leite. Para as crianças, eu teria que ser mais engenhosa. — Aqui — falei, dando a Jason o resto dos meus ovos. — A gente vai se vestir e brincar lá fora.

— Você não vai *pra* escola? — perguntou Amy.

— Não, hoje é feriado, querida. Agora pare de fazer perguntas.

O dia todo brincamos no pátio do prédio, na lavanderia, que era perfeita para esconde-esconde, e na piscina, que havia sido esvaziada no final do verão e não seria enchida novamente por meses. Comemos sanduíches de queijo debaixo de um arbusto de camélia e depois construímos um jardim de fadas com pedras, prendedores de roupa e tudo o que conseguimos encontrar. Isso foi bom porque tomou bastante tempo. Sempre que uma das crianças perguntava quando íamos voltar para dentro, eu pedia que fossem pacientes. O Natal atrasou esse ano por causa de uma tempestade de gelo no Polo Norte, e foi por isso que Robin teve que ajudar.

Tudo estava indo tranquilamente como um sonho até que uma de nossas vizinhas, Phyllis, passou com seu chihuahua, Bernard, e parou, analisando-nos como se estivéssemos fazendo algo errado apenas por respirar.

— Onde está a sua mãe?

— Dormindo — respondi, lançando um olhar para as crianças que significava que elas não deveriam me contradizer.

Jason acenou com a cabeça e depois estendeu a mão para Bernard, que deslizou para o lado, tremendo.

Aquele cachorro não gostava de gente, principalmente de crianças, mas Jason não se conteve.

Phyllis pegou o trêmulo Bernard no colo com uma expressão de nojo no rosto e continuou olhando para nós.

— No Natal?

Amy não tinha se mexido ainda, mas então ela falou:

— E o que tem isso? Ela *tá* cansada.

Phyllis eventualmente voltou para seu apartamento, mas continuou olhando pela fenda entre as cortinas. Enquanto isso, eu disse às crianças como elas eram boas e que estava orgulhosa delas. E estava mesmo. Qualquer preocupação que tinha sentido por minha mãe era contrabalanceada pela leveza do dia, pela forma como as coisas pareciam fáceis, exceto pela conversa com Phyllis. Mamãe tinha "muita coisa para resolver", como eu costumava dizer. Mesmo com o vale-refeição, alimentar três crianças não era mamão com açúcar. Por mais instável e mal-humorado que Red pudesse ser, ele sempre tinha conseguido fazê-la rir. Agora que ele não estava com a gente havia algum tempo, nada a impedia de se afundar em um poço profundo de melancolia. Ela estava sozinha, cansada, e a vida estava passando por ela.

Certa vez, encontrei Amy no corredor ouvindo atrás da porta enquanto mamãe chorava em seu quarto. Ela tinha estado lá o dia todo.

— Com o que a Robin *tá* tão preocupada? — perguntou Amy quando dei a ela um punhado de biscoitos em forma de animais para distraí-la.

— Muitas coisas. Você não entenderia.

x ✦ ✖ ✦ x

(quatorze)

Descubro que o escritório do Will é o mesmo que seu pai tinha. Sentado à mesa, ele levanta os olhos quando bato à porta. Está cercado por papelada sob a luz fluorescente, uma barba loiro-avermelhada brilhando ao longo de suas bochechas e de seu lábio superior, os olhos cansados, mas ansiosos assim que me vê; está evidentemente surpreso.

— Anna. Oi. O que aconteceu?

— Tem tempo para conversar?

— As coisas estão uma loucura agora. Posso ligar para você mais tarde?

— Na verdade, estou torcendo para que me deixe ajudar com o caso.

— O quê? — Ele pisca rapidamente. — Está falando sério?

— Muito.

Ele nos serve café em canecas de cerâmica manchadas e adiciona um pouquinho de leite em pó; o costumeiro cheiro doce e químico. Tudo é familiar: as paredes de blocos de concreto nas cores cinza e bege, similares às que encontramos em terrenos baldios industriais, as pastas de arquivos amassadas e espalhadas sobre resíduos e formulários, os *post-its* enrolados e os cadernos 3x5 usados pela metade, as canetas Bic azuis espalhadas com as tampas dobradas e mastigadas. Atrás da mesa de Will, uma folha de papel Kraft está pendurada com listas rabiscadas de nomes, datas e horários referentes ao caso de Cameron. Ao lado dele está outro pôster de desaparecimento, preso na parede na altura dos olhos.

SEQUESTRADA
Ameaçada com faca
Polly Hannah Klaas
Data de aniversário: 03/01/1981
Cabelo castanho; olhos castanhos
1,47m de altura; 36kg
Vista pela última vez em 1ª de outubro de 1993, em Petaluma, Califórnia

Fico estática – arregalo os olhos – enquanto tudo acelera. Foi ontem.

— Espera um pouco. O que é isso?

Ele balança a cabeça como se quisesse apagar os fatos.

— Sei que é muito para processar. Estou no telefone desde o amanhecer. O suspeito ainda está foragido. — Ele entrega um esboço composto de um homem corpulento de meia-idade.

SUSPEITO
Homem branco adulto entre 30 e 40 anos.
Aprox. 1,90m — Cabelo escuro/cinza-escuro
Barba cheia, vestindo roupa escura
Usando bandana amarela ao redor da cabeça
Se tiver alguma informação sobre este homem
LIGUE PARA A POLÍCIA DE PETALUMA:
707-778-4481

Muito para *processar*? Vim aqui pronta para fazer o que puder para encontrar uma garota, e aqui está outra. Como se houvesse algum tipo de porta giratória doentia que ainda não percebemos.

— Como isso se relaciona com o nosso caso? Será que esse é o mesmo cara que pegou a Cameron?

— Espero que sim. — Will respira fundo. — Há testemunhas dessa vez. Há uma cena do crime. As duas melhores amigas de Polly estavam com ela quando ele entrou no quarto. Elas ouviram a voz dele. Viram o rosto dele.

Conforme absorvo os detalhes, sinto mais e mais como se estivesse pisando em uma água escura e espessa. Estamos no fundo do poço agora.

Essas eram três garotas de 12 anos no meio de uma festa do pijama. A festa do pijama de sexta à noite, dilacerada como um coração de papel rosa. O sequestrador de Polly havia eclipsado a porta do quarto, ameaçando cortar suas gargantas se gritassem. Ele tinha colocado fronhas sobre as cabeças das meninas e feito com que contassem até mil. Qual havia sido a sensação de esperar até mil? Com certeza uma eternidade.

— Não havia nenhuma impressão digital na porta dos fundos — diz Will. — Foi assim que ele entrou. A equipe encontrou uma no quarto de Polly, mas está muito manchada para testarmos no sistema. Aparentemente, ele usou uma ligadura pré-cortada e um capuz que fez com algum tipo de material sedoso, como uma meia-calça.

Toco as laterais da cadeira, lisa e sólida.

— Um capuz?

— Isso. As meninas disseram que ele parecia desorientado ao encontrar as três ali. Perguntou qual delas morava na casa.

— Talvez ele tenha visto Polly em outro lugar e focado nela, sem pensar ou se importar com quem mais poderia estar lá quando decidiu agir. Uma casa cheia de garotas não é exatamente silenciosa. Onde estavam os pais?

— A mãe estava dormindo, e o pai estava na sua própria casa. São divorciados.

— Eles poderiam nem ser capazes de proteger a menina, mesmo se os dois estivessem lá e acordados. Alguns predadores se recusam a parar uma vez que estão em ação.

Os olhos de Will estão ligeiramente vidrados, e sei o porquê. Nos últimos dez dias, desde que a família de Cameron havia relatado o desaparecimento dela, ele estava em um campo minado, mas que agora tinha o dobro do tamanho, e o dobro do risco.

— Se esse for o mesmo cara que levou a Cameron — diz ele finalmente —, digo, se ele está ativamente em busca de vítimas, não há chance de a gente encontrar ela viva, há? Diga você.

Mas não existe uma resposta fácil. Setenta e cinco por cento das crianças sequestradas e assassinadas são mortas nas primeiras três horas após serem levadas. Mas Cameron não é mais uma criança. Ela tem 15 anos. E há o seguinte: na pilha de casos em que trabalhei ao longo dos anos, apenas uma vez uma vítima adolescente conseguiu escapar de seu raptor e voltar para casa, e dois anos depois de ter sido sequestrada.

Normalmente, até mesmo encontrar um corpo é uma vitória. Tudo o que se pode imaginar, os humanos podem fazer. E, ao mesmo tempo que meu cérebro de policial sabe que Cameron provavelmente está morta, outra voz, que é puro instinto e intuição, está me dizendo para não desistir.

— Escute — digo para Will —, não temos como saber até obtermos mais informações. Você entrou em contato com o departamento de Petaluma?

— A primeira coisa que fiz esta manhã. Eddie Van Leer é o detetive à frente do caso no Departamento de Polícia de Petaluma. — Will estende a mão para o bloco de notas mais próximo e vasculha as páginas. — Rod Fraser é o agente especial do FBI. Já trabalhou com ele?

— Uma vez, cerca de dez anos atrás. É confiável. Não é o típico cara do FBI. Não precisa ser a pessoa mais inteligente da sala.

— Bem, alguém está fazendo algo certo ali. O rosto de Polly já está em todos os lugares. É um caso nacional, enquanto não tenho nada aqui. Van Leer me disse que já tem sessenta homens trabalhando.

— Você pode ver por que isso está explodindo lá, não é? Uma menina de 12 anos arrancada do próprio quarto numa noite de sexta-feira? Que pai já não teve esse pesadelo?

— Ok, mas Cameron Curtis tem sido *meu* pesadelo por mais de uma semana. Estou sobrecarregado aqui, Anna. — Sua voz falha, e a tensão fica evidente. — Não tive nenhuma ajuda, nenhuma pista. A família está ficando louca. E o que digo a eles? *Jesus.*

É mesmo demais o que ele está fazendo sozinho. É demais para nós dois, mas não vou lhe dizer isso agora. Coloco o café na mesa e pego sua mão, áspera e fria, antes de me afastar novamente.

— Quem quer que tenha levado Polly Klaas pode ser nosso suspeito também, mas isso é um tiro no escuro, Will. Um infrator em série tem preferências e padrões muito específicos. Polly é pré-adolescente e parece muito nova para a idade que tem. Ela não tem seios, não desperta os mesmos apetites. Cameron pode ser emocionalmente jovem, mas parece uma mulher, não uma criança.

— Ok, entendo isso. Mas às vezes eles aproveitam a oportunidade quando ela se apresenta, não é?

— Sem dúvidas. Polly pode ter sido a primeira garota a passar quando ele sentiu o ímpeto de raptar alguém. Mas pense no comportamento dele por um minuto, Will. Esse cara em Petaluma entrou em uma casa cheia com uma faca na mão, deixando testemunhas.

Ele assente devagar. Pisca contra a luz desagradável.

— E Cameron simplesmente desapareceu.

— Honestamente, é assim que geralmente acontece, especialmente com os adolescentes. Se quiser encontrar alguém como a Cameron, em que todas as provas são inexistentes ou invisíveis, você deve estudar a vítima para encontrar as respostas. Tem que viver e respirar como ela, mergulhar profundamente. E, então, talvez, só talvez, ela mostre onde você deve procurar.

— Você realmente quer entrar nessa comigo? — A esperança na voz de Will é palpável; uma bandeira esfarrapada balançando em meio à fumaça.

— Contanto que eu não seja a frente de nada. Meu nome não deve aparecer em lugar nenhum. Nem nas declarações nem na folha de pagamento. Não vou falar com a mídia e, definitivamente, não vou falar com o FBI. Estou aqui por você e essas meninas. Só isso.

— Quaisquer que sejam suas regras, podemos fazer funcionar. Estou feliz por você estar aqui.

Respiro fundo e, em seguida, tateio a borda metálica fria da mesa, meus ombros já tensos com a responsabilidade.

— Eu também.

(quinze)

Na terça-feira, 21 de setembro, Cameron foi até a casa de seu melhor amigo, Gray Benson, para estudar depois da escola, retornando sozinha e chegando por volta das 18h15. Ela e sua mãe, Emily, jantaram, e então Cameron foi para o quarto. Pouco depois das 22h, Emily foi ver Cameron. Elas deram boa-noite uma a outra, e Emily ligou o alarme da casa como de costume, indo para a cama e presumindo que Cameron tivesse feito o mesmo. Mas, às 7h, na manhã seguinte, quando foi acordar Cameron para o café da manhã, Emily encontrou o quarto vazio, e o alarme, desativado. Ela não teve tempo para pensar no porquê, se de alguma forma o alarme não tinha funcionado bem ou se ela havia se esquecido de ligá-lo. Sua filha tinha desaparecido.

Nove minutos depois, ela ligou para o marido, Troy Curtis, que estava em sua segunda casa em Malibu. A ligação durou três minutos. No segundo em que desligou, ela ligou para a emergência. O escritório de Will respondeu em minutos. Antes das 8h, eles estavam entrevistando Emily e vasculhando o quarto de Cameron em busca de pistas. Mas não havia nenhuma.

A propriedade tinha um portão de segurança com uma câmera de vídeo que salvava uma semana de filmagem. Na noite do dia 21, a fita mostrava apenas idas e vindas normais. Emily chegou de carro por volta das 18h, e não houve mais nenhuma movimentação até a ligação para a emergência e a chegada da equipe de Will. Quando eles revistaram o quarto de Cameron e o resto da propriedade, não havia sinais de arrombamento, e nada de significativo estava faltando. De acordo com Emily Hague, Cameron sempre havia economizado sua mesada e tinha pelo menos algumas centenas de dólares em seu quarto, mas o dinheiro, aparentemente, não havia sido tocado.

✦ ◼ ✦

Isso é tudo que tenho, o que é quase nada. A explicação mais simples é que Cameron escolheu fugir. Ela desarmou o alarme e fugiu em algum momento da noite, saindo pela porta da frente e atravessando a floresta, evitando, assim, o portão principal e a câmera. Acontece o tempo todo, crianças deixando a casa dos pais como se quisessem trocar de pele, indo para algo ou alguém que promete liberdade. Uma versão dessa liberdade é sombria e permanente, como o penhasco a cem metros da porta da frente de Cameron. Ela pode ter caído nele imediatamente, o corpo pode ter sido levado pela correnteza ou destroçado por tubarões, apagado com um propósito, sua fuga impulsionada por uma dor interior que ninguém podia ver ou mesmo imaginar.

Se ela estivesse tendo pensamentos suicidas ou apenas perdida emocionalmente, a adoção podia ser parte dessa equação emocional. Cameron foi entregue à tutela do Estado um pouco antes de seu quarto aniversário, uma idade particularmente tenra, embora, pela minha experiência, todas sejam. Seja lá como tivesse sido sua vida antes de desistirem dela – ela se lembrando conscientemente de alguma coisa ou não –, esse tempo ainda a afetaria, sei muito bem disso; estaria incorporado em seu sistema nervoso, entrelaçado com quem ela era. O mesmo aconteceria com a onda do deslocamento. Em um único dia, uma viagem de carro com uma assistente social, sua antiga família foi apagada, riscada, e novos pais apareceram do nada – e, ainda por cima, um deles era um nome familiar. Essa parte eu só posso imaginar, mas deve ter sido confuso e difícil para Cameron, à medida que ela foi ficando mais velha e se tornou mais consciente do mundo em toda a sua extensão, entendendo que sua nova mãe era uma estrela de cinema mundialmente famosa. Quase tão confuso quanto como ela poderia perder sua família em um segundo, por causa de uma decisão que outra pessoa tomou por ela, provavelmente sem nem mesmo tentar explicar. Com a assinatura de alguns papéis, sua história tinha parado e recomeçado. A garota que ela era havia sido apagada junto com seu nome de nascimento e todo o resto: irmãos, animais de estimação, vizinhanças, brinquedos, lembranças – anos inteiros dizimados.

Já que olhar o arquivo dela é como ver uma versão da minha própria história, sei que, mesmo que Cameron se sentisse sortuda por ter sido realocada com os Curtis, como eu tive com Hap e Eden, ela não estaria necessariamente livre de fantasmas. Não importa o quão resilientes as crianças possam ser, ou o quão desejadas, amadas e nutridas por seus novos pais, as feridas originais de abandono e rejeição não se curam como mágica. A coragem e a força interior também não curam totalmente essas feridas, porque a parcela preenchida pelos pais é primordial.

Mães e pais deveriam ficar. Essa é a história humana original, em todas as culturas, desde o início dos tempos. Os meus pais não ficaram, os de Cameron também não. Todas as cicatrizes que ainda carrego, ela carrega também. Problemas de confiança, apego, identidade; sentimentos de vazio, isolamento, alienação e desespero – fissuras na alma que não podem ser consertadas. Eu vi isso. Vivi isso: alguém que tem um buraco dentro de si procurará incansavelmente por vários jeitos de preenchê-lo, às vezes durante a vida toda.

(dezesseis)

Naquele Natal, quando eu tinha 8 anos, minha mãe sumiu por um tempo. Eu estava com medo, é óbvio. Preocupada com que ela estivesse encrencada de alguma forma e não pudesse me ligar. Tentei não pensar em quantas maneiras ela podia ter ficado presa no mundo sozinha enquanto as crianças e eu nos amontoávamos em sua cama para dormirmos juntas, dando a Freddy seu próprio travesseiro. Em um momento do dia, as crianças finalmente pararam de perguntar sobre o Papai Noel, o que era uma pequena benção. Quando caí no sono, coloquei uma das mãos no cabelo sedoso de Amy e a outra na camiseta de Jason, e isso me deixou mais calma de certa forma.

Na manhã seguinte, deixei as crianças assistindo à TV enquanto vasculhava a lata de café solúvel na cozinha; em seguida, fui até a farmácia comprar pão, leite, ovos e pasta de amendoim, já que os supermercados estavam fechados. Passei por Phyllis e Bernard no caminho de volta, e ela fez uma careta para mim como se soubesse de todos os meus segredos.

— Onde está sua mãe *hoje*? — perguntou ela incisivamente.

— Dormindo — respondi mais uma vez; a primeira coisa que veio à minha mente.

— De novo?

— Sim. — Odiei-a de repente, ela e seu cachorro. — Espero que tenha tido um bom Natal — falei com uma falsa alegria. — Até logo.

✦ ✖ ✦

Apesar de Phyllis ter me abalado, quando cheguei a casa, fechei a porta, e tivemos um ótimo dia. Na verdade, foi um dos melhores que já tivemos. Não havia presentes, mas havia comida e todo o tempo do mundo para assistir à TV. Construímos um forte com lençóis e cobertores na sala de estar e o mantivemos ali o dia todo. Quando escureceu, apagamos todas as luzes, exceto as da árvore, e nos deitamos no tapete abaixo dela, olhando para cima por meio dos galhos espalhados enquanto as lâmpadas do arco-íris piscavam e apagavam, quase como um sonho. Então coloquei as crianças na banheira e me certifiquei de que lavassem os cabelos e fizessem suas orações. Quando fomos dormir naquela noite, eu estava começando a acreditar que poderíamos continuar assim para sempre, mesmo que minha mãe nunca voltasse para casa. Eu sabia como cuidar de Jason e Amy, poderia fazer isso. Ficaríamos bem – ou mais do que bem. Seríamos felizes.

Porém, bem cedo, na manhã seguinte, acordei cansada. Jason havia feito xixi na cama, e todos nós ficamos encharcados. Tive que colocar as toalhas na cama depois disso, mas continuei rolando acidentalmente sobre o lugar molhado e acordando de novo. Eu ainda estava preocupada com Phyllis, também, e me perguntando se a encontraríamos mais uma vez, ou se ela começaria a telefonar, querendo saber onde minha mãe realmente estava. Eu tinha certeza de que ela não tinha acreditado em mim.

Levantei-me, fui para a cozinha e comecei a preparar o café da manhã, mas ficava olhando pela janela a cada poucos minutos para ver se alguém estava vindo. As crianças estavam assistindo aos desenhos animados, com o volume alto demais. Eu estava ansiosa e distraída, pensava ter ouvido alguém vindo pelo corredor do lado de fora. Finalmente, fui e verifiquei lá também, olhando para os dois lados do corredor. Foi quando senti o cheiro dos ovos queimando: o fogo estava alto demais, e a manteiga tinha queimado, começando a soltar fumaça. No segundo em que percebi o que estava acontecendo, empurrei a panela do fogo com um estrondo, mas o alarme de fumaça disparou de qualquer maneira, gritando e piscando no meio do teto da cozinha. Não consegui alcançá-lo, nem mesmo com a cadeira. O som foi ensurdecedor e interminável, enquanto meu coração disparava. As crianças começaram a chorar, e gritei para que parassem, mas elas choraram ainda mais. Eu não conseguia pensar, não sabia o que fazer. E então alguém estava batendo na porta, e eu soube que havia cometido um erro terrível; devíamos ter comido apenas cereais. Cereais e manteiga de amendoim.

Os policiais entraram em nossa sala, dois deles, parrudos e grandes, assustando as crianças com seus uniformes e armas no coldre, fazendo várias perguntas. Quando foi a última vez que vi minha mãe? O que ela disse antes de sair? Ela havia mencionado aonde ia na véspera de Natal? Eu sabia como entrar em contato com meu pai? Havia outro familiar por perto? Eu não sabia responder à maioria delas. Jason e Amy estavam aninhados no sofá, espremendo-se com força contra mim, cada um de um lado. Continuei tentando dizer às crianças que tudo ficaria bem, mas já sabia que era tarde demais para isso.

Os Curtis moram ao norte da cidade, em um trecho isolado da Rua Lansing, bem depois do Matadouro Gulch. Quando chegamos ao portão de segurança com a viatura de Will, ele aperta um botão, e alguém nos deixa passar.

— Com certeza *parece* que uma estrela de cinema mora aqui — digo enquanto as lâminas do limpador do para-brisa se movimentam, afastando uma fina camada de chuva.

— Ela não é mais uma estrela de cinema, parou de trabalhar assim que se mudaram para cá, há quatro anos.

— Como ela é?

— Quer dizer, antes de tudo isso? Nem sei. Eles não são gente como a gente. O marido viaja de avião particular. Todas as compras são entregues em casa. Estou surpreso que deixaram Cameron ir para a escola pública em vez de contratar um professor particular ou algo assim. Essa deve ter sido a sua única concessão, uma facada da vida real.

Quando estacionamos e saímos do carro, uma grande porta se abre, e Troy Curtis aparece, jovem e bonito, vestindo jeans desbotados e um suéter, piscando por causa da garoa. Apressamo-nos em direção à porta que ele mantém aberta, e é quando vejo que ele é bem mais velho do que pensei, quase 50 anos, talvez, com pequenas linhas de expressão ao redor dos olhos e da boca.

Will e eu entramos no hall, onde tudo está impecável e quase cirurgicamente organizado: iluminações embutidas e móveis de aspecto dinamarquês, todos brancos; o piso brilhante e pálido, no qual estamos pingando.

— Vou pegar algumas toalhas — diz Troy, desaparecendo.

Quando ele volta, seco-me, constrangida, enquanto Will me apresenta, explicando o que combinamos: sou uma investigadora criminal prestando consultoria no caso de Cameron; nada mais, nada menos do que isso.

— Alguma notícia sobre essa garota sequestrada em Petaluma? — pergunta Troy. — Isso tem alguma coisa a ver com a Cameron?

— Não sabemos de nada ainda — responde Will —, mas estamos em contato próximo com a equipe de lá. Assim que tivermos notícias, compartilharemos.

Troy acena com a cabeça, cansado, enquanto nos guia para a sala de estar e aponta para poltronas elegantes e sem braços. Ainda estou segurando a toalha e a dobro sob mim, sentindo-me deslocada aqui, fora do eixo. Mas preciso ignorar isso.

— Sua esposa está em casa, Sr. Curtis?

— Emily acabou de ir se deitar. Os últimos dias foram difíceis para ela.

— Sem dúvidas — confirmo. — Deve ser um momento terrível para os dois, mas estou um pouco por fora neste caso. — Olho para Will, para ter certeza de que não estou me excedendo, mas ele está recostado na cadeira.

Você está no comando, a linguagem corporal dele me diz. Sou eu quem precisa ser atualizada.

— Pode me falar sobre a noite do desaparecimento da Cameron?

Troy parece exausto, mas concorda.

— Eu queria ter estado aqui, mas trabalho em Los Angeles e fico em nossa casa em Malibu durante a semana.

— O que geralmente acontece aqui durante a semana?

— Jantar, lição de casa... coisas comuns. Liguei para Emily um pouco antes das 22h, Cameron estava no quarto. Tudo parecia bem.

— E na manhã seguinte? O que aconteceu?

— Quando Cameron não foi tomar café, Emily foi ao quarto dela e então me ligou. Falei para ela ligar para a polícia e pulei num avião.

— Percebeu se sua filha parecia infeliz ultimamente? — pergunto.

Troy balança a cabeça.

— Cameron sempre foi quieta. Ela é introvertida, mais parecida com a Emily do que comigo. Mas eu não diria infeliz.

— Sei que ela tira boas notas e gosta muito de ler. Não é muito popular nem pratica esportes. Já pensou que pode ter algo a mais nessa timidez ou reclusão?

— Como assim?

Meus olhos encontram os dele, que estão nebulosos.

— Algumas crianças são quietas, mas, na verdade, estão se rebelando secretamente. Elas se cortam, usam drogas ou tem relações sexuais sem proteção.

— Não. — Ele estremece; mal é perceptível, mas notei. — Nada disso. Ela é uma boa menina.

— Não estou sugerindo que sua filha não seja uma boa pessoa, Sr. Curtis, ou que ela tenha feito algo errado.

— Os adolescentes podem ser difíceis de ler — intervém Will.

— Às vezes eles estão lutando contra algo, e ninguém sabe — acrescento. — São bons em esconder o que sentem.

— Não estou tão perto dela quanto costumava ficar — afirma Troy —, mas Emily teria notado se algo estivesse realmente incomodando a Cameron.

— Fale um pouco sobre a adoção — peço, mudando a tática.

— Usamos uma agência em Sacramento, a Instituição Beneficente das Famílias Católicas. Acredito que ainda exista.

Anoto o nome no caderno que trouxe.

— Adoção aberta ou fechada?

— Fechada. Por que pergunta?

— Só estou pensando em voz alta. Nem sempre é o caso, mas algumas crianças nunca superam a dor de serem rejeitadas. Abandonadas pela primeira família. Essa dor pode levar a certos tipos de comportamentos e riscos.

— Eu já disse, não é nada disso.

— A agência revelou algo para vocês sobre a família biológica dela?

— Muito pouco. Sabíamos que eles tinham outro filho, um pouco mais velho. Além disso, havia histórico de uso de drogas e encarceramento.

— Isso não o assustou?

— Um pouco, acho. Emily tinha ideias muito certas de querer fazer o bem, de ajudar onde a ajuda é mais necessária. — Seu olhar se estreita, e de repente ele está na defensiva. — Está dizendo que fizemos algo errado?

— De forma alguma, estou apenas apresentando algumas coisas a serem consideradas. Tinha algum homem mais velho na vida da Cameron que pudesse ter mostrado um interesse específico nela? Um amigo da família, talvez, ou um professor?

— Não que eu me lembre de cabeça.

— Steve Gonzales — responde Emily, aos pés da escada flutuante. — O professor de inglês dela. — Ela havia se aproximado de nós sem fazer barulho.

✦ ✕ ✦

(dezessete)

Uma coisa é ver Emily Hague como Heidi Barrows em *Soho Girls,* sua novela *sitcom*; as piadas, as roupas e o corte de cabelo conhecidos por todo o mundo. Outra coisa é ficar com ela em sua sala de estar, no meio de uma verdadeira tragédia. Ela é mais bonita do que qualquer câmera tinha sido capaz de capturar e triste de uma forma que me é muito familiar. Por um breve momento, pergunto-me se vou ser capaz de lidar com tudo isso estando aqui, mas então retomo o foco para o principal objetivo.

Levanto-me.

— Sou Anna Hart, uma nova agente no caso da Cameron. Espero não ter te acordado.

— Está tudo bem. — Emily se move em direção ao sofá, parecendo cautelosa e delicada ao mesmo tempo, como se estivesse acometida por uma lesão física em vez de uma emocional. — Já encontraram a garota de Petaluma?

— Receio que não — responde Will. — Assim que tivermos alguma notícia, vamos compartilhar.

— Sei como isso deve ser difícil — prossigo. — Pode me falar um pouco sobre a Cameron?

— O que quer saber?

— Qualquer coisa. Tinham um bom relacionamento? Ela conversava com você?

— Ninguém me perguntou isso ainda. — Ela cruza os braços sobre o peito como se estivesse com frio. — Acho que sim. Eu tentava fazer com que ela soubesse que sempre podia contar comigo. Mas, você sabe, mães e filhas.

— Sei — afirma Will, para ser delicado. — Mais alguma coisa além da tensão normal? Nos últimos dias, parecia estar acontecendo algo com ela? Alguma mudança perceptível no comportamento? Ou novos fatores de estresse?

— Já falamos sobre isso. — As mãos de Troy cobrem os joelhos, os dedos pressionados firmemente.

— Eu sei — fala Will. — Mas precisamos deixar a detetive Hart a par da situação. Quanto mais vocês puderem cooperar, mais poderemos ajudar a Cameron.

— *Ajudar*? — Troy entra em erupção. — Estamos apenas andando em círculos! Que tal você sair e *procurar*?

— Troy — adverte Emily, tentando acalmá-lo.

— O quê? — Seu rosto ficou vermelho. De repente, não há nada de bonito ou contido nele. Ele é um animal acuado, atacando para se defender.

— Prometo a você que estamos procurando — assegura Will, entrando em cena. — Todos os homens do meu departamento estão nessa busca desde o primeiro dia. Esperamos também mobilizar uma nova equipe do Serviço Florestal dos Estados Unidos em breve. Nada é mais importante do que encontrar a sua filha.

— Todos queremos a mesma coisa — acrescento, tentando controlar minhas emoções. Já é bem difícil estar perto desse caso sem precisar lidar com a reação de Troy. Não tenho certeza se confio nele, ou em mim mesma, aliás. — Precisamos nos concentrar mais na Cameron agora — afirmo calmamente. — Quem ela é, com o que se preocupa, como são seus dias, quem vê depois da escola... ela tem namorado?

— Não — responde Emily rapidamente. — Nunca.

Isso me surpreende.

— Uma garota linda como a Cameron sem nenhum interesse em meninos? Ou homens?

— Homens? — Emily parece sentir dor. — Não que eu saiba. Não que ela compartilhasse comigo. — Ela olha para Troy. — Com a gente.

— E esse professor que você mencionou? — pressiona Will. — Você o conhece? Já os viu juntos?

— O ano letivo tinha acabado de começar, mas eu o conheci na apresentação curricular para os pais. Não acho que ele tenha sido impróprio nem nada, mas tinha um interesse particular na Cameron. Ele disse que ela é uma escritora talentosa e tem incentivado a poesia dela.

— Vamos verificar — garanto. — E quanto a Gray Benson? Algum vínculo romântico sobre o qual devemos saber?

— Eles são apenas bons amigos — responde a antiga atriz. — Cameron sempre pôde contar com ele.

— Contar como? — pergunto. — Para que tipo de coisa?

— As coisas normais, acho. — Emily não olha para Troy, apenas busca se centralizar, respirando fundo. — Temos tido alguns problemas. Familiares.

— Isso não é da conta de ninguém — irrompe Troy.

— Sr. Curtis — interrompo-o, mantendo minha voz o mais neutra possível. — Se a Cameron estava estressada em casa, precisamos saber disso. Não pode esconder nada que possa ajudar no caso.

— Troy, por favor — pede Emily. — Temos que ser honestos. A Cameron foi afetada por tudo isso. Você sabe que sim.

Pela tensão na voz de Emily, posso dizer como é difícil para ela baixar a guarda e mostrar fraqueza. Mas isso é verdade para a maioria das pessoas em uma situação como essa. Raramente encontrei uma família que pudesse suportar o escrutínio de uma investigação sem desmoronar; às vezes lentamente, às vezes de uma vez só.

— Temos discutido muito ultimamente — começa Emily.

— Todo mundo discute — completa Troy como um reflexo. — Casamento não é brincadeira.

— Cameron sempre foi sensível — prossegue Emily. — Acho que ela está preocupada que a gente se separe.

— Certo — confirmo. — Você tentou tranquilizá-la?

— Tentei. Talvez não o suficiente.

Will e eu trocamos um olhar. Estamos apenas começando a entender a dinâmica familiar, mas ficou óbvio que Cameron está sob pressão emocional. Nesse estado, ela pode ter buscado apoio em alguém novo ou em um conhecido, alguém que ela acreditava que podia ajudar. Esta necessidade aumentou sua fraqueza. Isso a pintou como um alvo: fez com que ela brilhasse no escuro.

— Emily — começo —, correndo o risco de deixá-la desconfortável, o xerife Flood mencionou que no passado foram feitas acusações criminais contra seu irmão. Ele teve algum acesso à Cameron recentemente?

Ela empalidece.

— Como assim "acesso"?

— Ele ainda faz parte da sua vida? Com que frequência o vê?

— Não tanto quanto costumávamos. Ele e a esposa, Lydia, moram em Napa agora. Eles compraram um vinhedo e fazem o próprio vinho.

— Ele está aposentado, então?

— Ele se deu muito bem. — Seu tom é rígido, defensivo. Contudo, também ouço outra coisa. A culpa do sobrevivente? Algum tipo de aliança invisível?

— Alguma razão para as visitas terem parado? — pergunta Will.

— Apenas a vida, acho. Temos estado ocupados aqui.

Mais ocupada agora do que antes quando trabalhava? – penso comigo mesma. Então pergunto:

— Ele e Lydia têm filhos?

— Meu sobrinho, Ashton, está em um colégio interno no leste, em Andover. — Ela faz uma pausa, sua expressão ficando séria. — Sobre o que são todas essas perguntas? Está sugerindo que Drew possa ter machucado a Cameron?

— Adoraria ver o quarto da Cameron — digo, fechando o caderno. — Emily, poderia me mostrar?

॰❖ ❒ ❖॰

(dezoito)

Will fica na sala de estar com Troy enquanto Emily me leva por um longo corredor reluzente com janelas quadradas e separadas umas das outras. Dentro de cada saliência profunda, uma pequena árvore de bonsai perfeita forma um arco saindo de um vaso de terracota como uma obra de arte, verde-claro e escultural. Elas não parecem reais.

— Você tem um jardineiro? — pergunto. — Uma governanta?

— Uma equipe de limpeza vem da cidade a cada duas semanas. Faço todo o resto.

— Isso é impressionante.

— É? A maioria das mulheres não tem ajuda.

A maioria das mulheres não é Emily Hague, penso.

Chegamos ao final do corredor, numa porta fechada. Emily parece relutante em entrar, então entro primeiro, respeitosamente, ao sentir sua tensão. Dezenas de homens já estiveram aqui, revirando tudo, procurando impressões digitais. Eles vasculharam roupas, livros e álbuns de fotos, abriram todas as gavetas. Essas violações são necessárias, mas difíceis de observar, principalmente se Emily sente culpa e autocensura, possivelmente acumuladas por anos, se meu instinto estiver certo.

A cama grande de Cameron está cuidadosamente arrumada com um edredom simples de cor creme e um pequeno travesseiro de veludo azul em formato de coelho. Eu me pergunto se ela é o tipo de garota que mantém tudo arrumado e perfeito o tempo todo, ou se Emily foi quem veio arrumar depois que a equipe forense foi embora, incapaz de se conter.

— Estavam sozinhas naquela noite, só vocês duas? — questiono. — Cameron parecia bem?

— De maneira geral, sim. Ela não tinha se encaixado na rotina do segundo ano ainda. Estava mais mal-humorada do que o normal, um pouco ansiosa, acho.

— Ela disse sobre o quê?

— Tentei não me intrometer. Tenho todos esses livros que dizem que os adolescentes precisam de espaço. Foi um erro?

— Os adolescentes são complicados. — Caminho até a estante de livros, tocando suavemente as lombadas.

Mulherzinhas. Uma Dobra no Tempo. Tess dos D'Urbervilles. O Apanhador no Campo de Centeio. Há contos de fada, histórias de fantasia, quadrinhos e poesia. Rilke, T. S. Eliot, Anne Sexton. Esta é a estante de uma escritora que está começando.

— Onde está o trabalho que você mencionou? — pergunto. — As coisas que o professor elogiou?

— Não tenho certeza. Ela sempre foi muito reservada, mesmo quando menina.

— Ela colocou os sentimentos no papel. Desenhava também?

— Sim. Mais quando criança. Como sabia?

— Só um palpite. Se pudéssemos encontrar alguns escritos recentes, poderíamos ter mais pistas sobre o que estava acontecendo com sua filha. — Ponho a mão debaixo da borda da estante e não encontro nada, nem mesmo poeira. Abro a gaveta da escrivaninha e em seguida apalpo as bordas do colchão.

— Ela pode ter mantido tudo no armário da escola — sugere Emily.

— Pode ser. Tenho certeza de que a equipe do xerife Flood coletou tudo isso, mas vou verificar novamente. No caso de termos perdido alguma coisa.

Vou até o guarda-roupa de Cameron, onde meia dúzia de vestidos foi empurrada para trás. Vejo jeans, camisetas, moletons e roupa xadrez, principalmente. Ela gosta de preto, cinza e vermelho; tênis Converse e suéteres com mangas raglãs de gola alta. Coisas de uma menina moleca. Pego a bainha de uma camisa xadrez vermelha que parece gasta, uma peça favorita. É tão íntimo estar aqui entre as coisas dela. Sinto vontade de me desculpar com a garota.

Emily para atrás de mim e pega um dos suéteres de Cameron nos braços, como se, com bastante calor e atenção, ela pudesse trazê-lo à vida.

— Estou tentando me preparar para o pior, mas isso está me matando. Se alguém a machucou ou... — Ela respira fundo. — Acha que pode ter sido um dos meus fãs? Se for minha culpa, simplesmente não sei como vou viver comigo mesma.

— Vamos tentar não pensar assim — peço. — Se isso fosse uma jogada para chamar sua atenção, é mais do que provável que houvesse um pedido de resgate ou algum tipo de mensagem especificamente para você.

— Faz sentido — responde ela, parecendo um pouco mais tranquila.

— Ainda há muito que não sabemos, obviamente. Vamos tentar dar um passo de cada vez.

— Fico pensando que vou acordar — diz Emily com a voz tensa —, que ela vai entrar pela porta e vou saber que foi tudo um pesadelo.

— Eu sei — digo baixinho.

— O que você estava falando antes, sobre as questões de abandono. Nunca realmente pensei sobre isso, com o Troy e eu. Ou talvez eu pensasse e apenas afastei essa ideia.

Aceno com a cabeça para encorajá-la.

— Eu deveria ter sido mais aberta com a Cameron. Deveria ter falado mais com ela. Quando eu tinha a idade da Cameron, meu pai teve um caso com alguém do nosso clube de campo em Bowling Green, na região norte de Ohio, onde cresci. — Ela balança a cabeça, os olhos turvos, cheios de sentimentos não resolvidos. — Todo mundo sabia que ele estava se pegando com alguém. Foi horrível.

— Mas seus pais continuaram casados — pensei em voz alta.

— Minha mãe foi para um acampamento de perda de peso. Quando ela voltou, todos fingimos que nada tinha acontecido. Seis meses de queijo cottage e pêssegos. Meu pai deu a ela uma pulseira de safira, mas escorregou do pulso dela. Ela tinha perdido treze quilos.

— E então você correu para Hollywood — falo. — Tinha quantos anos na época?

— Dezenove.

— Mas você nunca perdoou seu pai de verdade. — Mais uma vez, estou supondo, mas aposto que estou certa. — E quanto ao seu irmão? Ele sente o mesmo pela sua mãe e pelo seu pai?

Ela deixa cair a manga do cardigã de Cameron e começa a dedilhar um botão tartaruga solto que notou, franzindo um pouco a testa.

— O Drew sempre cuidou de si mesmo. Ele não olha para trás. Nunca falamos sobre aquela época.

— Certo — afirmo, tendo imaginado isso. — Quando você se mudou de Los Angeles para cá, parou de trabalhar como atriz. Esse sempre foi o plano?

Ela acena rigidamente.

— Meu trabalho estava demandando muita atenção, e os paparazzi estavam sempre nos seguindo, em restaurantes e passeios em família. Nunca tínhamos privacidade. Achei que estar aqui seria melhor para todos nós. Cameron teria uma vida normal, e eu poderia finalmente dedicar a maior parte do meu tempo a ela. — Vejo seu rosto se contorcer enquanto ela luta com a cruel ironia da situação, a culpa e o remorso. — E se Cameron estava clamando por ajuda, e eu simplesmente não consegui ver?

A dor em seus olhos é terrível. Tenho vontade de confortá-la, bem como de acordá-la. Temos trabalho a fazer agora.

— "E ses" levam a pessoa para um buraco muito escuro, Emily. Cameron precisa que você seja forte. Pode me ajudar?

— Vou tentar.

— Emily, seu marido está tendo um caso? É por isso que vocês têm brigado?

O rosto dela está estático como uma geleira, mas posso sentir o medo exalando de seu corpo em ondas rígidas e sólidas. Por dentro, ela está em guerra consigo mesma sobre o quanto revelar.

— Ele tem uma mulher em Los Angeles. — responde finalmente. — É a assistente dele na Paramount. Não é a primeira.

— Sinto muito. Vou precisar do nome dela.

— Por quê? Acha que ela tem algo a ver com isso?

— No momento, temos que verificar tudo.

— É só... — Ela balança a cabeça. — Troy está passando por um momento difícil.

— Emily.

— Sim?

— Chega. Chega de inventar desculpas para ele.

— Desculpe. Nem percebo que estou fazendo isso.

— Eu sei.

Na mesa de Cameron, há um caderno de escola, de espiral vermelha, com rabiscos em forma de estrela por toda a capa. Emily o abre e rasga uma página em branco. Depois de escrever o nome, dobra a página duas vezes e a entrega para mim.

— Algumas das coisas que vamos descobrir podem ser difíceis. Feias, também — digo —, mas acredito que mesmo as verdades mais difíceis são melhores do que não saber.

Ela parece frágil, cheia de dúvidas.

— Espero que esteja certa.

Colocando a página em meu caderno, atravesso o quarto até a grande janela retangular, voltada para o norte, que mede metade do comprimento da parede. Ela dá para a entrada de carros, o portão de segurança à esquerda e o gramado que se transforma em árvores grossas à direita. As cortinas são feitas de papel de arroz puro, de cor crua, presas a um sistema de roldanas. Quando empurro suavemente as cordas pendentes para o lado, algo me chama a atenção. Ao longo da parte inferior da tela da janela, existem pequenos arranhões, sutis o suficiente para não os ver se estiver procurando por outra coisa.

— Cameron alguma vez saiu de casa por aqui?

— Acho que não. — Emily se aproxima para olhar, a tensão nublando suas belas feições. — Por que ela precisaria fazer isso?

Quando pressiono o polegar contra a moldura da tela, ela logo cede, saltando para a frente. Cameron, ou outra pessoa, removeu a tela mais de uma vez.

— O que há do outro lado dessa floresta?

— A estrada costeira. Talvez uns oitocentos metros de distância?

— Quando a equipe do xerife Flood vasculhou a propriedade, eles trouxeram cães?

— Trouxeram. O que está acontecendo? Estou confusa. Está tentando dizer que Cameron fugiu sozinha?

— Não tenho certeza, mas isso explicaria muita coisa.

— Para onde ela iria? Por quê?

Não respondo imediatamente, esperando encontrar as palavras certas. É evidente que Emily está confusa. Ela tem estado quase inconsciente sobre a dor da filha, mas também não parece entender a sua própria dor.

Ela cresceu desprezando o pai para acabar se casando com uma cópia dele. Ela tinha pena da mãe, mas havia se transformado nela. Seu voo para Hollywood havia resolvido alguma coisa no final das contas? Ela tinha encontrado o estrelato, sim, desempenhando um papel que milhões de pessoas amavam e com o qual se identificavam, mas me pergunto se o que ela realmente queria era uma fuga do que havia deixado para trás.

Em meus anos como detetive, e particularmente com o Farol, aprendi muito sobre os ciclos de violência nos sistemas familiares, mas os ciclos de silêncio podem ser igualmente perigosos – e eles se repetem através das gerações com uma consistência surpreendente. A dieta de uma mãe torna-se o controle obsessivo da filha sobre as árvores bonsai, a infidelidade gritante e secreta torna-se um consentimento vazio e sem palavras. Cameron foi exposta a tudo isso. Rica ou não, Emily alimentou sua impotência.

— Não acho que sua filha foi sequestrada — afirmo. Minhas palavras são diretas, e estou tirando conclusões precipitadas. Mas não há tempo para mais nada.

— Não — diz Emily tão fracamente que ela poderia estar dizendo sim. Aprendi que as duas palavras não vivem tão distantes uma da outra.

— Se alguém está com a Cameron agora, acho que ela o conhece. E acho que ela foi por livre e espontânea vontade.

✦ ✕ ✦

(dezenove)

— Você está bem? — pergunta Will quando voltamos para a viatura, sentindo que meu humor está péssimo.

Entrego a ele o pedaço de papel dobrado.

— A namorada de Troy Curtis.

— Acho que não estou surpreso.

— Eu também não, mas queria uma realidade melhor. Para todos eles.

Momentos depois, passamos pelo portão de segurança, e o olho da câmera gira para nos seguir silenciosamente. Penso em Cameron no quarto dela, planejando fugir daquele olhar, uma garota com um eu secreto, apegada a uma esperança que não contou a ninguém nem escreveu em lugar algum.

— O que acha de Drew Hague estar tão perto? — pergunto a Will. — Conte mais sobre ele.

— Tinha 19 anos quando a acusação de estupro foi feita, estava no segundo ano da faculdade. Disse que era um mal-entendido e que a garota estava bêbada. Não consigo entender como, mas os pais dele abafaram o caso. Aposto que custou bastante.

— Quantos anos tinha a menina?

— Dezesseis.

— E *abafaram o caso*? Vamos entrevistá-lo essa semana. Napa é muito legal nesta época do ano.

Ele sorri.

— Concordo.

— Sendo Drew importante aqui ou não, acho que a Cameron foi conivente de alguma forma. Nesses casos nunca nada é óbvio como pensamos. Às vezes, as vítimas procuram seus agressores com a mesma intensidade com a qual são perseguidas.

— Como assim?

Começo a lhe contar sobre a janela do quarto de Cameron e como é possível que ela tenha sido ludibriada e manipulada por esse predador, seja ele quem for, e que ele possa ter se alimentado de suas insegurança e necessidade.

— Os tipos mais rígidos de violência costumam ser incrivelmente íntimos, Will. Exigem confiança. Levam tempo.

— Não sei — responde ele. — Cameron deixou a propriedade voluntariamente e evitou a câmera de segurança de propósito, mas por quê? Os pais descobririam imediatamente que ela tinha desaparecido.

— Você está presumindo que ela pretendia ficar longe. E se ela estivesse apenas planejando fugir por algumas horas, mas então a situação mudou? É fácil evitar as câmeras se ela foi pela floresta até a estrada costeira. Tudo o que ela precisava fazer era desativar o alarme. O controle remoto estava bem ali, na sua mesinha de cabeceira. Ela nem mesmo precisou se esforçar.

— Está dizendo que foi tipo um encontro amoroso?

— Talvez não. Ela poderia estar só querendo atenção.

— De alguém que poderia machucar ela? Não acha que ela teria notado?

— Não — falo. — Ela não saberia. — Não posso esperar que ele esteja tão ciente das vulnerabilidades de Cameron quanto eu. Ele nunca foi uma criança descartada. Nunca vivenciou o mundo no corpo de uma mulher ou de uma menina, nunca teve motivo para confundir amor com sofrimento.

Senti essa incerteza quase que eletricamente desde o primeiro momento em que vi o pôster de desaparecimento de Cameron, a mágoa em seus olhos.

— Talvez ela nunca tenha tido um cenário saudável com o qual comparar.

Will acena com a cabeça de forma indiferente e, em seguida, fica em silêncio. Depois de um tempo, pergunta:

— O que achou da Emily?

— Não sei. Quero que ela seja mais forte, acho.

— Talvez ela esteja fazendo o melhor que pode.

Suas palavras batem e faíscam, como pedras se chocando. Sem dúvidas ele está certo. As pessoas quase sempre fazem o melhor que podem. Às vezes é o suficiente, mas, na maioria, não é.

— Se Emily tivesse tido a coragem de deixar Troy na primeira vez que ele a traiu, isso poderia ter mudado tudo — afirmo.

— Poderia. Mas nunca vamos saber.

— O que acha dela? — Percebo que não tenho ideia do que ele vai dizer.

Will encolhe os ombros.

— Quando a família se mudou para cá, há quatro anos, achei que seria muito legal ter uma estrela de cinema andando pelas ruas, mas eles realmente se mantiveram isolados. Não consigo pensar em uma única conversa que tive com Emily ou Troy, mesmo de passagem. E a Cameron é apenas um rosto para mim. Não deveria ser assim.

— Não deveria. — Tenho que concordar.

— Escute... — Will limpa a garganta. — Aquelas coisas que disse aos Curtis sobre ser adotada, identidade e rebeldia, foi verdade para você? — Ele faz uma pausa, evidentemente desconfortável. — Lembro que você era uma criança bem feliz, mas talvez eu não estivesse prestando atenção.

Por um longo momento, não sei como responder. Francamente, estou surpresa que ele tenha tido coragem de perguntar isso.

— Você pode me dizer que não é da minha conta — apressa-se para acrescentar, lendo meu rosto.

Fixo o olhar no horizonte.

— Não é — falo gentilmente, mas com firmeza.

— Desculpe. — Ele limpa a garganta novamente.

Contornamos o penhasco, e a cidade começa a aparecer: telhados pontiagudos, cercas, pináculos, tudo branco. As nuvens de tempestade começaram a se dissipar. Em um lugar ao longo do promontório, uma lâmina de luz irrompe pela grama seca, tornando-a dourada. Por toda a minha vida, dourado tem sido a minha cor favorita. Quando cheguei aqui, cautelosa e cínica, sempre alerta para problemas, tive certeza de que nada iria melhorar. Mas aconteceu.

— Não era teatro — finalmente digo.

— Que bom. Fico feliz.

A grama dourada ondula e se curva.

— Todo mundo merece pertencer a algum lugar.

✦ ✖ ✦

(vinte)

Minha mãe morreu no Natal, embora tenha demorado muito para que eu conseguisse juntar todas as peças. Todo mundo queria me proteger, como se isso não estivesse tornando tudo mais difícil. O silêncio e as suposições, tentando ler olhares e rostos, olhos que nunca encontravam os meus. Acabei descobrindo que ela tinha saído na véspera de Natal depois que as crianças e eu estávamos na cama, pedido cinquenta dólares emprestados a um amigo para nos comprar presentes. Em vez disso, comprou heroína e teve uma overdose. Eles a encontraram em seu carro, em um estacionamento de um restaurante Long John Silver's, na noite de Natal, e tinham vindo nos procurar, mas já devíamos estar dormindo. Da maneira mágica que as crianças pensam, por anos fiquei cogitando que, se eu não tivesse queimado os ovos, talvez nunca tivessem nos encontrado.

Da forma como foi, os policiais chamaram a assistência social para assumir o controle. Observei uma mulher mais velha, com um terninho azul surrado, vasculhar as gavetas, tentando arrumar as coisas das crianças. Ela não me deixou ajudar, apenas continuou enfiando as roupas nas fronhas de uma forma que me fez sentir raiva e constrangimento. Mal consegui dizer adeus antes que ela colocasse as crianças em um carro e as levasse de volta para morar com sua mãe, que eu já sabia que mal conseguia cuidar de si mesma.

Na última vez que vi Amy, ela tinha enfiado quase todo o cabelo na boca, e seu rosto estava coberto de catarro. Colocaram suas meias azuis-claras em Jason, como se nem importasse o que ele estivesse vestindo.

Jamais esquecerei a maneira como os dois olharam para mim, como se estivessem perguntando silenciosamente como deixei tudo isso acontecer. E eu me perguntava a mesma coisa.

Ninguém sabia o que fazer comigo, já que Red ainda estava na prisão e nem ele nem Robin tinham família por perto. Fui levada a um abrigo, para esperar o meu primeiro acolhimento familiar. A dona da casa era uma jovem que não parecia muito mais velha do que minha mãe – 27 anos. Ela me contou que fazia suas próprias roupas enquanto me dava um prato de bolacha de água e sal junto a uma fatia de queijo laranja e brilhante que veio em um enorme bloco, com o selo azul referente ao departamento de vigilância sanitária.

— Você já passou por muita coisa — disse ela enquanto eu comia. — Quer falar sobre isso?

Eu não queria. A saia dela era marrom com flores amarelas, como se ela fosse uma espécie de exploradora, uma personagem de um livro de Laura Ingalls Wilder. Não havia como ela entender a minha vida, mas a pressão estava crescendo dentro da minha cabeça. Eu tinha que deixar as palavras escaparem de alguma forma; não sobre a morte da minha mãe, que eu mal tinha começado a processar, ou sobre como estava preocupada com meu irmão e minha irmã, que ainda eram tão pequenos e precisavam de alguém para prestar atenção neles, garantindo que comessem, mas sobre um único momento no tempo: um lampejo da escala de preocupações crescia em minha mente sobre Phyllis, que, afinal, tinha sido inofensiva.

— Estou tão brava comigo mesma — falei para a mulher que vestia a blusa de babados e comecei a chorar. Até aquele momento, havia feito de tudo para segurar as lágrimas.

— O quê? — perguntou ela. — Por quê?

— Fui muito *burra* — respondi com a mesma entonação que minha mãe sempre usava com meu pai. — Eu não devia ter cozinhado. Isso foi tão estúpido.

A mulher – acho que o nome dela era Susan – olhou para mim com tristeza.

— Você é apenas uma criança, Anna. Não poderia ter cuidado dos seus irmãos. Se vai ficar com raiva de alguém, fique com raiva da sua mãe. Ela deixou vocês sozinhos. Isso não foi certo.

Era óbvio que tinha boas intenções, mas ela não sabia nada sobre nossa família. Minha mãe não era uma pessoa muito forte. Se ela dormia muito, chorava muito ou usava drogas, era porque nosso pai não tinha deixado muito dinheiro, e ela não sabia lidar com isso.

— Eu estava bem — garanti-lhe. — Eles são crianças boazinhas.

Ela me lançou outro olhar atormentado e balançou a cabeça.

— Vamos encontrar uma casa boa para você.

De repente, a luz da cozinha brilhou direto nos meus olhos. As migalhas de bolacha tinham se tornado uma cola doce na minha boca. Ela não tinha ouvido nada.

— Eu *tinha* uma casa boa.

O silêncio se fez presente. Acho que ela estava com medo de olhar para mim.

— Sinto muito.

(vinte e um)

As doze pessoas da equipe de Will têm trabalhado sem parar desde 22 de setembro, logo depois que Cameron desapareceu, investigando e entrevistando, indo de porta em porta na cidade e arredores com o pôster do rosto dela. Todos os dias, eles vasculham bancos de dados e telefonam para oficiais de condicional na esperança de encontrar um nome e um motivo adequado para o crime. Tenho certeza de que são todos bons homens e boas mulheres, mas não quero conhecê-los nem ficar mais emaranhada nesse caso do que o necessário. Will concorda. Ele me diz que posso repassar qualquer informação exclusivamente para ele e ter a autonomia que eu quiser, desde que o mantenha atualizado.

— Gostaria de entrevistar Steve Gonzales — anuncio a ele. — Também quero saber mais sobre a família biológica da Cameron.

— Boa. Vou rastrear a namorada de Troy Curtis e conseguir mais informações sobre Drew Hague. Mas primeiro falamos com Gray Benson juntos?

— Eu também estava pensando nisso.

Fazemos a visita na segunda-feira, dia 4 de outubro, um pouco depois das 15h. Gray mora a dois quarteirões do Ensino Médio de Mendocino, na Rua Cahto, um estreito trecho residencial que faz fronteira com o cemitério de Hillcrest. Não há lugar para estacionar, mas Will dá um jeito, conduzindo a viatura contra a espessa parede de vinhas e eucaliptos do lado esquerdo da rua, desligando o motor enquanto a última gota de chuva cai no para-brisa, o vidro transparente por dentro com a umidade da nossa respiração.

Conheço cada ponto de Mendocino, mas não passei muito tempo na Rua Cahto. Há apenas quatro casas ali, contando com a de Gray, que é um bangalô simples de telhas, protegido por uma cerca baixa e lisa, alinhada com latas de lixo. Saímos e começamos a subir a ligeira inclinação da rua, contornando buracos lamacentos e remendos no asfalto, pisando sobre a palavra "escola" pintada na rua com um amarelo agora rachado e escorregadio pela chuva. O ar tem um cheiro pesado e doce, como casca de árvore úmida.

Estou tentando imaginar Cameron aqui, colocar-me no lugar dela. Na noite em que desapareceu, ela estudou primeiro com Gray, depois da escola. Passou por essas residências a caminho de casa, para jantar. Pensando no quê? Ela já sabia que encontraria seu sequestrador mais tarde, naquela mesma noite? Ou eles, de alguma forma, se cruzaram entre a casa de Gray e a dela? Talvez ele tenha sugerido um encontro, prometendo a Cameron algo de valor. Mas o quê?

— Você vasculhou essas casas para ver se alguém se lembra de um veículo suspeito? — pergunto a Will.

Ele concorda com a cabeça.

— Nada.

— Se Cameron ficava muito aqui, você deveria olhar os vizinhos mais de perto. E o Sr. Benson?

— Pelo que entendi, ele não é presente. Mudou-se para Nova Orleans quando Gray era criança.

— Essa deve ser outra razão pela qual Gray e Cameron se conectam. Perder um dos pais muda você, não importa como isso aconteça.

O portão da frente da casa dos Bensons está aberto e envergado na dobradiça pelo excesso de uso, com videiras de clematites agarradas ao longo do pilar de sustentação. No quintal lateral, observo a horta bagunçada que brota de longas caixas de plantio, com tomateiros negligenciados se curvando sobre hastes de arame. Penso em como tudo isso deve ter parecido simples e real para uma garota como Cameron, presa na falésia em uma caixa de vidro enquanto sua famosa mãe podava bonsais e fingia não saber sobre as indiscrições do marido.

Di Anne Benson abre a porta depois de Will bater. Ela é gorda e bonita, na casa dos 40 anos, com cabelo ruivo frisado. Atrás dela, a cozinha cheira a molho de espaguete pronto.

— Xerife Flood. — Ela manuseia o pano de prato. — Não estava te esperando.

— Desculpe incomodar outra vez. Esta é a detetive Hart. Gray está em casa? Prometo que seremos breves.

Ela assente, guiando-nos pela entrada e por um lance estreito de degraus acarpetados, tapetes Berber com manchas da vida. Impressões botânicas assimétricas pendem nas paredes, as molduras levemente cobertas pela poeira. Andando atrás dela, noto que a etiqueta de seu suéter marinho folgado está à mostra e resisto ao impulso de colocá-la para dentro.

— Gray? — A voz de Di Anne se estende pela porta antes que ela a abra, movendo-se para o lado. Seus movimentos demonstram certa preocupação, acho. Como se ela soubesse que seu filho se tornou frágil e cauteloso. Vulnerável.

Gray está sentado em um pufe de veludo marrom no chão, quase sendo engolido por ele, suas longas pernas erguidas como um escudo. Ele fecha o caderno de desenho que tem nas mãos e olha para cima. Seu cabelo é ruivo e está penteado em um topete, como um galã dos anos 1950, ou como o pôster de John Taylor na primeira turnê do Duran Duran que está colado na parte interna do quarto de Gray – os olhos sombrios, o colarinho levantado e tudo o mais. As roupas de Gray são simples e casuais, porém: um moletom azul royal com capuz, calças cáqui macias e chinelos de lã com sola de borracha. Para mim, ele parece alguém preso entre quem ele quer ser e quem tem que ser.

— Não tenho nada novo para contar. — Ele brinca com o bloco de desenho fechado, não olhando nos olhos de Will, nem nos meus.

— Tudo bem — afirma Will e então se vira para a Sra. Benson. — Levaremos apenas dez minutos.

— Sou Anna Hart — apresento-me a Gray. — Uma das detetives que está tentando encontrar Cameron.

— Já falei tudo que me lembro.

— Eu sei. Também sei como deve ser difícil se perguntar todos os dias o que aconteceu com ela. Aposto que não está dormindo. Aposto que nem sabe o que fazer consigo mesmo.

Ele pisca.

— Estou bem.

Agachando-me para que possamos estar cara a cara, continuo:

— Acabamos de ir à casa da Cameron. Os pais dela estão passando por um momento difícil. A Cameron falou muito sobre isso com você?

— Um pouco.

Will e eu trocamos um olhar rápido. É hora de tentar outra estratégia.

— Só vou ali fora fazer uma ligação — comenta ele. — Já volto.

Quando Will sai, Gray me olha com cautela.

— Você gosta de Duran Duran — falo. — *Ordinary World* é uma ótima música.

Eu o surpreendi. Talvez seja por isso que ele responde.

— É a melhor música do álbum.

— Sim, mas é triste. É sobre David Miles, certo?

Suas pupilas dilatam.

— Simon Le Bon nunca disse isso.

— Não disse. É por isso que é uma boa música. Ele não está dizendo tudo, mas, se prestar atenção, começará a ouvir o que ele não está dizendo.

Pelo rosto de Gray, posso dizer que ele está entendendo. Nesse meio tempo, decido ir mais longe.

— Temos mais cuidado ao proteger as coisas que são mais importantes. Às vezes não contamos a ninguém, às vezes contamos a apenas uma pessoa, aquela que nos conhece melhor.

— Acho que sim. — Gray deixa o caderno cair no chão, e, sem ele, suas mãos parecem vazias e pálidas.

— Os pais de Cameron dizem que ela tem passado por momentos difíceis ultimamente. Você diria o mesmo?

Há uma longa pausa enquanto ele luta consigo mesmo. Então diz:

— Tem tido muito estresse em casa.

— Parece que sim. Talvez seja mais do que alguém tão sensível como a Cameron consiga lidar.

Seu olhar ainda é cauteloso, mas ele continua:

— Sempre foi meio difícil para ela lidar com o fato de que a mãe é essa atriz mundialmente famosa e que o pai fica muito tempo fora.

— As viagens constantes dele impedem que eles sejam próximos? Emocionalmente, quero dizer.

— É mais do que isso. — Suas pupilas parecem se contorcer, seu corpo inteiro vibrando sutilmente com o conflito dentro dele. — Ele está tendo um caso com alguém do trabalho. Cameron está com raiva dele e preocupada com a mãe.

Aceno com a cabeça para encorajá-lo, fingindo que ele não me surpreendeu.

— Acha que essa é a primeira vez que ele a traiu? Ou talvez apenas a primeira vez que ela soube?

— Cameron diz que sempre foi assim. Mas agora foi pior. A namorada dele está grávida e vai ter o bebê. Os pais dela disseram isso? Talvez eu nem devesse falar sobre isso... não sei.

Tento não demonstrar a emoção. *Um bebê?* Como isso não teria enlouquecido Cameron?

— Você pode falar qualquer coisa — garanto a ele. — Não há como ficar encrencado. Cameron é a sua melhor amiga. É natural que guarde os segredos dela e que ela guarde os seus. Isso é o que os melhores amigos fazem.

— O xerife veio falar comigo algumas vezes. Estou muito confuso.

— Com certeza — concordo. — Você quer proteger a Cameron. Mas, Gray, pode haver coisas que você sabe que podem nos ajudar a encontrar ela. Acha que pode ser um pouco mais aberto com a gente?

Sinto que ele fica tenso no pufe, perguntando-se se pode confiar em mim, se é realmente certo dizer o que está escondendo.

— A Cameron descobriu um monte de coisas difíceis recentemente. Não apenas sobre os pais dela.

— Coisas pessoais — ecoo.

— É.

A porta se abre, e Will retorna. Eu me sinto murchar quase audivelmente. Em uma entrevista, raramente é a primeira, segunda ou terceira coisa que o indivíduo diz que é importante. A revelação real leva tempo. Requer paciência para descobrir. E Gray esteve perto de dizer a verdade.

— E aí? — diz Will, sentando-se na cama. — O que perdi?

Olho para Gray, e ele acena com a cabeça em um gesto quase imperceptível.

— Estamos apenas falando sobre os pais de Cameron. A traição do pai. Parece que a situação é mais complicada do que pensávamos.

— Ah, é?

Olho para Gray novamente em busca de algum sinal de concordância antes de dizer:

— A namorada do Troy está grávida.

— Ah, uau. Isso é uma grande coisa.

— Por favor, não diga nada aos pais dela — pede Gray.

— Você tem pleno anonimato conosco — garante Will.

— Isso é o que quero dizer, Gray. É assim que você pode ajudar a Cameron.

Gray fica quieto por um longo tempo, com as mãos flexionadas no colo. Finalmente, ele diz:

— Cameron estava começando a se lembrar de coisas de antes. — A última palavra fica presa em sua garganta. — De quando ela era mais nova.

— Que coisas? — pergunto gentilmente.

— Você não pode contar mesmo aos pais dela. — Gray fecha os olhos e depois os abre novamente, parecendo se preparar para o preço da verdade. Posso sentir seu medo e sua preocupação. Estamos lhe pedindo que tire da caixa os segredos sombrios de Cameron que jurou guardar. Como seu amigo mais próximo, ele *é* essa caixa. — Tem que me prometer.

Nós dois acenamos com a cabeça.

— Ela queria começar a tomar anticoncepcional. Ela não estava fazendo sexo nem nada. Não pensem isso. Parece que é ótimo para a pele.

— É mesmo — digo. — Muitas garotas tomam por esse motivo.

— Isso. Enfim, ela me pediu para ir ao posto de saúde com ela. Algumas semanas atrás pegamos um ônibus para Forte Bragg depois da escola. Foi coisa de adultos, emocionante.

— Continue — insisto. — Vocês foram para o posto de saúde.

— É, mas a mulher lá não queria simplesmente dar a receita sem fazer um exame completo. Esperei por ela, nada demais, mas, quando ela saiu, estava superquieta e fechada. Fiquei perguntando o que tinha acontecido, mas ela não quis contar até que estivéssemos na metade do caminho para casa no ônibus. Foi terrível.

— O que foi terrível? — pergunta Will.

— A enfermeira disse que ela tinha cicatrizes. — O rosto dele congela e depois se contorce. Demora um minuto antes que ele possa continuar. — Tipo, dentro do corpo dela.

Sinto o estômago se contorcer.

— Ela alguma vez mencionou o tio dela para você? Drew Hague?

Gray balança a cabeça.

— Acho que não.

— Que tal outra pessoa? Um homem? Pense, Gray.

— Não tinha homem algum. Não que ela tenha me falado. Depois daquele dia, ela se fechou novamente e não quis falar comigo sobre isso. Mas não é assim que a gente era um com o outro.

Ele é apenas uma criança. Sem dúvidas se sentiu impotente, mas Cameron também. Caso contrário, ela teria buscado apoio nele, seu melhor amigo. Se soubesse as palavras, ela teria contado a ele.

— Você é realmente corajoso por ser tão aberto com a gente — digo finalmente. — Isso pode ser importante, Gray. Acho que alguém machucou a Cameron uma vez. Essa pessoa pode ter voltado para a vida dela, ou ela pode ter conhecido alguém que se aproximou da mesma forma. Você não pode se culpar por não saber como fazer tudo isso passar. Não há realmente nenhuma maneira de fazer isso. Entende?

O aceno de Gray é quase inexistente. Eu o vejo lutando para se perdoar.

— Pode nos avisar se você se lembrar de mais alguma coisa? Qualquer coisa, mesmo? — pede Will.

Aproximo-me do pufe, ajoelhando-me com as mãos estendidas.

— E Gray?

— Sim?

— Nada disso é culpa sua.

✦ ✦ ✦

(vinte e dois)

Quando Will e eu voltamos para o carro, ficamos em silêncio. Por muito tempo, ele nem liga o motor. Do lado de fora da minha janela, um galho de eucalipto pressiona o vidro, fazendo com que as folhas verdes e acinzentadas, juntas, pareçam ampliadas e peroladas com as gotas de chuva.

Hap sempre as chamou de árvores de goma. Uma vez ele me disse que existem setecentas variedades de árvores de goma apenas na Austrália e que elas podem fazer sua própria névoa, uma névoa azul que é criada quando seus compostos evaporam no ar quente. Setecentas variedades conhecidas até agora de um único gênero, e, ainda assim, as vidas humanas parecem destinadas a repetir os mesmos padrões terríveis indefinidamente, como se só houvesse um caminho que a história pudesse seguir.

— Esse tipo de cicatriz significa, com certeza, abuso sexual? — pergunta Will, finalmente.

Não estou surpresa que ele se pergunte isso, mesmo depois de ver como Gray ficou chateado ao se lembrar de todo esse tormento.

— Nem sempre. É um assunto polêmico. Muitos profissionais dirão que cicatrizes como essas são inconclusivas. Outros dirão que a maioria dos médicos não sabe o que procurar ou não quer ir por esse caminho. A coisa mais reveladora para mim é a reação da Cameron.

— Que ela se fechou, é o que quer dizer?

— Sim. Meu palpite é que ela enterrou essas coisas bem fundo.

— Não sei o que aquela enfermeira estava pensando. Com certeza parece irresponsável jogar uma bomba dessas em uma criança.

— Bem, é complicado. Esses médicos veem todos os tipos de coisa. Não contar a ela poderia ter sido mais irresponsável.

— Não existe uma questão legal aqui? O posto não deveria ter informado os pais da Cameron?

— A gente presumia que sim, mas o estado da Califórnia não exige esse tipo de transparência, pelo menos não ainda. Estou pensando no que devemos fazer com essa informação. Talvez apenas refletir um pouco, principalmente porque não descartamos Troy como suspeito. O que aconteceu quando você o questionou sob o polígrafo?

— Sem discrepâncias. Mas os resultados da Emily foram mais interessantes.

— Como assim?

— Você sabe que essas coisas falham. Tento não levar muito a sério, a menos que não haja mais nada no que se basear.

— Certo. — Algo em seu tom provoca uma leve sensação de desconforto em mim. — E o que aconteceu?

— Ela falhou.

Antes que eu possa responder, o rádio na viatura de Will ganha vida, assustando a nós dois. Ele atende, apertando o fone.

— Flood aqui.

— Aqui é o Leon, xerife. Acabamos de receber uma ligação de Gualala. Aparentemente, uma garota está desaparecida lá. Shannan Russo, de 17 anos, vista pela última vez no dia 2 de junho.

— Junho? Por que estamos sabendo disso só agora?

— Por causa das outras, acho. — O policial parece incerto e jovem, talvez não muito mais velho do que Will era quando começou a trabalhar com o pai.

— Estou indo — afirma Will e então desliga antes de me encarar, ambas as sobrancelhas arqueando em direção à aba do chapéu em puro espanto.

— Merda — digo por nós dois, desejando que houvesse uma maneira de apertar o botão para pausar tudo.

Se eu pudesse sair do carro e entrar na floresta sozinha, poderia ser capaz de pensar com nitidez. Mas Will ainda está olhando para mim.

— Às vezes há um efeito cascata — sugiro. — Uma criança foge, e ninguém pensa nisso até que alguém como Polly Klaas vira notícia na primeira página. Então a família decide que é hora de entrar em pânico.

— Talvez seja isso. — Will parece ansioso para acreditar em mim, embora eu não tenha falado muito. — Vou mandar alguém falar com o departamento do xerife de lá. Ou posso ir eu mesmo. Conheço Denny Rasmussen muito bem.

— Quer que eu vá junto? — sugiro automaticamente.

— Você tem muita coisa para fazer. Nos encontramos mais tarde e comparamos as anotações. — Ele liga o motor e me inclino para trás no banco do carona, aliviada por ter recebido um passe livre.

Essas últimas horas me drenaram mais do que quero admitir, conversar com Emily e então com Gray, descobrir as cicatrizes de Cameron, o quanto ela foi afetada, tudo de uma só vez. Demais para qualquer um, mais ainda para uma menina de 15 anos.

Quase como se pudesse ler meus pensamentos, Will diz:

— Coitadinha. Pode imaginar ser estuprada e não se lembrar disso?

— Não — respondo.

Mas eu posso. Acontece o tempo todo.

A caminho de Gualala, a oitenta quilômetros ao sul, Will me deixa no estacionamento da escola. Entro no prédio, instantaneamente colidindo com o passado, o meu eu adolescente estava aqui, apenas um momento atrás, ao que parece. Os cheiros de cera de piso e hormônios são os mesmos, os corredores lotados de armários, paredes de blocos de concreto e luzes fluorescentes esverdeadas. Mas era mesmo tão pequeno assim?

É o fim do dia, e o prédio está quase vazio. Encontro o escritório principal pela memória muscular, onde um assistente administrativo me direciona para a sala de aula de inglês de Steve Gonzales. Encontro-o colocando as cadeiras de volta em ordem e me apresento.

— Cameron — diz ele e deixa o peso cair sobre a cadeira, como se eu o tivesse empurrado.

A simples maneira densa como ele disse o nome dela me confirma que ele não vai ser ninguém de interesse em nossa investigação. Confirma o quanto ele gosta dela.

Ombros redondos e olhos suaves, Gonzales usa calças largas de veludo cotelê e um blazer marrom barato que provavelmente usa há anos, de vez em sempre. Há fios de prata em seu cabelo bem preto. Ele está aqui há muito tempo, suponho, e já viu todo tipo de criança.

— Conte sobre os trabalhos dela — peço. — Que tipo de aluna é a Cameron?

— Uma boa aluna. Só a ensinei por um mês, mas ela se destacou de imediato. Os leitores sensíveis têm uma aparência específica. Você quase pode sentir o cheiro neles, sentir que precisam de livros para se sentirem bem.

— Emily Hague disse que você elogiou a escrita da Cameron.

— Ela escreveu alguns poemas e me mostrou. Eles não faziam parte de uma tarefa.

— Posso ver?

— Eu devolvi para ela, mas deveria ter feito cópias. Talvez eles fossem úteis de alguma forma.

— Como eram?

— Muito bons, na verdade, mas sombrios. Foi um momento complicado para mim. Devo falar sobre o escopo do poema, o imaginário ou um verso particularmente bom, mas, neste caso, o assunto era perturbador, e eu não sabia se deveria falar sobre isso. Jovens escritores quase sempre são autobiográficos, mesmo quando não pretendem ser.

— Significa muito ela querer te mostrar algo tão pessoal. Ela devia saber que podia confiar em você. O que aconteceu depois? Teve a sensação de que a Cameron queria que você fizesse algo a respeito? Que ela estava pedindo ajuda?

Os olhos castanhos de Steve ficam turvos.

— Deus, espero que não. Edito a revista da escola. Perguntei a ela se queria que eu publicasse os poemas, e ela disse que pensaria no assunto. Então os dobrou várias vezes. Isso me fez pensar que ela estava com vergonha de ter me mostrado. Eu me senti mal depois que ela saiu, mas, então, na aula no dia seguinte, ela parecia bem.

— Você ama seu trabalho, Sr. Gonzales?

— Amo, sim. Embora agora eu esteja passando por um momento difícil. — Ele olha para as mãos macias e carnudas. — Os outros alunos ainda estão muito assustados. Percebi que eles não conseguem se concentrar. Meus colegas dizem o mesmo.

Sei exatamente do que ele está falando. Quando um terror como esse acontece tão perto de casa, é comum que dormência, incapacidade de foco, depressão e ansiedade sejam resultados. A maioria dos adultos não tem as ferramentas para lidar com esse tipo de medo, muito menos as crianças. Isso me faz sentir compaixão por Steve, por todos eles.

— A notícia sobre Polly Klaas deve ter piorado muito as coisas — afirmo. — Eles devem estar sentindo que isso poderia acontecer novamente, com qualquer um deles.

Ele assente.

— O que posso fazer?

— Seja paciente. Ouça. Tranquilize os alunos com a sua presença. Deixe que eles processem seus próprios sentimentos. As crianças são resilientes, elas podem se curar com o tempo, mas primeiro precisam de algum tipo de resolução. Espero que a gente consiga dar isso para elas em breve.

Ele me lança um olhar denso.

— *Você* ama seu trabalho, detetive Hart?

A pergunta me pega desprevenida. Uma vez tive uma resposta fácil, mas não mais.

— Sempre senti necessidade de ajudar as pessoas. Mas pode ser demais, principalmente quando elas estão com problemas de verdade, e você não sabe se pode fazer a diferença, não importa o quanto tente.

— Sim — concorda ele. — É assim que me sinto agora.

Antes de sair, peço a ele que me mostre o armário de Cameron, que fica a apenas uma fileira de onde o meu ficava. A equipe de Will cortou a fechadura e levou quase tudo. Restam apenas seus livros didáticos, *Álgebra II, Latim Básico, História Mundial* e uma brochura esfarrapada de *Jane Eyre*.

— Tínhamos acabado de iniciar nosso bimestre sobre o livro — explica Steve Gonzales ao meu lado. No final do corredor, um profissional da limpeza conduz um polidor de piso de modo desajeitado, girando e girando em círculos, os desenhos atrás dele parecem os olhos desconectados e vítreos de um touro. — Garotas como a Cameron amam Jane.

— Eu também — confesso, sentindo uma corrente de conexão. — Jane tem todos os motivos para se sentir uma vítima, mas não se sente. Ela é quieta, íntima, mas uma guerreira, com certeza.

Pego a brochura para levar comigo e, em seguida, movo a pilha de livros para o lado. No canto inferior direito do fundo do armário, em algum lugar que apenas Cameron pode ver facilmente, ela colou um cartão-postal em branco com um poema de Rainer Maria Rilke, o poema inteiro, linha por linha, em sua letra firme e elegante.

"Estou sozinho demais no mundo, e não sozinho o suficiente
para tornar cada minuto sagrado.
Eu sou pequeno demais neste mundo, e não pequeno o suficiente
apenas para jazer diante de ti como uma coisa
astuta e reservada.
Eu quero minha própria vontade, e quero simplesmente estar com minha
vontade,
conforme ela entra em ação,
e no silêncio, às vezes dificilmente se movendo
quando algo está se aproximando,
eu quero estar com aqueles que sabem coisas secretas
ou então sozinho.
Quero ser um espelho para todo o seu corpo
e nunca quero ser cego, ou velho demais
para segurar sua imagem pesada e oscilante.
Eu quero desdobrar-me.
Não quero ficar dobrado em lugar algum,
porque, onde estou dobrado, ali sou uma mentira."

(vinte e três)

No Bar do Patterson, enquanto espero por Will, examino *Jane Eyre,* sentindo-me inquieta por algum motivo, como se estivesse espiando o diário de Cameron, ou invadindo um solo sacro. Os livros podem ser incrivelmente pessoais para as pessoas, e até mesmo sagrados. Este parece ser assim para ela, macio e desgastado, cheio de passagens sublinhadas e marcas de lápis – um mapa codificado para sua alma. Também tenho o cartão-postal com o poema de Rilke, que copio em meu caderno, circulando frases que parecem significativas. *Estou sozinho demais no mundo... algo está se aproximando... aqueles que sabem coisas secretas.*

O poema deve ser significativo, ou ela não teria se dado ao trabalho de escrevê-lo à mão, muito menos de guardá-lo. Na verdade, suponho que tenha se reconhecido em tudo isso, que cada palavra parecia apontar como uma flecha em chamas para quem ela era por dentro e o que carregava.

O que eu disse a Will antes, sobre não ser capaz de imaginar Cameron suprimindo memórias do abuso, tinha sido uma mentira. Na verdade, é uma reação comum, até mesmo endêmica. A experiência de ser violada costuma ser tão avassaladora e aniquiladora, principalmente para as crianças, que a única maneira de sobreviver é se as vítimas deixarem seus corpos. Não lutar ou fugir, mas se dissociar completamente. Se o agressor for um responsável, alguém que deveria transmitir segurança e amor, a experiência do desligamento pode ser ainda mais dramática e de difícil alcance. Quando não suportamos saber ou sentir, muitas vezes encontramos uma maneira de nos esconder de nós mesmos, e nos esconder bem.

Qualquer que fosse a idade de Cameron quando o abuso aconteceu, uma ou várias vezes, é possível que sua mente tenha intervindo para protegê-la. Não teria sido uma escolha que Cameron fez, mas algo mais próximo do instinto animal básico: a única maneira de escapar de uma coisa terrível demais para nomear ou sentir. Ela podia não se lembrar de nada até a visita ao posto de saúde, um ato casual, e, de repente, tudo veio à tona.

Mal consigo pensar no que Cameron deve ter sentido naquele dia, deitada na mesa de exame, já comprometida e vulnerável, com os pés em estribos de metal, enquanto a enfermeira colocava luvas de látex, sem saber que estava prestes a explodir uma vida inteira de uma dor secreta. Uma história que a memória de Cameron tinha engolido, mas não seu corpo. Estava tudo lá dentro dela, escrito em um tecido cicatrizado.

Mesmo que as memórias de Cameron não tivessem sido forçadas à tona assim, o dano esteve fervendo há anos e, sem dúvida, teria encontrado outras maneiras de entrar em erupção: em sentimentos de vergonha ou desespero, atraindo-a inconscientemente para pessoas e situações que ecoam ou se aproximam da dor original. Vi isso repetidas vezes, a história de uma sobrevivente de trauma encontra uma maneira de falar *dela*, em vez do contrário.

Sinto dor por ela, essa garota que nunca vi, mas *conheço*. Ela sobreviveu à violência, à traição e ao terror, ao roubo de sua alma. Sobreviveu à fumaça, à vergonha enterrada, ao silêncio e aos anos de amnésia forçada. Mas será que conseguirá sobreviver ao que está acontecendo agora, por dentro e por fora? Ela conseguirá sobreviver à lembrança?

Sentindo-me sobrecarregada, empurro o livro e o poema para longe e peço uma dose rápida de uísque. No segundo que engulo, empurro o copo para frente, sinalizando mais um.

A garçonete olha para mim; suas sobrancelhas desenhadas se erguem.

— Está dirigindo?

— Estou bem.

— Escute aqui. Você me entrega as chaves do carro e pode ficar com a porcaria da garrafa inteira.

De repente, fico irritada.

— Só serve a bebida, *tá?* Por que se importa?

Ela me encara.

— Porque alguém precisa fazer isso.

Apesar de sua resposta inexpressiva, percebo que ela está preocupada de verdade, mas não pedi por isso. Por uma fração de segundo, sinto vontade de arremessar o copo vazio com força no espelho atrás dela, apenas porque posso, para fazer algo quebrar. Em vez disso, respiro fundo e solto o ar lentamente.

— Quantos anos você tem?

— O quê? — Ela bufa. — Alguns dias tenho cento e poucos. E você?

— Trinta e cinco. Trinta e cinco e cento e pouco alguns dias.

— Agora somos amigas? — Seus dentes ficam à mostra quando sorri, mas posso sentir que ela tenta descobrir o que estou fazendo e o que quero dela. É apenas a próxima bebida ou algo mais? — Vou fazer 40 em dezembro.

— Está na cidade há muito tempo?

Ela concorda com a cabeça.

— Estava aqui quando a Jenny Ford foi assassinada?

— Estava na escola na mesma época. Mas ela era alguns anos mais nova. Tenho pensado muito nela ultimamente.

— Por causa de Cameron Curtis? Eu também.

Ela ainda segura a garrafa. Posso ver sua mente resolvendo o quebra--cabeça da nossa conversa. De mim.

— Você estudou no Ensino Médio de Mendocino? Parece familiar.

— Provavelmente você se formou antes de eu ser caloura. Foi há muito tempo. — Tiro uma nota de vinte do bolso e jogo sobre o balcão. — Meu nome é Anna. Desculpe por ter sido babaca.

— O meu é Wanda, e acho que já vi piores. — Ela pega a nota e a enfia cuidadosamente no sutiã assim que Will se aproxima. — Falando no diabo.

Wanda e eu trocamos olhares, rindo.

— O que é tão engraçado? — Will quer saber.

— Seu rosto — responde Wanda com uma piscadela, e já a amo.

O mundo precisa de um exército de Wandas – mulheres fortes, sarcásticas e destemidas que dizem o que pensam e agem com franqueza, sem pedir desculpas ou permissão. Mulheres que rugem em vez de recuar.

— Hilário — fala Will de modo categórico. — Só me traz uma bebida, valeu?

Eu me preparo para outra rodada do sermão de Wanda sobre direção responsável, mas ela obviamente é mais esperta do que isso e serve a cerveja dele sem dizer nada, serve mais da minha bebida e então vai para o outro lado do bar.

Will evidentemente teve um dia daqueles. Ele engole a Guinness em dois minutos, os ombros curvados e pesados. Tenho vontade de abraçá-lo, mas decido que é melhor não.

— Qual foi o resultado em Gualala? — pergunto.

— Deprimente demais. Segundo todos os relatos, essa garota Shannan é atentada. Clássica adolescente que acabou nas drogas, de todo tipo, e sexo também. No sétimo ano, foi suspensa por fazer sexo oral no banheiro da escola, em troca do dinheiro do lanche de alguma criança, é o que parece.

Posso ouvir a rispidez em sua voz. A repulsa. Por ser mulher, meu filtro é diferente. Vivo no corpo de uma mulher, conheço as vulnerabilidades com precisão. Todas as maneiras pelas quais você pode ser colocada em uma mesa como vítima, ou se colocar lá. Como o sexo pode ser transformado em arma, meticulosamente.

— Continue. O que mais?

— Quando Denny e eu falamos com a mãe, ela não conseguia nem se lembrar de quantas vezes Shannan fugiu. Normalmente ela volta depois de algumas semanas, mais magra e completamente falida. Da última vez, mandou um bilhete dizendo que estava indo por vontade própria e que não queria que ninguém a procurasse. O selo do correio foi carimbado em Ukiah, no dia 10 de junho. Às vezes, Shannan falava sobre se mudar para Seattle, então a mãe presumiu que ela estivesse indo para lá.

— Por que denunciar a ausência dela agora?

— Você nunca vai adivinhar. — A amargura em sua voz não combina com ele, mas faz sentido, dado o contexto.

— O quê?

— Ela recebeu uma ligação de uma médium, uma mulher da cidade chamada Tally Hollander. Enfim, essa Tally encontrou Karen Russo na lista telefônica e ligou para dizer a ela que a Shannan está morta. Sério, quem *faz* isso?

Sinto frio de repente. Se foi isso que aconteceu, parece desumano.

— O que ela disse realmente?

— Que Shannan foi assassinada. Aparentemente, ela teve a visão de uma floresta. Ela acha que o corpo de Shannan pode estar lá.

— Que floresta?

— Descobrir os detalhes está além de seus poderes extraordinários, creio. — Ele faz um som de nojo pelo nariz. — Ela me ligou também logo depois que a Cameron desapareceu e foi vaga da mesma forma.

— Sério? Às vezes, essas pessoas estão falando sério, Will. Tive boas experiências com alguns, para falar a verdade, foram muito úteis. O que ela disse sobre a Cameron?

— Que ela foi levada e estava em algum tipo de espaço apertado no escuro.

— Hum. É isso?

— Sim. Daria no mesmo ter nos mandado procurar em Marte.

Meus pensamentos ficam aguçados rapidamente. É difícil saber o que vem a seguir com tão pouco no que se guiar.

— Shannan tinha carro, certo? Alguém verificou o número da placa?

— Não tenho certeza. Eu poderia perguntar ao Denny, mas o bilhete foi bem explícito. Shannan queria ir embora.

— Talvez, mas ela ainda é menor de idade, Will. Talvez estivesse com algum tipo de problema real, ou sendo coagida de alguma forma. E se ela *estiver* morta na floresta?

O olhar dele é afiado.

— Tally Hollander é obviamente uma maluca. Você não é assim tão ingênua, *né*?

— Calma lá — imponho-me. — A questão não sou eu, e você sabe disso. Se Shannan estiver viva, precisa da nossa ajuda. E, se for tarde demais, ainda merece ser encontrada. Não podemos simplesmente desistir.

— Essa garota não é a Cameron, Anna. Ela só foge e tem estragado a própria vida há muito tempo. E você ouviu o que a mãe dela disse. Shannan não quer ninguém procurando por ela. Fim da história.

— Como pode dizer isso, Will? Você é pai.

— O que quer dizer com *isso*?

— Somos responsáveis por essa garota.

— *Por quê?* Por que somos?

— Porque todos querem ser procurados, quer percebam ou não.

Demora muito até que um de nós fale novamente. O impasse é como um objeto físico entre nós, ocupando espaço e ar. Finalmente, ele percebe a cópia de *Jane Eyre*, suas sobrancelhas se erguendo em curiosidade.

— Como foi com Steve Gonzales?

— Gostei dele. Parece ser um cara decente, um bom professor, e obviamente se preocupa com a Cameron. Não acho que ele esteja envolvido nisso, mas você pode fazer o teste do polígrafo para descartar ele.

Espere. Minhas palavras me alcançam e parecem fincar. Na viatura, antes que a ligação sobre Shannan se apoderasse do nosso dia, Will tinha começado a me contar algo importante.

— O polígrafo da Emily — eu o lembro —, como ela falhou?

(vinte e quatro)

Quando fui treinada para entrevistar suspeitos pela primeira vez, aprendi a Técnica Reid de interrogatório como quase todo mundo que trabalhava na aplicação da lei na época. John Reid foi um policial de Chicago que inventou o método quando, nos anos 1940 e 1950, a Suprema Corte proibiu o espancamento, o *bullying* e as coações. Reid gostava de ciência. Ele era um especialista em polígrafo e pensava que os policiais também podiam ser ensinados a detectar mentiras, por meio de tiques e gestos inconscientes de um suspeito, padrões de fala repetitivos e respostas dadas em momentos de estresse. Por meio de uma série de perguntas e etapas crescentes, o entrevistador conseguiria assumir mais e mais controle enquanto o polígrafo fazia seu trabalho de registrar mudanças mínimas em termos de frequência cardíaca, pressão arterial, temperatura corporal e respiração.

Como Will, sempre tive um ceticismo saudável em relação ao polígrafo, considerando-o uma ferramenta, claro, mas não era possível depositar todas as fichas nele, e principalmente não uma condenação. Um aumento na frequência cardíaca pode sugerir sentimento ou comportamento de culpa, com certeza. Mas, em um caso como o de Cameron, com a vida de uma criança em jogo, as emoções de um sujeito podem ser *apenas* intensas, caóticas e desconcertantes. Não são confiáveis. Além disso, na minha experiência, pessoas culpadas não têm problemas para passar no polígrafo. Narcisistas, psicopatas. Pessoas sem consciência.

— O que aconteceu, Will? O que fez com que ela falhasse?

É óbvio, pelos seus olhos, que ele não quer continuar a conversa, mas finalmente cede.

— A pergunta era "você já fez mal à sua filha?". A resposta de Emily foi não. E você sabe como funciona: a pergunta surge mais algumas vezes, com uma formulação diferente. Em todas as vezes, Emily disse não, em todas as vezes, sua frequência cardíaca aumentou.

— Isso parece significativo. Você discorda?

— Não sei. A discrepância pode significar qualquer coisa. Ela pode ter batido na Cameron com muita força uma vez ou a trancado no quarto. Os pais remoem esse tipo de coisa por anos. — Will segura a cerveja entre as mãos e gira o copo de um lado para o outro como se isso pudesse ajudá-lo a medir suas palavras, ajudá-lo a me persuadir. — Pode ser esse o caso, até onde sabemos. O sentimento de responsabilidade por não proteger a Cameron em sua própria casa.

Escutando, eu me pergunto se estou tirando conclusões precipitadas. Ou se ele está deixando passar o que está bem aqui na nossa frente. A culpa dos pais pode ser delicada e sem fundamento, sei disso. Mas algo aconteceu, *sim,* na casa de Emily, e não apenas na noite em que a filha sumiu. Emily não protegeu a filha no momento mais crucial, quando Cameron era jovem demais para se proteger. Esta lacuna foi aumentando com o tempo, tornando-se a fenda de agora. De toda a forma, o passado de Cameron tinha criado seu presente.

— Will — digo —, temos que conversar sobre a parte do abuso.

Ele parece confuso.

— O que faz você pensar que isso não aconteceu antes de ela ir morar com os Curtis, se é que aconteceu?

Ignoro o cinismo e continuo:

— Estatisticamente, o início do abuso sexual ocorre entre os 7 e os 13 anos. Cerca de 90% são alvos de um membro da família. E as vítimas, Will, são as crianças quietas, problemáticas e solitárias. Garotas como a Cameron. — Uma intensidade dominou a minha voz, dizendo-me que é hora de recuar, de me controlar, mas de alguma forma até a noção de autocontrole parece distante, além do meu alcance. — Acho que devemos confrontar Emily e ver o que acontece. Vamos para o posto de saúde com um mandado de acesso ao arquivo da Cameron e, em seguida, mostraremos a ela.

Will parece chocado.

— Jesus, como você é sem coração, Anna. A filha dela *sumiu*. — A palavra se espalha entre nós, afiada e gritante. — Não acha possível dar uma colher de chá para Emily, o benefício da dúvida? E Troy Curtis? Por que ele ganha passe livre? Ele pode ser aquele que a machucou.

De repente, estou ciente do calor no salão. O cheiro de peixe frito emanando da cozinha. O balcão pegajoso sob as minhas mãos. O desafio de Will não é retórico. Ele acha que passei dos limites aqui. E posso ter passado.

— Não estou me esquecendo de Troy — digo rapidamente —, mas era a Emily que estava em casa sozinha com a Cameron e é a cuidadora principal. Ela parou de atuar para ser mãe em tempo integral e foi ela quem falhou no polígrafo. Não acho que estou sendo sem coração, apenas realista. Não temos tempo para pisar em ovos, Will. Se a Emily sabia do abuso, a culpa não apenas apareceria no polígrafo exatamente dessa forma, mas também a implicaria. Talvez ela se sinta responsável porque *é* responsável. Talvez ela tenha feito vista grossa quando não deveria. Talvez tenha segurado a língua quando deveria ter gritado aos quatro ventos. — A banqueta abaixo de mim parece vibrar com a tensão. Minha voz treme, pulsante. — Talvez ela tenha protegido o irmão, Drew, em vez da Cameron.

Will se recosta, e sua expressão muda.

— Você está emocional demais, Anna.

— Estou bem — falo ríspida, instantaneamente na defensiva. — Só sei que estou no caminho certo. Olhe, encontrei este poema no armário da Cameron. Pode ser importante.

Ele pega o cartão-postal de Cameron quando eu o passo pelo balcão e lê as linhas silenciosamente. Quando termina, olha para cima.

— Caralho. Que adolescente de 15 anos lê Rilke?

— Uma machucada. "Eu quero estar com aqueles que sabem coisas secretas ou então sozinho." Isso não diz tudo? Algumas violências são aleatórias, obviamente, mais relacionadas ao acaso e à oportunidade. Mas, às vezes, são muito específicas e síncronas, como se houvesse uma conexão escondida, uma vulnerabilidade que os predadores podem sentir em certas vítimas, mesmo quando as veem pela primeira vez. Quando o dano existe, ele pode funcionar como um radar. Quase como se a parte mais sombria da história de alguém pudesse falar diretamente através de seu corpo, viva em suas células. Está me entendendo?

Will parece desconfortável, o rosto ruborizado.

— Está dizendo que é culpa das vítimas de alguma forma? Que estão fazendo com que sejam alvos?

— Não, de jeito nenhum, pelo *contrário*. — Pego o cartão-postal novamente, frustrada. As palavras certas parecem estar além de mim.

— Então como? O que realmente acontece?

— Uma vez, trabalhei com um criador de perfis psicológicos, um cara bem inteligente — tento de novo. — Ele usou o termo "Bat-sinal" para falar sobre esse tipo de coisa, de como as vítimas, involuntariamente, se anunciam aos agressores. Todos nós viemos ao mundo com uma luz pura e brilhante, não é? Somos inocentes, puros como a porra do céu. Brilhantes, purificados e limpos.

— Acredito nisso — concorda Will, e a emoção em sua voz me faz sentir menos sozinha. — Todo mundo nasce com a ficha limpa.

— Sim. — A emoção vibra ao longo de uma corda invisível entre nós. — Mas, então, para algumas crianças, uma em cada dez, talvez, embora possa ser mais algo como uma em quatro, coisas realmente difíceis acontecem com elas, em sua própria família ou por meio de um conhecido em quem essa família confia. Trauma, negligência, abuso, manipulação, coerção, exposição à violência. E elas não têm as ferramentas para processar tudo isso ou as palavras para falar sobre o assunto. Nesse caso fica o silêncio, a cumplicidade forçada, a vergonha. Então, o que se tem é só um breu espesso, e quando a luz brilha... — Não concluo a frase, sabendo que ele provavelmente percebeu que não estou falando apenas sobre meus casos ao longo dos anos, que vivi em primeira mão parte do que sei.

— Bat-sinal — repete ele, sério.

— Sim. Grande como a lua sobre a cidade de Gotham. E cada psicopata, sociopata, sádico, alcoólatra, narcisista de merda, em qualquer lugar, pode ver e vai correndo. E, quando os dois se encontram, eles se conectam, se reconhecem em algum nível profundo. É como se falassem duas variações de uma mesma língua.

— Uau, certo. Jesus. Isso faz sentido até demais. — Ele pega o guardanapo úmido sob o copo e começa a mexer nele, balançando a cabeça. — Mas como o primeiro abuso acontece se todos nascem como uma folha em branco? Por que algumas crianças são alvos, e outras, não?

— Cameron não tinha nem 4 anos quando sua vida foi transformada — explico para Will, enquanto meus pensamentos ganham impulso e ricocheteiam através das décadas anteriores, passando pela minha própria infância, a de Jenny e de incontáveis outras. — Imagine o que é ser tão nova e, de repente, ter toda a sua vida virada de cabeça para baixo, mas ser velha demais para não saber mais quem você é, ou a que lugar realmente pertence. Mesmo que a Cameron não parecesse solitária ou assustada para a Emily e o Troy, você pode ver como tanta desorientação e incerteza poderiam fazer com que ela confiasse um pouco demais nos outros. Ela queria amor. Queria se sentir bem. — Os músculos da minha garganta estão tensos e estranhos, minha língua está pesada, mas me forço para ir até o fim do meu argumento. — E, como se isso não bastasse, a cicatriz daquele trauma precoce pode muito bem ter atraído outra pessoa em direção a ela. Outro predador.

Will suspira.

— Isso seria irônico *pra* caralho. Tipo, e se a Emily e o Troy pensassem que estavam ajudando uma criança carente e, no final, acabassem causando o dano que a levou a ser sequestrada?

Ele *está* prestando atenção.

— Você perguntou por que não posso dar um desconto para Emily, Will? É exatamente por isso. E se tudo de ruim que aconteceu com a Cameron aconteceu *depois* que ela foi resgatada? Quando ela deveria estar segura, protegida e feliz? — Minha voz falha na última palavra. Minhas mãos tremem na beirada do balcão.

Will percebe tudo isso e mais. Isso é demais para mim, e nós dois sabemos disso. Mas ele nem imagina quantas outras forças estão me afetando, ou por que não posso parar agora – não posso e não vou perder Cameron, não importa o que aconteça.

Ele empurra a cadeira para trás para me observar melhor, a testa franzida em preocupação.

— Você é inteligente sobre essas coisas e realmente experiente. Sei disso. Também sei que seu trabalho em São Francisco te fez passar por muitas coisas que ninguém deveria ver, Anna. Talvez seja por isso que você voltou para cá.

Eu me sinto enrubescer, incapaz de encontrar seu olhar.

— Se tudo isso for demais, você precisa me dizer, está bem? Estou aqui. Somos uma equipe. — Ele estende a mão para pegar meu braço e o aperta para enfatizar. — Certo?

— Certo. — Engulo em seco. — Mas, Will, alguém tem que salvar essa menina.

E esse alguém tem que ser eu.

(vinte e cinco)

Na manhã seguinte, 5 de outubro, dirijo para a cidade quando o sol está nascendo, encontro Will no GoodLife e tomamos um café. Em seguida, entramos na viatura e seguimos para o sul, ao longo da costa em direção a Petaluma, contornando um longo banco de neblina cinza que cobre o mar e o horizonte, tudo menos a estrada.

— Alguma notícia sobre a garota Russo? — pergunto. Acordei pensando nela, como se precisasse de outra garota desaparecida em minha mente. — Verificou a placa?

— Verifiquei. Nada de interessante, exceto o registro expirado. A mãe dela decidiu não renovar a placa, provavelmente. Por que desperdiçar dinheiro, *né*?

— Que tal criar um alerta para o carro? Só para ter certeza.

Ele me lança um olhar que diz: *lá vamos nós de novo.*

— Por causa do que a vidente disse?

— Talvez — respondo, mantendo-me firme. — Talvez você não acredite neles, mas não são todos loucos. De qualquer forma, o que é que custa?

Ele não diz nada.

— Só porque a garota levou uma vida atribulada não significa que ela não valha o nosso tempo. Não devemos deixar passar nada agora. É tudo ou nada.

Ele abaixa o queixo, metade convencido. Observo seu rosto, esperando por mais, e finalmente ele diz:

— Tudo bem.

Uma hora depois, entramos em Petaluma por meio de olivais e terras de gado, uma colcha rural de retalhos formada por fazendas e campos. Esqueci-me de como essa parte da Califórnia se parece com a Nova Inglaterra.

— Parece o filme *Nossa Cidade* — digo a Will enquanto entramos pela Avenida Petaluma, passando por edifícios históricos de barro e fachadas *vintage*. Parece haver apenas um bar, e a placa diz "Taberna".

— A gente costumava chamar de Frangaluma. — Will aponta para um matadouro de aves. — Acredita que estamos a setenta e dois quilômetros de São Francisco?

É perto demais. Tenho um medo irracional e agudo de que toda a minha dor e todo o meu arrependimento fiquem mais fortes graças à pequena distância.

— Loucura — digo fracamente, focando nas fachadas arrumadas, na calçada e no banco com um adesivo de rosto sorridente gigante na vitrine. Nada parece fora do lugar, nem mesmo os pedestres. — Uma cidade como essa parece tão segura e separada do mundo exterior que a pessoa começa a se perguntar se isso é perigoso.

— Tipo um conto de fadas, quer dizer?

— É. Uma falsa segurança. Você para de olhar por cima do ombro, por-que a imagem parece real. Nada de ruim pode acontecer quando há um fosso em volta da cidade inteira, certo? Parapeitos, guardas no portão... mas o dragão aparece de alguma maneira.

Will me observa, seu olhar é denso.

— Sabe o que este lugar me lembra?

— Sei — respondo. — Mendocino.

O Departamento de Polícia de Petaluma fica ao norte do centro da cidade. Estacionamos, assinamos a entrada e esperamos na recepção até que um policial aparece para nos levar a uma série de escritórios nos fundos.

— Esta é a sala do sargento Barresi — apresenta ele, parando diante de uma porta aberta.

O sargento é um cara grande, de rosto pálido e cabelo penteado para trás. Quando ele se levanta atrás da mesa, lembro-me de muitos comandantes com quem trabalhei ao longo dos anos; até o seu terno bege, tão novo que parece brilhante. Para as coletivas de imprensa, imagino. Pronto ou não, ele age como relações-públicas, agora. Já está nítido que esse caso terá grande visibilidade. A idade de Polly e a forma como ela foi raptada brutalmente dentro da própria casa geraram preocupação e medo generalizados. A nação inteira assistirá ao desenrolar.

— Achei que iríamos nos encontrar com Ed Van Leer — diz Will.

— Ele chegará em breve. Estamos coliderando o caso. O que posso fazer por vocês?

— Temos uma menina desaparecida em Mendocino — tomo a iniciativa. — Cameron Curtis. Tenho certeza de que já ouviu falar. Agora há outro relatório de desaparecimento arquivado em Gualala: Shannan Russo, 17 anos, vista pela última vez no início de junho. Estamos tentando ver se algum ponto se conecta.

— Não temos certeza nem de quais são nossos pontos — confessa Barresi categoricamente. — O crime aconteceu na sexta-feira. Agora é terça de manhã. Tenho o FBI em todos os lugares, vindos de Washington e São Francisco, mais agentes do que já vi em um só lugar. Mas isso não significa que eu não esteja desnorteado.

Sei a pressão que ele está sofrendo para resolver o caso. Todo o mundo está vendo. A última coisa de que ele precisa é outro em que pensar, mas tenho que tentar do mesmo jeito.

— Escute, sabemos que seu tempo é valioso — afirmo. — Mas se pudesse dedicar um minuto para expor o caso para nós...

— Van Leer disse que havia a marca de uma mão no local? — pressiona Will.

— Ficou muito embaçada no computador — responde Barresi. — Se tivéssemos um suspeito, dava para resolver.

— Alguma outra testemunha além das duas amigas da Polly? — questiono.

— Tinha um locatário na propriedade, em um apartamento-garagem. Ele recebeu a visita de um amigo. Os dois estavam assistindo à TV com a porta aberta quando o suspeito apareceu na entrada e se aproximou da porta dos fundos.

Will chega para frente na cadeira, sua pergunta ecoando a que estava na minha mente.

— Eles não suspeitaram de nada?

— Aparentemente, o cara entrou como se fosse dono do lugar. A porta dos fundos estava destrancada. Ele pensou que talvez fosse um amigo da família.

— Ainda assim, é muito ousado quando você sabe que foi visto — constata Will.

— Também havia testemunhas na rua — acrescenta Barresi. — Uma noite quente de sexta-feira, pessoas no parque, muito tráfego de pedestres.

É fácil imaginar o que o sargento está descrevendo, o tipo de pessoa que não se importa com testemunhas, horário, repercussões ou riscos, que, uma vez focado, levaria Polly a qualquer custo.

Esse tipo de confiança imprudente é em parte o motivo pelo qual alguns criminosos são capazes de sequestrar vítimas à vista de todos, mesmo em plena luz do dia. Em 1991, na pequena cidade montanhosa de Meyers, na Califórnia, perto do Lago Tahoe, um carro se aproximou de Jaycee Dugard, de 11 anos, enquanto ela caminhava até o ponto de ônibus. Vários de seus colegas assistiram Jaycee ser atacada com uma arma de choque e puxada para dentro do carro. Seu padrasto também testemunhou o sequestro e saiu em perseguição de bicicleta, mas não conseguiu acompanhar. O carro tinha acelerado. Uma força-tarefa de busca foi acionada imediatamente, mas Jaycee tinha desaparecido.

Dois anos e três meses depois, ela ainda está desaparecida, mas permeia meus pensamentos dentro do escritório de Barresi, mesmo quando ele muda de assunto e começa a falar sobre a família de Polly.

Eve recentemente se separou de seu segundo marido, que gerou a meia-irmã de Polly, Annie, de apenas 6 anos. Seria possível que houvesse tensões entre as duas ou que Marc Klaas não estivesse satisfeito com os termos da custódia? Barresi estava se agarrando a qualquer coisa.

— O suspeito não bateu na porta nem hesitou — explica ele. — Isso pode significar que ele conhecia a vítima, tinha acesso e conhecimento da casa.

Conheço as probabilidades tão bem quanto ele: menos de 5% das vezes o criminoso é um estranho. Mas já tenho a sensação de que esse caso vai superar as probabilidades, talvez muitas delas.

— O tempo dirá — constato. — Mais alguma coisa para compartilhar?

— Podem visitar o local se for ajudar. Cuidamos do perímetro. Não podem estragar nada.

— Obrigado — responde Will. — Como estão as outras garotas? As amigas da Polly?

— São garotinhas corajosas. Não fizeram nada além de cooperar com a gente desde a noite de sexta-feira. Temos policiais posicionados nas duas casas. Imagino que elas ficarão afastadas da escola por um tempo.

— Eu nunca voltaria — comento.

— A normalidade às vezes ajuda — explica Barresi.

Concordo com a cabeça, não querendo contradizer o sargento em seu próprio escritório. Contudo, interiormente estou pensando na única coisa que consigo pensar: para aquelas garotas, assim como os colegas de classe que viram com os próprios olhos Jaycee Dugard ser atacada, assim como Gray Benson, que viu sua melhor amiga desaparecer do nada, a normalidade estaria fora de questão por um longo tempo, talvez não existisse nunca mais.

✦ ✖ ✦

(vinte e seis)

A casa de Eve Nichol fica em um bairro residencial tranquilo e sereno, a um pouco mais de um quilômetro do centro da cidade. O quarteirão havia sido isolado, então estacionamos nas proximidades, atravessando o Parque Wickersham sob olmos frondosos e plátanos. Posso imaginar como deveria ser: cheio de crianças gritando no trepa-trepa inclinado e nos balanços, mães fofocando nos bancos de madeira e nas mesas de piquenique. Hoje, não há vivalma aqui.

A fita da polícia foi colocada nas cercas ao redor do pequeno bangalô azul-acinzentado que fica no meio do quarteirão; bonito, bem-cuidado, mas comum, com acabamento branco e uma grande janela saliente. Flores em vasos se inclinam sobre a varanda da frente. A caixa de correio está cheia de revistas de supermercado. Parece uma casa qualquer de cidade pequena nos Estados Unidos, mas não é.

Não precisamos bater, a porta está totalmente aberta: dois policiais uniformizados da polícia de Petaluma estão de pé lá dentro. Will mostra o distintivo e diz o nome de Barresi. Já os contataram antes de chegarmos, o que torna tudo mais fácil. Aparentemente, Eve e sua filha Annie foram para a casa de amigos próximos. Uma decisão humana, acredito. Dois oficiais do CSI estão – ainda ou novamente – verificando o quarto de Polly.

A cozinha foi transformada em uma sede temporária para a equipe do FBI, liderada por Rod Fraser.

— É bom te ver, Anna — cumprimenta ele, agarrando minha mão com a sua, quente e firme. Ele é mais pesado do que eu me lembrava, e sua linha do cabelo tinha diminuído. Dez anos podem fazer isso. — Gostaria que fosse em uma circunstância mais alegre.

— Eu também — digo, embora, na verdade, "alegre" seja relativo em nossa linha de trabalho.

Na cozinha de Eve Nichol, há uma estranha sensação de suspensão, de normalidade interrompida. O boletim de Polly está na geladeira sob um ímã do Hamburglar, o personagem do McDonald's, assim como uma foto de férias de Polly e Eve, curvada nas pontas, ambas usando vestidos vibrantes, piscando para o sol com uma ousada felicidade, o cabelo encaracolado de Eve espalhado sobre parte do sorriso de Polly. Cada objeto na sala exala uma carga de intimidade e exposição. O pote de biscoitos Oreo no balcão ao lado de um envelope cheio de recortes de cupons. Sobre a geladeira, há um relógio em formato de gato com o rabo balançando de um lado para o outro.

— Cheguei aqui na noite do incidente, pouco depois da meia-noite — conta Rod.

— As meninas ainda estavam aqui? — questiona Will. — As duas amigas de Polly?

— Gillian Pelham e Kate McLean. Elas são nossas principais testemunhas. A mãe estava dormindo e não ouviu nada. Nem Annie, a irmã de Polly.

— Isso é uma bênção, acho — afirma Will, e, interiormente, meu coração se parte por ela.

Enquanto esse monstro invadia a casa atrás da filha e segurava uma faca contra a garganta dela, Eve estava inconsciente, incapaz de ir ao resgate de Polly.

— A mãe e Annie foram para a cama por volta das 21h30 — acrescenta Rod. — As meninas se divertiram a noite toda, brincando com roupas e jogos de tabuleiro, se maquiando. Mais ou menos às 22h30, Polly saiu para a sala de estar, para pegar os sacos de dormir das meninas, e o cara estava no corredor com uma faca na mão. Um cara grande, pesado, barbudo, de meia-idade. Ele também tinha uma mochila com corda e um capuz dentro. Tudo premeditado, obviamente.

— Onde estava a digital que você encontrou?

— No beliche de cima. — Ele aponta. — É apenas parcial e está bastante borrada. Veremos se podemos usar.

— Por que a mãe não ouviu nada? — pergunta Will.

— Ela teve uma forte enxaqueca e foi para a cama cedo. Provavelmente nem teria conseguido impedir, de qualquer maneira — continua Rod. — Ela é uma mulher esguia, e ele tinha uma faca, lembra?

— Barresi mencionou que ele perguntou às meninas qual das três morava na casa — começo, entrando na conversa. — Isso parece sugerir que ele era um estranho, certo?

— Não necessariamente. Já vi problemas de custódia em que os pais contratam alguém para sequestrar a criança e fazer com que parecesse um estranho.

— Certo — concordo. — Mas, nesta família específica, os pais são amigáveis, ao que parece. Seis anos, e nenhuma ordem judicial ou restrição foi feita. Nenhuma disputa doméstica.

— Não que a gente saiba — complementa Rod. — Mas, aparentemente, ele disse às meninas: "Só estou fazendo isso pelo dinheiro". Então, quando Polly ofereceu cinquenta dólares de uma caixa em uma cômoda, ele a ignorou.

— Isso é estranho — comenta Will. — Embora eu ache que, se ele fosse um mercenário, como diz, possa ter ficado estressado ou desorientado. Com medo de ser pego. Por que ele perguntaria qual garota morava na casa? — Will quer saber. — Se fosse um conhecido da família, não teria dúvidas.

— Talvez. — Pondero um pouco. — Ou talvez ele *seja* um estranho. Um sociopata que diz tudo o que ocorre no momento.

Este é o rumo que minha mente está tomando, embora seja um tiro no escuro. Apenas 1% dos desaparecimentos de crianças envolve um predador nato, é verdade, mas os indicadores normais para dramas familiares não parecem ser óbvios aqui. Além disso, os detalhes que temos, como o capuz de seda e as cordas, parecem muito específicos para serem adereços.

Se o cara que pegou Polly realmente *fosse* contratado, como Rod está sugerindo, ele não teria corrido mais riscos do que o necessário. Teria esperado até muito mais tarde da noite. Teria examinado minuciosamente o local, para se certificar de que a família estava dormindo primeiro e de que Polly estava sozinha. Mas outro tipo de cara, sem motivação alguma, além da história doentia em sua cabeça, não seguiria nenhum relógio ou se importaria em ser reconhecido. Uma vez que ele decidisse atacar a vítima, não seria capaz de se conter. O risco não importaria. Nada importaria, exceto a garota.

— Pode nos contar o resto? — peço a Rod. — O que aconteceu depois?

— Ele amarrou todas usando as cordas que trouxe, além de um cabo que cortou de um Nintendo. O tempo todo, porém, ficou dizendo que não iria machucar elas de verdade.

— Desgraçado doente — murmura Will, e tenho que concordar.

— Ele as amordaçou — continua Rod —, colocou capuzes sobre suas cabeças e disse às outras duas garotas para começarem a contar. Então levou Polly embora. As meninas ouviram o rangido da porta de tela e entenderam que ele havia ido embora. Levaram alguns minutos para se livrar das amarras e acordar Eve. Em seguida, ela ligou para a emergência.

— Como é a gravação? — questiona Will. — Algo incomum?

— Na verdade, não. A mãe está um pouco grogue e confusa, como se não conseguisse acreditar no que estava acontecendo. A ligação continua, e ela começa a ceder, a perder a compostura.

Sinto um formigamento de inquietação quando a história que ele está contando se aproxima muito da minha. A dor de Eve e a minha se confundem, colidem uma com a outra.

— Já ouviu falar de Cameron Curtis? — pergunto a Rod, mudando deliberadamente de assunto.

— A filha da atriz?

— Essa mesma. Uma garota de 15 anos desapareceu da própria casa depois das 22h, há pouco mais de uma semana. Nenhum sinal de arrombamento, nenhuma pista, nenhum motivo óbvio, nenhuma razão para pensar que ela fugiu. Só *puf*.

Rod se vira para mim, acariciando a borda da xícara de café em sua mão.

— No que está pensando, Anna? Alguma razão para acreditar que possa ser o mesmo cara?

Ainda estou tentando me recompor quando Will intervém.

— Essa garota não é de fugir. E não acho que podemos ignorar a coincidência geográfica. Às vezes, esses criminosos violentos agem em territórios específicos, certo?

— Certo. Mas o comportamento realmente não se alinha, muito menos a vitimologia. Doze e quinze são idades completamente diferentes, especialmente para um predador. E precisamos pensar na zona de controle. Para onde essas garotas podem ter ido, quem elas podem ter encontrado por acidente.

— Você se lembra dos casos em torno de Santa Rosa em 1972 e 1973, caroneiros sendo assassinados? — pergunta Will, como se não tivesse ouvido Rod, ou não quisesse. — Aquele assassino atacou com frequência e muito especificamente antes de desaparecer, sempre dentro do mesmo raio de cento e sessenta quilômetros.

— Isso foi há muito tempo. Seria bastante atípico um cara como esse atacar novamente na mesma área depois de estar inativo por vinte anos.

— Acho que sim. — Will se recosta no balcão da cozinha, mas seus músculos continuam tensos. — Simplesmente não consigo parar de pensar que há algum tipo de precedente aqui que não deveríamos ignorar.

Os olhos de Fraser se movem de Will para mim enquanto penso em como argumentar com segurança. Ainda estou abalada por causa de Eve, mas mais do que isso: sinto a pressão de Will para concordar com ele sobre a possibilidade de um predador em série. Muita coisa está em jogo, e esta é a primeira chance que ele vê de conseguir alguns recursos externos. Rod tem motivos para confiar em meus instintos, também. Se eu disser que vejo uma ligação entre os dois casos, isso pode convencê-lo a arriscar e enviar alguns de seus próprios homens para o nosso. Mas, com ou sem pressão, tenho que ser honesta.

— Não vejo isso — enfim digo. — Não tem como ser o mesmo cara.

Enquanto Fraser balança a cabeça, sinto a confusão e a decepção irradiando do corpo de Will. Seus lábios estão comprimidos. As pontas das orelhas quase fúcsia.

— Alguém pegou essa garota — retruca ele. — Eu preciso de *ajuda*.

Rod cruza os braços sobre o peito, nitidamente desconfortável. Ele tem um grande coração, eu sei, e se compadecerá de Will e de toda a situação, quer ele possa ou não agir. Ele não é insensível, não desperdiçou sua compaixão ao longo do caminho.

— Não sei o que posso fazer — finalmente diz ele. — Estou no meu limite e mais um pouco.

O suspiro de Will estremece. Ele põe a mão na testa, apertando as têmporas; a dor de cabeça e a tensão estão ali.

— Talvez você possa apenas fazer uma ligação e lembrar o FBI de que temos outra garota desaparecida, possivelmente duas. O Departamento de Polícia de Gualala acaba de publicar uma denúncia de desaparecimento de uma jovem de 17 anos que sumiu em junho.

É evidente que Fraser não ouviu.

— Gualala?

— Shannan Russo — intervenho. — Temos uma vidente que diz que isso está relacionado de alguma forma à garota Curtis.

As sobrancelhas de Rod se erguem.

— Tem uma médium aqui, também. Será que é a mesma mulher?

— Conseguiu o nome dela? — pergunto.

— Barresi conseguiu. Ela disse que queria acesso ao apartamento de Marc Klaas em Sausalito, algo sobre sentir as *vibrações* de Polly.

O olhar de Rod descarta sua credibilidade e fecha uma porta simultaneamente. Mesmo que eu planeje entrevistar Tally Hollander, agora não é hora de tocar no assunto.

— Você sabe como é, Rod — cedo finalmente, tentando nos colocar de novo em um patamar mais confiável. — Não queremos nos ludibriar aqui, pensando que tudo está conectado, mas também não queremos perder nada. O que quer que esteja entre essas duas coisas, é o caminho que estamos tentando seguir.

Ele assente com as mãos na cintura, sem dizer nada. Conhece o território muito bem. Ele é um dos bons – o melhor. Mas isso não significa que pode resolver seu mistério, ou o nosso.

⁖ ✦ ✦ ⁖

(vinte e sete)

Como já tinha dito a Will, mulheres como Tally Hollander não são desconhecidas para mim. O Farol já as havia usado vez ou outra, obtendo algum sucesso. Além disso, havia Eden.

Ela era "sensível" – em suas próprias palavras –, capaz de ver o futuro por meio de sonhos e visões que surgiam quando podia sentir que alguém estava em apuros; encolhido na banheira após uma queda feia ou embaixo de um caminhão na beira da estrada, tentando trocar um pneu furado. Eram pessoas reais, pelo que entendi, mas quase sempre eram estranhos. Ela simplesmente recebia uma imagem, um lampejo de pânico telegrafado, como se seu inconsciente fosse uma espécie de linha telefônica cósmica. Às vezes, quando os eventos em questão aconteciam nas proximidades, com pessoas que podia identificar, ela intervinha, ou ao menos tentava; as informações ainda podiam ser úteis porque tais eventos tinham acabado ou estavam prestes a acontecer. Nunca, jamais, ela esteve em suas próprias visões, o que era um alívio para si mesma.

— Não quero saber o que vai acontecer comigo — explicou ela uma vez. — Não conheço ninguém que queira.

— E se você pudesse impedir o futuro? Fazer algo diferente?

Ela encolheu os ombros de modo quase imperceptível, com a cabeça inclinada sobre a tigela onde estava amassando passas e nozes numa massa de pão clara.

— Não funciona assim.

— Ninguém pode mudar nada? Tipo, o destino?

— Não, não me refiro ao destino, Anna. Estou falando de caráter. Fazemos o que fazemos por causa de quem somos.

As palavras dela me atravessaram como pedras polidas.

— Você sonha comigo?

Os olhos de Eden se ergueram. Tive o vislumbre de um pensamento perturbado antes que ela o afastasse, como se estivesse varrendo a poeira de um canto da sala.

— Às vezes.

Eu estava com medo de fazer minha próxima pergunta. E ela ficou pairando, densa, enquanto eu olhava para Eden.

— O que quer saber, Anna? — Sua voz era terna e paciente.

— Nada. — Sem me mover, lutei comigo mesma. — É só... acha que sou uma boa pessoa?

— O quê? — Ela sacudiu a tigela de cabeça para baixo sobre a assadeira untada com óleo, que recebeu a massa com um baque satisfatório. — Que tipo de pergunta é essa? Óbvio que sim, querida.

De repente, Lenore fez um barulho estranho em sua cadeira, quase um rosnado, e isso me abalou. Foi um daqueles momentos em que pensei que aquele pássaro sabia demais, podia sentir as coisas.

— Deixa *pra* lá — recuei.

Eden abriu o forno e colocou a assadeira dentro, então se aproximou e se sentou ao meu lado, na mesa da cozinha, desamarrando o avental, para que ficasse sobre o colo. Partículas de farinha caíram no chão como poeira, mas ela as ignorou.

— Você está pensando no seu irmão e na sua irmã, Anna? Podemos tentar encontrar eles se você quiser. Ainda deve se preocupar muito com eles, certo?

Lenore sacudiu sua asa boa e começou a alisá-la, separando e reorganizando as penas com o bico. Pareceu-me um gesto calculado, como se ela fingisse não escutar, mas, na verdade, tivesse começado a prestar ainda mais atenção.

— Eles provavelmente estão bem, certo? — comentei rapidamente.

— Não sei — respondeu ela com suavidade. — Eles têm quantos anos agora?

— Oito e nove.

— Ah. Bem, há uma maneira de descobrir. Vamos ligar para Linda. Talvez você possa até visitar eles. Tenho certeza de que esse tipo de coisa acontece o tempo todo.

Senti uma pontada forte na lateral do corpo, logo abaixo das minhas costelas.

— Não sei se quero visitar. Não agora. Mas você pode perguntar. Liga para a Sra. Stephens, gostaria de saber se eles estão bem.

— Sem dúvidas, querida. — Ela pegou as tiras do avental e segurou o volume frouxo nas mãos, pensando por um momento. Então, completou: — Não sei nada sobre essas crianças, mas posso dizer que elas não te culpam pelo que aconteceu.

— *Como* você sabe? — Eu não conseguia erguer os olhos.

— Porque não foi sua culpa.

Senti as bochechas queimarem e a sensação de pressão. Mais do que tudo, não queria chorar. Não na frente de Lenore, que nunca se esqueceria.

— Bem... tanto faz.

— Não. Escute, Anna. — Ela chegou para frente e pegou minhas mãos. — Isso é importante. Às vezes, os adultos se rendem. Sua mãe provavelmente estava em um mundo de dor, não tenho certeza. O que aconteceu com a sua família pode ser porque ela sentiu muita dor ou porque o mundo passou a ser mais do que ela podia suportar, ou, diabos, pode ter sido por uma série de outras coisas. Mas não por sua causa, querida. Você não fez nada de errado.

Eu queria desesperadamente acreditar nela, mas era difícil. A forma como suas mãos abraçavam as minhas, ela parecia estar se oferecendo para carregar algo para mim. Ah, se eu conseguisse deixar ir.

— Você sonha com Hap às vezes? — perguntei. Se eu não mudasse de assunto, realmente sucumbiria.

Seus olhos me observaram suavemente, cheios de amor e aceitação.

— Demais. Isso é algo que eu mudaria se pudesse.

— Mas você não pode. — Queria que ela soubesse como eu estava atenta ao que ela tinha dito desde o início.

— Não posso.

— Mas pode fazer pão.

— Isso mesmo, Anna. — Ela apertou minhas mãos uma, duas vezes antes de soltá-las. — Isso é algo que qualquer pessoa pode fazer.

(vinte e oito)

Quando Will e eu voltamos para a Rua Quatro, ele está furioso.

— Teria te matado me apoiar lá dentro? Jesus, Anna. Você sabe a pressão que estou sofrendo.

Eu o interrompo, levantando a mão.

— Eu *sei*. Sinto muito. Mas não teria sido certo envolver a equipe do Rod quando o *modus operandi* não bate.

Ele solta um rosnado de frustração; sua boca está tensa e fechada, mas ele tinha ouvido o mesmo que eu. O sequestrador de Polly invadiu a casa em uma noite quente, com muitas pessoas na rua e a raptou com uma faca na frente de testemunhas. Como poderia ser o mesmo cara que de alguma forma atraiu Cameron para fora da segurança de sua casa e provavelmente a manipulou de antemão? Ela foi por livre e espontânea vontade, como uma garota de fazenda em um dos contos de fada dos Irmãos Grimm, que é atraída cada vez mais fundo na floresta escura por bugigangas brilhantes jogadas pelo caminho. Ela olha para cima quando é tarde demais, quando está perdida e com medo, muito longe de casa.

— Vamos resolver tudo, Will — garanto —, mas você tem que confiar em mim.

— Tenho? — Seus olhos soltam faíscas.

— Anna! Espere! — chama Rod Fraser de repente da varanda de Eve. Ele está me sinalizando para voltar.

Peço a Will que espere e me apresso.

— O que houve?

— Só queria dizer que sinto muito.

— Não se preocupe com isso — respondo sem pensar. Então, percebo. Ele não se refere ao nosso caso ou ao dele. Refere-se a mim. O funeral e a investigação. — Eu deveria ter enviado um cartão. — Seus olhos estão carregados de sentimento. — Meu coração realmente partiu por você.

— Está tudo bem — digo estupidamente.

— Acho que você já está se sentindo pronta agora. Para voltar ao trabalho.

— Quase. — É a palavra mais honesta que falei o dia todo. — Obrigada, Rod.

— Certo. — Ele limpa a garganta. — Escute, tem algo que posso fazer por vocês. Não é muito, mas temos um helicóptero patrulhando dia e noite, com um fotógrafo registrando do ar qualquer coisa que pareça fora de ordem ou incomum. Há muito terreno a percorrer, tantos lugares onde essa garota pode estar.

— A nossa também.

— Isso é o que estou pensando. Não haveria problema em enviar a tripulação mais alto e cobrir mais terreno, até Gualala também. Como você disse, não queremos perder nada.

— Seria ótimo. — Faço como se fosse apertar a sua mão, e então o abraço por impulso, inclinando-me em seu peito e pescoço por um segundo a mais do que o momento pede, sentindo falta de Frank Leary e do meu parceiro; sentindo falta de Brendan, por mais complicado que pareça. Mas, acima de tudo, sentindo falta de Hap. Nunca precisei tanto dele.

— Se Shannan Russo estiver morta, os restos mortais podem estar escondidos em algum lugar da floresta — comento com Rod. — Só uma dica que recebemos. Fique de olho no carro dela também. Vou pegar o número da placa.

— Ótimo — responde ele quando saio da varanda, sentindo o leve sinal de uma promessa.

Rod não ofereceu muito, mas às vezes você tem que começar por aí, com quase nada. E esperar que tudo dê certo, de alguma maneira.

ׯ✦✠✦ׯ

(vinte e nove)

— Um helicóptero pode cobrir uma grande quantidade de território — repasso a informação a Will enquanto caminhamos em direção à viatura. — Isso vai ajudar a compensar a equipe que não temos.

— Preferia ter a equipe — retruca ele, sem olhar para mim.

O Parque Wickersham ainda está assustadoramente silencioso. Passamos por uma gangorra vazia, marcada por sombras.

— Sei que está irritado comigo. Vamos conversar.

— *Pra* quê?

Quando alcançamos o veículo, ele desliza para trás do volante, sua linguagem corporal completamente hostil.

— Você ouviu tudo que Rod disse — tento novamente. — Vamos usar nossa energia para aprender mais sobre a Cameron.

— Já passou pela sua cabeça que você pode estar errada sobre tudo isso? E se *houver* uma conexão, e você estiver deixando passar, Anna? Nunca cometeu um erro?

Mordo a língua, olhando para as sombras espalhadas ao longo da rua.

— E se formos a Napa, para ver Drew Hague?

— Talvez. — A tensão em seu corpo cede um pouco; a mudança é quase invisível a olho nu.

— Estamos a menos de uma hora de distância. O que acha?

— Mal não vai fazer.

Faz apenas uma hora ou mais desde que deixamos o centro da cidade em direção à Rua Quatro, mas, enquanto voltamos no sentido da rodovia, fica evidente que algo está acontecendo. A Rua Kentucky, a um quarteirão a oeste da Avenida Petaluma, está repleta de caminhões da mídia – locais, regionais e nacionais. *Dateline, Primetime Live, America's Most Wanted.*

— Deve ser uma coletiva de imprensa — sugiro.

— Outra?

Desde 2 de outubro, um dia após o sequestro de Polly Klaas, a atenção da mídia tem crescido exponencialmente, e os esforços voluntários locais também, explicou o sargento Barresi antes de irmos ver Rod Fraser. Eles não são especialistas, apenas cidadãos comuns – envolvendo-se nas tentativas de resgate por iniciativa própria, indo de porta em porta, divulgando o desaparecimento de Polly. Como Barresi contou, ele está impressionado e um pouco surpreso com o tamanho da repercussão. Um empresário local doou um espaço vazio de lojas para o Centro de Pesquisa Polly Klaas, e os centros de ligações já estão funcionando. Outra pessoa dividiu a cidade e os arredores em uma grade de dezessete locais, e mais de seiscentos habitantes estão fazendo buscas diárias nos campos, riachos e terras agrícolas ao redor de Petaluma. Não estão esperando que lhes digam o que fazer ou como podem ser úteis, estão agindo.

Cada restaurante e loja comercial já tem o pôster de desaparecida de Polly na vitrine. Aparentemente, o dono de uma pequena gráfica no centro da cidade distribuiu milhares de cópias e desafiou todas as outras empresas da cidade com acesso a uma impressora a fazerem o mesmo. Uma campanha dos correios está em andamento, enviando panfletos para salas de emergência de hospitais e departamentos de polícia em todo o norte da Califórnia. Caminhoneiros e motoristas de ônibus estão recebendo caixas de folhetos para distribuir em suas rotas, ampliando ainda mais a rede.

— Nunca vi nada assim — confesso a Will enquanto atravessamos a cidade lentamente.

— Eu também não. Quatro dias depois, ela é a Filha da América. Como isso aconteceu?

— A cidade se sente responsável por ela. Isso é raro. Acha que eles a conhecem pessoalmente?

— Talvez sim, talvez não — responde ele. — Eles se preocupam com ela. E é isso o que importa.

— O que podemos aprender aqui? — pergunto-lhe.

Paramos em um semáforo demorado, e ele me encara.

— Que a palavra "sequestro" tem um puta poder.

— Que Emily deveria ir a público com um pedido de ajuda — corrijo. — Sei por que ela tem medo de um circo midiático, mas ela ainda tem uma voz quando a maioria não tem. Milhões e milhões de pessoas sabem quem ela é. Pense no que esse tipo de atenção pode fazer pela Cameron.

— Não podemos forçar. Ela não está pronta, Anna.

— A questão não é *ela*. — Ouço minha voz ficar aguda. Meu coração acelera. — Estamos perdendo tanto *tempo*. A gente devia ter um centro de buscas e um centro de ligações, e desde o início. Devia estar imprimindo folhetos como loucos e enviando para todos os lugares. Se já tivéssemos feito tudo isso, talvez a Cameron pudesse estar em casa agora.

— Está dizendo que fiz merda?

— Nem um pouco — apresso-me a negar. — Culpo a família. Foram eles que imploraram para você manter tudo isso em segredo. Emily não devia ter a escolha de se esconder.

Ele suspira pesadamente e inclina o pescoço para o lado, tentando desfazer um pouco da tensão ali.

— Talvez você esteja certa sobre a parte de manter segredo. Eu devia ter confiado no meu instinto sobre isso, mas você tem que segurar a onda com a Emily, sacou? Ela não é perfeita, mas também não é a inimiga, Anna. Ela é apenas uma mãe.

— Eu sei.

— Merda. A vida dela virou *de cabeça para baixo*.

Eu sei. Sinto falta de ar, a respiração fica estagnada como se algo a prendesse. Mas Cameron é o que importa agora.

— Talvez não tenhamos testemunhas ou uma cena do crime — digo finalmente —, mas você e eu sabemos que a vida da Cameron está tão ameaçada quanto a da Polly.

— Nem toda criança vira notícia — responde Will de maneira categórica, sua voz parecendo distante. — Algumas simplesmente desaparecem.

Posso ouvi-lo insistir em sua raiva sobre Rod e a minha deslealdade, mas de repente não me importo. Também estou com raiva.

— Isso mesmo, Will. Mas não estou pronta para aceitar isso. Você está?

Estamos demorando uma eternidade para chegar ao centro da cidade. O tráfego está parado sem nenhuma razão aparente. É o meio do dia, cedo demais para a hora do *rush*, como se isso existisse em um distrito pequeno como Petaluma. Estamos quase rastejando.

Então vejo o porquê.

— Will, pare o carro.

Pendurado entre dois postes de luz no meio da Avenida Petaluma, um banner acaba de ser erguido. Grandes escadas ainda ocupam a calçada. Mais ou menos uma dúzia de crianças e os pais saem para a rua, olhando para cima. Um quarteirão à nossa frente, o semáforo central muda para vermelho, e vemos uma mulher de jeans e sobretudo aberto sair de um carro VW Beetle. Em seguida, outros seguem, desligando os motores e deixando os veículos, olhando para as letras coloridas, grandes e redondas: "POR FAVOR, TRAGA POLLY DE VOLTA PARA CASA! COM AMOR, P.J.H.S."

— Ah, Jesus — murmura Will.

Ele estaciona a viatura, e saímos para nos juntar ao que quer que seja: uma reunião espontânea, uma oração sem voz.

Esses são os colegas de classe de Polly da escola secundária. Eles pintaram um cartaz de quase dois metros de altura e treze metros de comprimento com corações, flores, pássaros e nuvens, ocupando toda a rua. Não importa o que aconteça a seguir, é incrível o que fizeram. Mesmo que a placa seja esquecida em breve, desbotada e abandonada no centro de resgate fechado de Polly. Nesse momento, além dos corações inflados, flores e balões, além da esperança alegre e da doçura, a ingenuidade é uma *exigência*. Seus colegas do oitavo e nono anos escreveram uma carta – muito alta, brilhante e *gritante* – para o sequestrador de Polly.

(trinta)

Saindo de Petaluma, seguimos as instruções que o delegado, Leon Jentz, passou para Will pelo rádio, contornando o Rio Petaluma ao longo da Estrada 116, antes de seguir para o interior, por meio de fazendas exuberantes e depois pela região vinícola. Emily disse que seu irmão se deu bem, mas, conforme dirigimos pela parte mais comercial e simples da cidade, sobre o Rio Napa e ao longo da Trilha Silverado, fica óbvio que Drew se deu muito mais do que bem. Propriedades extravagantes brilham como joias ao lado de vinícolas de renome como Stag's Leap e Mumm, com seus terraços de degustação dispostos nas encostas e vistas que custam milhões de dólares. "Cenográfico" não é a palavra certa. Este é o paraíso, com um preço impressionante.

Will assobia enquanto passamos pelo portão de entrada para Provisions, o vinhedo particular de Drew Hague. Leon fez algumas pesquisas para nós e descobriu que o irmão e a cunhada de Emily não engarrafam ou distribuem o próprio vinho, apenas vendem as uvas no vale e arredores. Seu produto é aparentemente muito respeitado, até mesmo premiado, mas é óbvio que o dinheiro foi ganhado muito antes do sucesso deles aqui. O caminho curvo nos leva por ciprestes esculpidos em direção a uma mansão de aparência grega, com colunas altas em torno de um pátio central. É como se fosse Tara ou o Partenon.

— Você deve estar de brincadeira — murmura Will com uma risada.

Os suportes e os frontões da casa principal parecem emprestados do Império Grego. O estuque de aparência cremosa se estende em todas as direções, grande parte dele revestido pela hera. Perto da vasta entrada de mármore, dois esguios cães de caça cochilam, mal percebendo nossa chegada, como se fossem estritamente ornamentais, assim como todo o resto.

Quando tocamos a campainha, uma assistente em um terno listrado com um microfone de lapela abre a porta, parecendo uma mistura de segurança com diretora de marketing.

— Esperem aqui, sim? — pede ela, deixando-nos em uma biblioteca com carpete grosso.

Prateleiras de cerejeira personalizadas brilham do chão ao teto, cheias de volumes de capa dura e conjuntos catalogados que parecem ter sido organizados por cor. Na lareira há uma grande fogueira acesa, embora seja início de outubro. Posso sentir o calor do outro lado da sala e começo a suar.

Depois do que parece um intervalo excessivamente longo, Lydia Hague chega com uma camiseta amarela lisa e o tipo de macacão que você compraria em uma Farm & Fleet local. Dou uma segunda olhada e vejo que Will faz o mesmo antes de nos apresentar. O que quer que estivéssemos esperando, não era isso.

— É época de colheita — anuncia Lydia, como se isso explicasse tudo, desde seu cabelo cor de prata despenteado até os pés descalços e as meias atléticas brancas lisas e brilhantes no rico carpete. Já que ela não parece constrangida, então talvez explique mesmo. — Meu marido estará ocupado pelo resto do dia, infelizmente, e à noite também. Muitas vezes, colhemos as uvas brancas depois de escurecer, para manter os níveis de açúcar estáveis.

A sobrinha dela sumiu, e a mulher quer falar sobre os níveis de açúcar?

— Cameron está em perigo, de verdade — digo, irritada. — Ele precisa estar disponível.

Estou pronta para uma discussão, mas Lydia apenas acena com a cabeça de maneira séria e pega o telefone fixo.

— Drew está em um dos tratores — explica depois de desligar —, mas Janice vai tentar falar com ele.

Janice é a assistente de terno listrado, presumo.

Ela aponta para os assentos em frente à lareira; são luxuosos e grandes.

— É óbvio que estamos muito preocupados com a Cameron. Como podemos ajudar?

Will e eu nos entreolhamos antes de nos sentar. É difícil entender Lydia ou este local: há uma desconexão gritante entre sua aparência e o palácio onde vive, entre sua distração inicial e sua estabilidade agora. Qual é a pegadinha?

— Você pode descrever seu relacionamento com a sua sobrinha? — pergunta Will assim que estamos acomodados. — Diria que são próximas?

— Éramos muito mais próximas quando ela era mais nova. Nosso filho, Ashton, é dois anos mais velho, então eles cresceram juntos, pelo menos nas férias. Nós nos mudamos para cá há cinco anos.

— Antes de Emily e Troy se mudarem para Mendocino — completo.

— Isso mesmo. A ideia era nos vermos mais, mas isso não aconteceu tanto quanto gostaríamos. Estamos muito ocupados agora, e Ashton fica a leste daqui na maior parte do ano.

O tom dela é firme, mas sua linguagem corporal mudou e enrijeceu. Tenho a sensação de que ela está escondendo algo.

— Quando viu Cameron pela última vez?

— Em julho, acho, no aniversário da Emily.

— Como ela parecia na época?

— Cameron? Um pouco distraída, na verdade. Ela parecia estar passando por alguma coisa, mas o dia todo foi um desastre.

Observo Lydia, sentindo as gotas de suor na testa. Agora que estou mais perto do fogo, parece ainda mais ridículo e opressor. Inclino-me para trás, enxugando o suor com a manga.

— Diria que você e seu marido têm coisas em comum com Emily e Troy?

As sobrancelhas de Lydia se erguem.

— Na verdade, não. Eles fizeram certas escolhas... — Ela não completa.

— Escolhas? — incentiva Will.

— Emily não teve uma vida comum, eu sei. E tento não julgar.

— Mas? — encorajo-a.

— Mas, honestamente, nunca entendemos realmente por que ela está com Troy. Ele é incapaz de ser fiel, mesmo quando eles estavam namorando. Um homem assim não muda, e Emily merece muito mais, pode escolher qualquer um. Nunca fez sentido.

Will e eu nos entreolhamos. Já falei para ele sobre a infidelidade de Troy, mas o padrão é muito mais nítido para mim agora que conheço a história da família de Emily.

— E quanto à Cameron? — pergunto, mudando o foco. — Em sua opinião, a tensão no casamento dos pais dela a mudou?

— Talvez — responde Lydia, pensativa. — Mas, honestamente, ela vem mudando há um tempo. Ou é o que me parece.

— De que maneira?

— Está mais sensível e mais fechada, acho. Fica facilmente chateada.

— Resguardada? — lanço.

— Talvez seja isso. — Seu olhar fica carregado. — Quando ela chegou, pensei que seria uma coisa boa para eles. Emily queria um filho há muito tempo e ela sempre foi tão sobrecarregada com a carreira. *Hollywood* — fala Lydia, como se tivesse nomeado um vírus.

— O que aconteceu depois?

— Não sei direito. Em algum ponto, Cameron pareceu se desligar e se fechar. Honestamente, estou preocupada com ela há anos, não que houvesse muita abertura para dizer isso a Emily.

Inclino-me para frente, muito mais interessada em Lydia de repente. Will parece compartilhar o sentimento.

— Preocupada como? — pressiona ele. — Sobre o quê exatamente?

— Achava que ela poderia se machucar ou algo assim. As garotas da idade dela não fazem isso, às vezes? Se cortam ou agem de maneira autodestrutiva?

— Você já ofereceu ajuda a ela? — pergunto.

— Eu tentei. Em julho, ela parecia muito dispersa. Quando perguntei, ela disse que estava bem, mas depois soubemos que tinha acabado de descobrir sobre o bebê. Da assistente do Troy, óbvio. Que pesadelo. — Seu olhar é farpado. — Você sabe disso, suponho.

— Sabemos — confirma Will. — Como a Cameron descobriu?

A boca de Lydia se contrai com raiva por um momento.

— A namorada ligou para a casa dele, e ela atendeu o telefone. Consegue imaginar?

Não consigo.

— A namorada de Troy disse a *Cameron* que estava grávida? Isso é cruel.

— Cruel, mas eficaz. — Lydia balança a cabeça. — Na verdade, é imperdoável. Cameron provavelmente estava abalada, e, além disso, o almoço de aniversário foi completamente tenso. Salada de caranguejo e bolo de chocolate sem farinha. Emily não deixou nada escapar, nem um único sinal de que algo estava errado. Mas essa é a Emily, não é? — Ela solta um suspiro significativo. — Drew e eu não falamos mais com Troy desde então.

Ao som do nome de Drew, sou levada de volta à realidade. Com toda essa conversa sobre Cameron, quase me esqueci por que viemos. Talvez Will também tenha se esquecido, ou talvez esteja apenas ganhando tempo.

— Cameron desapareceu no dia 21 — diz ele. — O que você e Drew estavam fazendo nessa noite?

— Tínhamos acabado de começar a colher uva *pinot* — explica Lydia. — Acho que ficamos nas vinhas até as duas ou três.

É óbvio que ela quis dizer 2h ou 3h da manhã.

— Juntos?

— Isso mesmo. Todo mundo trabalha de agosto a outubro. Ninguém dorme.

— E começaram a trabalhar mais ou menos que horas naquela noite? — pergunto.

— Logo depois de escurecer. Por volta das 19h.

Com esse detalhe, sou tomada pelo desânimo. Não porque Lydia acabou de dar a Drew um álibi forte e verificável, mas porque ela soa sincera. Nenhuma dessas coisas se alinha com o que quero agora, que é uma pista sólida.

Em algum momento, ouvimos uma comoção no corredor, e Drew entra na biblioteca. Ele tira da cabeça um chapéu de cowboy de palha empoeirado e o joga em uma mesinha antes de nos cumprimentar com um aperto de mão. O chapéu umedeceu seu cabelo ralo e esparso, formando um círculo chato engraçado. Seu rosto está vermelho, e há manchas de lodo ao longo do nariz. Ele tem trabalhado muito, não está apenas brincado de fazenda como eu supunha, e me sinto mais ressentida do que aliviada. Quero que sua culpa seja gritante, que todo esse cenário seja uma óbvia farsa.

Will se levanta.

— Sr. Hague. Sou o xerife Flood do condado de Mendocino, e esta é a agente especial Anna Hart. Estamos aqui por causa da Cameron.

Drew se senta sem floreios. Janice trouxe chá gelado em uma bandeja de prata curvada, e ele enche um copo, bebendo tudo de uma vez.

— Uma situação horrível — diz ao terminar, os cubos estalando como cristal. — E agora a outra garota também. Em Petaluma. — Ele franze a testa.

— Sua esposa nos disse que vocês estavam colhendo na noite em que Cameron desapareceu — intervenho. — Foi isso mesmo?

— Sim. Essa é a nossa época mais intensa do ano. Caso contrário, estaríamos fazendo mais para ajudar.

— Você teve muito contato com Emily ou Troy desde aquela noite?

— Na verdade, não. Eu... — Ele flexiona uma das mãos sobre a outra. — Não soube o que dizer.

— Na verdade, ficamos um pouco constrangidos — acrescenta Lydia. — A tensão e os desentendimentos não deveriam importar em um momento como esse. A família deve permanecer unida.

Enquanto Drew acena com a cabeça desconfortavelmente, pego-me olhando para ele: o cabelo úmido e o colarinho encharcado de suor, assim como suas mãos, que são grandes e fortes. Ele parece um homem que poderia machucar uma garota de 15 anos? Ou uma muito mais jovem? Meu instinto está dizendo que sim, independentemente de seu álibi. É apenas um sentimento, talvez completamente infundado. Mas está lá.

— Gostaria de fazer o teste do polígrafo em vocês dois — anuncia Will. — Apenas o procedimento padrão.

— Ah. — Drew parece surpreso. — Se é assim que fazem as coisas.

Ele olha para Lydia.

— Pode ser um pouco difícil de nos programar agora. Essa colheita ainda vai durar algumas semanas.

— Não temos *semanas*, Sr. Hague. — Eu o encaro. — Você deve ter uma equipe que pode segurar as pontas se precisar se ausentar por algumas horas.

Espero que ele recue imediatamente, mas ele não o faz, seus olhos são azuis e inabaláveis. Emily ganhou toda a beleza da família, mas Drew tem algo mais. Mesmo em suas roupas de fazenda, posso ver que está acostumado a exercer o poder. A autoridade. E que raramente é desafiado.

— Se alguém em minha propriedade está trabalhando, pode apostar que estarei lá. É um código de honra por aqui. Espero que entendam.

— Sua ética de trabalho é honrosa — comenta Will, demorando-se na palavra. — Mas não temos tempo para sermos flexíveis agora. Espero você no meu escritório amanhã. — Ele olha para Lydia. — Os dois. Às 11h está bom?

A expressão de Drew endurece. Ele está irritado.

— Está bom — responde Lydia sem olhar para o marido.

Janice aparece na porta, e Drew se inclina para frente, pegando o chapéu. Quando se levanta, força o corpo para dentro do meu espaço pessoal por um momento, e sinto um estalo de força física saindo dele. Tudo acaba em um piscar de olhos, mas tenho a estranha sensação de que o movimento é intencional, que ele pretende se inclinar perto demais de mim – fazer-me ceder. Meus músculos leem a mensagem subliminar instantaneamente, tensos e na defensiva. Não consigo deixar de pensar naquela antiga acusação de estupro contra ele e como a violência contra as mulheres quase nunca tem a ver com sexo, mas com dominação. É algo usado como arma para esmagar a autonomia de uma mulher, ter controle total, um ato de ódio.

Quando ele sai, Lydia nos leva até a porta.

— Temos assistido ao noticiário de Petaluma. Tenho até alguns amigos que são voluntários no centro de busca de Polly Klaas. Se começar algo semelhante para Cameron é uma questão de dinheiro, gostaríamos de contribuir. Drew e eu já discutimos sobre isso.

Will e eu trocamos um olhar. Talvez ela esteja se sentindo culpada ou envergonhada por não ter feito mais imediatamente, ou talvez essa oferta seja uma tentativa velada de um pedido de desculpas, de retribuição pelo que o marido dela fez ou por quem ele é. Algumas esposas de predadores sexuais são silenciosamente cúmplices, enquanto outras – muito poucas – colaboram abertamente, servindo como uma espécie de cafetina para os apetites de seus maridos. E há aquelas que não sabem e não suspeitam de nada, mesmo quando o abuso acontece sob seu próprio teto, e não porque são ignorantes ou não têm visão. Muitos criminosos têm a incrível capacidade de mostrar apenas o que desejam que os outros vejam. Existe um nível de dualidade – uma barreira entre partes discordantes de suas personalidades. Com base em nossa breve visita, não há como saber onde Lydia se encaixa na história.

— Legal da sua parte oferecer — digo a ela.

— Podemos discutir mais sobre isso amanhã — acrescenta Will. — Obrigado por nos receber.

.✦ ✕ ✦ˣ

(trinta e um)

— O que diabos foi isso? — pergunta Will quando voltamos ao carro.

— E eu que sei? Mas não gosto dele.

— Não sei o que pensar. Ele tem aquele jeitão de Clint Eastwood no meio da carreira. Mas também dá a sensação de que esteve em muitas salas de reuniões, todo pomposo e assinando cheques gordos.

— E aquela coisa sobre ninguém em sua propriedade trabalhar se ele não estiver lá? Ele está falando sério?

Will dá de ombros, ligando o motor.

— De qualquer maneira, ele tem um álibi.

Infelizmente, não posso discutir. Dou mais uma olhada na casa, a entrada frontal imponente e desproporcional onde os dois cães de caça estão sentados. Eles não se moveram um centímetro desde que chegamos, como se tivessem sido colados no lugar. Um terreno assim precisa de muitas pessoas para funcionar sem problemas, mas não vejo ninguém por perto. Talvez estejam todos nos vinhedos, ou nas dependências, ocupados espremendo uvas ou com o que quer que façam durante o dia, mas ainda é uma imagem estranha, como uma colmeia enorme, perfeitamente construída e cheia de mel, mas desprovida de zangões.

— Eu ainda não descartaria Drew sobre a questão do abuso — adiciono. — Ele não estava em um trator naquela época.

— Faz sentido — ele concorda enquanto voltamos pela estrada longa e bem cuidada. — O que achou dela?

— De Lydia? Não sei. Algumas coisas que ela disse sobre a Cameron pareciam muito perspicazes. Mas, se ela se importa, por que não procurou Emily e Troy desde que a Cameron desapareceu? Era para ela estar acampada na sala deles, como as famílias fazem umas pelas outras. Nada disso se encaixa.

— Mesmo que seja a *colheita* — contribui ele incisivamente —, eles não precisam do dinheiro.

— Exatamente. E, se estão irritados com Troy, por que não aparecer e tomar uma atitude? Ouviu o que Lydia disse sobre a Cameron ter mudado ao longo do tempo? Ela está preocupada, certo, mas por que manter isso para si mesma?

Will resmunga, concordando, enquanto voltamos para a estrada principal, onde os vinhedos correm em longas fileiras, formando uma simetria de luz vermelha e dourada. Fios de ouropel colorido cintilam nos fios acima das vinhas para manter os pássaros afastados, mas são lindos por si só. É por isso que os turistas vêm para a região do vinho, não apenas para se embriagar com pequenas doses de *cabernet sauvignon*, mas para estar dentro desse mundo, onde cada superfície reflete o sol.

Tento ficar confortável para a longa viagem de volta para casa, mas meus ombros ainda estão tensos e pesados. O rádio de Will está sintonizado no de seu próprio departamento. Um de seus agentes começa a relatar um código 10-15, conflito doméstico. Will se inclina para frente, ouvindo com atenção até que outro agente recebe a ordem para ir ao local. Só então pergunto o que está em minha mente há algum tempo.

— Quais são as chances de conseguirmos um mandado para desbloquear o arquivo de adoção da Cameron? — pergunto.

— Por quê? O que acha que pode encontrar?

— Não tenho certeza, mas ainda estou remoendo quando o abuso pode ter acontecido. Se foi o Drew, entrevistar a família biológica dela poderia nos ajudar a eliminar a parte anterior de sua vida. Ou, quem sabe, talvez alguém daquela época a tenha encontrado aqui? Não seria a coisa mais estranha do mundo.

— Posso tentar. O que achou da Lydia se oferecendo para ajudar com um centro de busca?

— Se ela estiver falando sério, não tem nenhum problema em pegar o dinheiro dela. Mas talvez nem um cheque gordo nos ajude a envolver a cidade. Isso é o que realmente está funcionando em Petaluma.

— Já falamos sobre isso, Anna. Não tem como competir com o "sequestrada sob a mira de uma faca". Nada aqui incentiva a mesma movimentação. E Polly era, evidentemente, uma garota muito especial. Você viu, essas pessoas se sentem pessoalmente investidas. Isso não se pode fingir ou forçar.

— Não. — Tenho que admitir. — Mas podemos trabalhar para dar às pessoas uma noção melhor de quem estamos tentando encontrar. Você mesmo disse que os Curtis sempre se mantiveram distantes da comunidade, isso deve ser parte do problema. Que tal simplesmente convocarmos uma reunião municipal e pedir apoio? Fazer um alarde à mídia primeiro, para levar eles até lá. Dizer que temos notícias fresquinhas.

— Temos? — Mesmo de perfil, com os olhos na estrada sinuosa, Will parece irritado.

— Talvez tenhamos até lá, se não, vamos mostrar nossa participação, a cidade inteira irá às ruas pela Cameron. Vamos colocar fotos dela em todos os lugares, então você se levanta e diz o nome dela dez vezes. Vinte vezes.

— Não pode ser tão fácil assim.

— O que mais temos?

Ele não responde. Por um longo momento, os vinhedos passam, um borrão profundo de verde, dourado e roxo. A luz do crepúsculo é como um animal macio e quente, posicionando o corpo sobre as colinas amarelas redondas e os carvalhos vivos.

— Posso entrar em contato com Gray — tento de novo — e com Steve Gonzales também. Todas as crianças do colégio ficaram traumatizadas, isso pode ajudar. Elas poderiam se sentir mais ativas e fortalecidas. Não podemos simplesmente deixar elas lutarem contra esses sentimentos. Você sabe como isso pode se agravar. Elas precisam *fazer* alguma coisa.

— Acho que vale a pena tentar. Mas o Troy e a Emily podem não gostar dessa perspectiva.

Danem-se eles, quero dizer, mas me controlo.

— Talvez mudem de ideia.

Está escuro quando Will me deixa no GoodLife. Minhas pernas estão dormentes depois de eu ter passado a maior parte do dia no carro, e o cós da calça jeans deixou marcas na minha barriga, ainda flácida. Decido andar para diminuir a ansiedade em vez de levá-la para uma banqueta no Patterson e, quando o faço, sinto-me recompensada. O vento aumenta assim que chego ao final da Rua Lansing, cada rajada de sal me banhando, expurgando o dia que tive.

Na beira do penhasco, olho para a Praia do Rio Grande e sei imediatamente que é o cenário do meu pesadelo, aquele com a garota correndo por entre algas e troncos, sendo perseguida ou caçada. A noite está nublada, e o caminho, escuro, mas posso ver os primeiros degraus de terra pela margem arenosa e sulcada à minha frente; começo a descer, ignorando os pequenos sinais de alerta. Estou isolada aqui, posso acabar caindo ou algo pior.

E, ainda assim, não paro. Conheço esse caminho. Melhor, meus músculos conhecem, lembrando-me de como me abaixar e tatear ao longo da encosta para encontrar apoios para as mãos e tufos de grama, como punhados de cabelo. Os últimos passos foram levados pela água, mas me esforço para passar pelos pontos traiçoeiros, encostando a bunda no chão, empurrando com as mãos para derrapar pelos últimos noventa centímetros na areia meio molhada. Caio fazendo um barulho suave e úmido e recupero o equilíbrio, sentindo-me triunfante por um momento. Mas aí: *como vou subir de volta?*

Enquanto meus olhos se ajustam, consigo ver que a praia está vazia. A maré baixa deixou uma longa fileira irregular de algas, sinto o cheiro delas se deteriorando enquanto caminho até a beira da água; a areia parecendo quase fosforescente na escuridão, a sensação dela solta e cremosa sob minhas botas enquanto contorno pedaços de madeira branca retorcida. Quando menina, sempre achei que se pareciam com ossos humanos e tenho que admitir que ainda se parecem.

Do outro lado da água, a luz do mastro de um pescador noturno pisca em vermelho. Mais longe, outra luz responde – mas essa é a maneira que parece daqui. Na verdade, os barcos estão separados por mais de um quilômetro. Provavelmente, ninguém se conhece. Eles também não conseguem se ouvir, exceto pelos seus rádios VHF, através da estática.

— Você está bem aí embaixo? — grita, do topo do penhasco, uma voz masculina e profunda.

Pulo assustada. Acima, a silhueta volumosa não tem rosto, completamente sem contorno. É difícil não me sentir encurralada. Olho para cima e para baixo na praia, em vão, e, em seguida, grito:

— Estou bem.

— Você parece presa.

— Não, estou bem — grito de volta para a figura.

Ele não responde, apenas faz um aceno evasivo, sua sombra se separando e então recuando, felizmente. Quando estou sozinha de novo, sinto-me mais segura, mas ainda tenho que encontrar uma maneira de sair daqui. O salto que fiz ao descer não funciona para cima, obviamente. Sentindo-me estúpida por minha situação, ando de um lado para o outro ao longo da parede do penhasco, procurando uma maneira melhor, mas não há. Nada de apoios para as mãos ou goivas bem colocadas. O vento aumentou, e agora também estou tremendo. Se tiver que dormir aqui embaixo, vou congelar até a morte.

— Ei! — vem a voz novamente. Ele voltou.

Merda.

— Preste atenção, vou jogar uma corda!

(trinta e dois)

Mesmo com a corda, a subida é difícil. As fibras são ásperas e parecem lascas de madeira, cravando nas minhas mãos enquanto caminho lentamente ao longo do penhasco, batendo os cotovelos e os joelhos. Os músculos das minhas costas se contraem, e as minhas coxas começam a queimar. Por que isso parece tão fácil em filmes de ação, pergunto-me, e quem é esse cara, afinal? Algum vizinho, transeunte bem-intencionado ou vilão? E como diabos acabei aqui, deixando um estranho segurar meu peso corporal, sem escolha a não ser continuar?

Quando finalmente chego ao topo, ele me dá a mão e me puxa pela borda irregular do penhasco e para a trilha; estou sem fôlego e borbulhando de adrenalina. É o cara hippie do Verão do Amor, do Parque Rotary. A rua atrás dele está vazia, as fachadas das lojas lisas e escuras.

— Eu me lembro de você — diz ele, deixando cair o pedaço de corda aos pés. — Não é muito seguro lá embaixo, sabe.

Olho para cima e para baixo no caminho onde estamos, considerando minhas opções se isso der errado, e então volto a olhar para o rosto e o corpo dele, tentando lê-lo. É um cara grande, grande o suficiente para partir o pescoço de uma garota em dois sem dificuldade. Grande o suficiente para me apagar, se é isso que pretende.

— Estou bem, sei o que estou fazendo. Mas obrigada.

— Mês passado, uma onda rebelde levou um cara direto para o mar. Foi no Devil's Punchbowl. Elas vêm do nada.

Sua fala é estranha e cortada, as frases, uns pequenos fragmentos afiados. Mas ele não se moveu na minha direção nem disse nada que soasse ameaçador.

— Vou me lembrar disso.

— Sou Clay LaForge. Minha namorada e eu estávamos sentados no parque quando te vimos passar um tempo atrás. Quando você não voltou, ela me mandou verificar.

— Ah. — Mal posso acreditar no que ele está dizendo. A maioria das pessoas não dá a mínima para quem não está diretamente conectado às suas vidas. — Isso foi... legal da parte dela.

— Todos nós temos que cuidar uns dos outros, é o que ela sempre diz. Mas o que você estava fazendo lá embaixo?

— Nada. Só pensando, acho. Essa pessoa se afogou? Essa do Devil's Punchbowl?

— Com certeza — responde ele quase alegremente. — Turistas. Pensam que sabem das coisas, mas não sabem.

Percebo que não é apenas sua maneira de falar que é incomum, mas tudo o que está dizendo. Ele é como um personagem de um livro de histórias, um mago contrabandeando metáforas ou um eremita oferecendo três feijões mágicos – ou, neste caso, uma corda. O encontro inteiro é estranho, mas, a menos que eu não esteja notando algo evidente, ele não parece perigoso para mim. Na verdade, pode ser útil. Não é um turista, mas algo mais do que um local. Dorme no parque, ou pelo menos é o que presumo da tenda que vi outro dia, onde consegue observar todos do jeito que acabou de me observar – como um programa de TV que ele pode ligar e desligar.

— Alguém do escritório do xerife já veio entrevistar você e seus amigos sobre a garota desaparecida, Cameron Curtis? — pergunto.

— Por quê? Por que somos a coisa mais próxima que esta cidade tem de um criminoso? — Ele poderia estar dando uma piscadela ao dizer isso. Mesmo sob os postes de luz, a iluminação não é boa. Ou ele está se divertindo ou o ofendi.

— Você está do lado de fora a maior parte do tempo — tento elaborar. — Conhece de vista todo mundo que mora aqui. Imagino que perceberia algo errado. Ou alguém.

Ele acena com a cabeça, suas feições obscurecidas.

— Muitos adolescentes passam pelo parque a caminho da praia, às vezes fumando. De vez em quando, um deles nos pede para comprar cerveja ou uma dose de uísque. Mas não aquela garota. Não tenho certeza se alguma vez a vi passar. Se vi, não chamou atenção.

— Acha que esta é uma cidade segura? Vocês acampam, certo?

Ele encolhe os ombros.

— Às vezes, o lado de fora parece mais seguro do que o de dentro. Você sabe exatamente o que está enfrentando.

É o tipo de coisa que Hap poderia ter dito.

— Há quanto tempo moram aqui?

— Alguns anos. Minha namorada sempre quis viver perto do mar. Eu disse: "certo, vamos tentar". Estávamos em Denver antes daqui. O sol brilha lá todos os dias, às vezes até quando está nevando. Mas Lenore disse que a altitude a virou de cabeça para baixo.

— Lenore? A mulher que conheci no outro dia?

Ele assente.

— Ela não gosta muito de gente. Estou surpreso que tenha falado com você.

— Minha família teve um corvo de estimação chamado Lenore uma vez.

— O quê, em casa? — Ele balança a cabeça, franzindo a testa. — Não se pode domesticar um animal desses. Dá azar.

— Ela foi resgatada. Uma das asas estava quebrada. — Nem sei por que estou contando a história a ele, ou por que ainda posso vê-la correndo pela casa atrás de Eden, implorando por passas, mirtilos e ração de cachorro. Ela também sabia falar, mas só balbuciava uma frase, algo que tirou de sua vida passada: *não ouse, não ouse.* — Eu morria de medo dela — pego-me dizendo a Clay. — Achava que ela conseguia ler minha mente.

— É óbvio que conseguia — garante ele sem hesitar. — Todos os pássaros são telepáticos.

Por mais estranho que Clay seja, não posso deixar de gostar um pouco dele, esse hippie andarilho, vivendo à margem da sociedade sob uma lona no Parque Rotary, mas pensando nas montanhas, ou em Waterloo, não totalmente nesse mundo ou em qualquer outro.

— Onde está a sua Lenore esta noite?

— Lá na tenda. Eu deveria avisar que você está bem. Ela se preocupa com facilidade.

— Ondas violentas não são o maior perigo agora, Clay. Quem quer que tenha levado essa garota desaparecida pode estar entre nós.

— Não me surpreenderia se estivesse. Numa cidade pequena como essa, qualquer coisa pode estar acontecendo na porta ao lado, e as pessoas do lado de fora nunca saberiam.

É a segunda vez em minutos que ele me lembra Hap.

— Em quem você ficaria de olho, então? Como suspeito?

A expressão em seu rosto é difícil de ler na escuridão. Mas então a reconheço. Estou levando-o a sério, e ele está lisonjeado.

— Todo mundo, acho. Não acho que seja como nos filmes, tipo *Sexta-feira 13*. Aposto que ele se parece conosco por fora. Todas as coisas realmente assustadoras estão do lado de dentro, onde ninguém vê.

É uma boa percepção.

— Você deveria ser detetive — digo.

— Talvez eu esteja disfarçado — responde ele, sorrindo. Então olha por cima do ombro, além do círculo de luz projetado pelo poste acima, para a extensão da rua escura. — Aí vem ela.

— Lenore?

— Não, o seu cachorro, ou melhor, a sua cadela.

✦ ✖ ✦

(trinta e três)

Eu tinha 16 anos quando Eden adoeceu, no início do meu sexto ano com eles. Seus sintomas eram confusos no início: náusea, tontura e suor noturno. O médico disse que ela estava na menopausa e que passaria.

— Menopausa uma ova! — explodiu Hap durante o jantar uma noite, enquanto Eden brincava com a comida no prato. — Você já perdeu dezoito quilos!

Ele raramente levantava a voz, porque nunca precisava. Eden ficou visivelmente chateada, e Lenore também.

— Não ouse, não ouse! — gritou ela da cadeira.

Eu sabia que corvos podiam ser tão espertos quanto papagaios, mas Lenore era mais do que esperta. Ela parecia ler nosso humor com facilidade e sentir o cheiro do medo. Alternei o olhar entre Hap e Eden, desejando poder sentir o que estava acontecendo no corpo dela, ou que ela pudesse sentir; ou que, pela primeira vez, ela aparecesse em seus próprios sonhos.

— Vou voltar lá — prometeu Eden a Hap. — Vou fazer com que ele me diga algo.

— Irei com você — respondeu ele, ainda não apaziguado. — Veremos se aquele médico tem a coragem de falar essa mesma baboseira quando eu estiver presente.

E o médico falou.

Passou-se um ano inteiro antes de sabermos que Eden tinha câncer no endométrio. Em seu último dia bom, fomos a Point Cabrillo, para observar baleias. Levamos cadeiras de jardim, café quente e cobertores. Estava ventando forte naquela tarde; o vento martelando um milhão de torrões na superfície da baía.

— Se eu fosse qualquer tipo de água — disse Eden, olhando para o horizonte —, gostaria de ser este oceano.

Você já é, eu queria dizer a ela. *Você é tudo que posso ver.*

Essas horas juntos pareceram durar séculos. Contamos seis jubartes.

— Seis é o número do espírito — anunciou Eden.

Vimos o vento bater nos canteiros de algas, tiras verdes e douradas. E então o pôr do sol e a primeira estrela da tarde tremeluzindo, e logo a lua surgiu como um caco de vidro perolado na praia, quebrado e inteiro, tudo de uma vez.

Três semanas depois, Eden morreu dormindo sob uma manta rosa, pequena como uma criança e incoerente por causa da morfina. Quando Hap veio me dizer que ela tinha partido, seu rosto se contraiu. Eu nunca o tinha visto chorar, e ele não chorou, apenas chegou ao limite do que não podia suportar, mas tinha que fazê-lo de alguma forma. Um dia eu entenderia aquela exata sensação com uma intimidade horrível. Naquele momento, só pude ficar paralisada enquanto ele voltava para o quarto que eles compartilhavam e se fechava para ficar sozinho com ela. Ninguém iria apressá-lo a chamar o legista. Não por esta mulher, sua vida por mais de trinta anos. Não até que ele estivesse pronto.

Meu próprio adeus parecia impossível. Eu não estava pronta para perder Eden. Eu não conseguia. Numa espécie de transe, fui para o bosque, mal sentindo a caminhada. A quilômetros da cidade, caminhando direto pela Estrada Lago Pequeno, cheguei à Floresta Nacional de Mendocino e deixei a trilha quase imediatamente, subindo pela encosta de uma ravina íngreme e descendo de novo, forçando meu caminho através de samambaias úmidas e vegetação rasteira e esponjosa. Havia sinais de danos causados por incêndios, os centros das árvores queimados e destruídos.

Quando passei por um grupo de sequoias antigas, meus músculos estavam exaustos, e as roupas, úmidas de suor. As árvores tinham centenas de metros de altura, altas e imóveis. Hap tinha me contado uma vez que árvores tão velhas e grandes como essas só respiravam uma vez por dia. Se eu realmente quisesse entendê-las, até mesmo uma única árvore, teria que estar lá no momento em que ela respirasse.

— Sério?

— Sério. Os oceanos também respiram — explicou ele. — As montanhas. Tudo.

Joguei-me no centro do anel de árvores, em meio a agulhas, poeira e líquen. Não era exatamente uma oração, mas algo que Eden tinha enfatizado ao longo dos anos. Ela gostava de dizer: *"quando as coisas ficam difíceis, e você se sente titubear, pode bater os joelhos onde quer que esteja, e o mundo estará lá para pegá-la"*.

Eu havia tido muitas mães, mas não cuidado materno suficiente. Eden foi o mais perto que cheguei de me sentir como uma filha de verdade. E agora ela se foi. Eu me acalmei e esperei que a fé viesse, algum sinal de como continuar sem ela, mas nada aconteceu. Nada exceto ondas de calafrio do meu próprio suor que secava e uma tristeza que parecia se instalar nos espaços entre as árvores, entre os troncos e os galhos, as agulhas e as folhas, entre as próprias moléculas. Instalou-se dentro do meu corpo e se enrolou com força sob minhas costelas, como um punho feito de fio de prata.

Finalmente, levantei-me com as pernas bambas e comecei a longa caminhada para casa. Já estava escuro quando cheguei lá, a varanda e todos os cômodos às escuras. Quando entrei na cozinha e acendi as luzes, Lenore se encolheu. Ela, de alguma forma, tinha escalado para cima da cadeira de Eden na mesa e, quando me aproximei, sacudiu-se, eriçando as penas em volta do pescoço em uma coleira raivosa, como se estivesse protegendo o espaço.

— Está com fome? — perguntei.

Silêncio.

Encontrei a sacola de comida de cachorro e coloquei algumas bolinhas para ela na borda da cadeira, mas, no minuto em que minha mão se aproximou, ela sacudiu a asa boa, as penas do pescoço estufadas, quase me acertando.

Bati nela sem pensar. Seu corpo era muito mais sólido do que eu esperava, grosso e inflexível como algo esculpido em madeira.

Ela rebateu instantaneamente, apunhalando a carne perto do meu polegar com o bico, ambas as asas levantadas agora, mesmo a quebrada.

— Pare com isso! — Levantei a mão novamente, sabendo que tinha passado dos limites. Ninguém deveria machucar animais, nunca. Eden teria odiado nos ver assim, mas descobri que não conseguia me conter. Não podia recuar.

— Não ouse! — avisou Lenore, a mesma frase de sempre, mas fez sentido, finalmente. Ela estava falando comigo sobre agora, sobre nós. Seu olhar era tão frio que meu coração se revirou.

Eu me joguei nela, agarrando seu corpo grosso e pegando-a desprevenida. Ela se agitou horrivelmente contra o meu peito, debatendo-se e lutando, tentando se libertar enquanto eu a pressionava com mais força. Abrindo a porta da frente, joguei-a no quintal e então bati a porta atrás de mim rapidamente, trancando-a. Então corri para o meu quarto e bati a porta também, deitei de bruços na cama, agitada de ódio, culpa, vergonha e quem sabe o que mais.

"Ah, querida", Eden teria dito. *"De quem você realmente tem raiva?"*.

De você. Mas isso também não estava certo. Nada estava certo. Meus olhos queimaram. Meu coração estava em chamas com o vazio.

Depois de mais ou menos meia hora – não fazia ideia, na verdade –, levantei-me e me movi em silêncio pela casa até a porta da frente. Abri, esperando que ela estivesse no capacho ou na calçada, mas Lenore tinha ido embora. Entrei em pânico, correndo para encontrá-la. Mas ela não estava sob a sebe ou ao lado da casa. Não estava encolhida perto da garagem ou entre as latas de lixo. Peguei a lanterna quadrada, grande como uma garrafa térmica, que Hap mantinha no armário do corredor da frente, para usarmos nas noites de tempestade quando a energia acabava, e apontei para a noite escura, repetindo em sussurros o nome de Lenore em vez de gritar como eu queria. Estava com medo de acordar Hap, ou Eden, talvez, onde quer que ela estivesse agora, perto das estrelas, ou descendo a costa irregular, minuciosa e paciente, um feixe de luz sem abrigo.

Por fim, desisti e voltei para a cozinha, desabando na cadeira onde todo o pesadelo tinha começado, ao lado da pilha abandonada de ração para cachorro. Eu tinha feito algo terrível de propósito e não podia voltar atrás só porque sentia muito. Sentir muito não ajudaria a encontrá-la. Entendi que sentir muito era, talvez, o sentimento mais solitário de todos, porque isso só trazia você de volta a si mesmo.

(trinta e quatro)

Enquanto o cachorro trota até nós, o sorriso de Clay LaForge se alarga, como se o universo tivesse acabado de fazer uma piada. E talvez tenha mesmo.

— As pessoas sempre dizem que os elefantes têm boa memória, mas a de um cachorro não fica para trás.

— Não posso cuidar de uma cadela.

Ele continua sorrindo, aquele mesmo sorriso misterioso.

— Você sabe que nós não ficamos com eles, de verdade, não é? Eles que escolhem se ficam ou não. Para a sua informação, isso acontece com qualquer animal.

Ainda estou pensando na Lenore de Eden, então as palavras saem de mim, sem filtro.

— Cometi erros.

Ele apenas fica parado, balançando a cabeça como se dissesse *"óbvio que sim"*. Então estala os dedos, e a atenção da cadela se volta para ele instantaneamente.

— Tenho a sensação de que não tem como você estragar tudo nesse caso. Vê as marcas em seu rosto e sua cor avermelhada? Ela tem sangue de pastor-belga malinois. Poucas raças são mais inteligentes ou mais intuitivas, é por isso que são bons cães policiais. Eles se juntam com humanos, para formar uma equipe.

— Como você *sabe* de tudo isso?

— Fui adestrador uma vez, em outra vida. Eu chutaria que ela tem uns 4 ou 5 anos. Perdeu massa muscular por viver nas ruas, mas, fora isso, parece saudável. Você vai querer dar alguma proteína crua para ela, e não apenas ração. Óleo de salmão é bom para o pelo e para a visão.

— Clay... — Estou recuando, procurando outro argumento, mas a atenção dela está voltada para a cadela. Ajoelhando-se ao lado dela, ele passa a mão firme e experiente do topo do crânio até a cauda e volta enquanto a cadela se submete ao toque dele.

— Sim — afirma ele baixinho, ainda curvado. — Algumas raças são programadas para saber o que precisamos antes de nós mesmos sabermos. Ela é saudável e boa, forte também. Não consigo imaginar uma parceira melhor.

Não preciso de uma parceira, algo em mim quer insistir, mas até eu sei como a desculpa é tênue, e descaradamente falsa.

— Não posso acreditar que isso está acontecendo — digo, em vez disso.

— É. — Clay ri. — A vida é engraçada assim.

Ele caminha conosco até o Parque Rotary, onde sua namorada, Lenore, espera no banco de piquenique com a mesma roupa de antes, o moletom dos Seahawks comprido como uma saia, o cabelo loiro, denso e bagunçado acima da testa enrugada.

— Ah, que bom — diz ela em voz baixa. — Você está bem.

— Obrigada por mandar Clay me procurar.

— Pensei que você talvez estivesse com problemas.

— Não. Estou bem. — Alterno o olhar entre eles, sentindo-me inexplicavelmente grata por sua presença. Nem mesmo nos conhecemos, mas estamos aqui.

— Qual é o nome da sua cadela? — Clay pergunta para mim.

— Boa pergunta. Pena que ela não pode me dizer.

— Ah, ela pode. Só não no nosso idioma.

✦ ✠ ✦

Chego ao Mercado Mendosa poucos minutos antes de ele fechar, deixando a cadela deitada do lado de fora da porta, enquanto procuro em vão por óleo de salmão. O mercado tem apenas conservas de sardinhas e anchovas. Compro as duas, além de um filé de salmão, muito rosado em contraste com o papel-manteiga branco que o balconista usa para embrulhá-lo, e rações para cachorro, úmida e seca.

Meus itens estão passando pela esteira quando noto Caleb, os braços cheios de mantimentos.

— Ei. — Seus olhos passam rapidamente pelas minhas compras. — Você tem um cachorro?

Sinto-me enrubescer por algum motivo, quase constrangida.

— Eu resgatei ela. Devo estar louca, né?

— Sempre quis um, mas meu pai era alérgico — afirma ele sem rodeios, mas não exatamente. Debaixo do comentário, há uma sombra de bagagem emocional. Uma marca do que a vida o reprimiu – não a vida em si, mas Jack Ford.

À medida que saímos, há uma espécie de dança enquanto Caleb e a cadela dizem olá.

— Ela é muito bonita — diz ele. — Parece inteligente também.

— Foi o que me disseram.

Vamos em direção ao meu Bronco, onde coloco as compras, e então a cadela pula no banco de trás como se já soubesse onde deve ficar.

Ainda estou de costas quando Caleb diz:

— Encontrei Will ontem. Ele me disse que você está ajudando com o caso daquela garota desaparecida.

Eu me viro para encará-lo, mais do que um pouco surpresa. Will e eu concordamos em ficar incógnitos.

— Minha função não é oficial nem nada.

— Entendi isso. Só achei que estivesse apenas de passagem.

— Eu também. — Fecho a porta traseira com um baque. — Está realmente bem, Caleb? Você pode me dizer.

Seu olhar cruza com o meu sem se demorar. Então ele responde:

— Eu não falo sobre aqueles dias, Anna. É muito mais fácil assim.

— Sim, entendo. Ei, quer tomar alguma coisa? Por minha conta.

— Nah, tenho que ir para casa. — Ele levanta as compras nos braços como um adereço, uma desculpa. — Fica para a próxima?

— Certo, sim. Vejo você depois.

No caminho para fora da cidade, abro a janela e ligo o rádio. A música *Against the Wind*, de Bob Seger, preenche o carro, que parece mais sólido, de alguma forma, com a cadela esticada no banco de trás como se fosse dela. Presumi que haveria um grande período de adaptação para nós duas, mas a cadela, pelo menos, parece totalmente relaxada e despreocupada.

De volta à cabana, ela encontra um lugar perto do fogão à lenha e espera pacientemente pelo jantar. Cozinho metade do salmão para mim, selando-o por alguns minutos de cada lado em uma frigideira quente, enquanto o óleo vai espirrando. Comemos juntas, e então ela se estica perto dos meus pés, enquanto me sento com o exemplar de *Jane Eyre* de Cameron, procurando por pistas nas passagens que estão sublinhadas e com orelhas: *"resta pouco de mim – preciso de você; a alma, felizmente, tem um intérprete (...) – no olhar; ele ganhou o meu amor sem sequer me olhar; você acha que se parece um pouco comigo, Jane?"*.

O livro parece um quebra-cabeças, assim como tudo sobre Cameron, mas será que posso resolvê-lo? A chave para seu dilema e sua dor está aqui, nas páginas desse livro destruído da Penguin Classics? Ou estou procurando no lugar errado, pela coisa errada, em vão?

Largo o livro, sentindo os olhos arderem, e, em vez disso, observo a cadela. A ponta do nariz escuro toca a parede de leve enquanto a barriga sobe e desce em um ritmo próprio, como se a vida que ela teve antes agora não ocupasse espaço ou, no mínimo, não a incomodasse. Ela dorme de maneira tão pacífica que faz com que toda a sala pareça mais leve e quente.

(trinta e cinco)

— Conseguimos dar conta — diz Will na manhã seguinte, antes que o técnico do polígrafo chegue de Sacramento, para entrevistar Lydia e Drew Hague. — Você disse que ia falar com Gray e Steve Gonzales sobre angariar apoio para o centro de pesquisa, certo?

— Eles vão ficar na escola o dia todo. Posso ajudar aqui.

— Já temos ajuda suficiente. Descanse um pouco, a gente se fala mais tarde.

— *Descansar?* — pergunto incrédula. — Quando temos duas meninas desaparecidas, talvez três?

O olhar dele me diz para desistir.

— São apenas algumas horas. Te atualizo mais tarde. — Então ele se vira e me deixa ponderando se está me punindo por causa de Petaluma e Rod Fraser. Talvez ainda esteja furioso com a falta de recursos e mão de obra, ou talvez seja algo mais profundo, como a nossa discordância sobre os resultados do polígrafo de Emily ou o que ele disse no Patterson sobre eu estar emocionalmente envolvida demais com esse caso. Quaisquer que sejam as razões, ele parece estar erguendo uma barreira, e me deixou do lado oposto.

Volto para o Bronco me sentindo irritada, cerceada.

— Quer descansar? — pergunto à cadela quando sua cabeça se levanta no banco de trás.

Ela move as orelhas para a frente, arregala os olhos, ouvindo.

— Pois é, eu também não.

Primeiro, dirigimos em direção ao trecho da estrada costeira que faz divisa com a propriedade dos Curtis. Desde a conversa com Emily, não abandonei a teoria de que Cameron possa ter desativado o alarme e se esgueirado para fora da janela e pela floresta, para encontrar alguém à sua espera. Alguém que havia lhe prometido algo valioso – amor, talvez, ou liberdade das pressões e turbulências em casa. Alguém que ela confundiu com um colete salva-vidas quando sentiu que estava se afogando em si mesma.

O trecho da estrada está longe o suficiente da cidade para ficar isolado, logo depois de um grande campo inexplorado, a alguns quilômetros de Caspar, onde vive apenas um punhado de residentes. As casas que vejo quando estaciono à beirada estão bem escondidas atrás de cercas de privacidade. Mesmo se o sequestrador de Cameron tivesse parado aqui, na beira da estrada, esperando que ela aparecesse, teria sido tarde e escuro, com poucas chances de alguém avistá-lo e, muito menos, notar a marca e o modelo de seu carro.

Saio com a cadela seguindo meus passos e procuro, mesmo assim, por qualquer tipo de sinal – pisões, manchas de óleo, marcas de pneu, pegadas. Vasculhamos os dois lados da estrada com cuidado e, em seguida, voltamos ao longo da campina e da floresta, procurando por qualquer coisa fora do lugar. Ele pode tê-la dominado imediatamente e arrastado para algum lugar próximo, descartado seu corpo nas samambaias ou enterrado em uma cova rasa. As possibilidades sombrias invadem minha mente, porque esse é o meu trabalho. Estou procurando um corpo, sabendo que talvez nunca o encontremos. Então há a parte irracional de mim que não consegue renunciar à possibilidade de que Cameron ainda esteja viva. São dois lados em batalha constante: minha mente acredita que ela se foi para sempre, e meu coração não pode aceitar isso. Não vai.

É quase meio-dia quando finalmente paro, o jeans úmido na barra e os pés cansados. Volto para o carro e fico sentada ao volante por um longo tempo, perguntando-me para onde ir em seguida. Então me ocorre: a vidente.

✦ ✄ ✦

Não é difícil encontrar Tally Hollander. Acho o nome dela em uma lista telefônica da cidade e dirijo para o endereço em Comptche e, em menos de vinte minutos, encontro a entrada de automóveis marcada com uma grande placa: "FAZENDA DA ABUNDÂNCIA: VENDEMOS LÃ E LEITE DE ALPACA". A maioria dos videntes e médiuns com quem trabalhei ao longo dos anos tem sido despretensiosa, até desajeitada. Mas uma fazendeira que cuida de alpacas? Quem diria que era possível ordenhar uma, afinal?

Subindo o caminho curvo, há uma casa de fazenda moderna com uma ampla varanda envolvente e telhado de metal inclinado em ondas. De um lado, um trailer Airstream brilhante está parado, com um toldo vermelho e branco estendido sobre a entrada. Uma lousa escolar está apoiada ali, com os nomes de animais e os preços de vários itens: leite, queijo, lã, mel, geleia e flores frescas. Estou começando a pensar que não tem como inventar uma mulher assim, exceto como personagem de um filme.

Saio do Bronco e a cadela me segue, ignorando os animais como a ajudante leal que obviamente é. Uma mulher sai para a varanda da frente, com um longo vestido de linho e um avental por cima, amarração dupla na cintura e tamancos de feltro cinza. Seu cabelo apresenta um corte *long bob* carmesim ousado, com uma franja assimétrica peculiar.

— Posso ajudar? — pergunta.

— Espero que sim. Sou Anna Hart, detetive, e estou trabalhando no departamento do xerife de Mendocino. Tem alguns minutos para conversar?

— Tenho. — Ela descansa as mãos nos quadris de uma forma aberta e iluminada. — E trouxe um amigo. Por que não entram?

✦ ✄ ✦

A cozinha de Tally é desordenada e escura de um jeito aconchegante, em formato de L e traça a linha da varanda em volta. Ao longo da bancada de madeira, há potes cheios de ervas espremidos entre uma coleção de livros que não parecem pertencer a um único leitor, muito menos a uma cozinha: uma obra sobre mudanças climáticas ao lado de Agatha Christie e poemas de Alexander Pushkin.

Ela acende a chaleira e traz uma tigela de cerâmica cheia de tangerinas para a mesa redonda da cozinha, onde me sento, observando-a se mover, a cadela aos meus pés. Ela parece ter 50 anos ou um pouco mais e é bonita, as linhas finas ao redor da boca e olhos me mostram que passou tempo ao ar livre, ao sol. A maneira como se veste e se comporta parece muito mais típica de uma pintora do que de uma vidente para mim, mas isso provavelmente é influência do norte da Califórnia. Todo mundo aqui é pintor, ceramista, joalheiro, ou os três.

— Tenho certeza de que você sabe que há várias garotas desaparecidas na área — afirmo. — Seu nome surgiu recentemente em relação a Shannan Russo.

— Isso mesmo. — Ela se senta na minha frente, apoiando as mãos na mesa, com as palmas para cima. É um gesto incomum, mas a principal coisa que noto é que ela não parece nervosa ou desconcertada por eu estar aqui. — Telefonei para a mãe dela. Senti que precisava fazer isso.

— Shannan está desaparecida desde junho, Tally. Por que ligar só agora?

— Acordei com o nome dela em minha mente e a forte sensação de que ela havia sido assassinada.

— Isso é típico para você? Esse tipo de visão?

Ela pisca para mim, pensativa.

— Sempre tive o dom, se é isso que quer dizer. Quando eu era mais jovem, não entendia as mensagens ou o que deveria fazer a respeito delas. Nem sempre fica claro como posso ajudar, mas ultimamente os sentimentos e as imagens têm sido muito fortes. Não apenas sobre a Shannan. Procurei o xerife Flood para tentar falar com ele sobre Cameron Curtis quase duas semanas atrás, mas ele não queria ouvir o que eu tinha para compartilhar.

Sento-me para frente, lembrando-me da conversa que ouvi no café no meu primeiro dia de volta, os dois homens discutindo sobre isso e se Tally era ou não uma vigarista. Eles devem ter ouvido a história de Will ou de alguém da delegacia. Se ela é uma vigarista – e pode ser –, ainda não consigo perceber o que pretende ganhar com isso.

— Acha que a Cameron ainda está viva, Tally?

— Acho, mas não por muito tempo se você não o impedir. — Ela me olha calmamente. — Há muitos mistérios no universo. Não finjo compreender tudo o que passa por mim, mas também faço o possível para não ter medo.

— O que Karen disse quando você ligou?

— Ela chorou. Ela sente que é tudo culpa dela, que afastou a Shannan.

— Sério? Will Flood teve a impressão de que a Karen deixou de se importar com a Shannan há muito tempo.

— Talvez seja um mecanismo de defesa para a culpa. Quando Shannan era pequena, havia muitos homens por perto, muita instabilidade e violência. Ela sente muito arrependimento.

— Karen disse isso?

— As pessoas me dizem todos os tipos de coisa, Anna. Parece que precisam contar. Acho que isso ajuda a se sentirem menos sobrecarregadas.

— Então ela acreditou em você?

Os olhos de Tally são nítidos como o vidro de um museu. Ela não pisca nem pausa.

— Sim. Talvez ela consiga sofrer agora e então encontrar a paz. Todo mundo merece isso, não acha?

No chão, aos meus pés, a cadela se mexe. Aproximo a perna de seu corpo, quente e sólido, mas ainda me sinto desconfortável, como se Tally estivesse falando sobre a minha vida, e não a de Karen.

— Mais alguma coisa do sonho?

— Shannan estava vestindo uma jaqueta de pele de coelho, na altura da cintura, com zíper. Muito, muito macia.

— O casaco significa alguma coisa? Ela estava usando ele quando morreu? Há alguma prova em um dos bolsos?

— Possivelmente. Sou apenas um canal, Anna. Você é a detetive. Se alguém pode resolver esses mistérios, é você. — O tom dela muda, fica mais afiado. — Você acredita no outro lado? Na vida após a morte?

Um músculo entre minhas omoplatas fica tenso. Aonde quer que ela esteja indo com isso, não quero ir junto.

— O que mais tem a me dizer sobre Cameron Curtis?

— Sonhei com ela logo depois do desaparecimento. — Ela não parece perturbada por eu ter mudado de assunto. — Faz o quê, uns dez ou doze dias? Ela estava sozinha e em algum tipo de espaço pequeno e apertado. Muito machucada também, mas definitivamente viva.

"Viva" é uma palavra poderosa, mesmo quando a fonte não é necessariamente confiável.

— Em algum lugar próximo? Reconheceu alguma coisa?

— Acho que não. — Ela observa a xícara de chá, a curva de cerâmica verde-musgo entre os dedos. Então continua: — Você não confia em mim. Tudo bem, mas alguma parte de você confia, ou quer confiar. Em seu coração, você espera que eu possa te ajudar a chegar até a Cameron.

Sua repentina intimidade me deixa desconfortável. O que ela poderia saber sobre o meu coração?

— Já fez esse tipo de coisa profissionalmente antes, trabalhar com alguma autoridade?

Ela concorda com a cabeça.

— Quando eu morava em Oregon, região metropolitana de Portland. Estou aqui há pouco mais de um ano. Esqueci como funcionam as cidades pequenas, como as pessoas podem ficar nervosas com coisas que não são exatamente racionais. Mas acredito que qualquer tipo de percepção venha com responsabilidade. Acho que posso te ajudar a encontrar ela, Anna.

— Ajudar a mim? Por que não fala para Will Flood? Talvez ele te ouça agora.

— Você sabe que ele não vai. — Ela pega seu pires e o coloca de novo na mesa. — Somos todos apenas energia, sabe: eu, você, esta mesa, esta cidade. Todos nos movendo em certas frequências. Quando deixamos essa vida, nossa essência segue em frente, continua se movendo.

A leveza de seu vocabulário é irritante, ou talvez seja mais do que isso.

— Aonde quer chegar?

Ela repele minha hostilidade sem esforço.

— Existem coisas que nos mudam fundamentalmente neste lado também, como perdas e traumas. Apenas pense nisso. Se o trauma muda o cérebro, por que não afetaria a nossa energia? Óbvio que afetaria. E afeta. Você é a pessoa certa para ajudar agora, Anna.

— Como assim? Por quê?

— Esse é o trabalho da sua vida por uma razão. As coisas que perdeu te atraíram para ajudar essas crianças e moças. Acho que você já sabe disso, mas não pode ver o que eu posso.

Meu peito fica apertado ao ouvi-la. Não quero saber mais, mas, ao mesmo tempo, quero.

— O quê?

— Os fantasmas das crianças que você ajudou, eles se penduram em você como estrelas. Estão ao seu redor, agora mesmo.

Tipo *estrelas*? A imagem parece quase ridícula, salpicada de perda e desespero.

— O que quer de mim?

— Você veio me ver, caso não se lembre. — Ela faz uma pausa, olhando para as mãos rosadas e rachadas, as mãos de uma trabalhadora. — Sou apenas a mensageira, Anna. Não sei quem levou Cameron, mas sinto muita escuridão e caos vindo dele. Ele não quer de fato matar, mas não sabe se pode se conter. Está tentando lutar contra os próprios demônios, mas eles são poderosos. Não acho que a Shannan tenha sido sua primeira vítima, Anna; e a Cameron também não será a última, se ele não for impedido.

Odeio tudo o que ela está dizendo, mesmo que ainda não tenha decidido acreditar nela.

— *Podemos* impedi-lo?

— Acho que sim.

Contra minhas pernas, a cadela se contorce, flexionando-se em um sonho em que está correndo ou caçando. O lado quente de seu corpo sobe e desce, com uma pequena pausa ofegante entre as ações.

Tally olha para ela também, sua expressão se suavizando.

— Ela parece um grilo, não é?

Ela parece, penso, antes de voltar ao foco.

— Estamos ficando sem tempo, Tally. A cada dia que passa, as chances de encontrar a Cameron viva ficam menores.

— Conhecer mais da Shannan pode ajudar.

— Isso é o que meu instinto me diz. Temos vigilância aérea em andamento, procurando o carro dela. Mas estamos falando de mais de dois quilômetros e meio de mata fechada. É como uma agulha no palheiro.

— Algumas pessoas acham essas agulhas, não é? Acho que vai funcionar de alguma forma, você foi atraída para cá. O universo não é aleatório.

— Quem é *você*? — pergunto novamente, um rugido fraco em meus ouvidos.

— Já disse, sou apenas a mensageira.

(trinta e seis)

— Qual é a história? — pergunta Will quando nos encontramos na frente do Patterson, mais tarde, naquele dia. Ele olha para Grilo. Não foi no nosso idioma, como Clay havia previsto, mas, com uma pequena ajuda de Tally, ela tinha conseguido me dizer seu nome.

— Minha nova parceira.

Ele dá um sorriso verdadeiro, mesmo que pequeno.

— Descansou um pouco hoje?

— Um pouco — minto.

Descubro que Wanda fala "cachorrês" e não quer saber de deixar Grilo ficar do lado de fora enquanto comemos, apesar de o cozinheiro esbravejar uma série de impropérios, sacudindo o punho. Ela o ignora com acenos e nos traz o almoço especial, sanduíches de peixe e salada de repolho com um forte gosto de vinagre. Enquanto isso, Will me atualiza sobre a manhã com os Hagues.

— O polígrafo dele não revelou nada suspeito, nem o da Lydia. Também pedi a Leon que investigasse mais para nós. Ele entrevistou alguns funcionários em Provisions e alguns vizinhos. Aparentemente, o álibi de Drew daquela noite é válido. Ele estava trabalhando com a equipe, muitas testemunhas. Além disso, descobriram que a acusação de estupro não era exata. A garota tinha 17 anos, não 16, e tinha uma passagem na polícia. Alguns meses antes, provocou um policial disfarçado com a oferta de um "encontro". Depois disso, Drew parece ter limpado a merda dele. Você viu, ele é o imperador do Vale de Napa, um cidadão-modelo.

— Vi. — Não consigo evitar o ceticismo em minha voz. — Mas havia algo mais, também, quando o conhecemos ontem. Não sei, tive a sensação de que ele não gosta de mulheres, que se sente intimidado por elas.

— Com base no quê?

— Apenas uma sensação que tenho.

Ele espera que eu diga mais, mas não tenho mais.

— Bem, Troy parece gostar muito de mulheres.

— A assistente dele, quer dizer? A namorada?

— *Ex*-assistente — explica. — Indiana Silverstein. Ela tem 22 anos e não quer conversa. Consegui os detalhes de outra mulher que costumava ser a assistente dele na Paramount. Ela solicitou uma transferência há dois anos, depois de apenas seis meses trabalhando para o Troy.

— Deixa eu adivinhar: ele deu em cima dela.

— E prometeu muita coisa. Pelo que entendi, a maior parte da equipe administrativa é composta por jovens aspirantes que tentam ser descobertas.

— Ele é um porco. Mas pelo menos essa não cedeu. Ela tinha algo a dizer sobre a garota que a substituiu?

— Só que Indiana vai ter o bebê.

— Podemos descobrir se ele tentou um suborno?

— Não sem um mandado, e não temos razão para pedir um. Pelo menos, ainda não. Talvez haja a possibilidade de ele realmente ter sentimentos?

Empurro a salada de repolho no meu prato com a ponta do garfo.

— Ah, por favor. Não acredito nem um pouco nisso.

— Talvez eu também não — responde Will —, mas e daí? Ser um mulherengo canalha significa que ele possa ter machucado a Cameron?

— Ainda pode ser Drew Hague, não é? — apresso-me em adicionar. — Só porque ele tem um álibi para o dia 21, não significa que ela não foi o alvo dele naquela época. Talvez pudesse trazê-lo novamente para interrogatório e ampliar os horizontes?

— Ok. — Will torce o guardanapo na mão como se fosse um torniquete. — Mas mesmo que Drew tenha abusado de Cameron anos atrás, seu álibi o descarta na noite em que ela desapareceu, o que significa que foi outra pessoa. Talvez um amigo da família, vizinho ou professor? Em Los Angeles, talvez, antes de a família se mudar para cá?

— Pode ser. — Sinto uma inquietação. Temos poucas pistas e ainda menos tempo. E estou esperando ver meus palpites se alinharem. Agora o quê? Agora *quem*?

— Preciso pensar.

— Bem, enquanto está pensando, preste atenção: às 15h02 de ontem, o telefone fixo de Marc Klaas tocou em Sausalito. Ele atendeu, e uma garotinha disse: *"Papai, sou eu"*.

— O quê?

— A ligação durou menos de um minuto. Ela disse que estava em um hotel, mas não sabia onde, que um homem a havia levado, que estava com medo e com fome. Então fim.

— Klaas acredita que era a Polly, de verdade?

— Poderia jurar que sim, mas é o seguinte: não tinha um rastreador na linha.

— Puta merda — deixo escapar. — Como isso aconteceu?

— A menina mora com a mãe. O rastreador está lá, na linha de Eve Nichol. Parece que ninguém pensou tão longe.

— Se fosse a Polly, por que ela ligaria para o pai, e não para a mãe? — Não posso deixar de perguntar. — Ela mora com a mãe a maior parte do tempo.

Will dá de ombros.

— Talvez a chamada tivesse que ser local? Ela está em São Francisco? De qualquer forma, não saberemos agora. A não ser que ela ligue de volta.

Penso em Rod Fraser. Um erro como esse não é apenas alimento para a mídia, mas, potencialmente, letal para sua carreira. E existem as ramificações pessoais: a culpa que, sem dúvida, será mais alta e punitiva do que qualquer outra pessoa poderia apontar para ele.

— Pobre Rod. Jesus.

— Eu sei. Pode imaginar deixar algo grande assim passar? Quando a mídia ficar sabendo, aquela cidade vai enlouquecer. Talvez devêssemos estar felizes por não termos esse tipo de circo aqui, afinal.

— É o risco que se corre quando se aposta todas as fichas.

Acima do bar, a TV está sintonizada em um jogo de futebol na Argentina, mas um *banner* de notícias rola abaixo com as últimas novidades sobre o caso de Polly. Seu nome e rosto são conhecidos em todo o mundo, mas, além dessa chamada não atendida, ninguém a viu ou ouviu falar dela em uma semana. Isso me deixa mais ansiosa do que gostaria de admitir sobre o nosso próprio caso.

— Alguma notícia sobre a reunião municipal?

— Reservei o centro comunitário para sábado e tenho um pedido para assumir o prédio em tempo integral como centro de resgate. O *Jornal de Mendocino* concordou em produzir em massa o pôster de desaparecida de Cameron, para enviar pelo correio.

— Sábado é um bom dia — concordo. — Teremos mais público, talvez alguns turistas também. Essa sala deve parecer cheia. — Examino as mesas ao nosso redor para confirmação. Essas são exatamente as pessoas que queremos do nosso lado. — Vou falar com o Gray logo depois daqui e então com a Emily. Precisamos ter fotos em todos os lugares para as câmeras. Imagens movem as pessoas. Ver o rosto da Cameron em idades diferentes a tornará mais real. Os cartazes de desaparecida podem acabar sendo invisíveis.

— Entendo — confirma Will. — Gostaria que a gente tivesse uma linguagem mais forte antes de mandar imprimir a nova versão. Obviamente, não podemos dizer "sequestrada" sem sermos equivocados.

— E é quase antiético — acrescento. — Que tal algo como "possível vítima de violência"? É um bom meio-termo e pode chamar um pouco mais de atenção. Hoje é dia 6. São duas semanas sem uma única pista sólida. Não gosto da forma como as probabilidades estão se formando.

Ele acena com a cabeça, sério, no momento em que Wanda aparece com um prato para Grilo, um hambúrguer que ela partiu em pequenos pedaços.

— Shh — sussurra ela, olhando rapidamente para a janela da cozinha antes de correr para pegar nossa conta.

Embora eu saiba que provavelmente levará a uma discussão, comento:

— Por que disse ao Caleb que estou neste caso, Will? Achei que tivéssemos concordado que era totalmente não oficial.

— Quê? É o Caleb, não um jornalista.

— E?

— Desculpe. Simplesmente surgiu quando estávamos conversando. Acho que pensei que isso o faria se sentir melhor.

— Melhor como?

— Sobre a Jenny. Que nós dois estamos nisso. Que não vamos deixar tudo acontecer de novo.

O que ele está dizendo já passou pela minha cabeça. Como uma história, é demais para alguém viver uma vez, quanto mais duas. E não apenas para Caleb. Praticamente, qualquer pessoa com mais de 25 anos estava aqui quando Jenny foi assassinada. É por isso que as coisas precisam ser diferentes desta vez, para todos nós.

✦ ✖ ✦

(trinta e sete)

Uma hora depois, estou me espremendo pela estreita e irregular Rua Cahto em meu Bronco e encontro Gray voltando da escola, os ombros curvados sob as alças da mochila e o cabelo vermelho moldado em uma pirâmide, ou algo como uma bandeira de protesto.

— Espero que esteja tudo bem, o que eu te disse no outro dia — diz ele assim que estaciono e o alcanço.

— Está tudo bem. Sua ajuda significa muito para nós, Gray. — Paramos no meio da rua, mas não importa. Não há tráfego, ruído, nem mesmo o canto dos pássaros – como se o mundo inteiro estivesse parado por nossa causa. — Garotas como a Cameron, que passaram por tantas coisas difíceis, muitas vezes têm dificuldade em se aproximar das pessoas. Mas vocês dois provaram que nem sempre é esse o caso. O que vocês têm é especial. Também me deixa otimista por ela quando a gente a trouxer para casa. Relacionamentos profundos podem mudar os resultados. Podem mudar tudo.

Posso ver pela maneira como Gray olha para mim que ele está grato pela minha convicção. Não *se*, mas *quando*. Além disso, o que estou dizendo sobre confiança é marcado de forma profunda. Ele provavelmente passou a precisar dessa proximidade com a mesma intensidade que ela.

— Já pensou mais sobre quem poderia ter acesso à Cameron? Qualquer pessoa que ela possa ter mencionado, qualquer pessoa que você viu junto dela, mesmo que tenha sido uma vez, que passou uma sensação estranha.

— Tenho tentado, mas não me lembro. Estávamos juntos o tempo todo, quase todos os dias. Também contávamos tudo um ao outro. Se ela conhecesse alguém, acho que eu saberia.

— Certo. Continue pensando. Enquanto isso, tenho um grande favor para te pedir: sábado à noite, faremos uma reunião no centro comunitário municipal, para falar sobre a Cameron. Quero fazer uma espécie de colagem da vida dela, para que as pessoas saibam quem ela é realmente e com o que se importa. Ninguém é mais próximo dela do que você, Gray. Poderia nos ajudar?

— Posso tentar. — A expressão dele é hesitante, mas também sei que ele faria qualquer coisa por ela.

— Excelente. Pense em tudo o que faz a Cameron ser a Cameron. O que ela ama, o que há de especial nela. Faça listas das coisas favoritas dela e leve algumas fotos boas para compartilhar. Não precisam ser profissionais, só tiradas com o coração.

— Só tenho umas coisas de uns anos para cá. Começamos a passar mais tempo juntos no final do oitavo ano.

— Tudo bem. Dois anos é muito tempo quando você é realmente próximo de alguém.

Começamos a andar de novo, em direção à porta da frente da casa dele. Ele está balançando a cabeça para si mesmo, ainda processando o que estou pedindo. Para fazer isso direito, ele terá que mergulhar de volta em todos os tipos de sentimentos dolorosos. Assumir essa responsabilidade vai doer, talvez muito.

— Quem era o melhor amigo ou a melhor amiga dela antes de você?

— Caitlyn Muncy, no sétimo e oitavo anos. Mas ela é meio babaca.

— Pode ser, mas aposto que ela vai ajudar de alguma maneira. Ela tem um pedaço da Cameron, faça com que ela mostre para você.

— Como faço isso? — Ele para no lugar, puxando as alças da mochila como se ela tivesse ficado mais pesada. Tudo isso já tinha sido muito difícil. — E se eu estragar tudo?

Reconheço os sinais de pânico tomando conta dele. Ele me lembra de mim mesma em tantos momentos. Sempre que havia muito em jogo, e eu me importava demais. Como agora.

— Você não vai — digo a ele suavemente. — Você a ama. E o que importa é o amor.

Minha próxima parada é a casa dos Curtis, para fazê-los participar de alguma forma. Acontece que Troy estará fora pelo restante do dia, numa reunião de emergência na Paramount, Emily explica depois de me receber e oferecer chá. Estou irritada com ele, mas não surpresa. A maior emergência em sua própria casa é provavelmente demais para suportar sem algum tipo de válvula de escape. Além disso, sua vida está desmoronando há algum tempo. Culpa dele? Sim, mas faz sentido que ele queira estar em outro lugar enquanto tudo está indo pelos ares.

— Tem algo novo para compartilhar? — pergunta ela de um lado da ilha de mármore claro em sua cozinha, cromo e vidro brilhando por todas as partes.

— Outra menina foi dada como desaparecida, em Gualala. Não sabemos ainda se isso tem alguma coisa a ver com a Cameron. Ninguém vê ela desde junho.

Sem se mover, Emily parece titubear.

— Toda essa espera e não saber. Não sei como posso continuar fazendo isso.

— Apenas tente viver um dia de cada vez, se puder. Às vezes ajuda a encontrar uma saída. Você pode falar com a Cameron ou escrever bilhetes para ela. Deixar que ela te ouça.

Quando ela olha para cima, seus olhos estão nublados.

— Está bem.

— Fomos a Napa, para falar com Drew e Lydia.

Ouço a respiração dela falhar.

— Foram?

— Fizemos o teste do polígrafo com os dois. É padrão entrevistar qualquer membro da família — acrescento, evitando entregar o ouro. — Também falei com Steve Gonzales. Não acreditamos que esteja envolvido em qualquer delito, mas ele compartilhou um pouco sobre a escrita da Cameron. Parece que ela mostrou coisas bem pesadas, e ele ficou pensando se poderia ter sido autobiográfico.

— Ela estava realmente tão infeliz aqui? — A voz de Emily soa baixa e magoada. — Eu devia ter prestado mais atenção.

— Vamos realizar uma reunião municipal para angariar apoio — digo, mudando o foco de volta para Cameron. — No sábado à noite. Você e o Troy deveriam participar. Uma declaração pública poderia atrair mais atenção para o problema e muito mais pessoas para o campo também. Precisamos criar engajamento, Emily, e não apenas localmente.

— Procurar a mídia, você quer dizer... — Sua voz falha. — Troy e eu conversamos sobre isso e achamos que é um erro agora, para nós. Você consegue imaginar os tipos de história que contariam: sensacionalistas, exploratórias. Esse tipo de gente é monstruosa.

— Também vi o lado ruim da publicidade no meu trabalho. Não diria que os motivos deles são sempre virtuosos, mas os nossos podem ser. Podemos controlar a mensagem.

— Na verdade, vocês não podem. E essa é a verdade.

Ela parece diminuída, física e literalmente, como se estivesse recuando quando preciso que cresça, que *enfrente*. Isso me faz querer sacudi-la, para mostrar que existem monstros muito maiores no mundo do que jornalistas de TV. E um deles levou sua filha.

Respiro fundo e tento outra coisa.

— No momento, Cameron é apenas um nome em um pôster de desaparecido em que ninguém está prestando atenção. Mas, se as pessoas são movidas, elas agem, elas se apresentam para ajudar, para fazer ligações, oferecer o tempo delas, oferecer dinheiro.

— Nós *oferecemos* dinheiro. Fizemos isso imediatamente.

— Sei que fizeram, e, acredite, ele será bem utilizado enquanto a busca continuar. Mas ainda acho que sua presença pode estimular a comunidade. Entendo por que está relutante em ser uma parte real dessa cidade, Emily. O estrelato a deixou desconfiada. Deve parecer estranho tentar se abrir para as pessoas como você mesma, e não como uma personagem. Mas isso é importante.

Emily desvia o olhar quando termino a frase e parece entrar em uma espiral interna. Atrás dela, vejo a tarde nebulosa por meio de uma janela enorme, o sol apenas uma ideia por trás de nuvens baixas e dispersas. Entre nós, o silêncio se torna seu próprio sistema climático, uma sensação de pressão.

— Independentemente do que você pensa, amo a minha filha. Ela é a coisa mais importante do mundo para mim.

— Acredito em você — garanto e quero mesmo acreditar.

Posso vê-la lutando apenas para ficar de pé. Tanta coisa saiu de seu controle. Há coisas que ela teria feito de forma diferente, coisas que *fará* de forma diferente se puder trazer Cameron de volta em segurança. Todos nós fazemos essas barganhas, oferecendo qualquer coisa, tudo, por mais uma chance.

— Você tem filhos, detetive?

A pergunta é simples. E eu não posso respondê-la.

✦ ✕ ✦

(trinta e oito)

No Farol, o meu supervisor, Frank Leary, é um veterano experiente. Ele se parece com Karl Malden em *São Francisco Urgente*, com o nariz redondo, as sobrancelhas enormes e cinzentas semelhantes a uma lagarta e um sorriso lateral torto que não se parece em nada com o de Hap, mas muitas vezes me lembra o dele de alguma maneira. Ele trabalha nisso há trinta anos e é quase milagroso que ainda esteja são.

Ele e a esposa, Carole, moram em North Beach, no mesmo bairro onde Joe DiMaggio cresceu. A casa deles é de estilo vitoriano, suavemente curvada, com uma varanda traseira envolvente e uma churrasqueira do tamanho de um carro pequeno. Aos domingos, Frank cozinha para suas três filhas casadas e os oito netos, além de maridos, vizinhos e qualquer pessoa que esteja com fome. Eu estava lá em um domingo, apenas algumas semanas depois de começar a ver Corolla.

— Como vai a terapia? — perguntou ele, pausando as sílabas de modo que a palavra soou como "ter a pia".

— Bem — respondi, abrindo outra garrafa de Heineken. — Não é a minha praia. Por que não faz terapia, Frank?

Ele riu um pouco e então usou a pinça de grelha para apontar para o quintal, seu reino. As rosas amarelas e a grande garagem cheia de ferramentas elétricas, o gramado inclinado onde quatro de suas netas estavam brincando de escorrega em uma enorme lona azul. As meninas tinham entre 5 e 7 anos, gritando e cambaleando em trajes de banho de duas peças enquanto Carole esguichava água nelas, com a ponta efervescente da mangueira.

— Essa é a minha terapia.

Sorri, sabendo que ele falava sério. Mas não foi uma solução descomplicada. No quintal, observei uma das garotas se separar do rebanho e correr de um lado ao outro no gramado por algum motivo que só ela entendia, seu corpo um borrão de cor. A imagem da inocência, da vulnerabilidade.

— Você deve se preocupar muito com elas.

Ele abaixou a tampa da grelha e me encarou, as mãos na cintura do avental com os dizeres "BEIJE O COZINHEIRO".

— Alguns dias são mais difíceis do que outros. Quando trabalho em um caso pesado, quero que todas se mudem para cá, como em um abrigo subterrâneo. Mas elas têm suas próprias vidas, e é assim que deve ser. Tenho essa sensação intensa quando vão embora, às vezes. Como se a porra de um elefante estivesse sentado no meu peito.

— E então?

— E então a sensação passa, limpo a grelha e guardo os brinquedos. Vou para a cama e dou um beijo de boa noite na minha esposa e, quando chega segunda-feira de manhã, vou trabalhar. Quando você ama alguém, há riscos. Não dá para evitar.

Concordei com a cabeça e tomei um gole da cerveja, tão gelada que atingiu o fundo da minha garganta ao engolir. Ultimamente, Brendan vinha me pressionando para engravidar, e eu estava tendo dificuldade em justificar minha relutância. No início de nosso relacionamento, contei a ele que minha mãe tinha morrido quando eu era pequena e que cresci sob a tutela do Estado. Ele sabia que eu tinha bagagem emocional, mas mantive algumas coisas escondidas: como tinha estragado tudo com Amy e Jason, como os tinha perdido. Sabia que não era racional, mas, em algum nível, quase parecia que eu já tinha tido a chance de ter filhos, e falhado.

Ainda checava Amy e Jason de vez em quando, o que eu também não compartilhava com Brendan. Quase a primeira coisa que fiz como policial foi procurar por seus nomes no banco de dados, tentando juntar as peças a partir de uma dispersão de endereços residenciais, locais de trabalho e multas por excesso de velocidade, descobrir se eles realmente sobreviveram ou não durante a infância. Se realmente estavam bem.

Na última vez que havia checado, há mais ou menos um ano, Jason era um trabalhador braçal em Daly City, com uma namorada duvidosa que tinha uma longa lista de antecedentes, principalmente pequenos delitos. Jason não tinha antecedentes criminais além de furtos em lojas, infrações de trânsito e direção sob a influência de entorpecentes, mas era visita frequente em uma clínica de reabilitação, um detalhe que me afetou muito quando li. Amy ainda estava em Redding e tinha casado duas vezes, pelo que eu sabia. Pedi a uma colega com contatos na região que investigasse, discretamente, um pouco mais, sem explicar meu relacionamento com ela, ou por que eu precisava saber quantos filhos ela tinha, se eram de pais diferentes, em que tipo de bairro ela morava lá, há quanto tempo era gerente do Burger King onde trabalhava e se parecia feliz.

Óbvio, eu mesma poderia ter dirigido até lá se tivesse coragem para bater na porta. Tinha imaginado aquele reencontro milhares de vezes, mas nunca tinha passado do momento no roteiro em que ela batia a porta na minha cara por ter falhado. O mais perto que cheguei na vida real foi ficar sentada no carro um dia, assistindo Jason arrancar telhas do telhado da garagem gasta de alguém, com alguns outros caras sem camisa. Então ele atirou em uma garrafa no banco da frente de seu El Camino empoeirado de dois tons, enquanto eu pensava sobre aquele maldito guepardo de pelúcia dele e como ele não conseguia dormir sem Freddy pressionado diretamente contra seu rosto. Nunca soube como ele era capaz de respirar daquele jeito, mas, enquanto ele aumentava o volume dos Beastie Boys e se afastava do meio-fio, perguntei-me, em vez disso, como ele respirava sem o guepardo agora. E sem mim.

Mas não era apenas a maneira como falhei com Jason e Amy que me abalava quando pensava em me tornar mãe. Estava no meu DNA também: minha mãe morreu antes dos 30; meu pai foi baleado e morto em 1989, por uma mulher, em uma briga doméstica que parecia um episódio decadente de *A Current Affair*. E como se isso não bastasse, tive meia dúzia de pais adotivos que me fizeram imaginar, seriamente, se algum adulto batia bem da cabeça. Só quando vim para Mendocino é que vi alguns sendo de fato adultos, fazendo mais do que apenas sobreviver. Hap e Eden tiveram um casamento estável – outra novidade para mim; eles diziam o que queriam dizer, eram pacientes com meus humores e minhas explosões, faziam perguntas e pareciam se importar com o que eu tinha a falar. Eles me deram uma infância real, quando há muito eu tinha parado de esperar que tal coisa existisse. E tudo o que eu precisava fazer era ser eu mesma.

Tudo isso – a apresentação de provas em cada lado da decisão que eu precisava tomar – parecia muito complicado para tentar explicar a Brendan. Ele não tinha nenhuma ressalva sobre começar uma família. Fazia parte de uma vasta linhagem de irlandeses, com cinco irmãos e irmãs que falavam alto, eram alegres e se intrometiam nas vidas uns dos outros. Quando os via com os filhos, *quase* podia enxergar – aquela versão confusa e feliz da vida doméstica que poderíamos ter, *talvez*, se tudo desse certo.

— Não faria nada diferente? — perguntei a Frank enquanto ele manejava sua pinça de grelha, virando pimentões e cebolas com um assobio satisfeito.

— Talvez fazer faculdade de odontologia? — Ele sorriu. — Nah. Gosto da minha vida.

— Como você sabe quando está pronto?

Seu riso foi uma bufada, como se eu tivesse feito a pergunta mais engraçada que ele já tinha ouvido.

— Ninguém nunca está pronto, menina. Você precisa arriscar.

✦ ✖ ✦

(trinta e nove)

Desenhos de sol feitos com giz de cera e bonecos bobos de cabeça grande feitos de palitos se espalhavam por baixo. Um camaleão em uma nuvem e as palavras: "Querida mamãe, estou com saudades de você!". Um teste de ortografia do terceiro ano com "100%" circulado em vermelho e estrelas por duas palavras que valiam mais: "paralelo" e "integridade". Um lagarto roxo brilhante de olhos de plástico volumosos, preenchido com bolinhas de poliestireno. Um jogo de chá da Moranguinho. Tudo isso em uma grande caixa de plástico no sótão – fragmentos de uma menina, uma infância. Patins brancos com rodas ligeiramente danificadas. Dentro da caixa também há um par de suspensórios de arco-íris como Robin Williams usou em *Mork & Mindy*; e quatro My Little Ponies em tons pastéis com uma coleção de minúsculas escovas de cabelo rosa para crinas e caudas. Nunca tive uma caixa como esta, mas reconheço que estou diante de um tesouro. De alguma forma, essas coisas se somam a Cameron. Preciso encontrá-la, para que ela possa voltar a ser quem era. Quem *é*.

Há fotos também. Em uma delas, ela parece ter mais ou menos 5 anos, de pé na praia – Malibu? –, segurando uma concha rosa e perolada na mão, os pés descalços, meio engolidos pela areia. Várias fotos mostram uma Cameron pré-adolescente ao lado de uma garota da mesma idade, mas loira enquanto Cameron é morena, de cabelos claros em um pesado rabo de cavalo, em contraste com o cabelo preto e brilhante de Cameron. Em algumas imagens, as garotas têm o mesmo penteado, como se estivessem procurando maneiras de se aproximar, mais perto de serem a mesma pessoa. Isso é o que é uma amizade jovem, lembro-me. Você se funde, e é maravilhoso. Como se nunca fossem se separar.

— Essa é a Caitlyn — explica Emily da porta, com novas canecas de chá nas mãos, fios de vapor subindo como chamas. — Elas eram melhores amigas desde o momento em que nos mudamos para cá, até o final do oitavo ano.

Olho de volta para a foto, para o sorriso largo de Caitlyn e os brilhantes suspensórios de metal, os brincos de coração em esmalte rosa.

— Elas brigaram?

— Acho que sim. Cameron não falava sobre isso; e eu estava preocupada, na verdade. Ela parecia tão triste. Disse que ninguém se sentava com ela no almoço. Parecia não ter amigo algum, e então Gray apareceu, graças a Deus.

— Desajustados se entendem.

Ela parece surpresa.

— Como assim "desajustados"?

— Não é uma crítica. Algumas pessoas se sentem deslocadas quando são jovens, não porque algo esteja errado com elas, mas porque há algo especial que as diferencia. Algo que elas ainda não descobriram.

— Descobriram? O que está dizendo?

A incompreensão dela é palpável, e decido pegar um pouco mais leve, deixando minhas suspeitas sobre Gray fora disso.

— Bem, com Cameron pode ser sobre identidade. Ela tinha outra vida lá atrás, é como virar a página de um livro. Talvez ela tenha começado a se perguntar sobre isso, sobre onde ela pode se encaixar.

— Ela se encaixa aqui — afirma Emily na defensiva. — O lugar dela é aqui, com a gente.

— Certo. Tudo o que quero dizer é que, quando coisas difíceis acontecem com as crianças, elas geralmente pensam que fizeram algo para causar isso, que é culpa delas.

Emily está vestindo um suéter de caxemira cor de aveia e mocassins de camurça macios, seu cabelo castanho preso para trás em uma presilha cor de casco de tartaruga. Tudo nela é neutro e refinado, suavizado com perfeição. Mas seus olhos ficaram turvos.

— Tentamos mostrar a ela todos os dias o quanto a amamos.

— Acredito em você. Mas alguém a rejeitou, Emily. É difícil superar isso, mesmo na idade adulta.

— Talvez — responde ela. — Mas tive dois pais que permaneceram casados e posso dizer que não foi nada fácil. E os pais de Troy não eram melhores. Ele é de West Virginia. Gosta de dizer que foi criado por lobos, mas eu trocaria de lugar com ele em um piscar de olhos. Seus pais eram pessoas simples, não tinham muito, mas não há vergonha nisso.

A palavra paira no ar por um momento.

— Em *quê* há vergonha, Emily?

— O quê?

— O que você mudaria na sua própria família?

Observo os músculos de seus ombros se contraírem e depois relaxarem. Algum grande peso pousando ou deixando o local.

— Tudo.

Não é difícil seguir as sombras em seu olhar de volta a Ohio, para invernos longos e sufocantes, verões curtos e quentes e vestidos de tafetá no clube de campo. Mas é óbvio que estou supondo. Emily é a única que realmente sabe quão grande *tudo* é, o que contém, no que ainda se apega.

— Diga uma coisa.

— A polidez, acho. A civilidade. Guardanapos de linho engomados em todas as refeições. Meu pai costumava dizer "coloque seu envelope no correio". Significa que o guardanapo deveria estar no colo. *"Envelope no correio, Emily"*. — A voz dela vibra com emoção enquanto ela o imita. Raiva, provavelmente, e muito mais.

É um grande salto, para onde minha mente vai em seguida, e ainda assim tenho que perguntar:

— Ele bateu em você alguma vez?

— Não. — Ela não parece surpresa por eu ter aberto essa porta, pode até ter ficado aliviada. A certa altura, quando cansa de se conter, a maioria das pessoas quer revelar suas histórias. — Isso, não.

— Fale-me um pouco sobre o seu pai.

— Não há muito para contar. Ele trabalhava o tempo todo e morava no clube nos fins de semana. Quando bebia muito, ele me chamava para o bar e me mostrava para seus camaradas. Não era o melhor dos momentos.

— Alguma vez você pediu que ele parasse?

Ela acena com uma espécie de ferocidade.

— Não fui criada para reconhecer meus próprios sentimentos, muito menos me defender assim. Isso é diálogo de filme, não da vida real.

— Talvez seja por isso que você começou a atuar. Para que houvesse espaço para realmente dizer as coisas.

Ela balança a cabeça. Seus olhos brilham.

— Todos os detetives parecem psicólogos?

Ela me pegou.

— Muitos deles, sim. As pessoas são interessantes.

— Por que estamos falando de mim em vez da Cameron?

É a pergunta certa. Mas a resposta é tão complicada que levo um momento para pesar o quanto dizer a ela.

— Os sistemas familiares são reveladores. Isso é algo que aprendi nesse trabalho. Quanto mais se fala com as pessoas, mais vê como as gerações repetem padrões. Tudo se encaixa, mesmo quando parece que não.

— E a adoção? Como isso funciona com essa teoria sobre famílias?

— Vejo da seguinte forma: seus pais biológicos dão a você os genes, o mapa do seu eu físico. Mas quem o cria faz de você quem você é, para o bem e para o mal. A dinâmica familiar é representada, não embutida, embora algum dia os cientistas possam provar o contrário.

— A tensão com Troy — começa Emily. — Eu gostaria de ter sido capaz de esconder isso dela.

— Talvez tivesse ajudado. Ou talvez Cameron precisasse do contrário... mais diálogos, não menos. Quem sabe? Quando ela voltar para casa, você poderá perguntar.

O rosto de Emily se contorce, os olhos brilhando.

— Se eu pudesse ter mais *um* dia com ela... — Ela não consegue terminar a frase.

Emily e eu somos mulheres diferentes com histórias totalmente diferentes, mas preciso ver a linha que existe entre nós, como se estivéssemos na mesma guerra.

Passei um tempo culpando-a por não manter Cameron segura o suficiente, por não protegê-la quando ela não conseguia se proteger. Mas o que tudo isso significa? Para que serve todo o sofrimento, senão para que possamos ver como somos parecidos, e não solitários? De onde virá a misericórdia, se não de nós mesmos?

✦❈✦

3

O TEMPO E A DONZELA

(quarenta)

Will cumpre a promessa, e logo temos um mandado para acessar o arquivo da adoção de Cameron. Ele se oferece para enviar Leon Jentz à Instituição Beneficente das Famílias Católicas em Sacramento, mas não posso deixar mais ninguém ir. Não quero ver um fax ou uma cópia. O que quer que eu encontre, é pessoal – e, por mim, tudo bem. Talvez *envolvida demais* seja exatamente o que preciso estar para encontrar Cameron. Talvez isso fosse acontecer de qualquer jeito no momento em que resolvi voltar para Mendocino. Tudo isso, do jeito que está se desenrolando.

A viagem até Sacramento leva quatro horas, tempo suficiente para ficar grata por Grilo ser a viajante ideal. Paro perto de Clearlake, para que ela possa fazer suas necessidades, e então partimos novamente na Interestadual 5, passando por um conjunto de fazendas e campos de aspecto ressecado, marcados por oleandros brancos. Assim que chegamos ao estacionamento de asfalto remendado, não me sinto bem em deixá-la no carro, mas ela não é um cão de serviço oficial – ainda não. Então estaciono na sombra e abro a janela, para lhe dar bastante ar fresco.

— Estarei de volta em meia hora — digo a ela enquanto suas orelhas se inclinam para frente, ouvindo. E então me ouço e sorrio sem acreditar. Em 48 horas, tornei-me alguém que pensa que cães podem entender o relógio?

Por dentro, a Instituição Beneficente das Famílias Católicas me passa a sensação de um prédio do governo e abriga menos freiras do que eu esperava. Em geral, passo por funcionários vestidos de maneira desajeitada em conjuntos de saia de poliéster e sapatos baixos e diversos armários de arquivos. Assim que subo as escadas, converso com uma secretária que me joga para outra e, finalmente, chego ao escritório apertado da advogada da equipe, uma mulher de terninho com o cabelo em forma de capacete, preto como tinta, que faz apenas algumas perguntas antes de entregar uma cópia do arquivo e pedir minha assinatura. O olhar inexpressivo em seu rosto me diz que ela trabalha demais e recebe pouco. Cameron não significa nada para ela, e como poderia? Os armários de metal às suas costas estão cheios de caixas, cada arquivo uma história complexa, uma vida. Agradeço-lhe e volto para a fileira de elevadores desgastados no corredor. Então me ocorre que agora tenho os documentos de Cameron só para mim. E é como se eu tivesse roubado um banco.

Aperto o botão para o primeiro andar e entro sozinha, quase tonta com a privacidade instantânea e a expectativa. Assim que as portas se fecham, isolando-me de todo o resto, abro o arquivo e percebo o endereço de infância de Cameron: Ukiah. Emily e Troy moravam em Malibu quando a adotaram. Em 1989, há quatro anos, quando a filha tinha 11 anos, mudaram-se para Mendocino, na casa de vidro da falésia. E, se traçasse uma linha daquele penhasco quase direto para o leste ao longo da cordilheira costeira, Ukiah estava a apenas quarenta e oito quilômetros de distância. Considerando a adoção fechada, nenhuma das famílias teria ideia disso, mas alguma força os havia puxado para perto de qualquer maneira. Eram quase cinquenta quilômetros entre as vidas passada e presente de Cameron? Era louco. Era o *destino*, Eden poderia ter dito.

Saindo para o saguão principal, vejo um telefone público e paro na frente dele, procurando moedas para ligar para Will. Mas então paro. Tenho os nomes e os endereços dos pais biológicos de Cameron bem aqui nas minhas mãos. Estou perto – tão perto – de saber mais sobre sua infância. Talvez uma peça-chave para o quebra-cabeça de seu desaparecimento esteja próxima também, ligada à sua primeira família.

Por um longo momento, sinto-me oscilando à beira de algo, puxada em duas direções. Will gostaria de estar envolvido na entrevista, mas parte de mim não o quer lá. Não quer compartilhar, ou esperar que ele se junte a mim, ou ter que desviar de qualquer tipo de obstáculo. Nem ao menos quero pedir sua permissão. Mas ir sozinha é um movimento rebelde e míope. E se eu deixar passar alguma coisa? E se eu estragar tudo?

Guardo as moedas e abro o arquivo novamente. Do lado de dentro, está uma foto de duas crianças em roupas sociais contra um fundo azul ondulante, do tipo que se veria em um estúdio de retratos das lojas Sears, em um shopping. O menino deve ser irmão da Cameron, com cerca de 10 anos na foto: um colarinho branco engomado, cabelo bem preto e dentes da frente ligeiramente tortos. Mas é a Cameron de 3 anos que prende o meu olhar: olhos castanhos como pires sob sobrancelhas escuras e finas; o rosto redondo e corajoso e tão precioso que é difícil para mim respirar direito ao olhar para ela; o molde feroz de seu queixo, como se estivesse desafiando não apenas quem está atrás da câmera, mas o dia todo e todos os que fazem parte dele; o cabelo preso no alto com uma presilha de borboleta de plástico branco; o vestido feito de renda branca e algodão e o sorriso aberto; sua luz bem *ali*, pura e brilhante como a porra do sol. Nenhum sinal de vítima. Nenhum Bat-Sinal. Apenas uma garotinha. Lisa Marie Gilbert, nascida em 20 de março de 1978, primeiro dia da primavera.

(quarenta e um)

Dirigindo rápido em linha reta pela Estrada 101, com todas as janelas abertas, Grilo e eu chegamos a Ukiah logo depois das 16h. Hap sempre afirmou que em Ukiah se levava uma vida de gado, uma cidade pequena demais para plantações e grande demais para ter qualquer tipo de charme ou singularidade. Nunca o corrigi nem lhe contei que me lembrava de ter morado aqui, duas vezes, em duas pequenas alocações, cada uma com menos de um ano. Minha memória daquele período era frágil, até na época, apenas pequenos fragmentos de imagens: uma professora do segundo ano que usava meia-calça nude e bebia refrigerante diet em sua mesa; uma mãe em uma camisola amarela transparente, no sofá, bebendo aguardente de pêssego em uma xícara de café o dia todo; uma tarde de fevereiro quando algumas crianças no ônibus zombaram de mim e me disseram que meu irmão cheirava a xixi. Ele não era meu irmão de verdade, e era eu quem cheirava mal, mas eu apenas tinha deslizado na cadeira com meu livro e desaparecido.

Saio da rodovia e encontro uma série de restaurantes *fast food* próximos a locais de saque de cheques, um Walmart Supercenter e a fábrica de peras Bartlett. Felizmente, não reconheço nada. A seção da cidade além da Estrada Ford, onde Cameron passou seus primeiros anos, fica entre a rodovia e as feiras. Passo pelo Parque Vinewood, um pedaço de grama seca cercado por casas de rancho baixas, a maioria muito deteriorada.

O parque parece sedento e abatido, e o playground é quadrado, consistindo em um daqueles brinquedos de escalada feitos de pneus reciclados e um balanço enferrujado.

Cameron teria brincado aqui mesmo assim, como Lisa, da mesma forma que brincamos numa piscina drenada e achamos maravilhoso. Ela não teria reparado na sujeira, porque ninguém nunca repara até estar do lado de fora de um lugar, olhando para dentro.

Mesmo com o endereço em mãos, não tenho como saber se algum membro da família Gilbert ainda mora aqui na Rua Salgueiro, número 3581. As ruas adjacentes têm nomes semelhantes – Mimosa, Acácia, Figo –, palavras pastorais que se chocam com a mobília de jardim gasta, abandonada e espalhada pelos quintais e alpendres; os varais suspensos, pendurados entre as garagens. Estaciono em uma vaga empoeirada enquanto um garoto de cabeça raspada usando uma camiseta do Hulk e conduzindo um triciclo faz um círculo amplo a algumas centenas de metros de distância. Ele está me encarando como se eu estivesse perdida. E possivelmente estou.

Saindo do Bronco, coloco as chaves no bolso e me aproximo da longa e estreita casa de fazenda, Grilo me acompanhando. A casa é revestida com cor de ferrugem e acabamentos em alumínio prateado que projeta lanças de luz. Uma antena de TV torta está pendurada no telhado. Antes mesmo de eu chegar aos três degraus de madeira compensada, a porta da frente se abre, e um homem baixo de ombros grossos me interrompe como um baluarte. Sinto a energia de Grilo mudar instantaneamente e coloco a mão em sua coleira.

— Posso ajudar? — pergunta ele, mas, na verdade, quer dizer "vá embora". Seu olho direito é mais baixo do que o esquerdo e vermelho ao redor, dando-lhe uma aparência triste. Seu resto é como uma marreta: bíceps grossos, queixo duplo com a barba por fazer, mandíbula larga e tensa enquanto me avalia.

— Estou procurando Ruben ou Jackie Gilbert. Eles não fizeram nada de errado. Só preciso de algumas informações.

— Eles não moram mais aqui. — Obviamente ele me reconheceu como uma profissional, com distintivo ou não. Ele tosse, esperando que eu recue.

— Você é um parente?

— Aquela família se mudou. Não sei para onde.

— Estou trabalhando em um caso de desaparecimento em Mendocino, uma garota de 15 anos chamada Cameron Curtis.

— Nunca ouvi falar dela.

— Ela está com sérios problemas, Sr. Gilbert. — Deixo o nome pairar no ar.

Seu corpo grande se agita quando ele respira fundo. Então esbraveja:

— Dê o fora daqui! Não sei nada sobre nenhuma garota desaparecida.

Recuo antes que possa me conter. Ele é um cara grande e poderia me partir em duas se quisesse. Talvez vir sozinha tenha sido uma péssima ideia.

— Ouça, não quero incomodar, só preciso de algumas informações que estão faltando.

— Não falo com a polícia.

— Não sou da polícia, sou detetive, e, de qualquer forma, você não está encrencado. É sobre a Cameron. Não viu as notícias?

Ele tosse forte, joga os ombros para trás.

— Não.

— Ela pode ter tido uma conexão com esse lugar, há muito tempo.

Sem resposta.

— Há várias meninas desaparecidas na área, na verdade, mas só estou aqui por causa da Cameron. Não podemos entrar e conversar um pouco, por favor?

Ele abaixa o rosto, o olho bom parecendo saltar.

— Eu já disse. Não sei merda alguma sobre nenhuma garota desaparecida. Agora saia do meu caminho. Tenho que trabalhar. — Então ele me encara, fazendo uma pose feroz, até que eu não tenho escolha a não ser me afastar.

Fico no quintal e o vejo subir em um Ford Taurus marrom, sentindo-me quase enjoada porque estraguei tudo. Cameron morou aqui. Em algum lugar próximo, encontram-se as peças que estão faltando, talvez, aquelas que possam revelar tudo sobre ela. E agora? Posso tentar vasculhar a vizinhança e rezar para que alguém que esteja aqui ainda se lembre dela ou tenha algo a me dizer sobre os Gilbert que possa ajudar de alguma forma. Mas não estou muito otimista.

O Taurus acelera na curva da Rua Salgueiro com a Rua Figo, aproximando-se perigosamente de um conjunto de caixas de correio, e, então, o garoto no triciclo retorna, dando mais uma volta em seu circuito, com o olhar em Grilo. As crianças sempre parecem se concentrar nos cachorros.

Dou a ele um pequeno aceno, mas seus olhos estão petrificados. Eles focam em um ponto acima do meu rosto, e então ele se anima. Atrás de mim, a porta se abriu silenciosamente.

— Ei, Kyle — cumprimenta uma voz.

— Ei, Hector — responde o garoto. — Posso entrar um pouco? Minha mãe não está em casa.

Alterno o olhar entre os dois, surpresa demais para dizer qualquer coisa.

— Só um minuto, está bem? Tenho que falar com a moça.

✦ ✖ ✦

(quarenta e dois)

O carpete felpudo e puído familiar, verde como uma ervilha, estende-se da sala de estar até a minúscula cozinha. Os únicos móveis presentes são uma mesa, cadeiras e um sofá desgastado com uma mancha escura nas costas. Grilo fica ao meu lado enquanto Hector para com as mãos nos quadris, analisando-me enquanto eu também o analiso. Suponho que ele tenha 21 ou 22 anos, com antebraços musculosos e tatuados sob a camisa azul de trabalho desbotada. Também tem uma tatuagem no pescoço: uma série de bolhas sombreadas entrelaçadas, como a pele de uma serpente píton. Usa calças jeans escuras com as barras dobradas e botas pretas de ponta de aço.

Sua aparência é bruta, mas não me sinto ameaçada. Meu instinto diz que ele ao menos ouvirá as minhas perguntas. Pela sua idade e tom de pele, penso que pode ser o garoto da foto ou outro irmão de Cameron. Além disso, ele abriu a porta.

— Hector, meu nome é Anna Hart. Estou tentando encontrar uma garota desaparecida em Mendocino.

Uma sombra passa por seus olhos escuros.

— O que aconteceu com ela?

— Não sabemos ao certo. Ela desapareceu de casa na noite de 21 de setembro, e ninguém mais ouviu falar dela. Acredito que ela possa ter sido sequestrada.

— Ouvi sobre aquela outra garota em Petaluma. Ela não está envolvida em algo assim, está?

— Não sei. Gostaria de saber.

— Ouvi você dizer que ela tinha 15 anos, *né*? Tenho uma irmã que teria essa idade.

Nem mesmo respiro, esperando que ele continue. E ele continua.

— Eu tinha 11 anos quando nos separaram.

— A garota que procuro foi adotada em 1982. Qual era o nome da sua irmã, Hector?

— Lisa.

Algo se retorce com força na minha garganta, então o alívio surge. Esperança.

— Pode me contar mais?

Ele deixa o peso do corpo cair sobre o sofá, pega um maço de cigarro Camels no chão, ao lado de um cinzeiro de vidro azul, e acende um cigarro.

— Meus pais provavelmente sabiam que o serviço social estava vindo para nos levar, mas não disseram uma palavra. Não é a coisa mais escrota que você já ouviu?

Ocupo a cadeira em frente a ele, e Grilo segue meus movimentos, deitando-se enquanto percebo a tensão no rosto e nas mãos de Hector.

— O que aconteceu depois?

— Não sei tudo. Acho que meu pai estava envolvido em um monte de merda. Drogas. A polícia veio algumas vezes, e então um dos vizinhos fez uma ligação anônima, denunciando a *negligência*. — Ele quase cospe a última parte.

— Era o seu pai o homem com quem conversei?

— Aquele merda? É o meu tio Carl. Meu pai foi para a penitenciária San Quentin há muito tempo. Ainda está lá, pelo que sei.

— Por que Carl não quis falar comigo?

O ar sai como uma baforada do nariz de Hector. O que perguntei é ridículo.

— Mas *você* está falando comigo — completo.

— Não tenho nada a esconder. Além disso, tive a sensação de que você estava aqui por causa de algo importante. Já teve esse sentimento?

Sim, quero dizer. *Tipo agora, tudo isso.*

— Sua mãe, onde ela está?

Ele dá de ombros, franzindo a testa.

— Ela se mandou um tempo atrás com algum outro fracassado. Eu ficaria surpreso se ainda estivesse viva. Ela estava se esforçando muito para se matar, mesmo naquela época.

— Por que vocês se separaram?

— Nem sei, na verdade. Cheguei em casa da escola um dia e Lisa tinha sumido. Tinha assistentes sociais aqui. — Ele coça o ombro com força, como se a própria lembrança estivesse ali, na ponta dos dedos, uma picada ou uma dor. Conheço esse instinto. A inutilidade contínua do ato. Como você nunca consegue alcançar o lugar que dói.

— Você foi adotado também, então?

— Não. Acho que eu já era muito velho. Fui levado para uma casa de acolhimento, mas fugi. — O cigarro que fuma ainda está na metade, mas ele pega o maço sobre a mesa e o aperta, como se fosse um conforto. O celofane faz barulho contra a mão. — Fugi umas cinco ou seis vezes. Depois, quando ninguém mais me queria, fui parar em um abrigo. Quando fiz 18 anos, voltei para cá, mas meus pais tinham ido embora. Carl não gosta muito de mim, mas ele odeia todo mundo, você viu.

— Sinto muito. — Sei que minhas palavras soam tão sem sentido agora quanto soavam quando estranhos as diziam para mim ao longo do tempo.

Palavras às vezes não são o bastante, mas *sinto* muito por Hector. Ele tem idade suficiente para se lembrar de tudo. As feridas de batalha da sua infância. A perda da irmã, a incompreensão, o deslocamento. A dor. Ele sou eu, e Lisa é Amy ou Jason, ou ambos. Mas agora mais perdas vieram. Mais tragédia.

— Eles deviam ter me dito que não podiam cuidar dela — continua ele, referindo-se aos pais. — Eu mesmo teria feito isso, a gente podia ter dado um jeito. Pelo menos a gente estaria junto. — Suas pupilas ficam escuras, dilatando-se com a emoção. — Trouxeram ela do hospital para casa, e aquele foi o melhor dia da minha vida. Antes disso, era só eu e essas pessoas malucas. Mas depois? Eu cuidei dela.

Ouvindo as palavras, quero chorar. Em vez disso, concordo com a cabeça.

— Dormíamos como cachorrinhos, neste colchão, no chão, sabe? Eu colocava meus braços em volta dela assim. — Ele levanta as mãos, para me mostrar. — Estávamos sempre juntos. Qualquer um que sequer olhasse para aquela garota, eu estaria *lá*, sabe?

Sei, sim. A lealdade feroz em sua voz me leva de volta àquele Natal sozinha com Jason e Amy. Aquelas horas e dias que pareciam suspensos em uma espécie de bolha, quando nada podia nos atingir.

— Você a protegeu.

Ele traga o cigarro com força, o papel desmoronando com um chiado enquanto Hector luta com o passado.

— Eu tentei. Nossos pais eram perturbados, mas todo mundo é, *né*?

Nem todo mundo, quero dizer, mas também sei que ele não tem motivos para acreditar em mim.

— Que tipo de criança ela era? Quieta?

— Lisa? — Sua risada sai forte e espontânea. — Aquela garota nunca parava de falar ou dançar. Cantava na banheira, correndo rua abaixo. Ela sentava embaixo da caixa de correio e brincava com nada, com *pedras*, sabe? E ela *cantava*.

De repente, posso vê-la, essa garota. Ele a havia invocado, e isso me deixa arrasada. Como pode acontecer isso em uma única vida, ser roubada duas vezes?

— Você se lembra de alguma coisa acontecendo, antes de vocês se separarem? — pergunto-lhe. — Algo que mudou o comportamento da Lisa?

Ela alguma vez ficou realmente quieta, ou chorou sem motivo, ou pareceu estar com medo?

— Por quê? O que está pensando?

— Não tenho certeza. Quero que olhe uma coisa. — Tiro do bolso o pôster de desaparecimento de Cameron e o desdobro na frente dele.

— Merda — sussurra ele, largando o cigarro. — Só pode ser ela. — Ele puxa a página para perto de si, balançando a cabeça de um lado para o outro, os olhos brilhando. — Não acredito. Ela é tão bonita, está tão crescida. Você tem que encontrar ela.

— Estou fazendo tudo que posso. O que mais você percebe?

Ele analisa a página por um longo momento.

— São os olhos dela. Os olhos da Lisa. Mas ela parece tão triste aqui. Certo?

— Também acho e quero descobrir o porquê. A vida é difícil, Hector. Você e eu sabemos disso, mas não consigo ver *essa* garota sentada embaixo de uma caixa de correio cantando para as pedras.

Posso senti-lo tentando processar o que quero dizer. Ele agarra o papel com mais força, seus polegares embranquecendo ao redor das unhas, como se desejasse poder entrar nele de alguma forma e tocá-la. Ajudá-la.

— Minha Lisa era uma guerreira — ele diz finalmente. — Cara, aquela garota era *teimosa*. Se tentasse tirar um brinquedo dela ou tirar ela do balanço antes que estivesse pronta, tinha que lidar com um tigre. Ela cerrava os punhos assim. — Ele levanta uma mão e faz uma careta que me diz que pode vê-la agora, perto o suficiente para tocar. — *Feroz*.

— Então, o que aconteceu? É isso que eu quero saber, é por isso que vim aqui, para ver se conseguia descobrir. Você tem fotos de quando eram crianças?

Ele balança a cabeça.

— Nada assim, desculpe. — Olhando para o pôster novamente, prossegue: — Posso ficar com isso?

— Pode. Vou dar meu número também. — Virando o pôster, anoto o número do escritório de Will e meu nome ao lado dele. — Se pensar em algo útil, me avise. E, se quiser que eu te mantenha informado, posso fazer isso.

— Beleza. — Ele enfia a mão no bolso em busca de um recibo amassado e rabisca seu número de telefone, passando-o para mim. — Se houver alguma maneira de eu ajudar, avise, está bem? Vocês têm pessoas procurando por ela, certo?

— Temos.

— Que bom.

Ele me leva até a porta enquanto Grilo nos segue. Ao nível dos olhos na ombreira entalhada, há uma mancha preta do tamanho de uma marca de mão. A maçaneta parece de plástico. Esse lugar parece tão apertado, sombrio e sem esperança que tenho uma vontade louca de levar Hector comigo, de jogá-lo no banco de trás do carro com Grilo e correr para as montanhas. Mas ele deixou de ser criança há muito tempo. E, de qualquer maneira, não está pedindo para ser resgatado.

✦ ✖ ✦

(quarenta e três)

Está tarde quando finalmente chego em Mendocino. Passo pelo escritório do xerife, na esperança de encontrar Will ainda no trabalho, e o pego entrando no carro, indo para casa. Ele abaixa a janela enquanto paro ao seu lado.

Antes mesmo que eu possa dizer olá, ele solta:

— Onde é que você estava? Estou te procurando há horas.

— Eu disse que estava indo para Sacramento.

— Mesmo com a burocracia, achei que ainda nos veríamos até as 14h. O que aconteceu?

— Quer tomar algo? — recuo. — Posso explicar.

A expressão dele não se suaviza.

— Entre. O dia foi longo. Tenho muita coisa para contar.

Com Grilo atrás de mim, sigo Will para uma sala de conferências vazia com iluminação fluorescente ruim. Ele se joga na cadeira mais próxima.

— E aí?

— Acho que só fiquei animada. — Sento-me em frente a ele, sentindo-me cada vez mais como uma jovem que foi mandada para a sala do diretor. — Quando abri o arquivo, descobri que o endereço da família biológica da Cameron era em Ukiah. Isso não é assustador? Quais são as chances?

— Então você foi para Ukiah? A família ainda morava lá?

— Os pais não estão mais em cena, mas conheci um tio e o irmão da Cameron, Hector. Vou dizer, é de partir o coração a maneira como essas duas crianças foram separadas pelo serviço social, Will. Hector nem sabia para onde levaram a irmã. Ele foi pego de surpresa e depois levado para um abrigo. Dá para ver que isso mexeu com ele de verdade.

O rosto de Will permanece neutro e sem expressão.

— Você entrevistou esse cara ou comandou uma sessão de terapia em grupo?

Sinto uma pontada de vergonha.

— Por que está sendo tão grosso?

— Você não sabe? — Ele tira o chapéu e o deixa cair entre nós, para dar ênfase. — Você ficou fora o dia todo sem me falar, tomando decisões que dizem respeito a este caso sem autorização prévia, e agora volta com nada além de um roteiro para um filme.

Engulo em seco, sentindo mais vergonha, suas palavras me deixando ainda mais desestabilizada.

— Desculpe. Devia ter falado com você primeiro. Só tive a sensação de que tinha que ir sozinha.

— Meu departamento não se baseia em *sensações*, Anna. E esta investigação também não. Eu devia ter estado lá, ou um de meus representantes. Então, pelo menos, teríamos dois pares de olhos na situação. Como sabemos que esse Hector não é suspeito?

— Ele não é. Sei isso.

— Sabe *como*? Verificou se ele tem ficha criminal? E quanto ao tio? Conseguiu os números das placas para mim? Apelido? Álibis para a noite de 21 de setembro?

Não era a resposta, mas o ponto não era esse.

— Você fica sentado demais atrás de uma mesa, Will. O instinto é, pelo menos, cinquenta por cento do trabalho. E, caralho, Hector provavelmente *tem* passagem depois do circo que o condado fez na infância dele. Mas ele se preocupa com a irmã e não teria feito nada para machucá-la, mesmo se tivesse acesso à Cameron, o que ele não tinha.

— Espere aí. Vou perguntar de novo, Anna. Como está chegando a essas conclusões? Primeiro, você tem *certeza* de que Drew Hague é o cara que abusou de Cameron, e não temos nada. Daí me diz que Steve Gonzales não é um suspeito, baseada puramente em algum sentimento que você tem. Felizmente, você teve sorte nisso.

Meu rosto fica vermelho.

— Por que está dificultando tanto? Se não confia no meu julgamento, o que estou fazendo aqui?

— Calma. Podemos desacelerar por um minuto? Estou apenas fazendo meu trabalho, Anna. Tentando, ao menos. Você é um grande recurso, e estou muito grato por você estar aqui. Mas tenho o direito de fazer as perguntas que estou fazendo, está bem?

Olho para minhas mãos.

— Eu devia ter ligado para você de Sacramento. Isso eu admito. Mas aposto que Hector Gilbert não levou Cameron Curtis.

— Tenho certeza de que você está certa. Vamos apenas seguir o protocolo e fazer uma verificação de antecedentes – ver com o que estamos lidando. E devemos trazer ele para um teste de polígrafo, apenas o procedimento padrão. O mesmo com o tio e Steve Gonzales. Temos que verificar tudo.

— Perder tempo, você quer dizer — respondo sem pensar.

— Anna — avisa ele.

— Desculpe. — Rolo os ombros para cima e para trás, tentando desfazer os nós de tensão. — Foi um dia difícil.

— Sim, aqui também... agora preciso que assista a algo comigo. Você perdeu muita coisa.

✦ ✦ ✦

(quarenta e quatro)

Em um canto da sala de conferências, há uma TV e um videocassete empilhados em um carrinho de metal com rodas. Will cruza a sala e clica no botão *play*. É a gravação do episódio de *Os Mais Procurados da América* desta noite. Uma jornalista loira e bonita que não reconheço está entrevistando Kate McLean e Gillian Pelham. Talvez ela nem seja jornalista. O programa não é exatamente confiável.

Quando a entrevista começa, a câmera dá um zoom nas duas garotas sentadas lado a lado em um sofá estreito. Parecem corajosas e equilibradas e muito, muito novas. E realmente são novas.

— A princípio pensamos que era uma brincadeira — diz Kate McLean. Ela tem cabelos castanhos na altura dos ombros com uma parte central reta, nariz de botão e olhos castanhos bem definidos. — Polly conseguia fazer coisas assim às vezes. Ela era uma boa atriz.

Não posso deixar de notar que ela está usando o pretérito e sinto algo como uma picada de agulha.

— A gente já tinha brincando assim antes — acrescenta Gillian Pelham, colocando uma mecha de cabelo loiro escuro atrás da orelha. — Falado sobre o Halloween e uma tentou assustar a outra. Colocamos maquiagem branca na Polly, e ela pintou os olhos como um fantasma, os lábios ela pintou de preto.

— Então, o que aconteceu? — incentiva a entrevistadora.

— Ela saiu para pegar sacos de dormir para a gente — continua Gillian. — Quando voltou, tinha um cara com uma faca e uma mochila parado atrás dela, na porta. Ele era mais velho e não parecia assustador nem nada, não no início. É por isso que achei que Polly pudesse estar brincando.

— Não parecia real — adiciona Kate rapidamente. — Foi o que eu pensei. E ele estava muito calmo, o jeito como falava. Disse que queria dinheiro, e Polly mostrou sua caixa de joias. Ela tinha cinquenta dólares. Foi quando ele mudou. A voz dele ficou mais grave, e nos disse para não gritar ou ele cortaria nossas gargantas.

— Então começou a amarrar a Polly, e ela estava chorando — diz Gillian. — Tirou as fronhas da cama e colocou elas sobre as nossas cabeças. Ele nos amarrou depois disso. Eu disse que as cordas estavam muito apertadas, e ele afrouxou elas um pouco um pouco e pediu desculpas.

— Foi quando ele falou que, se a gente contasse até mil, Polly estaria de volta — finaliza Kate por ela.

— Mas isso não aconteceu? — sugere a entrevistadora gentilmente.

— Não — responde Kate. — Ouvimos a porta de tela bater e depois tentamos tirar as cordas com que ele nos amarrou. Gillian estava cambaleando e tentando acordar a mãe de Polly, que estava dormindo no quarto ao lado.

— A gente estava com muito medo — confessa Gillian.

— Claro que estavam. Sua amiga tinha acabado de ser sequestrada. Acho que vocês são muito corajosas. E todo o mundo nos Estados Unidos está procurando pelo sequestrador da Polly, pela descrição que deram à polícia. Milhões de pessoas assistem a este programa. Todos estão tentando encontrar a Polly, todo o mundo quer que ela volte para casa. — Seu rosto é a imagem de uma esperança sombria, os olhos nitidamente suaves. — O que podem dizer ao país sobre quem era a Polly? Por que sua amiga era tão especial?

— Ela é muito engraçada — responde Kate, quase sorrindo por uma fração de segundo. — A cor favorita dela é roxo, e ela come torrada com canela todos os dias depois da escola.

— Ela quer ser atriz — acrescenta Gillian. — Está loucamente apaixonada pelo Mel Gibson. Tem um pôster no quarto dela com dois gatos preto e branco e um dálmata que diz "PRODUTO ORIGINAL, RECUSE IMITAÇÕES". Ela é assim. Ninguém é como a Polly.

Após a entrevista, o número do canal de comunicação de informações rola normalmente pela tela, então a fita fica preta. Meus olhos se voltam para Will. Embora eu esteja entorpecida e indisposta pela nossa conversa, minha mente começou a zumbir.

— É exatamente por isso que precisamos desta reunião municipal para *ontem* — afirmo. — Torrada de canela. Quase ninguém na cidade sabe nada sobre a Cameron. Ninguém se importa com algo que não consegue ver.

— Sim, sem dúvidas. Mas, escute, você conhece a atriz Winona Ryder? Parece que ela vai para Petaluma amanhã, no jato de Harrison Ford. Conversei com Fraser, e parece que ela arrecadou doações de um bando de artistas para uma recompensa particular se Polly for encontrada. Anna, são duzentos mil dólares.

— O quê? Isso é loucura! Mesmo que eles consigam tanto dinheiro, por que gastar com a Polly? Por que a Ryder está tão envolvida nisso, afinal?

— Ela passou parte da infância em Petaluma. Ela e Polly até tiveram a mesma professora de teatro. Aparentemente, ela tem assistido ao noticiário e decidiu que era hora de agir. Ligou hoje, para falar de um circo midiático.

— Então vamos falar com Emily. Ela tem duzentos mil dólares, fácil.

— Dinheiro não é o problema, Anna, e você sabe disso. O problema é que não temos provas. O FBI acha que Cameron fugiu. Não se consegue a cobertura de *Os Mais Procurados da América* por isso. Não tenho certeza se temos como conseguir até mesmo a mídia local agora, apesar da ajuda de Emily. Todos vão cobrir a visita da Ryder.

— Acho que temos que tentar de qualquer maneira. Não podemos controlar o interesse da mídia, mas podemos aparecer, certo?

— Talvez — concede ele. — De qualquer forma, tem mais.

— Polly ligou de novo?

— Não. Fraser tem quase certeza de que a ligação foi uma brincadeira. Mas o Vale do Silício está entrando em cena. Alguns especialistas em sistemas de computação têm assistido ao noticiário e tiveram a brilhante ideia de digitalizar o pôster de desaparecimento de Polly. Várias empresas de rede doaram equipamentos. Eles enviaram por fax milhares de pôsteres em todo o mundo e usaram a internet também. Alguém me disse que dez milhões de pessoas em meia dúzia de países viram o pôster.

— Puta merda. É muita coisa.

— Eu sei. É um admirável mundo novo, certo? Pode imaginar onde estaríamos se tivéssemos algo assim há dez ou vinte anos? — Seus olhos brilham com significado: *Jenny*.

Fácil assim, o rosto dela surge em minha mente. A risada, sua caminhada, a voz ecoando nos promontórios, tremulando na escuridão e depois sumindo. Desde seu desaparecimento, e muito antes, crianças e adolescentes desaparecidos eram vistos em pôsteres reproduzidos em borrões colados em postes de telefone ou pregados nos correios. O que teria acontecido de diferente se a internet já existisse em 1973? Imagens de Jenny enviadas por fax, geradas e compartilhadas em qualquer lugar em um piscar de olhos? Talvez nada, ou talvez tudo. Talvez toda a essência de nossas vidas.

— Podemos fazer algo assim por Cameron? — pergunto. — Por Shannan também?

— Já fiz algumas ligações.

— O que acha de eu falar com a mãe de Shannan Russo?

— Para saber o quê?

— Se há algo que ligue as duas meninas.

— Francamente, elas parecem água e óleo para mim. Se não viu uma conexão com Polly, por que procuraria aqui?

— Promete que não vai rir?

O olhar dele é evasivo.

— Encontrei com Tally Hollander.

— A vidente? Ah, cara, agora estou realmente preocupado com você, menina.

— Qual é! Escute um segundo, Will. Algumas das coisas que Tally disse sobre Shannan e a maneira como ela cresceu me fizeram pensar que as duas garotas compartilham algum DNA emocional. Só quero conferir. — Agarro a mesa na minha frente, fria, plana e real. — Não estou falando de uma *visão*. Quando Tally ligou para Karen, ela se abriu e compartilhou todos os tipos de coisas, como houve muito tumulto na infância de Shannan, homens indo e vindo, exposição à violência. Sei que ela foi dura com você, mas, se eu conseguir que Karen fale comigo, poderemos descobrir muito mais sobre como Shannan pode ter cruzado com um psicopata.

Ele suspira, e vejo como está cansado. Estamos ambos cansados.

— Ok.

— Ok?

— É um tiro no escuro, mas, honestamente, acho que todas as migalhas de pão importam.

— Isso mesmo. Importam.

✦ ✖ ✦

(quarenta e cinco)

Cedo, na manhã seguinte, vou a Gualala, para o local de trabalho de Karen Russo, um salão de beleza de aparência antiquada chamado Rumor's All About Hair. Ela está encostada na recepção quando entro, uma morena bonita, embora meio taciturna, usando um avental escuro sobre uma calça jeans boca de sino e tamancos altos de cortiça. Acho que está na casa dos 30, o que significa que provavelmente teve Shannan aos 18 ou 19 anos.

Assim que me apresento, os olhos de Karen se tornam hostis. Ela está farta de policiais e repórteres. Tarde demais, penso que talvez devesse ter trazido Tally comigo.

— Estou trabalhando aqui, está bem? — dispara ela.

— Só quinze minutos para um café?

— Não tenho muito a dizer.

— Tudo bem. Vou esperar no café do outro lado da rua. Só tenho algumas perguntas.

Quarenta e cinco minutos depois, ela finalmente aparece. Tomei três xícaras de café, todos aguados, mas minhas mãos estão úmidas de qualquer maneira, o otimismo minguando.

— Tenho cliente às 11h — diz ela. — Um cliente regular. Não posso me atrasar.

— Entendo. Só quero ter uma imagem mais nítida da sua filha, se possível, Sra. Russo. O que pode me dizer sobre os hábitos de Shannan, antes de tudo isso, quero dizer?

— Ela vivia entediada, sempre se metendo em problemas.

— Ela estava no último ano do ensino médio quando desapareceu, certo?

— Ela nunca se importou com a escola, e desisti de tentar forçá-la a ir. Honestamente, desisti de muitas coisas. Sei que isso parece horrível. Mas Shannan não queria uma mãe, não queria que ninguém cuidasse dela.

A dureza de Karen pode ser uma defesa, como sugeriu Tally, mas é formidável.

— Isso deve ter sido difícil, ela afastando você.

Karen aperta os olhos, os cílios grossos com um rímel escuro tão preto que é quase azul.

— Tive muito tempo para me acostumar.

— Conte sobre o último dia em que a viu. — Folheio as anotações. — Era dia 2 de junho. Ela foi para a escola naquele dia?

— Sei tanto quanto você. Ela estava vestida e fora da cama, mas pode ter ido a qualquer lugar. Tinha muitos amigos que não eram amigos, se é que me entende.

— Homens? Está dizendo que sua filha estava se prostituindo?

— Talvez. — Ela puxa uma cigarreira do bolso da jaqueta e segura o isqueiro na ponta de um Marlboro Light, inalando e depois dispersando a fumaça com um gesto experiente. — Não sei como ela ganhava dinheiro. Não ajudei, isso eu garanto. Sabia que ela usaria tudo para bebida, ou para qualquer outra coisa que estivesse cheirando ou usando. Parei de perguntar.

— Esses amigos, ela alguma vez mencionou alguém pelo nome?

— Não que eu me lembre. Mas ao menos um deles tinha dinheiro. Ela trouxe para casa uma câmera nova da Nikon uma vez. E alguém deu um casaco bonito a ela.

Isso chama a minha atenção.

— Pode descrever?

— Era curto e marrom, algum tipo de pele de animal. Talvez não fosse de verdade, mas parecia ser verdadeiro e parecia caro. Ela com certeza não comprou por aqui.

— Ela estava usando isso no último dia?

— Talvez. Não consigo me lembrar.

É evidente que não estou chegando a lugar algum com Karen. Qualquer que seja o truque para fazê-la falar abertamente, não pareço saber reproduzir.

— A vidente que ligou para você, o que achou dela?

— O que eu *deveria* achar? — Karen faz uma cara preocupada ao expirar novamente, a fumaça se espalhando como uma tela de veneno. — Shannan sempre fez exatamente o que queria. Se alguém a matou, ela provavelmente pediu por isso.

A dureza de suas palavras me silencia por um longo momento. Conheci mulheres como Karen, duras e fechadas. Mas também entendo que qualquer pessoa com uma casca como essa a conseguiu por uma razão. Ela teve bons motivos para se proteger e ainda o faz.

— Sra. Russo, realmente quero ajudar a encontrar Shannan, mas vou ser honesta. Meu caso principal é Cameron Curtis. Já ouviu falar dela?

— Óbvio, a filha da estrela de cinema. Assisti aos trabalhos dela por anos. Nunca pensei que teria algo em comum com Heidi Barrows. — Ela balança a cabeça.

— Temos muito pouco para continuar a busca de Cameron, mas ela teve muitos tumultos na infância, violência também. Achamos que isso possa ter algo a ver com o fato de ela ter sido um alvo. — Olho para ela de forma significativa. — É por isso que estou aqui fazendo perguntas sobre Shannan quando era jovem. Pode ser o mesmo cara. Estou procurando por uma conexão.

Ela parece impassível, pelo menos na superfície. Olhando para o relógio, diz:

— Já disse o que sei.

— Ainda temos alguns minutos. Onde está o pai de Shannan? Ele era presente?

— Aquele merda? — Seus lábios se curvam. — Fugiu quando ela ainda estava no jardim de infância. Não recebi um centavo dele desde então.

— É difícil ser mãe solo.

Ela me observa, parecendo se perguntar se estou sendo franca, se tenho segundas intenções.

— É, sim.

— Foram sempre só vocês duas?

— Às vezes, sim; às vezes, não. Tive namorados ao longo dos anos. Provavelmente não é a melhor coisa para se ter perto de uma criança.

— Namorados em geral ou caras em particular?

Ela me lança um olhar farpado.

— Isso quer dizer o quê? Está questionando minhas escolhas sobre homens?

— Não sei da sua vida.

Ela olha para a parede adornada com um padrão rodopiante de fórmica dourada, da década de 1970, quando tudo era ouro ou verde-abacate.

— Bem, posso dizer que provavelmente não tomei decisões muito boas o tempo todo. Mas quem toma, certo?

Infelizmente ela está certa. Não para todos, mas para muitos de nós.

— Você tem uma foto de Shannan?

— Nada recente. — Ela larga o cigarro e remexe na bolsa, pegando um daqueles pequenos porta-fotos que às vezes vêm com uma carteira. A capa de plástico é amarelada e com orelhas, mas cheia – todas as fotos escolares com fundos azuis e turvos, Shannan criança, 5 ou 6 anos de idade, desdentada, liderando o desfile.

Pego o porta-fotos e o folheio, sentindo-me cada vez mais triste. Talvez a garota fosse um problema, mas ela não começou assim. Não nasceu um problema, mas doce, pura, autêntica – como qualquer pessoa.

— Ela é muito bonita — digo. — O que ela queria fazer da vida? Quando era pequena, quero dizer. Algum grande sonho?

— Princesa da Disney conta? — Karen pressiona os lábios, aprofundando os vincos emplumados em seu lábio superior. Então continua: — Ela tinha o cabelo muito brilhoso. Eu costumava fazer uma trança rabo de peixe que caía pelas costas dela. Não é fácil de fazer, demora pelo menos uma hora, mas ela ficava sentada bem quieta e não se movia.

Encontro seus olhos, tentando não piscar ou quebrar o encanto. É o momento de maior vulnerabilidade que ela teve comigo, o mais humano.

— Aposto que ela ficava muito bonita.

— É, ficava. Beleza não era o problema.

(quarenta e seis)

Às vezes, fragmentos do passado flutuavam como papel picado e me pegavam desprevenida, coisas que eu tinha certeza de que tinha me esquecido. Minha mãe dormindo no sofá, deitada em posição fetal como uma criança, uma manta de crochê cobrindo parte do rosto. Um dia que parecia produto da imaginação quando eu tinha 6 ou 7 anos, e as crianças, 2 ou 3, revezando para segurar o coelho de estimação de alguém no colo, sentadas em um pedaço de grama. Quando chegou a minha vez, toquei as orelhas, que estavam quentes, senti o coração frenético e os músculos tensos do coelho, ele queria correr, mas não o fez. Alguns dias depois, três carros da polícia apareceram em nosso apartamento com um mandado de prisão contra meu pai. Eles o levaram algemado, enquanto minha mãe gritava para que parassem. Ela arremessou um cinzeiro, que ricocheteou na parede, e jogou um abajur no chão, fazendo com que a lâmpada se espatifasse. Observei tudo do corredor escuro, todas as portas dos quartos fechadas, as crianças se escondendo em um armário onde as coloquei e disse para ficarem bem quietas. Uma sensação carregada e sufocante no ar ao meu redor e no meu corpo. Depois disso, meu pai se tornou um estranho para nós. Poucos anos depois, minha mãe saiu para pedir cinquenta dólares emprestado e nunca mais voltou.

Mas havia outras lembranças também, mais suaves, como pedaços de teia. Lembranças de Hap, Eden e Mendocino, de como, aos 10 anos, descobri que podia me agachar dentro dos matagais dos promontórios acima da Praia Portuguesa e *ser* a relva. Eu podia ser o sol se pondo, espalhando luz cor de mel silvestre sobre tudo o que tocava. Eu era o Pacífico com seus olhos azuis e frios, o corvo em um cipreste, batendo as asas, falando consigo mesmo sobre o mundo. Desde que me lembro, tive motivos para desaparecer. Eu era especialista em me tornar invisível, mas isso era outra coisa. Eu fazia parte das coisas agora, entrelaçada à paisagem. E não era de jeito nenhum negligenciada, mas cuidada.

✦ ✠ ✦

O centro comunitário fica na esquina da Rua School com a Pine, ao lado dos campos de futebol, agora amarelados, como tudo o mais nessa época do ano. Encontro Gray e sua mãe, Di Anne, lá, logo depois do meio-dia de sábado, para trabalhar no quadro de avisos que deve ajudar a humanizar Cameron àqueles que não a conhecem e homenageá-la àqueles que a conhecem. A petição de Will para usar o espaço de modo permanente acaba de ser aprovada pela Câmara Municipal. Uma placa temporária está pendurada do lado de fora até que um *banner* possa ser feito, com os dizeres "CENTRO DE RESGATE CAMERON CURTIS" em letras vermelhas e maiúsculas.

— Vermelho é a cor favorita da Cameron — explica Gray. Ele e Di Anne fizeram a placa juntos e estão no centro há horas, pelo que vejo. O quadro de avisos já está mais da metade preenchido com fotos, cartões-postais e desenhos. Em um canto, Gray fixou a capa do álbum *The Immaculate Collection,* da Madonna, que tem sido a trilha sonora da amizade deles nos últimos dois anos. Ele encontrou e conversou com todos os professores de Cameron, alguns dos quais guardaram cópias de papéis e poemas. Um dos poemas da quinta série chamava-se *Folhas de Ginkgo:*

> *"Balões vazios. Paraquedas.*
> *Cada folha como algo queimando.*
> *Um sonho voando. Eu paro*
> *sob a árvore amarela e penso*
> *no ontem. Será que o ontem*
> *pensa em mim?"*

✦ ✠ ✦

Li as linhas sentindo a garganta ficar apertada. É mais do que uma boa escrita; mostra uma vulnerabilidade que eu não sonharia em revelar quando tinha a idade dela, principalmente em relação ao passado. Eu não era tão corajosa na época e posso ainda não ser, não dessa forma.

— Ela é especial, não é? — diz Gray atrás de mim.

— Sim, ela é.

Com a ajuda de Gray e Di Anne, trabalho nas coisas que trouxe com a permissão de Emily: o desenho do camaleão a lápis – *Querida mãe, estou com saudades de você!* – a foto da praia de Malibu com a concha rosa e perolada e várias outras, incluindo uma de Cameron e Caitlyn Muncy, cada uma usando um único pé dos patins, os cabelos presos em rabos de cavalo altos e justos que caíam para lados diferentes, como se eles se completassem.

— Nossa, elas são fofas — diz Di Anne enquanto prende a foto. — Não me lembro da Cam nessa idade.

Cam.

— Falei com Caitlyn Muncy como pediu — comenta Gray. — Ela não foi babaca, na verdade. Ela até chorou.

— Cameron deve significar muito para ela também — respondo.

— Ela me deu isso. — Gray segura uma fita VHS. — Tem como passar na TV?

Procuramos na sala dos fundos e encontramos um equipamento AV, projetores de roda, um velho gravador, um player Betamax e, então, *bingo!,* um videocassete.

Ligando-o, nós três nos reunimos para assistir numa TV Magnavox, na pequena cozinha. Perto dali, ao longo do parapeito da janela, sob as persianas tortas, há montes acinzentados de cascas de mariposas mortas. Uma pia seca está cheia de pedaços rachados de louças Fiesta. Em seguida, a TV começa a zumbir, e nada disso importa. A sala desaparece.

Cameron e Caitlyn estão cantando *Aqui No Mar,* de *A Pequena Sereia,* para o Sr. Microfones, dando tudo de si. Os rabos de cavalo estão com força total, o de Cameron quase na bunda. Elas têm a aparência meio formada de pré-adolescentes, ainda não completamente crescidas. Têm espinhas, usam aparelhos. Estão radiantes.

— Isso é perfeito — digo a Gray, sentindo-me emocionada e abalada.

— Não sei se ela gostaria que apresentássemos isso para um monte de gente.

— Por que não?

— Isso foi há muito tempo. E, não sei, ela parece tão inocente na fita.

— A inocência é um presente, Gray — afirmo, ouvindo minha voz transbordar de emoção. — Olhe como ela é linda. Qualquer que seja a dor que sentiu, por mais que tenha sido ferida, não demonstra aqui, ela deixou isso de lado, mesmo que por um minuto. As crianças podem ser tão resilientes. Nunca paro de ficar maravilhada.

— Não tinha pensado nisso dessa forma.

Quando a fita termina, a máquina estala e depois zumbe. Gray rebobina, e, em seguida, Di Anne coloca o braço em volta dele, puxando-o para perto, e assistimos novamente. A luz do sol penetra as persianas e lança um único raio de luz sobre a parede logo acima da Magnavox. E elas cantando: *"Você tem aqui no fundo / Conforto até demais / É tão belo o nosso mundo / O que é que você quer mais?"*

✦ ✖ ✦

(quarenta e sete)

Will e eu combinamos de nos encontrar às 18h15 daquela noite, para revisar seu discurso, mas, a essa altura, as pessoas já tinham começado a chegar. Uma mesa grande cheia de comida estava encostada na parede mais distante. As pessoas trouxeram vários pratos: uma panela elétrica com almôndegas grelhadas, queijo, biscoitos, pilhas de pãezinhos, talheres descartáveis, guardanapos de papel, limonada rosa e uma torre de copos de isopor. Por um momento, fico chocada, mas depois me lembro dos costumes de cidades pequenas, em que qualquer reunião pública significa comida. Além disso, comer sempre aproxima as pessoas, dá a elas algo para fazer com as mãos.

Logo as cadeiras começam a ser ocupadas. Wanda tem distribuído panfletos, fazendo um bom trabalho. A cidade finalmente apareceu. Cada pessoa está aqui porque essa é a hora de isso acontecer, de se mostrar disposto e de se entregar, de dizer sim à verdade e alcançar aquele lugar onde já estamos.

À medida que a hora se aproxima, vejo Steve Gonzales chegar com uma mulher baixa e bonita que deve ser sua esposa. Ele está com a mão no ombro dela, acenando com a cabeça para mim e depois vai se sentar perto de um grupo de jovens que obviamente são do ensino médio. Poucos minutos depois, Clay LaForge chega com Lenore, os dois parecendo um pouco tímidos enquanto escorregam para uma fileira na parte de trás. Lydia Hague chega e dá um aceno sutil. Então noto uma mulher alta e impressionante entrando, com uma linha prateada dramática cruzando o cabelo preto ondulado. Um menino e uma menina estão com ela, um de cada lado. Vejo como Will reage. Essa é a família dele; essa é Beth com seus filhos.

— Vai lá — digo a ele.

— Vou já, já.

Percebo que meu palpite sobre a separação deles pode estar certo e me sinto terrivelmente triste por todos eles. A filha de Will com sua calça jeans desbotada e rasgada no joelho, seu filho com o mesmo cabelo castanho-avermelhado espesso, o mesmo queixo forte e olhos cinzentos e a esposa, que não conheço, mas da qual me sinto próxima de alguma maneira. Em um momento como este, eles precisam estar juntos. Pessoas em crise sempre precisam.

Quando chega a hora de Will falar, apenas dois repórteres estão presentes, e nenhum deles trouxe uma equipe de filmagem. Will adivinhou certo ao pensar que todas as estações de notícias daqui até São Francisco estariam cobrindo a visita de Winona Ryder a Petaluma, em vez da nossa reunião. Um boato correu pelo escritório de Will o dia todo sobre a atriz indo a campo com uma equipe de busca, chamando o nome de Polly com um megafone por horas.

Mas não vou ficar desapontada. O que quer que esteja acontecendo lá para Polly, outra coisa está acontecendo aqui, agora. A cidade *apareceu*. O dobro de pessoas que eu tinha me permitido esperar. Tally está aqui, e, ao lado dela, sentado em uma cadeira de rodas motorizada, está um homem de pele escura que não reconheço. O Bar do Patterson fechou, e todos os funcionários vieram, muitos ainda uniformizados. Os balconistas do Mercado Mendosa que vejo o tempo todo; o cara que abastece meu carro no posto de Rio Pequeno; a mulher que gere o correio há 25 anos; Cherilynn Leavitt, que atende os telefones no escritório do xerife, com seu namorado músico desgrenhado, Stewart, que faz apresentações de *folk* em alguns dos melhores hotéis; Gray e sua mãe; Caitlyn Muncy e seu pai, Bill, que edita o jornal, Beacon; e até Caleb, percebo, e quase quero chorar, porque sei o quanto isso custou a ele, as lembranças que podem ser desenterradas, já muito perto da superfície.

Quando a sala fica em silêncio, Will se move na frente do quadro de avisos de Cameron, onde o microfone está esperando, e mostra o novo pôster de desaparecimento com as palavras "POSSÍVEL VÍTIMA DE VIOLÊNCIA" brilhando em vermelho como um tapa.

— Conheço a maioria de vocês — inicia ele — e sei do que são capazes, do que há em seus corações. Em 21 de setembro, Cameron Curtis desapareceu de casa no meio da noite. Temos motivos para acreditar que ela foi coagida a fazer isso. Duas outras meninas foram dadas como desaparecidas desde então, sem dúvida vocês devem ter ouvido, as duas a cerca de cento e sessenta quilômetros de nós. Não há como saber se o desaparecimento de Cameron tem alguma coisa a ver com o delas, mas vou dizer uma coisa: todas essas garotas precisam de nós agora. Todos nesta sala e em todo o condado, ao longo da costa. Estou pedindo que se inscrevam para ajudar na busca. Vocês trabalham, eu entendo, têm suas vidas, mas talvez possam sair uma tarde por semana com um grupo de busca organizada; talvez possam enviar panfletos da mesa da cozinha, atender a ligações, ir de porta em porta, espalhar a palavra.

— Alguns de vocês conhecem a Cameron, mas muitos, não. A mãe e o pai dela são pessoas reservadas, que não aparecem muito. Mas, mesmo que você esteja vendo a Cameron pela primeira vez nesses pôsteres, quero que dê uma boa olhada. — Ele se vira para o quadro de avisos. — Alguém machucou essa garota. Não sabemos quem é, mas o problema é nosso agora. Ela é uma criança e não merecia passar por isso. Vamos garantir que ela receba a nossa ajuda, certo? Vamos trazer ela para casa.

Nos aplausos que se seguem, Troy Curtis se levanta e vai para a frente da sala. Mal o reconheço. Ele parece dez anos mais velho do que quando o vi pela última vez, pálido e rígido quando pega o microfone. Pela primeira vez, não noto nenhuma arrogância nele.

— Cameron é uma pessoa especial — começa ele, evidentemente tentando manter a voz firme. — Ela já era especial aos 4 anos, quando entrou em nossas vidas. Parece impossível que alguém pudesse querer machucar ela. Qualquer crime como esse contra uma criança, qualquer criança, é um ultraje. Ela é uma garota inocente. Por favor, nos ajudem a encontrá-la. — A voz dele falha com a tensão. — Sei que ela tem que estar viva em algum lugar. Posso sentir isso. — Tomado pela emoção, Troy passa o microfone para Will e volta para a cadeira enquanto as pessoas começam a levantar as mãos e fazer perguntas. Procuro Emily nos rostos próximos, mas ela não está aqui com o marido. Ainda não está pronta.

✦ ✖ ✦

Quando a sala começa a esvaziar, já é tarde. Estou parada na porta da frente, prestes a ir checar Grilo quando Caleb passa por mim na hora de sair. Pego seu braço e sinto o quão rígido seu corpo está. Os ombros parecem ser de pedra, mas isso faz sentido. Ele deve estar contendo tantas lembranças, tanta dor.

— Estou feliz que você veio — digo a ele.

— Quase não vim. Parece que você foi atraída para o caso, *né*?

— Parecia importante demais para não ser. Vamos marcar alguma coisa, ok?

— Seria ótimo — concede.

Quando ele se afasta, Tally aparece.

— Meu marido, Sam — apresenta ela; seu rosto é cálido e receptivo.

O homem ao lado dela na cadeira de rodas é mais jovem do que a mulher, tem 35 ou 40 anos e é indígena, com longos cabelos pretos presos em um rabo de cavalo e olhos escuros calorosos. Quando a visitei em Comptche naquele dia, presumi que fosse solteira, mas agora ficou óbvio que não é.

— Esta é a detetive de quem eu estava falando — explica ela a Sam.

— Obrigado pelo trabalho que você está fazendo — fala ele. — Posso ajudar atendendo telefones ou algo assim, mas também estava pensando em talvez disponibilizar meu estúdio de ioga para quem quiser entrar e apenas ficar quieto um pouco e respirar, para as crianças da escola da Cameron. Qualquer um.

— Isso é muito generoso. Obrigada.

— Eu me envolvi nisso depois do acidente, e mudou a minha vida. Agora trabalho com muitos veteranos, lesões na medula espinhal, pessoas que têm problemas com a conexão entre a mente e o corpo.

— Não sei o que é isso.

Ele me observa, pressionando um olho só, repreendendo-me suavemente.

— Mente, corpo, conexão. Qual parte é confusa?

— Sam. — Tally ri. — Comporte-se.

— Tudo bem. Ele é engraçado.

— É assim que ele consegue o que quer — diz ela. — Ele pode ser muito persuasivo.

— Venha para uma das minhas aulas — atira Sam.

— Viu? — Tally ri de novo, um carrilhão musical.

— É tão óbvio que preciso de ajuda? — pergunto.

— Acho que você gostaria das pessoas com quem trabalho — responde Sam. — Elas passaram por coisas incríveis e são muito resilientes. Simplesmente continuam.

— Continuam o quê?

— A tentar.

✦ ✗ ✦

(quarenta e oito)

Já estou na metade do caminho para o meu carro quando Will me alcança, perguntando se quero segui-lo para casa, a fim de tomar alguma coisa. Nunca estive na casa de Will, então fico confusa quando ele dirige para fora da cidade e segue para o sul ao longo da estrada costeira, sem parar, até chegarmos a Elk, quinze minutos depois. A cidade não é muito mais do que um ponto no mapa. No início da história da exploração madeireira, era próspera, mas, agora, menos de quinhentas pessoas vivem aqui, em um punhado de casas ao redor do Mercado Elk e o Queenie's Diner, onde Hap e Eden costumavam me trazer para tomar café da manhã às vezes nos fins de semana.

Will estaciona de um lado da loja. Escadas esbranquiçadas conduzem a uma porta estreita com um número de apartamento.

— Eu não sabia que você morava lá em cima — digo na rua escura, deixando Grilo sair do carro.

— Não estou aqui há muito tempo — responde ele. — Vou avisando que não faço a limpeza faz tempo.

Eu o sigo escada acima com Grilo logo atrás de mim, observando o espaço entre as omoplatas de Will. O momento parece um pouco íntimo demais, ou talvez apenas íntimo o suficiente, dependendo do ponto de vista. Por enquanto, a ideia continua girando dentro de mim, como um pião sem chegar a uma resposta. Ele abre a porta e acende a luz. É um apartamento-estúdio, simples e vago. Nenhuma sujeira de solteiro à vista. Mas, sim, ele não é solteiro.

— Quando se mudou? — pergunto, olhando ao redor.

Há um sofá, uma mesa de centro, uma pequena mesa de jantar com uma cadeira desocupada e a outra cheia de pastas.

— Há poucos meses. Beth achou que era o melhor para as crianças.

— Sinto muito, Will.

Ele dá de ombros, resignado.

Observando seu rosto, percebo que não tenho sido muito amiga desde que cheguei. Ele obviamente não está bem, mas nunca fiz nenhum esforço para lhe perguntar o que está acontecendo em seu casamento. Mal me sentia capaz de lidar com minhas próprias crises, muito menos as dele. Mas isso não foi justo ou generoso.

— Quer me contar sobre isso?

— Não tenho certeza se tenho energia, francamente... — Sua testa se enruga rápido antes de ele se livrar do pensamento ou sentimento e se virar para a geladeira, pegando uma garrafa de vodca. Depois da noite que tivemos, provavelmente não é a melhor ideia começar a beber álcool puro. Também sei que tenho me apoiado no álcool um pouco demais ultimamente, mas, por algum motivo, não consigo dizer nenhuma dessas coisas em voz alta quando ele vem com nossas bebidas, duas doses fortes com gelo.

— O que aconteceu na sua viagem a Gualala? — pergunta Will.

— Não muito. Karen também foi muito reservada comigo, mas ainda acho que as duas garotas têm mais em comum do que parece. Lembra quando a Karen contou a você e ao Denny como Shannan começou a ter relações no quê, sétimo ano? Esse é um sinal gritante, bem aí. Ninguém nessa idade faz um boquete no banheiro por vontade própria, Will. Desejo não tem nada a ver com isso. Sexo não tem nada a ver com isso. Ela estava lidando com uma alta carga emocional, quer soubesse disso ou não.

— Está pensando que ela foi molestada também?

— Pode ter sido, mas existem muitas outras maneiras pelas quais Shannan pode ter confundido os limites. Se ela viu a mãe ser espancada, por exemplo, se houve muita dissociação ou negligência. Karen pode ter ficado tão distraída com seus próprios problemas que não conseguia criar um vínculo com Shannan ou considerar suas necessidades. E onde está o pai em tudo isso? Deve ter abandonado a família, e isso é mais um golpe contra ela. Outro buraco para preencher.

Ele se inclina para frente, girando o copo até que os cubos de gelo chacoalham.

— Ok, vamos considerar que você esteja certa e que as duas enviavam Bat-sinais, ambas são o mesmo tipo, garotas lindas e meio problemáticas. E então... Que tipo de cara é atraído por isso? Quem estamos procurando, Anna?

— Não sei ainda, mas é tudo em que consigo pensar. — Com um estalar de dedos, chamo Grilo e descanso as mãos na parte quente atrás de sua cabeça. É incrível para mim a rapidez com que me adaptei a tê-la por perto, o quanto ela já significa para mim.

— Já se perguntou por que nós dois estamos aqui agora? — questiona Will.

— Porque você queria uma bebida?

Eu esperava um sorriso, mas ele não está para brincadeiras.

— Quero dizer aqui, em Mendocino. Com tudo isso acontecendo.

— Carma? — tento de novo.

— Muito engraçada. — Ele pigarreia e se aproxima de mim no sofá até que nossos joelhos estejam a apenas alguns centímetros de distância, perto o suficiente para que eu possa sentir o calor de seu corpo no espaço entre nós. — Mas às vezes parece carma. Como é aquele ditado sobre a vida dar à pessoa algo que ela quase não consegue suportar?

Consigo dar uma risada vazia.

— Não somos as duas pessoas mais sortudas do mundo.

— Não mesmo. — Ele dá um longo gole na vodca, engolindo o resto sem esforço. É um movimento que me é muito familiar. Quanto mais rápido você bebe, mais rápido pode tentar apagar tudo que precisa ser apagado.

— Posso te mostrar uma coisa?

Uso o copo em minha mão para me estabilizar.

— Com certeza.

✦✖✦

(quarenta e nove)

O apartamento é um longo espaço abobadado, com a parte de trás sepa-rada por meio de um *drywall*, para formar um banheiro e um quarto. Ao menos acho que é um quarto e me pergunto, preocupada, se perdi algum sinal e se isso é uma manobra romântica. Mas, quando Will abre a porta e acende a luz, vejo apenas baús de armazenamento empilhados no centro de uma sala vazia.

— Onde você está dormindo? — Tenho que perguntar.

— No sofá. Está tudo bem, não durmo muito mesmo.

Penso em Hap. Seu hábito de cochilar na sala de estar, um cobertor até o queixo – descansando, pensando e remoendo os problemas do mundo. Olho em volta para as caixas de arquivo, e estou prestes a perguntar para que serve tudo, mas então me ocorre. A decisão de Beth de se separar, a insônia dele, a maneira como pode virar um copo de vodca como se fosse água; estão todos enraizados em um único problema, uma única obsessão.

— Isso é sobre a Jenny.

— Não é apenas a Jenny. — Ele abre a tampa da primeira caixa e tira uma foto granulada de uma adolescente bonita, nariz de botão, dentes retos em um sorriso de boca aberta, olhos baixos, mas ainda brilhantes e abertos para o que a esperava. Não a reconheço, mas acho que deveria.

— Yvonne Lisa Weber — explica ele, interpretando o meu olhar. — Uma das vítimas do assassino caroneiro de Santa Rosa.

— Espere — digo, lembrando-me de como ele trouxe isso à tona com Rod Fraser em Petaluma, em busca de conexões. — O que é tudo isso?

— Só um projeto meu. Muitas dessas meninas desapareceram no mesmo ano que a Jenny.

— Você acha que elas estão relacionadas, então. — Exalo, surpreendendo-me. Não sabia que estava prendendo a respiração. — Nunca houve qualquer conexão. Lembro disso da época em que éramos crianças.

— É verdade, mas sempre achei que as autoridades deixaram algo passar, que meu pai perdeu o fio da meada ou que ninguém pesquisou o suficiente de verdade.

Posso ver em sua linguagem corporal como ele está comprometido, como nada disso é teórico ou remotamente casual. Mas não consigo imaginar culpá-lo, minhas próprias obsessões guiaram minha carreira desde o início e ainda estão aqui, talvez mais ruidosas e insistentes do que nunca.

— Acha que esses casos arquivados têm algo a ver com a Cameron?

Seu olhar alterna entre a caixa e o meu rosto.

— Não necessariamente. Simplesmente não consigo deixar de pensar que ainda posso descobrir o que aconteceu com a Jenny. Uma pista pode estar aqui. — Ele pega outra foto, da melhor amiga de Yvonne Weber, Maureen Louise Sterling. — Elas desapareceram juntas em fevereiro de 1972, depois de saírem de uma pista de patinação no início da noite. Tinham 13 anos.

Quase não quero segurar as fotos quando Will as oferece lado a lado. O papel em que estão impressas é leve como uma pluma e impossivelmente pesado. As meninas poderiam ter sido irmãs, elas se parecem muito: olhos castanhos, nariz de botão, cabelo escuro e liso repartido ao meio e caindo sobre os ombros delgados. Seus olhos me puxam cada vez mais para dentro.

— Quando começou a trabalhar nisso? — finalmente lhe pergunto.

Ele dá de ombros.

— Desde que Jenny morreu.

Merda.

— O que descobriu?

— Que ser obcecado por uma coisa por vinte anos vai foder a sua cabeça.

— Ah, Will. — Meu coração bate forte. Eu sei disso muito bem. — Sinto muito.

— Arruinou meu casamento.

— Fale sobre isso, fale da Beth.

Ele desvia o olhar, alisando a mão sobre uma capa cristalina cheia de recortes de jornais antigos.

— Por favor.

— Ela é uma santa.

— Ninguém é santo.

— Ela está perto o suficiente para mim, então. A gente se conheceu logo depois da faculdade, perto do Monte Shasta. Eu estava lá com alguns amigos, acampando. Ela e uns amigos estavam no acampamento próximo. E foi isso.

Tenho que sorrir.

— Amor e *marshmallows*?

— E algumas caixas de cerveja. — Ele enfia a mão na caixa novamente e tira mais fotos, fichas e cadernos embrulhados em elásticos secos crepitantes. — Além de Jenny, essas garotas me afetam mais do que tudo. Houve sete vítimas em dezoito meses, incluindo a Jenny, mas essas duas eram as mais novas. As únicas que foram levadas juntas, uma viu a outra morrer primeiro. Consegue imaginar? Eram melhores amigas.

— Vinte anos é muito tempo para um assassinato ficar sem solução, quanto mais sete deles, Will. — Deixo as palavras flutuarem. — Beth realmente não entende por que você precisa continuar trabalhando nisso? Ela conhece a sua história, certo? Quão próximo você era da Jenny? Como ela pode simplesmente desistir de você?

— Ela não fez isso, ela nunca fez isso. Eu que desisti de mim.

Não sei o que dizer.

— Faz um tempo que não abro essas caixas. Um ano, talvez? — Ele coça a cabeça e funga, tentando conter as lágrimas como os homens fazem, fingindo estar resfriado ou com sinusite. É algo que sempre achei cativante e enlouquecedor, mas, no caso de Will, principalmente cativante. Sinto por ele.

— Por que agora?

— Não sei. Talvez sejam Cameron e as outras garotas, todas em um raio de menos de cem quilômetros, talvez seja a internet. Nunca tivemos uma ferramenta como essa antes, nada parecido. Milhões e milhões de pessoas estão por aí, acessíveis com apenas alguns cliques de um botão, e pelo menos uma delas sabe de alguma coisa.

Ele tem razão. Uma nova época está surgindo, uma chance de tentar novamente, neste caso e em tantos outros, milhares e milhares de buscas sem solução, o suficiente para preencher um pântano enorme.

— Não pode ser coincidência — continua. — Nós dois estávamos aqui naquela época e nós dois estamos aqui agora. Isso não parece um sinal ou algo assim? Devemos pegar tudo de novo e resolver.

Estou quase tonta ao ouvi-lo. Uma grande parte de mim daria qualquer coisa para finalmente prender o assassino de Jenny, pelas mesmas razões de Will, além das minhas. Mas ele se refere aos outros também, um empreendimento gigantesco para os padrões de qualquer pessoa.

Will não está esperando minha resposta ou qualquer coisa, o ímpeto dentro dele cresce como uma onda.

— Outro dia, em Petaluma, Barresi mencionou algo quando você foi tomar um café. O FBI está trabalhando na criação de um banco de dados nacional, conectando laboratórios criminais em todo o país. Você sabe como tudo é lento e desarticulado. Assim que o novo banco de dados estiver instalado e funcionando, uma amostra de sêmen de um kit de estupro em Seattle poderá ser comparada com a de um criminoso condenado na Filadélfia ou em Washington, D.C. Pense em todos os casos arquivados que poderiam ganhar nova vida, Anna. Isso me deixa louco.

— Coisas emocionantes, com certeza. Mas como isso nos ajuda agora? Por que me trouxe aqui esta noite?

Algum sentimento complexo passa por suas feições. Ele respira fundo e solta o ar.

— Trouxe você aqui porque esperava que visse que devemos resolver o caso da Jenny. Todos eles.

Sua expressão é tão intensa. Mostrar os arquivos para mim exigiu muito dele.

— Talvez um dia — respondo finalmente, com medo de prometer mais. — Quando tudo isso estiver resolvido.

De alguma forma, ele começou a se aproximar. Posso sentir o cheiro de seu creme de barbear Barbasol sob a vodca que bebemos. Posso cheirar seu nervosismo, sua necessidade.

— Will — começo, mas ele já está se inclinando para me beijar. Um beijo que demorou uma eternidade, além de semanas de crises e caos. Seus lábios são quentes e insistentes. Sua boca tem gosto de esquecimento.

Eu estaria mentindo se dissesse que não quero. Não apenas o sexo, mas também a distração de tudo isso, fechar os olhos e cair em seus braços. Mas, depois que tudo acabasse, eu não voltaria exatamente para onde comecei, apenas adicionando a culpa e o arrependimento também? Já machuquei Brendan o suficiente. Mesmo que ele nunca descobrisse, já quebrei muitas promessas para adicionar infidelidade.

Os lábios de Will pressionam com mais força, sua língua abrindo minha boca.

— Por favor, não. — Tropeço para trás. Seu olhar me entristece.

Ele está ferido, confuso. Décadas de decepção se acumulam em seus olhos como uma tempestade. Ele já perdeu a esposa, além de toda essa pressão da cidade, um trabalho impossível de fazer, para qualquer um. Não é sexo que ele quer, mas uma corda de resgate, uma canoa para mantê-lo flutuando em meio ao nada esquecido por Deus, ou mesmo um único pedaço de madeira flutuante, contanto que nós dois pudéssemos nos agarrar com força a ela, juntos.

O telefone toca na outra sala, e dou um pulo. Uma explosão estridente de som.

— Deixe tocar — pede ele.

— Não. Atenda.

— Anna.

O toque parece durar uma eternidade. Grilo late uma vez, alto e agudo da sala de estar, e, finalmente, Will vai atender o telefone. Quase tremendo, encontro a porta do banheiro, fecho-me lá e me olho no espelho. *Não faça isso.* Meus olhos encontram os dela no vidro, invertidos. Penso em Brendan, penso na mulher que eu era há pouco tempo. Cometi erros terríveis, sim. E talvez meu trabalho tenha exigido muito de mim, e realmente não apoiei ele e a nossa família, mas isso não significa que eu não o ame. Há uma parte de mim que não desistiu de torcer para reconquistar sua confiança e voltar para casa. Mas nunca terei essa chance se eu me voltar para Will agora, não importa o quão reconfortante seus braços possam ser no momento.

Ouço Grilo na porta vindo me procurar, mas fico mais um momento, jogando água fria no rosto e uso a toalha de Will. Até isso parece íntimo demais. A coisa certa a fazer é explicar tudo. Ainda sei onde fica o Norte verdadeiro.

Com Grilo me seguindo, caminho pelo pequeno corredor até a sala de estar, tentando encontrar as palavras que farão Will entender que sempre me importei com ele, e é exatamente por isso que tenho que ir agora; que não posso dar o que não é meu para oferecer, que não podemos ficar destruídos sobre essa canoa, nem mesmo um pelo outro. Não por Jenny, por ninguém, nem por nada. Temos que ceder e nadar como nunca, sozinhos, porque esse é o único caminho para qualquer costa que importa.

Ele desliga, o receptor de plástico pesado em sua mão parecendo estranho e incompleto.

— Encontraram um carro que pode ser da Shannan Russo. O helicóptero do condado de Sonoma avistou algo hoje à tarde. A equipe de Denny vai subir de madrugada, para verificar.

— A gente tem que estar lá.

— Concordo. Vamos sair às 6h. Use um agasalho, ok? Pode ser um longo dia.

— Will... — começo, precisando deixar nítido em que pé estamos, para resolvermos isso, em vez de contornar. Devemos isso um ao outro.

Mas ele me interrompe.

— Durma um pouco. Começaremos cedo.

✦✕✦

(cinquenta)

Em uma seção remota da Floresta Montgomery, uma hora a sudoeste de nós, o carro Firebird de Shannan está escondido em um grupo de árvores depois de uma estrada de terra pouco usada. Parece que a gasolina foi derramada sobre o capô e o interior do veículo, ou algum outro produto químico que intensificou o incêndio o suficiente para incinerar os bancos e derreter a tinta, os pneus, os tapetes e o volante. As janelas haviam explodido, jogando cacos de vidro sobre o anel de vegetação queimada e no espaço mais à frente.

Quando chegamos, Denny Rasmussen e seus homens estão no local, junto com um médico legista e uma equipe forense que já começou a examinar o carro, que está carbonizado, destruído. Estou desapontada ao ver a extensão dos danos. Precisamos de impressões digitais, cabelos ou fibras, qualquer coisa que possa fornecer informações essenciais, mas o carro é pouco mais do que uma casca cheia de bolhas. É difícil imaginar que qualquer prova tenha sobrevivido à incineração.

— Você está bem? — pergunta Will.

Não posso dizer pelo seu tom se ele quer dizer "bem" sobre o visual da cena, ou algo mais pessoal, mas, de qualquer forma, não tenho tempo para responder. Os especialistas na cena do crime foram até o porta-malas, que parece estar mais protegido do que o resto do carro. Juntamo-nos a eles quando conseguem abri-lo. Então o silêncio toma o local. O cheiro nos atinge como uma parede, uma podridão espessa e pesada. O corpo dela está enrolado como um feto, e seus olhos estão abertos, afundados no crânio como geleia; a boca está aberta, um anel de dentes saindo de um buraco que goteja.

Eu me estabilizo, posicionando uma camada de armadura emocional, para que eu possa me concentrar no trabalho a seguir. Mas não é fácil. Os braços dela foram puxados para trás do corpo, e as mãos, amarradas com um fino fio elétrico, provavelmente um cabo de extensão. O porta-malas protegeu o corpo do fogo, mas também está úmido e quente. Seus fluidos formaram poças, como se ela estivesse suspensa em um lago de si mesma, enquanto os vermes se contorcem como espuma, uma maré em movimento.

— Virgem Maria — murmura Denny. Ele é musculoso e louro, com pernas de ciclista e panturrilhas grossas se esticando contra o tecido da calça cáqui. Mas sua resistência física não o ajudará aqui. Seu rosto ficou pálido. O meu também, provavelmente. Não importa quantas vezes eu tenha visto os restos mortais de uma vítima de assassinato, nunca parece menos do que um estupro da psique. A mente humana não foi construída para dar sentido a isso.

E, mesmo assim, é o que precisamos fazer, temos que ver tudo com olhos investigativos. Tenho que admitir que, por mais terrível que seja encontrar um corpo nesse estado, pelo menos ela não está mais desaparecida. Isso é uma vitória. Uma vitória de merda, mas, ainda assim, uma vitória.

O legista, Robert Lisicky, examina a vítima em silêncio por vários minutos antes de usar a mão enluvada para ajeitar os óculos de aro metálico no nariz.

— Pelo cabelo, é caucasiana, está aqui há alguns meses, suponho, com base no estado do corpo. Mas vamos selar isso. Temos que levar o carro para um espaço fechado, para que as provas não se percam. Podem trazer um reboque?

— Com certeza — Denny afirma e se afasta para fazer a ligação. Um de seus assistentes dá um passo para trás como se fosse atrás dele e, em seguida, corre em direção à floresta, onde se contrai e depois vomita.

Olho para Will, perguntando-me como ele está lidando. É um profissional, mas ainda assim isso é novo para ele. E descobri com o tempo que os homens sempre parecem ter mais dificuldade em lidar com sentimentos nessas horas do que as mulheres. Mulheres são mais fortes porque têm que ser.

Eu o observo cambalear um pouco ao meu lado e então se endireitar novamente enquanto Lisicky tira dois potes de comida de bebê do bolso e, cuidadosamente, coleta espécimes das larvas de insetos no corpo. Com sorte, um entomologista poderá nos ajudar a determinar há quanto tempo ela está aqui. O relatório da autópsia também. Por enquanto, o porta-malas é vasculhado em busca de impressões digitais e então lacrado com fita adesiva de cena do crime, e o carro é fotografado de todos os ângulos.

Uma coisa estranha é que o fogo não se espalhou além de um grande anel chamuscado ao redor do carro. Não faz sentido. O verão é a época seca aqui. As chamas deviam ter tomado hectares, senão mais, talvez a metade do maldito parque, mas não tomaram.

Will também percebeu. Ele aponta para a vegetação careca e chamuscada sob os destroços e, acima, para a linha das árvores.

— Se esse cara é um amador, teve sorte.

— Talvez ele soubesse exatamente o que estava fazendo — intervém Denny, entrando na conversa. — Poderia ser um guarda-florestal, não é?

— Shannan não tinha nenhum motivo para estar nesta floresta — acrescento. — Ela não estava acampando, foi sequestrada e depois atraída para cá. Seu assassino está familiarizado com essas estradas. Ele sabia que o carro não seria encontrado imediatamente.

— Vamos começar a fazer uma lista do pessoal do parque no banco de dados, para ver se há alguém que se encaixa no perfil — comenta Denny. — Normalmente o Serviço Florestal faz uma verificação completa dos antecedentes antes de contratar, mas não sei. De alguma forma, ele foi capaz de impedir que o incêndio se espalhasse. Isso não é fácil, a menos que o tempo mude.

— Não me lembro de ter chovido aqui no início de junho — informa Will. — Mas vamos confirmar com o Centro Nacional de Dados Climáticos de imediato.

— Ele a matou aqui ou apenas precisava de um lugar para lidar com o carro e o corpo? — pergunto, embora saiba que não posso obter uma resposta. Não saberemos de nada até que os relatórios da autópsia e da cena do crime cheguem – e talvez nem depois.

— Vamos vasculhar toda essa área — comunica Denny. — Aqui há cabanas de guardas-florestais e de trilheiros. Se ele trouxe Shannan até aqui, no carro dela, como saiu? Precisava ter um veículo esperando. Ou será que ele mora em algum lugar na propriedade da reserva?

— Ele pode ter um cúmplice — sugere Will. — Essa é uma das teorias com a garota Klaas, que havia um motorista também, alguém que ficou no carro enquanto o outro entrou para levar a Polly.

— É possível — admito enquanto, por dentro, uma voz mais alta me diz: *não*. Esse é um cara com força o suficiente para colocar um corpo num porta-malas e habilidade o suficiente para controlar um incêndio grave em uma floresta que conhece bem. Talvez seja um guarda-florestal, como Denny sugeriu. De qualquer forma, se é o mesmo cara que raptou Cameron no final de setembro, ele esperou quatro meses antes de caçar novamente. Preciso me perguntar: será que Cameron também pode estar nesta floresta? Está escondida em algum lugar próximo? Seu tormento angustiante ainda está acontecendo, ou já é tarde demais?

Olho para o carro novamente, uma última vez, oculto. Considero as fotos na carteira de Karen, sua história sobre a trança rabo de peixe. Nada no porta-malas se parece com a garota que um dia quis ser princesa da Disney. Mas esta é Shannan, sei disso. E ela foi torturada antes de ser destruída.

❖ ✖ ❖

(cinquenta e um)

Da última vez que estive na Floresta Montgomery, eu era adolescente. Era final da primavera e estava quente, um dos raros dias de folga de Hap. Ele nos guiou, saindo de Mendocino pela estrada Ukiah-Comptche, uma mão no volante e a outra para fora da janela. Vários quilômetros antes da reserva estadual, na pequena e estreita Estrada Orr Springs, ele conduziu o Suburban para o acostamento e desligou o motor. Em seguida, pegou uma mochila do porta-malas, puxou um pouco de água do cantil e nos guiou direto para a floresta, onde não havia uma trilha por quilômetros.

O caminho era difícil, do jeito que nós dois gostávamos. Corri atrás dele, os galhos apunhalando meu jeans, atacando minhas mãos, teias de aranha se prendendo ao meu cabelo e tocando meu rosto. Mas, depois de um tempo, fui capaz de acompanhar seu passo. Minhas pernas estavam ficando mais fortes a cada ano, e minhas habilidades melhoraram exponencialmente. Se aos 10 eu era a sombra cautelosa de Hap, aos 15, era hábil e capaz.

Os louros-americanos estavam no final da floração, aglomerados em forma de estrelas brancas e rosa que se desfizeram em camadas transparentes, cobrindo o solo como confete gasto. Através de um denso arvoredo, mergulhamos em um pequeno vale, onde a vegetação se transformou em samambaias e vinhas do prado ribeirinho, exalando um cheiro pantanoso. Seguindo para o sul, ao longo da orla verde do prado, caminhamos por oitocentos metros ou mais, até chegarmos a um espesso emaranhado de amieiros e, em seguida, a um amplo bosque de sequoias. No centro, estava uma sequoia gigante e imponente, que fez meu pescoço doer ao olhar para cima, para ver o quão alta era.

— Alguns dirão que essa é a árvore mais alta do mundo — explicou Hap. Ele usava seu uniforme de fim de semana: camisa de flanela azul, jeans e um chapéu Stetson de feltro marrom. O bigode largo e prateado se moveu quando a boca fez a mesma coisa. — Há outra em Humboldt que pode ser mais alta.

— Qual a altura dela? — perguntei.

Ele olhou para cima, ao longo da superfície do tronco, que era levemente peludo onde as fibras se projetavam como tufos de cabelo, vermelhos e marrons, quase humanos. Meio que para si mesmo, disse:

— Saber é tão importante? Se algo chega a esse ponto, depois de tudo o que o universo a fez passar, talvez a gente devesse apenas agradecer.

Como sempre, ele tinha razão. Segui a flecha do tronco para o fragmento distante do céu, uma mandala de azul-claro, verde-profundo e ferrugem.

— Você sabe onde está? — perguntou ele baixinho.

— Na Floresta Montgomery?

— O que você ouve? — Foi quando eu soube que tínhamos começado um de seus testes de sobrevivência, apenas por diversão, mas também era completamente sério.

Eu me esforcei, então fiquei imóvel.

— As árvores parecem estar sussurrando.

— Elas podem dizer como voltar para o carro? Prestou atenção enquanto a gente caminhava?

— Acho que sim.

— Digamos que você esteja perdida e eu não esteja aqui.

— Mas você está.

Ele sorriu.

— Não estou. O que você faz?

— Procuro a trilha de novo — sugeri. — Procuro água.

— Escolha um.

— A trilha.

Ele não disse sim ou não. Crescendo em casas de estranhos, aprendi a ler rostos e a adivinhar sentimentos, projetando-me nos outros, mas isso nunca funcionou com Hap. Ele era muito profundo e quieto, muito introspectivo. Qual era aquela música sobre as pessoas serem rochas e ilhas? Hap não era nem uma coisa nem outra. Ele era sua própria selva.

— Que horas são? — perguntou ele.

Olhei para cima através do dossel, para fixar o ângulo do sol. Tínhamos saído do carro por volta das 15h, imaginei, e caminhamos por uma hora ou um pouco mais.

— São 16h15. Temos muito tempo antes de escurecer.

Um sorriso raro.

— Talvez a gente tenha.

Fechei os olhos e usei os outros sentidos externamente, sem me mover, até que comecei a ouvir coisas que não estavam lá um momento antes – o tremor de uma folha soprada em uma teia de aranha, a água se movendo no subsolo em um fio que empurrava e suspirava. Tinha mais. Além de tudo isso, além do que eu realmente podia ouvir, se eu fosse analisar racionalmente, o som de um motor, de uma máquina. Civilização.

— Acho que sei o caminho.

Ele deixou que eu nos guiasse para fora do bosque, através do amieiro vermelho, seguindo sinais que me mostravam aonde ir de modo sutil, quase invisível. Alguns dos espaços entre as árvores pareciam diferentes de outros, estimulando minha memória, alertando-me para pontos de referência nas barras brancas dos cogumelos, no líquen e no musgo. Havia o cheiro salobro da campina, o ar úmido conforme nos aproximávamos da floresta de samambaias, as flores de louro-da-montanha em um tapete rosa translúcido. Algumas vezes me desviei, mas Hap não disse uma palavra. Ele não iria me ajudar dessa vez, e não por teimosia, mas por amor. Ele queria me mostrar que eu podia fazer isso, que eu era competente e engenhosa, que eu podia confiar em mim mesma tanto quanto ele havia aprendido a confiar.

Quando finalmente chegamos ao carro, observei Hap colocar sua mochila de volta para dentro. Os movimentos constantes de suas mãos e sua concentração silenciosa. Aqui estava a árvore mais alta e reta que eu conheceria na minha vida. Quando ele se virou, falei:

— Obrigada.

(cinquenta e dois)

No dia seguinte, o examinador telefona com o relatório da autópsia. Causa da morte: força homicida, estrangulamento. Um osso hioide fraturado e danos nos tecidos moles do pescoço confirmam isso. As marcas de corda sugerem contato prolongado.

— Quando os Curtis ficarem sabendo, vão enlouquecer — afirma Will depois de me informar. — É óbvio que vão se perguntar se a Cameron é a próxima.

Estamos no escritório de Will, nós dois com os nervos à flor da pele por causa do estresse contínuo e o excesso de cafeína. As últimas 24 horas foram tão exaustivas e perturbadoras que mal consigo me lembrar do beijo em seu apartamento. É como se nunca tivesse acontecido, e isso é um alívio. Já temos muito com o que lidar.

— Estrangulamento quase sempre é sobre poder — respondo. — É preciso muita força para matar alguém dessa maneira. Você pode ver seus olhos e sentir seu hálito, sabendo que pode parar a qualquer momento e poupar a pessoa. Ou não.

— Jesus — murmura ele de maneira pesada. — Nunca pensei que isso pudesse acontecer sob o meu comando. Quase acabou com o meu pai, acho que ele nunca mais foi o mesmo tipo de xerife. Talvez eu não seja forte ou bom o suficiente. Tipo, que *merda*, Anna.

Sei o que está passando pela sua cabeça agora. O porta-malas. O corpo. Também está tomando a minha mente.

— Tente não pensar sobre isso — peço suavemente. — Você consegue. Estamos nisso juntos.

— Sim — confirma Will, nitidamente sem se convencer. — O que acha da teoria do Denny sobre o guarda-florestal?

A profissão de Hap sempre foi sagrada para mim, mas devo admitir que a ideia parece plausível. Um guarda-florestal seria morador e familiarizado com a área, confortável ao ar livre.

— Poderia ser um bombeiro — acrescento —, um militar ou alguém da Guarda Nacional? Todos esses caras aprendem a lidar com fogo e têm porte físico para isso.

— Verdade — concorda ele. — A propósito, você notou que Drew Hague não apareceu na reunião comunitária? E ele parece muito confortável ao ar livre também.

Eu tinha percebido. Se Emily não conseguiu ir, devido a tudo com que ela está lidando, isso é uma coisa, mas Drew não tem desculpa. Pelo menos não uma plausível, a não ser que haja uma história por trás.

— Acho que ele está evitando algo. Como foi o segundo teste do polígrafo?

— O técnico teve que cancelar de última hora. Remarcamos para quarta-feira.

— Isso é daqui a dois dias.

— Não precisa me dizer, Anna. O que posso fazer? Sempre precisei chamar técnicos de outros condados, e o caso de Polly Klaas ainda está consumindo muitos recursos. Qualquer pessoa com talento está trabalhando lá. As ligações ainda estão uma loucura e só vão piorar.

— Teremos que ligar para Rod Fraser imediatamente e contar tudo o que sabemos. Esse cara pode ser o mesmo que levou a Polly, *né*? Simplesmente não sabemos, porra.

Ele observa o centro da mesa bagunçada por um longo momento, obviamente sobrecarregado. Então diz:

— Vamos voltar à ideia do guarda-florestal por um minuto. Se é isso que estamos procurando, como ele teria feito contato com Shannan aqui, na floresta, principalmente se ela estava a caminho de Seattle? Ela não era muito de ficar ao ar livre.

— Será que ele pode ter encontrado com ela de alguma forma, em um bar ou algo assim? Ou ter namorado com ela por um tempo? — Coloco mais dois pacotes de adoçante no meu café, esperando que a adrenalina me ajude a pensar. — Talvez tenha sido um acidente. Digamos que ele e a Shannan ficaram uma noite e foram para um lugar tranquilo, para transar no carro dela. Mas então algo mudou. Ele ficou violento e a estrangulou, e depois lá estava ele com um corpo. Ele iria a algum lugar que conhecia, certo? Queimaria o carro, enterraria os rastros e tentaria esquecer o que aconteceu.

— De junho a setembro, são quatro meses — acrescenta Will. — Então talvez ele tenha se dado bem por um tempo ou pensado que não ia dar em nada. Mas então aparece Cameron Curtis. Por que ela, e não outra pessoa? O que ela e a Shannan têm em comum?

— Elas se parecem um pouco — sugiro. — Ambas têm cabelos longos e escuros, repartidos no meio e olhos castanhos. Ambas são mais do que bonitas, também. São maravilhosas, de parar o trânsito.

— Entendo isso. Mas ele definitivamente não encontrou Cameron por acaso em um bar. A essa altura, algo havia mudado. Ele a procurou.

— Ele tinha que procurar. — Inclino-me para frente na cadeira, sinto o plástico duro pressionando a parte de trás das minhas pernas. — Ela não sai muito, apenas vai para a escola, volta para casa e às vezes vai para a casa do Gray Benson. — Minhas têmporas começaram a latejar. — É uma ideia maluca, mas e se foi Cameron quem o procurou? Lembra daquele poema no armário dela? O que diz: *"Eu quero desdobrar. Não quero ficar dobrado em lugar nenhum, porque onde estou dobrado, ali sou uma mentira"*?

— Caralho, você memorizou.

— Ah, para. Apenas me ouça um minuto. Cameron não é qualquer garota de 15 anos. A vida dela tem sido uma panela de pressão nos últimos meses; o silêncio e as mentiras em casa, entre os pais. E isso só vai piorar, certo? Um bebê está chegando, talvez os pais se divorciem ou, pior, *não* se divorciem, mas apenas sigam em frente. Ela estaria desesperada por uma saída.

— E a questão do posto de saúde? — Will soa como se ainda não tivesse entendido. Para ser justa, as teorias estão surgindo muito rápido. — Como isso se encaixa?

— Não sei. Talvez a consulta fosse sobre independência, ou pelo menos começou assim. Talvez a Cameron estivesse apenas tentando construir uma vida própria. Ter Emily como mãe não deve ter sido fácil. Não faz muito tempo que ela parou de atuar no cinema e na TV. E, mesmo assim, permaneceu reconhecível. Uma vez foi eleita uma das cinquenta pessoas vivas mais bonitas, certo?

— Pensei sobre isso. Quer dizer, achamos que essas revistas são estúpidas, mas Cameron provavelmente não acha. A maioria das garotas nunca se sentiria especial o suficiente com isso para se comparar.

— Se Cameron quisesse se destacar de alguma forma e deixar sua própria marca, como ela tentaria fazer isso? Como é esse tipo de *desdobramento*, e como isso a colocaria no caminho para encontrar o tipo de cara que estamos procurando, um guarda-florestal ou um militar? Com algo a oferecer a ela, uma rota de fuga para fora daquela caixa de vidro?

— Não consigo ver — confessa Will.

— É, nem eu. — Sinto o oxigênio no cômodo diminuir. Estamos andando em círculos. Depois de um tempo, completo: — De alguma forma, devia haver confiança o suficiente entre eles para que a Cameron concordasse em se encontrar com ele tarde da noite. Como isso aconteceu? O que seria necessário para que esse cara específico não a assustasse, mas a atraísse para mais perto? Essa é a pergunta de um milhão de dólares.

Will faz um som de acordo.

— Emily disse que a filha nunca teve um namorado, lembra?

— Exatamente. Shannan pode ter sido alguém com quem ela ficou, mas estou começando a me perguntar se a atração por Cameron pode ter sido outra coisa. Se ela era algum tipo de ideal.

— Como assim?

— Já vi isso surgir muito na criação de perfis — explico, procurando uma linguagem que o ajude a entender minha linha de pensamento. — Caras que são estranhos e não conseguem se aproximar das pessoas, às vezes, e se fixam em um inocente como uma chance de se redimir. Ou essa é a história na qual querem acreditar.

— Espere. Então ele não é um psicopata?

É óbvio que não consegui explicar de forma nítida.

— Talvez seja — tento novamente. — Mas mesmo as mentes mais doentias querem amor e conexão. Talvez a razão de ainda não termos encontrado o corpo da Cameron seja porque ele acha que ela pode fazer tudo de ruim dentro dele parecer certo novamente. Consertar a forma como o mundo o machucou.

— Não sei — comenta Will, incerto. — Essa é uma hipótese bem grande, Anna. Por que está presumindo que esse cara foi machucado?

Fico olhando para ele, sentindo-me frustrada e indisposta. Esse dia foi muito longo e muito difícil. Essa semana, mês e ano.

— Porque é assim que nasce um predador.

❖ ✖ ❖

(cinquenta e três)

Em certo ano, Frank Leary deu a todos no Farol uma cópia de um livro chamado *Homicídios Sexuais: Padrões e Motivos* e nos disse para tratá-lo como a Bíblia. Os escritores eram dois criminalistas do FBI e uma enfermeira especialista em psiquiatria que organizaram e conduziram dezenas de entrevistas com assassinos e torturadores condenados, psicopatas, sociopatas, pedófilos e sádicos sexuais, tentando entender a mente criminosa de uma forma sistematizada, de modo que pudessem transformá-la em uma ferramenta de ensino e compartilhá-la com profissionais.

Era uma coisa ousada, com certeza. Os agentes entraram em prisões de segurança máxima em todo o país, para se sentar à mesa de entrevistas com Charles Manson, David Berkowitz, Edward Kemper e trinta e três outros, na esperança de aprender com eles. Não os fatos de seus casos ou condenações, e não se poderiam ser reabilitados, mas o que estavam pensando nos momentos antes, durante e depois dos assassinatos que cometeram. Como e por que selecionaram certas vítimas, quais foram seus gatilhos, quando suas fantasias violentas começaram e quais foram as partes mais estimulantes do crime – basicamente, como esses assassinos brutais pensavam e o que sentiam em torno de todos os aspectos do que haviam feito.

Ninguém jamais havia tentado examinar a psique criminosa tão profundamente antes, muito menos compilado e catalogado dados, para que policiais como eu pudessem traçar um perfil, identificar suspeitos com mais precisão e resolver casos com mais rapidez. E, embora a profundidade da obsessão em mentes pervertidas e a maneira como os escritores às vezes se demoravam em detalhes horríveis e sensacionalistas fossem perturbadoras para mim, enquanto lia, algo me tocou e estimulou uma questão maior sobre a conexão entre vítimas e criminosos.

Lembro-me de tentar conversar com Frank sobre isso enquanto bebíamos perto do escritório uma noite: o bar escuro parecendo se curvar em torno de nossos assentos e o uísque tremeluzindo.

— Quando você lê um livro como esse, a violência começa a parecer um filme. Os crimes parecem tramas doentias, não a vida real, e todos os detalhes são tão sinistros e específicos, mas é real. E as vítimas apenas aparecem como nomes com fotos em miniatura, apenas alvos, não as conhecemos *de forma alguma*. Nunca sabemos o contexto por completo: como foram atraídas para a história em primeiro lugar, como certos conjuntos de experiências as tornaram vulneráveis, e não apenas de maneira geral, mas para os predadores específicos que as visaram. Esse livro seria fascinante, não seria? Isso é o tipo de coisa que quero saber. — Parei ali, recuperando o fôlego. Sentindo tudo o que disse e quis dizer.

Ele me olhou por um longo tempo.

— Bem, talvez você tenha que escrever sobre isso um dia.

— *Tá*, como se isso fosse acontecer.

— Por que não? Essas são boas perguntas, e ninguém está fazendo. Ainda não, ao menos. É evidente que essa é a sua praia, Anna. Vi como você se envolve nos casos, o quanto se preocupa com as vítimas, como tenta entender o lado delas na história. É o seu jeito de ser, acho. Então por que não alimentar isso e ver o que acontece?

O que Frank não sabia naquele dia – porque nunca fui honesta com ele – é que eu não estava apenas envolvida nos casos, eu os vivia e os respirava. Se meu nível de dedicação me tornava uma boa detetive com um alto índice de resolução, também estava arruinando minha vida pessoal. Aquelas perguntas que Corolla havia feito sobre dormir e beber demais, eu não tinha contado a verdade a ela. Eu tinha pesadelos constantemente e muitas vezes acordava no meio da noite com a sensação de que todo o meu corpo estava zumbindo, em estado de alerta máximo. No minuto em que entrava em casa depois do trabalho, tinha que tomar uma ou três doses de alguma bebida forte apenas para diminuir a intensidade do dia. Mas, mesmo quando a intensidade sumia, não conseguia focar no meu corpo. Estava sempre pensando em um caso, tentando desvendar uma entrevista ou descobrir uma pista complexa, coletando testemunhas em minha mente, mesmo no chuveiro. Quando Brendan reclamava ou ficava bravo, eu entrava na defensiva. A verdade era que eu não tinha controle sobre a minha obsessão, nem energia para brigar com ele. Nunca teria dito isso em voz alta, mas Brendan não era minha prioridade.

Então as coisas pioraram. Eu tinha acabado de sair de dez semanas de licença-maternidade, quando Frank deu a mim e ao meu parceiro um caso particularmente difícil – o de um bebê. O pai tinha denunciado, pensando que os traficantes haviam sequestrado o menino. Eles viviam em um bairro violento, então não estava fora de questão. Enquanto isso, o menino tinha apenas 6 meses de idade e convulsões, relatou a família, relacionadas a um parto difícil. Ainda estava sob medicação e poderia morrer sem ela. O tempo estava passando enquanto procurávamos por ele, e o estresse estava me afetando: eu sonhava com crianças gritando do outro lado de uma parede de tijolos, famílias inteiras debaixo d'água e nenhuma maneira de alcançá-las. Durante o dia, eu estava nervosa e distraída, e Frank percebeu.

— Acho que você precisa de mais tempo de folga, Anna. Eu te trouxe de volta muito cedo.

— Não, não. Dou conta — logo tentei tranquilizá-lo. — São apenas os hormônios ou algo assim.

— Pelo menos, volte para aquela terapeuta— sugeriu ele.

— Não é necessário.

— Pedir ajuda não a torna fraca, Anna.

— Sei disso.

— Às vezes eu me pergunto se sabe — respondeu ele, sem se convencer.

— Como está o bebê?

— O bebê está bem. — Obriguei-me a parecer alegre. — Estamos todos bem.

— Vamos manter assim.

Dias depois, meu parceiro e eu encontramos o corpo de Jamie Rivera no porão da casa de sua família. Nós o descobrimos quase por acidente, debaixo de vinte quilos de carne de veado processada. O freezer era um daqueles baús velhos da Whirlpool que se abrem como um caixão. O compressor estava assoviando enquanto vasculhávamos o espaço, exalando um cheiro químico. Já o havíamos aberto, mas meu instinto me disse para voltar e verificar novamente. Ele estava lá embaixo, sob estranhos tijolos vermelhos que antes haviam sido criaturas vivas. Nós os jogamos no chão e então – vimos o menino. Uma camada de gelo endurecendo seus cílios. Suas mãozinhas azuis.

x✦ 𝕏 ✦x

4

O BOSQUE INCLINADO

(cinquenta e quatro)

Assim que os restos mortais de Shannan Russo foram identificados, caminhões da mídia montaram acampamento em Gualala, em frente ao salão Rumor's All About Hair, e na Rua Lansing, em Mendocino, onde nosso caso está finalmente ganhando força. Não assisto aos clipes em *loop* de Karen Russo porque não suporto ver seu rosto. Em vez disso, concentro-me no novo ímpeto e na direção que a descoberta de Shannan criou. Encontrar seu corpo nos ajudou a começar a compilar e refinar o perfil de seu assassino, o que também pode ajudar em nossa busca por Cameron. A tortura e o estrangulamento infligidos a Shannan e a incineração controlada do carro não parecem se encaixar imediatamente com os detalhes do sequestro de Polly, mas Rod Fraser está sendo informado sobre todas as descobertas significativas e sobre o perfil que ainda estamos construindo, pouco a pouco.

No momento, estamos procurando um funcionário dos parques federais ou estaduais, um bombeiro ou um militar, provavelmente solteiro e com idade entre 27 e 45 anos, dadas as médias estatísticas e a força física que ele já havia demonstrado.

A mídia gosta de sensacionalizar psicopatas e gênios cruéis como Charles Manson e David Berkowitz, mas, na vida real, as pessoas que cometem assassinatos em série tipicamente têm inteligência média e quase nunca mostram um grau óbvio de distúrbio mental, pelo menos não aparentemente. Nesse caso, há ainda mais razões para acreditar que nosso suspeito parece um cidadão comum. Ele provavelmente encontrou Shannan pela primeira vez em um lugar público e não a assustou ou deu motivos para que ela ficasse alarmada, não o suficiente para fazer qualquer tipo de cena. O mesmo provavelmente aconteceu com Cameron, se meus instintos estiverem certos. Por causa da idade dela, ele precisaria se mover lentamente para se aproximar e deve ter oferecido algo também, alguma oportunidade ou uma possibilidade que ela não via em casa. Agora só temos que descobrir o que é e vasculhar dezenas de milhares de registros, esperando que alguém apareça.

A descoberta dos restos mortais de Shannan em nosso condado nos deu uma maior tração na busca por Cameron, no geral. Não tínhamos provas ou pistas concretas; agora que parece cada vez mais provável que os dois casos estejam ligados, finalmente temos mais mão de obra e equipamento, sem falar de voluntários. Cada quilômetro da reserva está sendo vasculhado, além dos estuários e da costa, com ênfase particular em qualquer cabana, galpão ou estrutura na Floresta Montgomery ou nas redondezas. A maioria dos assassinos em série tem um raio de conforto e um ponto de ancoragem nítido onde caçam, uma faixa estreita de território com a qual estão intimamente familiarizados. Com todas as coisas sendo iguais, Cameron provavelmente não está a mais de cinquenta quilômetros mais ou menos, de sua própria casa e de onde encontramos o corpo de Shannan. Essa é nossa janela mais plausível.

O Centro de Resgate Cameron Curtis começou a funcionar 24 horas por dia. Proprietários de empresas locais estão doando quantias para envios pelo correio, telefones e aparelhos de fax. Todos fazem o que podem para ajudar, verificam as correspondências, enchem os envelopes, colam panfletos por toda a área e atendem ao telefone. As ligações começam a chegar aos montes, alguns apenas para dizer que Cameron está em suas orações, outros oferecendo dez ou vinte dólares, crianças querendo doar dinheiro e mesadas de aniversários. A maioria das ligações é de mulheres que relutam em dar seus nomes:

— Sei quem ele é — diz uma delas. — Namorei com ele na faculdade.

Patterson oferece peixe frito para todos os voluntários. Uma equipe de orientadores é enviada para o Ensino Médio de Mendocino e para as escolas de ensino fundamental, a fim de oferecer apoio e conforto. Algumas das crianças mais velhas da comunidade começam a fazer turnos à tarde, indo de porta em porta, uma ação organizada por Gray Benson. Clay LaForge e Lenore passam horas por dia endereçando envelopes a hotéis, restaurantes, postos de gasolina, lavanderias, qualquer lugar em que alguém possa ter visto Cameron desde que ela desapareceu. Em cada correspondência, Lenore teve a ideia de anexar um bilhete escrito à mão pedindo que o destinatário coloque o pôster de Cameron em um local de destaque e não permita que seja retirado ou coberto. É um pequeno toque pessoal e direto.

Wanda se oferece para ficar no Centro até tarde da noite.

— Durmo bem tarde, de qualquer forma — explica ela quando a encontro lá, sozinha, em uma longa mesa de conferência dobrável, preenchendo o conteúdo de envelopes. Ela se anima ao ver Grilo, as duas se jogando uma sobre a outra, como velhas amigas. Então a porta se abre, e Hector entra, piscando contra a luz fluorescente amarela. Ele usa uma jaqueta jeans que parece se projetar nos ombros e as mesmas botas maneiras que notei em Ukiah, mas a expressão em seu rosto é hesitante, incerta.

— Li sobre a garota assassinada — começa ele. — Isso não pode acontecer com a Cameron. Diga o que eu posso fazer.

Amoleço só de olhá-lo. Grilo trota, para se familiarizar com o cheiro dele, e Wanda diz olá, parecendo saber que há uma história aqui, da qual pode se inteirar em outro momento.

— Você pode ajudar com as correspondências ou em campo — respondo. — Temos quatro ou cinco grupos diferentes saindo todos os dias. Venha amanhã de manhã. Estaremos aqui.

Ele acena com a cabeça e observa a sala, indo para o quadro de avisos, nosso santuário para Cameron. Observo seus olhos se moverem sobre as imagens, os poemas e os desenhos, cada um uma nova parte dela que ele nunca teve a chance de conhecer.

Comovida, aproximo-me e fico ao seu lado. Ele está olhando para uma foto que não reconheço. Gray deve ter trazido recentemente, talvez hoje. Nela, Cameron está quase irreconhecível. Seu cabelo foi preso em um rabo de cavalo baixo e elegante, puxado sobre o ombro esquerdo. A maquiagem dos olhos parece ter sido feita profissionalmente, com delineado puxado, que a faz parecer não exatamente mais velha, mas mais sábia, mais confiante e experiente; também haja uma qualidade imitativa em sua pose e sua expressão – não sei nem como explicar para mim mesma –, como se Cameron estivesse atuando para a câmera, de alguma forma, fingindo ser outra pessoa, alguém não apenas bonita, mas famosa. Sua blusa preta tem mangas drapeadas e mostra a barriga; seu jeans *skinny* preto parece pintado no corpo acima de botas pretas de salto baixo. Estive dentro do armário dela e não vi nada parecido com isso. Essas roupas são mesmo dela?

Hector ainda está olhando.

— Onde a foto foi tirada?

Eu me aproximo. O fundo é arborizado e exuberante. Cameron se apoia em um tronco de árvore profundamente texturizado, curvado como um corpo, sua cor quase lilás por causa das sombras. Percebo que a luz é sinistra e familiar, e as formas das árvores também. De repente, sinto o início do pavor, como uma premonição que se tornou realidade. Esse é o Bosque Krummholz.

(cinquenta e cinco)

Antes das 7h da manhã seguinte, estou voltando para a Rua Cahto, minha mente uma colmeia de perguntas. O Bosque Krummholz é apenas um lugar aleatório que Cameron e Gray decidiram visitar um dia, ou está conectado ao território do nosso assassino? Perdi um sinal dele quando entrei no bosque? Ele havia estado por perto naquele momento, ou quando as fotos foram tiradas? Ele levou Cameron lá em alguma outra hora? E, quer tenha levado quer não, por que ela está tão irreconhecível na foto?

Di Anne atende a porta de roupão e chinelos, parecendo amarrotada, mas, de alguma forma, terna, sem nenhum traço de maquiagem. Oferecendo café, ela me leva para a cozinha, onde Gray está empacotando o almoço para a escola: queijo e maçãs em um saco de papel marrom, um refrigerante, um *cupcake* da Hostess, tudo tão comum e descomplicado que quase odeio ter que fazer as perguntas.

Mostro a foto de Cameron.

— Você que tirou essa foto, Gray?

— Sim. — Ele parece confuso com a minha intensidade. — Nós fizemos as fotos quando estávamos entediados um dia, durante o verão. Só brincando.

Sério? Para mim não parece que Cameron estava só de bobeira. Ela tinha algum tipo de propósito, embora eu ainda não consiga identificá-lo.

— Acho que são boas. Ela nem parece a Cameron.

Gray se ilumina.

— Fiz a maquiagem dela. Ganhei uma câmera nova de aniversário. Ela tirou fotos minhas também.

— Por que escolheram esse lugar? Já estiveram lá antes?

Ele nega com a cabeça.

— Foi ideia dela. Achei assustador no início, mas a luz era superlegal.

— A sessão de fotos também foi ideia dela?

— Acho que sim. Não me lembro de como surgiu.

— Não reconheço essa roupa na Cameron, e você?

— Ela que levou. Tinha acabado de comprar em um brechó.

— Gray. — Coloco o café na mesa, precisando da atenção total dele. — Essas roupas não parecem ser de brechó. E, mesmo que fossem, se ela as usou, é provável que tivesse um objetivo nítido em mente.

— Não entendo. Por quê?

— Essa é uma ótima pergunta. Ela já tinha falado sobre o bosque antes? Você se lembra do que ela disse quando sugeriu isso?

— Não. — Sua testa se enruga. Posso dizer que minhas perguntas estão assustando-o. Ele evidentemente não registrou o possível significado desse dia no desaparecimento de Cameron e agora está preocupado por ter perdido algo importante, uma chance de me ajudar, uma chance de encontrar sua amiga.

— Está tudo bem — garanto, tentando acalmá-lo. — Diga uma coisa, a Cameron alguma vez falou sobre querer ser modelo?

— Não era alta o suficiente, ela sabia disso.

— Não me refiro ao lado prático dela, Gray. — Enquanto procuro as palavras certas, Di Anne se senta, fechando o robe com as mãos.

— Querido, acho que Anna está perguntando se Cameron já sonhou com esse tipo de vida para ela. Você sabe, do jeito que jovens da sua idade fazem, querer viajar pelo mundo, ser famosa, conhecer pessoas interessantes? Fazer algo maravilhoso.

Gray pisca, os cílios pontilhados de rímel, a maquiagem sutil, quase invisível, mas está ali.

— Às vezes a gente conversava sobre isso, óbvio. A mãe dela sempre foi tão negativa sobre Hollywood, ser bonita, uma celebridade, mas às vezes Cameron e eu conversávamos sobre como seria legal sermos descobertos como a Emily. Ter dinheiro suficiente para ir a qualquer lugar que a gente quisesse, juntos. Todo mundo não quer isso?

— Nunca conheci ninguém da sua idade que não tivesse algum tipo de fantasia, que gostasse de imaginar — digo a ele. — Não importa o quão impossível pareça, quão distante. Quanto mais difícil o mundo real, mais importante se torna o sonho. Sabe o que quero dizer?

— As coisas com as quais ela estava lidando? Os pais dela mentindo para ela o tempo todo e os fragmentos de lembranças voltando.

Assinto, encorajando-o.

— Isso faria sentido, não é?

Ouve-se um rangido quando Di Anne se mexe na cadeira. Posso ver pela sua expressão que Gray não contou nada sobre a situação de Cameron em casa ou de seu abuso, mas ela não recua ou se afasta. Talvez tenha pressentido a escuridão que Cameron carrega.

— Os sonhos podem nos dizer muitas coisas — prossigo —, eles são uma espécie de mapa da vida interior. Às vezes, pensar em quem poderíamos ser um dia é a única maneira de superarmos a realidade de quem realmente somos.

O olhar de Di Anne é suave.

— Como não se encaixar em uma cidade pequena onde ninguém se parece ou pensa como você, querido.

Não posso deixar de admirá-la, ela é mãe solo. Gray nunca mencionou o pai, mas Di Anne parece estar dando conta sozinha, pelo menos em um aspecto. Ela está tentando entender o filho, aceitando-o enquanto ele encontra seu caminho, amando-o.

— Acho que sim — responde Gray calmamente.

— Sonhar é corajoso — afirmo. — E às vezes é tudo o que temos.

✦ ✖ ✦

Pouco depois, estou na Reserva Jug Handle, na esperança de encontrar até mesmo um fragmento das respostas de que preciso no Bosque Krummholz. Caminhando através da fenda nas árvores, com o nariz no chão, Grilo se apressa à minha frente como se conhecesse o caminho há muito tempo, já começando a trabalhar. O sol da manhã atravessa o dossel das árvores como lanças. A luz mostra dezenas de teias de aranha, transformando-as em diamantes. Algumas são do tamanho de folhas de bordo, outras, minúsculas e peroladas de orvalho, como redes ou balanços de fadas. É o tipo de lugar que pode fazer você acreditar em quase tudo: que civilizações inteiras podem viver sob gorros de cogumelos; que as leis usuais nunca chegaram ou importaram totalmente aqui.

Enquanto Grilo explora, cutucando galhos baixos e tortuosos, faço minha própria análise lenta da área. Muito tempo se passou para que encontremos pistas físicas, mas estou procurando por algo mais profundo e sutil – algo que posso não ver, mas posso sentir. Meus olhos vão de galho em galho. Foi aqui que Cameron esteve naquele dia? Ou aqui? E, quando ergueu os olhos para o melhor amigo por trás das lentes, o que ela queria? Quem apareceu para despertar sua esperança? E como ele a alcançou, em primeiro lugar?

É difícil imaginar o ímpeto vindo do nada, alguém parando Cameron na rua, talvez depois da escola, e perguntando se ela alguma vez quis ser modelo. Mesmo que seus limites fossem turvos e seu desespero fosse alto, ela não teria contado a Gray o que estava pensando em fazer? E, de qualquer maneira, mesmo que esse fosse o método que seu predador tenha usado para atraí-la e, em seguida, fazer grandes promessas, o tipo de cara que temos procurado ultimamente – um guarda-florestal ou um funcionário de parques com acesso e conhecimento sobre a reserva – pode também ter encorajado Cameron a pensar que ela tinha esse tipo de chance de ser bem-sucedida, ou mesmo famosa? Como esses dois elementos se conectam, se é que se conectam? Estamos errados sobre o ângulo do guarda-florestal, e estou em alguma tangente ridícula agora? Seguindo uma pista falsa para um lugar que não significa nada?

Fale comigo, Cameron, penso. *Por favor*. Mas apenas Grilo se mexe, seu pelo banhado pela luz do sol enquanto finas partículas de pólen flutuam ao nosso redor, sempre em movimento.

✦ ✖ ✦

(cinquenta e seis)

Quando Eden morreu, em setembro de 1975, foi enterrada no cemitério Evergreen, no terreno da família Strater, ao lado da mãe e do pai de Hap, da avó e do avô, das tias e dos tios; as datas nas pedras remontavam à década de 1850.

Hap não fez um discurso para ela, nem falou mais do que algumas palavras no velório. Ele não queria que as pessoas se reunissem na casa, oferecendo palavras de conforto, e não queria usar seu terno mais tempo do que o necessário. Ele só queria estar na floresta.

Depois fomos para o Parque Estadual Van Damme, só nós dois, para a floresta de samambaias, caminhando sem falar muito. O que havia para ser dito? Caminhamos por uma hora ou mais, sem descansar, até chegarmos a uma área sombreada ao longo do rio. Lá, sentamos em uma grande rocha plana, lado a lado, apenas olhando para a água.

— Já contei a história do menino que encontrei uma vez, que atirou acidentalmente no próprio irmão? — perguntou Hap depois de um tempo.

Neguei com a cabeça. Ele não tinha contado, mas eu teria dito não de qualquer maneira. Teria feito qualquer coisa para mantê-lo falando, qualquer história serviria, qualquer lição. Eu precisava de todas elas.

Os meninos tinham 16 anos, ele me disse, Jake e Sam Douglas, gêmeos. A princípio, ele só soube que haviam sido dados como desaparecidos após um dia de caminhada. A mãe deles os deixou aqui, no Parque Estadual Van

Damme, e entrou em pânico quando não voltaram ao estacionamento três horas depois.

A equipe de Hap saiu antes de escurecer, naquele mesmo dia, mas voltou sem nada. Na manhã seguinte, ele reuniu mais homens e voltou para a floresta. O parque tem uma área de sete quilômetros quadrados, com dezesseis quilômetros de trilha preservada ao longo do Rio Pequeno. A mãe dos meninos tinha insistido que eles não teriam motivo para vagar, mas eles não estavam em nenhuma parte da trilha; nem na floresta pigmeu, onde o solo estava esponjoso com a chuva recente, nem nos bosques de ciprestes raquíticos, rododentros e pinheiros-anões.

Só no final da tarde do segundo dia que um dos guardas-florestais de Hap avistou uma camisa azul brilhante dentro da cavidade camuflada de um tronco de sequoia, uma pequena caverna onde o sistema radicular se abre como uma porta secreta. Lá dentro, agachado naquele espaço estreito, Sam Douglas foi encontrado mudo, apático e completamente desorientado. Embaixo dele, seu irmão Jake estava sangrando de um ferimento à bala na coxa que quase havia arrancado sua perna. Os dois meninos aparentemente estiveram praticando tiro ao alvo com a pistola ilegal do avô. A arma disparou na mão de Sam. Envergonhado, ele tinha arrastado o corpo para a caverna da árvore, escondendo-se lá dia e noite, incapaz de enfrentar o que tinha feito.

— Ele morreu? — perguntei a Hap, com certeza de que a resposta era sim. Alguém sempre morria em suas histórias.

— Na verdade, foi uma coisa estranhíssima. Jake tinha perdido a consciência e provavelmente teria sangrado até a morte se Sam tivesse ido pedir ajuda. O peso de seu corpo fez um torniquete.

— Espere — interrompi. — Ele não sabia que o irmão ainda estava vivo?

— Essa é a parte mais interessante, a meu ver. Ele pensou que tinha cometido um ato imperdoável, mas isso era apenas um pensamento. Um pensamento terrível, mas acreditar nisso salvou a vida de seu irmão. — Ele olhou para mim para ter certeza de que eu estava prestando atenção. Essa era a parte importante. — Sabe, nem sempre entendemos o que estamos vivendo, ou por que passamos por certa coisa. Podemos tentar entender e nos preparar também, mas nunca sabemos como vai acabar.

Eu me esforcei para entender o que ele queria dizer. Ele ainda estava falando sobre os meninos ou estava tentando me dizer algo mais, sobre nós e agora, sobre Eden e como poderíamos continuar sem ela? Eu queria tempo suficiente para lhe perguntar e ouvir a resposta. Queria anos, décadas – uma eternidade. Mas ele descansou o bastante e estava pronto para caminhar novamente. A aula havia acabado.

Ficamos mais um ano juntos, só nós dois, sozinhos, então fui para a faculdade, na Universidade Simon Fraser. O próprio Hap me levou de carro para lá, com a parte de trás de seu Suburban abarrotado de caixas e roupas de cama. Devia ter estado animada para começar essa nova aventura, mas já estava com saudades de casa. E nem tinha saído do carro.

— A gente se vê no Dia de Ação de Graças — falei mais tarde, quando desempacotamos tudo e era a hora de ele ir embora. Eu estava tentando sem sucesso manter a voz calma, ser forte quando sentia o contrário.

— Cuide-se, querida — disse ele, fechando a porta do carro. Sua mão permaneceu por um momento na junta da janela aberta. — E se comporte.

Dois meses depois, nas primeiras horas de 12 de novembro de 1976, um dos guardas-florestais juniores de Hap encontrou a mochila dele onze quilômetros depois do início da trilha, no Parque Estadual Russian Gulch, mas nenhum sinal do próprio Hap. Ninguém o havia visto desde a tarde anterior, quando saiu sozinho para uma caminhada recreativa. Uma extensa pesquisa não resultou em nada, mesmo com unidades caninas. Ele havia desaparecido.

Quando Ellis Flood ligou, achou-me no meu dormitório, com a ajuda da monitora. Sentei-me em uma cadeira dura no quarto dela, olhando para uma parede de blocos de concreto pintada e um pôster laminado sobre adolescentes e estresse. Enquanto Ellis Flood falava, mal conseguia absorver, absorta na incompreensão e na descrença. O que teria feito com que Hap saísse da trilha sem suas provisões ou mesmo água? Ele era um profissional consumado na área, familiarizado com os desafios e os perigos de qualquer área selvagem. Não fazia sentido para mim que algo terrível pudesse ter acontecido com ele. Não com suas habilidade e experiência.

— Obviamente, vamos continuar procurando — assegurou Ellis —, mas, Anna, é possível que o luto o tenha feito perder o foco. Você e eu sabemos que ele não estava sendo o mesmo desde que a Eden morreu.

Ele estava certo, mas eu não queria admitir. Em vez disso, comecei a chorar enquanto o xerife continuava gentilmente, tentando explicar seu pensamento. Hap pode ter cometido algum erro crítico e se perdido ou contraído hipotermia; pode ter calculado mal o caminho e caído em uma ravina; pode ter se desorientado ou afogado, ou ter sido atacado por um urso. Essas coisas aconteciam o tempo todo, mesmo com aqueles que sabiam o que estavam fazendo. Quanto ao corpo, ainda devia estar em algum lugar na floresta, muito bem camuflado para que os caçadores e os cães o encontrassem, ou poderia ter sido arrastado por um urso ou uma onça-parda. Ellis não estava perdendo as esperanças, apenas queria que eu ao menos começasse a considerar que talvez não o encontrássemos.

As próximas semanas foram um inferno enquanto eu esperava por qualquer tipo de notícia. Não conseguia me concentrar nas aulas ou no dever de casa, mal conseguia comer, na verdade. Com frequência, checava com o xerife Flood. Finalmente, perto do feriado de Natal, quando mais nenhum sinal apareceu em mais de um mês, ele disse:

— Vamos continuar procurando, Anna. Mas uma parte de mim está começando a se perguntar se Hap pretendia deixar a trilha naquele dia. Ele pode ter tentado tirar a própria vida.

Eu estava em um telefone público no corredor do meu dormitório. Enquanto Ellis continuava, encostei o corpo em um canto e tremi, sem me importar com quem me visse ou ouvisse. Se Hap *quisesse* morrer, era assim que faria isso, é certo – sozinho, na floresta, em seus próprios termos. Sem drama ou alarde. Sem adeus. Por mais que eu quisesse acreditar que ele nunca me abandonaria, por mais infeliz que estivesse, eu tinha 18 anos agora e não era mais sua pupila, pelo menos no que dizia respeito ao Estado. Ele havia cumprido sua promessa em relação a mim.

No canto, enquanto as lágrimas escorriam, as palavras de Ellis continuaram a ecoar pelo telefone, roubando o ar dos meus pulmões.

— Vai ter um funeral? — consegui perguntar, sentindo-me estranhamente vazia.

— Em casos como esse, são muitos anos até que alguém seja declarado morto pelo Estado. Mas estão falando de um serviço fúnebre. Vou te manter informada, para que possa voltar para casa.

Casa. De alguma forma, a palavra mudou completamente em um único momento. Sem Hap e Eden, Mendocino era apenas um lugar – qualquer lugar – ou assim parecia enquanto eu caía no luto.

— Certo — respondi. Agradeci e desliguei. Nunca mais voltei.

(cinquenta e sete)

Ao deixar o bosque, sigo direto para a Praia Navarro, ao sul da cidade, para encontrar uma equipe de buscadores. O estacionamento da pequena praia fica no final de uma estrada coberta de mato que passa por uma antiga pousada, que está ali desde o *boom* da madeira no século XIX. Naquela época, a costa estava repleta de covis, como eram chamados os minúsculos pontos de embarque, onde os operários enviavam pranchas por meio de calhas frágeis para as escunas de transporte que aguardavam. Mais tarde, surgiram baleeiros, traficantes de bebidas e trabalhadoras do sexo. Por setenta e cinco anos ou mais – uma geração inteira –, essa área tinha crescido e florescido, sustentando bares e pequenas lojas de subsistência e casas que mais pareciam acampamentos. Agora resta apenas essa pousada mal-assombrada, uma ampla extensão de praia cheia de troncos e vinte ou trinta buscadores se preparando no estacionamento.

Saio e, enquanto coloco a guia em Grilo, noto um grupo de mulheres por perto, vestindo jaquetas sobre as roupas de ginástica. Uma delas é Emily, e sinto orgulho dela. Também fico surpresa. Esse é um grande passo. Segundos depois, vejo Hector batendo os sapatos no chão enquanto espera, como se os pés já estivessem frios. Provavelmente, está ansioso com a ideia de que poderia encontrar a irmã tarde demais, ou nem chegar a encontrá-la.

É estranho vê-los separados por menos de seis metros. Nos quinze anos de vida de Cameron, eles a compartilharam de uma forma invisível e desconectada, conhecendo versões totalmente diferentes da mesma garota, versões que nunca se tocaram. Mas que, agora, quase se tocam.

O organizador é Bill Muncy, pai de Caitlyn. Enquanto ele divide o grupo em times menores, rapidamente digo olá para Hector e, em seguida, vou para o lado de Emily, para ficar em seu grupo. Não a vejo desde antes de o corpo de Shannan ser encontrado e quero saber como está.

Ela parece aliviada por ter o que fazer com seu medo essa manhã. Sinto o mesmo assim que os grupos saem do estacionamento. O nosso foi designado para a seção mais ao norte da praia, onde a maior parte dos troncos está localizada. A maré os traz e, em pilhas desbotadas pelo sol, deixa-os aqui, onde, por décadas, adolescentes, artistas e espíritos livres vasculharam as peças, para fazer abrigos que pareciam náufragos e esculturas elaboradas e estranhas, todas remendadas naturalmente, ancoradas na areia.

Sempre achei as estruturas lindas, mas hoje o vento está frio, e o sol, escondido, e não estamos aqui como turistas, mas para procurar um corpo, ou um local de assassinato.

— Você encontrou aquela garota — diz Emily quando começamos a andar. Sua voz soa quebradiça e frágil. — O que isso significa para a minha filha?

— Não sabemos ainda, infelizmente. Mas, de certa forma, isso pode ser uma boa notícia, Emily. O FBI está nos ajudando agora. Temos muito mais policiais e recursos. Estou realmente esperançosa de que vamos conseguir algo em breve. Vamos encontrar a Cameron.

Quando ela não responde, sigo seu olhar, que está focado em uma longa pilha de troncos, onde há lugares vazios, áreas sombrias onde alguém vai procurar hoje, com cuidado e até mesmo esmero. Pela tensão no corpo de Emily, posso adivinhar o que está pensando, que "encontrar" Cameron não significa necessariamente levá-la viva para casa.

Sutilmente nos dirijo para o norte, onde a praia é bem aberta, cortada apenas por uma falésia preta e rochosa na extremidade e um pequeno estuário que já foi dragado. Não que Emily precise saber disso. Guardo a informação para mim enquanto caminhamos lado a lado, o vento em nossas costas, soprando em pequenos impulsos que parecem quase como mãos humanas. A areia corre, cintilando, dando ao ar um corpo de vidro. Minhas mãos estão frias e as coloco no fundo dos bolsos.

— Você sabia que a Cameron queria ser modelo? — pergunto a ela, decidindo me abrir um pouco e compartilhar meu pensamento, sendo uma boa ideia ou não.

— O quê? Não. A Cameron nem usava maquiagem. Não havia nada de feminino nela.

— Não externamente, talvez. — Pego a foto, entregando-lhe.

Ela para no meio do caminho, como se tivesse visto uma cobra.

— Nem parece a Cameron. Quando ela fez isso?

— No final do verão, pouco antes do início das aulas. Acho que estava trabalhando em um portfólio de modelo. Ela nunca mencionou ter esse interesse?

— Eu teria dito não.

— Por quê?

— Porque ela acabaria machucada.

Machucar-se é o privilégio de ser humano, Eden costumava dizer. Eu não sabia o que ela queria dizer na época. Eu tinha sido machucada muitas vezes e, depois disso, deveria agradecer? Agora, depois de todos esses anos, estou ao menos começando a ver que, na verdade, ela falava sobre toda a jornada, que é impossível estar vivo e não se machucar às vezes, não se estiver vivendo direito.

— Ela é tão linda — digo a Emily —, talvez tivesse uma chance.

— O mundo está cheio de garotas lindas.

— Mesmo se ela tivesse ficado desapontada, essa teria sido a escolha dela, certo? Parte do processo de se descobrir.

Ela não responde.

Estamos a cem metros da borda do estuário agora, uma trincheira rasa de água do mar com uma costa cheia de espuma, a cento e quarenta metros da linha da maré. Algo na extensão de água plana me chama a atenção, uma rocha levitando ou um mergulhador, acho, mas na verdade é uma foca emergindo na borda do estuário. Observamos enquanto ela se ergue para fora da água turva, as nadadeiras da frente, a cabeça marrom e lustrosa de perfil, o nariz apontado para as ondas. É aonde ela precisa ir, centímetro por centímetro – de volta ao mar. Ninguém pode ajudá-la a chegar lá.

— Por que você está falando disso agora? O que tem a ver com o caso? — questiona Emily.

— Só estou tentando entender os sonhos da Cameron.

— Por quê?

Por algum motivo, não consigo parar de seguir a foca com os olhos. A maneira como o animal se debate na areia solta, jogando o corpo para a frente como uma gangorra ou como um saco de pedras. A foca não foi feita para se mover assim, na verdade, não foi feita para a terra, mas para a água. E, ainda assim, persiste.

— Às vezes nossos sonhos podem ser as coisas mais reveladoras sobre nós. Quem somos quando ninguém está olhando, quem acreditamos que devemos ser, se pudermos chegar lá.

Ela olha para a foto novamente e, em seguida, para mim, confusa ou com raiva, ou ambos.

— Está dizendo que essa Cameron é mais real do que a garota que eu via todos os dias?

— Não é a maquiagem, Emily. Não é isso que quero dizer. O desejo. A vontade de querer ser mais.

Enquanto ela balança a cabeça, posso ver que não está entendendo. Talvez nem eu esteja me entendendo. Essa conversa pode ser completamente errada.

Antes que eu possa me censurar ou questionar, digo:

— Emily, não quero te machucar ou chocar, mas tenho motivos para suspeitar que a sua filha possa ter sido abusada sexualmente quando criança. Você sabe alguma coisa sobre isso?

Ela congela tão rápido que é como se eu tivesse lhe dado um soco. E é óbvio que fiz isso.

— Por que você *diria* isso?

Tudo o que posso fazer é continuar falando, odiando cada palavra.

— Algumas provas vieram de um posto de saúde que a Cameron visitou há cerca de um mês. Não posso compartilhar mais agora, mas o exame mostrou cicatrizes internas.

— O quê? — As palavras rasgam o ar entre nós.

A areia aos nossos pés parece traiçoeira, cheia de facas. De todas as perguntas com as quais Emily está lidando agora, sobre por que Cameron foi ao posto em primeiro lugar e escondeu isso dela, apenas uma delas tem o poder de matá-la um pouco. Ou muito.

A mim também.

— Consegue se lembrar de uma época, quando a Cameron era jovem, em que sua personalidade pareceu mudar? Quando ela começou a fazer xixi na cama? Ou pediu para dormir com a luz acesa? Ela pode ter sofrido com pesadelos ou mudado repentinamente, tornando-se mais emotiva sem motivo?

— Não sei. Não consigo me lembrar de nada parecido. — Ela balança a cabeça, pensando, seu cabelo cor de mel chicoteando o rosto.

— Lydia disse que a Cameron costumava parecer mais leve de alguma forma. Isso faz sentido para você?

— Não sei — responde Emily novamente. — Talvez. Houve um tempo em que ela começou a ter muitas dores de estômago. Achei que fosse apenas nervosismo por causa das provas ou sei lá o quê. Ela é uma pessoa sensível.

— Quantos anos ela tinha?

— Oito ou nove?

— Os sintomas pioravam de manhã? Ou quando ela tentava fazer o dever de casa?

Posso ver Emily viajando no tempo em sua mente, procurando por certas lembranças que estão mudando conforme ela as alcança.

— Ela sempre pareceu bem na escola, na verdade. Suas notas continuaram boas. O dever de casa era fácil para ela, exceto por um ano. Deve ter sido no quinto ano. Por um período inteiro, ela ficou em casa comigo.

— Um semestre inteiro? Por quê?

— Teve mononucleose. Achamos isso um pouco curioso, na verdade, que ela tenha pegado a doença do beijo sendo tão nova.

— Costumavam chamar assim mesmo — comento com cuidado, porque finalmente estamos chegando a algum lugar. É preciso esforço para falar devagar, para pesar cada passo. — Mas a mono é, na verdade, o sistema imunológico suprimido. Isso pode acontecer com estresse. Você se lembra do que estava acontecendo em casa naquela época? Houve algum novo adulto na vida da Cameron? Alguém que teve um interesse específico nela?

Ela pisca para mim, pronta para se despedaçar.

— O que realmente está perguntando?

— Emily, preciso que pense. Quem poderia ter machucado a Cameron quando ela era muito nova para se proteger? — *Quando você não estava lá,* quase digo. Mas isso não nos levará a lugar algum. Preciso construir uma ponte para nós agora, não uma parede. — Quando ela era vulnerável.

Emily está tão imóvel e com tanto medo que mal consigo observá-la. Tudo está ficando mais nítido para ela, abrindo-a. Ela começa a chorar baixinho, e então com mais intensidade, seu rosto se contorce, uma emoção feia e honesta.

— Por quê?

— Acontece. — *Coisas terríveis acontecem na vida,* Hap ecoa de dentro do meu coração. — Pense, Emily. Pense no que acabou de me dizer. Ela teve mono no quinto ano, dores de estômago fortes antes disso. O que tinha de novo aos 8 e 9 anos para a Cameron? O *quando* pode nos dizer *quem.*

— Você deve pensar que sou uma péssima mãe.

— Não penso — garanto e falo sério, talvez pela primeira vez. A maneira como venho julgando Emily parece cruel agora, dada essa conversa. Talvez eu tenha sido injusta com ela desde o início, vendo-a como um espelho e me odiando. Ela tem se esforçado para fazer a coisa certa, mesmo quando sua própria dor tornou isso mais difícil do que deveria ser. — Você fez o seu melhor.

Ela estremece.

— Eu tentei.

— Pense bem — pressiono o mais suavemente que posso.

— Na época ainda estávamos em Malibu.

— Alguma babá nova ou vizinha? Amigos da família?

— Não.

— Nunca a deixou sozinha com ninguém?

— Não — repete ela, mas a palavra trava, zumbe como um relógio. — Espere. — O sangue flui em suas bochechas, o florescimento quente de um sentimento difícil. — O quarto ano da Cameron foi quando minha família foi pela primeira vez à casa de praia para o Natal. Estávamos indo para Ohio com ela, mas naquele ano Troy disse que era besteira sofrer com a neve se não fosse necessário.

Posso ver como isso é difícil para Emily, uma terra de lembranças que muda violentamente enquanto ela olha para o passado. Nada vai voltar a ser como era, porque, daquele jeito, era mentira.

— E então? O que foi diferente?

— Sempre dividimos um quarto em Bowling Green. Cameron dormia em uma cama auxiliar, em nosso quarto. Ela tinha medo do escuro.

— Mas em Malibu ela tinha seu próprio quarto.

— Sim. — Sua voz vacila, vibra. — Ah, meu Deus.

Não digo nada, dando-lhe espaço para juntar as peças. Para ver o que ela não podia ver naquela época.

Seus lábios estão comprimidos, brancos devido à pressão. Então ela continua:

— Todo mundo foi para lá por uma semana inteira naquele ano. Lydia e Ashton tiveram uma virose e passaram a maior parte do tempo na cama. Lembro que eu fiquei brava por eles por nos exporem aos germes. — Ela vacila, seus pensamentos nitidamente se chocando. — Meu pai nunca tinha tirado tanto tempo de folga assim. Ele nem jogava golfe.

Mais uma vez estou em silêncio. Por um longo momento, apenas fico ao lado dela enquanto tudo se junta de modo acelerado. A areia voa por nós como um milhão de superfícies espelhadas. Na praia, as ondas tocam a costa onde a foca finalmente atingiu a linha da maré. Estranhamente, quero comemorar pelo animal não ter desistido ou retornado.

Então algo estala e brilha, sucumbe. Emily começa a vibrar e depois a tremer. Ela grita, cobrindo o rosto com as mãos, dobrando-se.

Coloco a mão em suas costas, tentando assegurá-la de que não está sozinha. Mas não posso, de fato, ajudá-la. Não com isso.

Quando ela se levanta, seu rosto está úmido e transtornado. O rímel escorre em suas bochechas. Ela está respirando com dificuldade.

— Que tipo de monstro machucaria uma garotinha? Meu próprio *pai*? — Ela estremece, com repulsa. — Ou o meu irmão? É tão horrível.

— Quantas vezes sua família foi a Malibu para o Natal?

— Três. Minha mãe não pôde viajar depois disso por causa da demência. E então nos mudamos para cá, e Drew começou a nos receber.

— Drew estava em todos aqueles feriados também, então?

— Estava. Odeio pensar dessa maneira. *Odeio*.

— Eu sei. Sinto muito, Emily. — Estamos separadas por trinta centímetros, o mesmo vento impiedoso nas nossas costas.

Não posso tornar nada mais fácil para ela. Não posso dissipar sua dor. Todas essas perguntas machucam. A verdade tem dentes e não para de mastigar.

— Qual era a idade da Cameron quando as coisas começaram a mudar?

— Quando viemos para o norte. Pensamos que fossem as montanhas, o ar puro. Ela começou a se parecer mais consigo mesma novamente. Então encontrou Caitlyn, e tudo pareceu ótimo por um tempo.

— Esse tempo se alinha com o quadro geral, Emily. O abuso pode ter parado então de alguma maneira. Ela estava envelhecendo. Entendia mais as coisas.

— Meu Deus. É tão *repugnante*. O que devemos fazer agora?

— Continuar procurando a sua filha. Precisamos descartá-los como suspeitos, é óbvio. E, um dia, quando tudo isso acabar, investigaremos e tentaremos obter uma condenação.

Ela encontra meus olhos, uma nova onda de pavor passando por ela.

— Minha mãe está tão frágil agora. As notícias sobre a Cameron já foram difíceis o suficiente. Isso vai matá-la.

— Tem falado com o seu pai ultimamente?

— Falei há alguns dias. Estou sempre atualizando eles. Acha que ele é quem está com ela agora?

— Isso é possível? Ele e a Cameron têm contato? Ela teria ido com ele?

— Não. Realmente acho que não. Ele nunca deixa minha mãe sozinha agora. É meio irônico. — Seu olhar endurece. — Ela não pode mais viajar, por isso eles não vieram para cá.

— Vou pedir ao departamento do xerife para verificar, só para ter certeza de que não estamos perdendo nada.

— Por que a Cameron nunca me contou o que estava acontecendo? — pergunta Emily.

Eu gostaria de ter uma resposta simples para dar, mas isso não existe.

— É possível que ela não tenha se lembrado — consigo dizer. — Acontece muito. O subconsciente dela provavelmente afastou a lembrança, para ajudá-la a superar. E, mesmo se ela se lembrasse, poderia ter vergonha de contar. Na maioria das vezes, as vítimas de abuso culpam a si mesmas pelo que está acontecendo com elas, como se tivessem feito algo para causar o próprio abuso. É uma das peças mais difíceis de entender. A mais triste também.

— Eu não a protegi. — A voz de Emily soa baixa e estripada, desfeita. — Eu a decepcionei.

Estendo a mão para pegar o braço dela, desejando que houvesse alguma maneira de voltar no tempo para ela e para Cameron. E para mim também. Sinto uma dor enorme crescer entre nós.

— Você nunca quis machucar ela, Emily. Simplesmente não viu. Talvez não pudesse, afinal, você tinha suas próprias cicatrizes. Todo mundo tem. — Lágrimas brotam dos meus olhos, e não as escondo. — Ainda há uma chance de ajudar. E você pode começar daqui.

Ela cede contra mim, rendendo-se a alguma coisa, talvez tudo. Por cima do ombro, bem longe, na praia, outro grupo de busca grita um com o outro por cima do vento. Hector na frente, caminhando decididamente. O mar é tempestuoso, a água preta cortada por uma renda branca.

— Ok — fala ela, engolindo em seco.

— Ok — respondo, e nós ficamos lá, a centímetros de distância, juntas e sozinhas.

✦ ✕ ✦

(cinquenta e oito)

É difícil deixar Emily na porta de casa depois do dia que tivemos, mas Troy está lá, e sei que eles precisam de tempo para conversar.

— Ligue quando quiser — peço.

— Obrigada, Anna. Nada está bem agora, ou mesmo *factível*. — Sua voz treme como um fio fino. — Mas sei que você quer ajudar, que se preocupa com a Cameron.

— Sim, eu me preocupo.

Estou voltando para a cidade quando a viatura de Will passa por mim, indo na direção oposta. Vejo-o pelo retrovisor, conduzindo o carro para o acostamento de terra, e encontro um lugar para estacionar, caminhando para encontrá-lo no meio do caminho.

— Tenho procurado você por toda a parte, Anna. Uma das equipes de patrulha na Floresta Montgomery encontrou alguns itens da Shannan. Um dos sapatos, uma pulseira, a carteira com dinheiro dentro, algumas centenas de dólares. Portanto, não foi roubo, mas já sabíamos disso.

— Alguma impressão digital?

— Infelizmente, não. Também tinha uma câmera. Nenhuma impressão utilizável, mas revelamos o filme interno, e pode ter algo de útil ao sabermos a hora e a data.

A pressão se materializa na base do meu crânio, como se mãos estivessem apertando a região. Tento ignorar o sentimento.

— Onde estão as fotos agora? Posso ver?

— Pode, vou fazer uma cópia para você. Estou voltando para encontrar Drew Hague e o técnico do polígrafo, se quiser, pode ir junto.

— Certo, mas preciso avisar que tive uma longa conversa com Emily essa manhã. Parece que o pai dela também pode ter machucado a Cameron.

— Contou a ela sobre as suas suspeitas, então?

— Contei.

— Como ela está agora?

— Muito abalada. O técnico precisa perguntar a Drew sobre feriados em particular, Natais em Malibu. O nome do pai é Andrew Hague, mora em Bowling Green, Ohio. Emily disse que ele não está viajando hoje em dia porque a mãe dela está muito doente, mas temos que descartá-lo de qualquer maneira.

— Entendi. Vamos conversar mais tarde. E tente descansar um pouco se puder. Está com uma cara péssima.

— Não me importo como estou, Will. Só quero essas fotos.

Ele parece relutante em recuar.

— Adiantaria eu insistir?

— Não.

Assim que tenho as fotos da câmera de Shannan em mãos, espalho-as no chão da minha cabana, procurando sinais ou pistas nas imagens. No geral, são descartáveis, tolas e espontâneas – os pés descalços de Shannan com um dente-de-leão nodoso entre dois de seus dedos; uma embalagem de seis cervejas em um gramado, uma imagem borrada da natureza que poderia ser de qualquer coisa, tirada em quase qualquer lugar; parte da perna nua de Shannan; a veneziana aparecendo na foto por acidente, talvez.

Enquanto Grilo anda ao meu redor, sinto a frustração crescer. Tolamente, pensei que algo iria aparecer de imediato, mas todas as fotos parecem inofensivas, mesmo aquela em que Shannan aparece com a misteriosa jaqueta de pele de coelho, o cabelo solto e despenteado, os olhos se estreitando cinicamente. A data é de maio desse ano, quase um mês antes de seu desaparecimento. Não há como saber quem tirou a foto, no entanto, se foi o mesmo cara que lhe deu a câmera ou o casaco, ou os dois. Talvez ela tenha roubado os dois. Talvez tudo isso seja um beco sem saída, e as fotos não signifiquem nada para ninguém, mesmo para Shannan enquanto ela ainda estava viva e se importava com isso.

Com Will ocupado o dia todo, decido dirigir até Comptche, para falar com Tally. Provavelmente será uma perda de tempo. Ela não tem uma bola de cristal, obviamente, e pode não perceber nada nas fotos também. Mas preciso ir a algum lugar, seguindo uma pista, mesmo que seja inútil.

Grilo e eu chegamos depois das 14h e a encontramos no jardim, amarrando vinhas, preparando-as para o inverno. Seu rosto está rosado e ressecado pelo vento acima da gola de sua jaqueta de lã verde.

— Realmente não sei por que estou aqui — digo com franqueza quando ela se aproxima de mim e tira as luvas grossas de trabalho. — *Você* sabe por que estou aqui?

Ela aperta os olhos, sorrindo.

— Então não a assustei da última vez. Fiquei me perguntando isso.

Há duas cadeiras largas de vime em sua varanda, e nos sentamos lado a lado enquanto ela olha as fotos.

— Alguma coisa chama a sua atenção? — pergunto depois de um momento. — Esse é o casaco do seu sonho?

— Acredito que sim. — Ela se inclina para frente. — Essa pobre garota. Dói só de pensar o que ela viveu.

— Eu sei, sinto o mesmo. Mas, se descobrirmos quem fez isso com ela, poderá nos levar até a Cameron. Meus instintos ainda me dizem que as meninas estão ligadas.

Concordando com a cabeça, Tally responde:

— O meu também, ou talvez seja apenas esperança. — Ela vasculha as fotos de novo, mais lentamente. — Agora que vejo o casaco, fico imaginando se é apenas algo realmente pessoal para Shannan, algo que ela amava, e foi por isso que veio até mim? Não tenho certeza.

— Está tudo bem. Vou continuar pensando, talvez perceba algo.

Antes de eu sair, ela pergunta se quero segui-la até o celeiro, para ver como está um dos recém-nascidos.

Grilo trota à nossa frente, através do quintal e depois do pasto do cercado, grama alta entremeada de ásteres e campânulas de um azul-profundo, as últimas flores da estação. O celeiro é antigo, mas robusto. Empurrando a porta grande, Tally assusta os pombos, que saem voando alto pelas vigas. A luz inclinada vem através de rachaduras no revestimento desgastado, perfurando o palheiro em poços derretidos.

— Que espaço incrível.

— Não é? Meus avós o trouxeram de Idaho para cá, pedaço por pedaço — explica ela, conduzindo-nos em direção a um conjunto de baias de madeira.

Na mais próxima, uma alpaca-mãe está de pé diante de um canto, com um arreio e uma trela em volta do pescoço marrom e inclinado. Grilo olha pelas ripas de metal com curiosidade e depois se senta, para ver o que faremos.

— Ela ainda não pegou o jeito de amamentar — comenta Tally. — Acontece às vezes. Só vou ajudar.

Eu a sigo, observando enquanto ela se ajoelha sob a alpaca, acariciando seu quadril e falando baixinho. Aos poucos, o animal parece relaxar.

—Você leva jeito.

—Ela não gosta muito de pessoas. Tenho que ir devagar com esta aqui.

Ela parece estar falando sobre o processo tanto quanto sobre a mamãe-alpaca. Observo o leite escorrendo para um balde, riachos finos apenas ligeiramente mais turvos que a água. Depois de cinco minutos, Tally coletou apenas uma pequena quantidade de líquido, menos de meia xícara.

— Isso é suficiente para o filhote? — pergunto.

— Espero que sim. É principalmente colostro, a cria vai precisar disso.

Em uma baia próxima, o recém-nascido ainda está úmido. Tally o colocou em uma grande almofada de aquecimento e agora insere um pouco do colostro em uma seringa antes de se abaixar até o chão.

— Anna, pode levantar a cabeça dele para mim?

— Tenho medo de fazer algo errado. Ele é tão pequeno.

— É mais forte do que parece.

Ajoelhada no feno solto, estendo a mão, para apoiar o pescoço do bebê. O pelo é como um tapete úmido e quente. Sinto sua pulsação contra as mãos, e meu coração acelera. A vulnerabilidade de seu corpo é quase insuportável.

— Ele vai viver? — pergunto, com medo da resposta.

— Teve uma manhã difícil, mas acho que sim. Aqui. — Ela me entrega a seringa. — Coloque bem na base da língua. Aí. Você consegue.

Sinto um puxão quando o filhote agarra a ponta de plástico macio, vejo seus cílios tremularem enquanto ele olha para mim, sugando. Uma velha dor inunda, correndo por todas as minhas portas como água, ou como amor, na verdade.

— Não é tão diferente de dar mamadeira para um bebê — afirma Tally. Há um tempo longo e silencioso, então ela continua: — Eu estava pensando sobre o perdão hoje. Sabe, muitas pessoas ficam confusas sobre o que é isso, ligando-o à culpa. Sentindo-se envergonhadas por coisas que, desde o início, nunca tiveram controle. Não acredito que tenhamos que nos sacrificar para conseguir o perdão. Ele já está aqui, ao nosso redor, como a chuva. Apenas temos que deixar ele entrar.

Meus braços ficaram rígidos sob a cabeça do filhote. Eu os movo um pouco enquanto me pergunto aonde Tally quer chegar. Por que trouxe isso à tona?

— Não é tão simples assim.

— Talvez não. Mas realmente acho que, quanto maior e mais impossível algo é, mais ele precisa se mover através de nós, para que possamos continuar vivendo.

Olho para o filhote, saciado agora, seus olhos fechados e a seringa vazia, exceto por um pouco de espuma.

— Por que me trouxe aqui hoje?

— Achei que precisasse segurar alguma coisa, só isso.

Meus olhos ardem, embaçados. Tudo o que posso fazer é concordar com a cabeça e devolver a seringa.

(cinquenta e nove)

Naquela noite, Will e eu nos sentamos em frente à lareira em minha cabana, com uma garrafa de Jack Daniel's e as fotos de Shannan entre nós. Não ficamos sozinhos assim desde aquela noite em seu apartamento, e, embora o momento pareça distante agora e nem um pouco ameaçador para mim, não posso deixar de me perguntar como ele se sente, já que nenhum de nós disse uma palavra sobre isso. Talvez ele considere o beijo um momento de fraqueza ou falta de juízo, ou talvez ainda sinta atração por mim, mas esteja tentando afastar os sentimentos – tão experiente quanto eu em ignorar emoções difíceis e esperar que elas vão embora.

— O que estamos deixando passar? — pergunto sobre as fotos.

— Também queria saber. O que quer que tenha acontecido com ela naquele carro, não há indício aqui. Não vejo um suspeito em nenhuma foto.

— Nem eu. — Exausta, pego a foto elegante de Cameron, esforçando-me para sentir como ela está conectada a Shannan. Além do lindo rosto e o cabelo escuro repartido ao meio, não há nada em que se agarrar. Nenhum lugar para olhar a seguir.

— O que aconteceu com o polígrafo de Drew Hague?

— Os resultados variaram. Acho que ele está começando a ceder um pouco.

— Perguntou sobre Shannan?

— Perguntamos. Parece que não há nada, mas Cameron é um assunto delicado. Denny também estava na sala e concorda.

— O álibi de Drew ainda está valendo?

— Infelizmente, sim. Seja qual for a culpa que estamos vendo, é mais provável que seja do passado, mas há quanto tempo?

— A maioria dos criminosos sexuais age por anos ou mesmo décadas antes de serem identificados pelas autoridades. Isso *se* forem identificados. Só não sei como podemos desvendá-lo por completo, a menos que tenhamos Cameron como testemunha ou que outra pessoa fale.

— Lydia?

— Não tenho esperança de que ela o traia, mesmo que saiba de alguma coisa. Apenas temos que seguir em frente com o que temos.

— Vamos receber mais gente amanhã e um monte de quadriciclos, para fazer outra varredura da área ao redor da Floresta Montgomery.

— Isso vai ajudar, mas já estamos no meio de outubro, Will.

A luz da lareira desenhou sombras ao redor de sua boca e olhos. Ele parece anos mais velho do que há apenas algumas semanas.

— Ainda podemos encontrá-la a tempo, não podemos? Não é impossível.

— Não é impossível, não.

Mas muito improvável.

É quase meia-noite quando Will vai embora. Perto da lareira, Grilo se espreguiça com um gemido e se levanta. *Vamos para a cama*, ela evidentemente está dizendo, mas como posso tentar dormir quando tudo parece tão nebuloso e sombrio? Mesmo que o fogo já esteja quase todo apagado e a luz seja irregular, fico olhando para as duas fotos, Cameron no Bosque Krummholz e Shannan com a jaqueta de pele de coelho, tentando dar um passo para trás e vê-las objetivamente, um dos velhos truques de Hap, evitando o ponto cego, o lugar onde estar muito perto esconde o que mais importa.

Sei que Cameron estava posando para Gray naquele dia no bosque, mas ainda não sei de fato o porquê. O que ela planejava fazer com as fotos daquela sessão, ou quem estava tentando impressionar com aquelas roupas e aquele penteado; o olhar em seu rosto. Quanto a Shannan, não vi nenhuma outra imagem dela, exceto as que Karen me mostrou em Gualala, de quando ela era jovem. Sua expressão nesta aqui é astuta e cínica, seus olhos castanhos se estreitando em algum tipo de desafio, a boca séria, lábios fechados, sem sorriso, sem convite ou abertura. Se Cameron estava tentando se sentir vista pela primeira vez, Shannan tinha sido vista demais, tinha sido usada por sua aparência e ela própria a havia usado por muito tempo, a ponto de não sentir mais que algo de bom ainda poderia resultar daquilo. É quase irônico olhar para as garotas lado a lado dessa maneira. Considerando o formato do rosto, o cabelo e o tipo de corpo, elas são mais parecidas do que pensamos – e, ainda assim, sua relação com a esperança, com a possibilidade, é totalmente contrastante. Noite e dia, dois lados de uma moeda que não cai.

Em algum momento, desisto. O fogo se dissipou e agora é só uma mancha vermelha baixa. A cadela se aninha ao meu lado, quente e firme, fazendo seu trabalho, que é apenas estar aqui, comigo. Ainda não entendo como a mereço, ou como ela veio até mim, mas sou grata de qualquer maneira pelo seu corpo, até pelo batimento cardíaco. Especialmente agora que a noite se aprofunda, pressionando fortemente.

Um sonho me puxa para baixo, imagens estranhas crescendo densas e úmidas, como o hálito de um animal. Estou em uma rotunda, parcialmente subterrânea, uma estrutura como o povo pomo uma vez construiu para rituais e cerimônias. Algum tipo de rito de purificação está acontecendo ao meu redor, anciãos em mantos e capas de pele de veado, seus peitos nus, cantando a plenos pulmões, como se entoassem pelos poros da pele.

Posso sentir o cheiro de sálvia queimando. A fumaça cinza sobe pelas paredes de terra e se alastra para cima como um feitiço.

— Onde dói? — Ouço uma voz familiar me perguntar.

Em todos os lugares, responde minha mente.

É Hap. Não consigo vê-lo através da fumaça, mas reconheço o calor sólido e espalhado de sua pele e seu cheiro, que sempre foi exatamente assim, o cheiro das árvores tornando-se sábias.

Não posso fazer isso, digo a ele mentalmente, ou seja, resolver o caso, desvendar as pistas, encontrar Cameron. Mas de repente me refiro a tudo. Minha vida inteira – pesada pelas perdas: Jason e Amy, minha mãe naquele estacionamento horrível, morta no dia de Natal, o assassinato de Jenny; o câncer de Eden, o desaparecimento de Hap; o acidente da minha filha e o abismo escuro do meu trabalho, como ele se conecta de uma forma horrível e escancarada com todo o resto.

— Tudo bem — fala Hap no meu ouvido. — Aconteceu há muito tempo.

Não. Sinto-me pequena e impotente ao lado dele, como se eu tivesse 10 anos de novo; 12, 8, 16, todas as idades que já tive. Ouço um som como o de um telefone tocando em meio à fumaça úmida ao nosso redor, mas está muito longe, e não consigo alcançá-lo. *Aonde você foi, Hap? Queria que tivesse dito adeus.*

— A vida é mudança, Anna. Não podemos manter um ao outro.

Eu o decepcionei. Não sou quem pensa que sou.

— Silêncio.

Tenho que contar o que aconteceu. O que fiz.

— Fique calma, querida. Não importa agora.

Mas importa, sim. *Ajude-me, Hap. Não posso viver assim*, imploro enquanto o sonho continua.

Os anciãos estão afastados de nós, tamborilando sobre pedras quentes. A construção parece estar respirando como um pulmão, absorvendo a dor e deixando-a ir.

Hap diz:

— Sinto muito mesmo, querida. Sei que dói, mas nunca temos que fazer nada sozinhos. Nunca saí do seu lado. Venha ver o que eu trouxe para você.

Olho para cima, e o telhado não está mais lá. O céu está deslumbrante e infinito, faíscas piscando de vez em quando.

— Nem sempre podemos vê-las — diz Hap, referindo-se às estrelas—, mas elas estão sempre conosco, querida. Não desista.

Ajude-me a seguir em frente, Hap. Preciso encontrar Cameron.

— Você já a encontrou, Anna. Entende? Ela esteve aqui o tempo todo.

⋆✦ ✕ ✦⋆

(sessenta)

Quando acordo, meus cílios estão pegajosos e úmidos. Chorei durante o sono, lembrando, revivendo, repetindo o trauma em meu corpo, onde esteve todo esse tempo.

Eu me visto entorpecida, evitando um banho enquanto Grilo anda, interpretando meu humor. Não tenho mais café nem comida. Calço as botas e me dirijo para a cidade, mal sentindo o volante contra as mãos, o ar contra a pele. Pequenos flashes do sonho na rotunda se agitam em meio à névoa emocional, Hap tentando me assegurar de que não estou sozinha. Mas com certeza sinto que estou.

Esse caso está saindo do meu controle e do de Will também. O que ele estava dizendo em seu escritório na outra manhã depois que recebemos o telefonema do legista, que ele não era forte o suficiente, ou bom o suficiente. Eu me pergunto se ele pode estar certo – sobre nós dois. Talvez nunca resolvamos isso, talvez Cameron continue perdida, seu sequestrador fique sem nome, e a história se repita.

Deixo Grilo no carro, entro no GoodLife e me sinto bombardeada pelo caos alegre, pela luz brilhante, pelas conversas barulhentas e pelo cheiro de leite se transformando em espuma doce. Peço café e um burrito para o café da manhã, por costume vou até o quadro de mensagens, para esperar a comida. O pôster de desaparecimento de Cameron ainda está aqui, além da nova foto gritante com as palavras "POSSÍVEL VÍTIMA DE VIOLÊNCIA" no centro. O resto é comum, incluindo um anúncio de aula de ioga comunitária gratuita de Sam Fox, mas algo me atinge de repente. Um sino alto começou a soar continuamente em meu ouvido, um som de aviso, porque é *assim* que o sequestrador de Cameron pode tê-la contatado. Exatamente assim, inofensivo – escondido à vista de todos.

Meus olhos passam rapidamente pelo quadro, pela parte superior e pela lateral, uma sensação de pavor e precisão crescendo. E então vejo o anúncio que procuro, no canto inferior direito, simples e sobressalente, impresso em papel verde-Kelly:

CONTRATA-SE MODELO
Não é necessário experiência
Haverá treinamento se outros requisitos forem atendidos

Estava aqui há três semanas, quando encontrei o anúncio da cabana, mas não reparei. Nem me lembrei até agora. O número de telefone na parte inferior é local e repetido em uma franja de guias destacáveis, sem nome. Todas as guias, exceto duas, sumiram. CONTRATA-SE MODELO... HAVERÁ TREINAMENTO... Treze palavras, três linhas, todas sem paixão, persuasão ou intensidade –e é por isso que o anúncio é tão potente. É como o local da morte que vi na floresta naquele dia, simples e incrivelmente eficaz.

Tiro a foto de Shannan do bolso da jaqueta, sentindo um nó no estômago, todos os cabelos da nuca arrepiados. Não é mais o casaco que estou olhando, o casaco não importa, apenas a garota de alma pesada que o está vestindo. O cinismo dela, o olhar cansado do mundo, o seu Bat-Sinal piscando além de suas feridas.

Tudo o que Shannan viveu está aqui em seus olhos – o dia em que o pai fugiu da cidade e a mãe parou de tentar; todas as brigas que ouviu de seu quarto à noite; o som de um punho contra a parede, contra o rosto da mãe; a maneira como tentou silenciar tudo no banheiro da escola; os joelhos no ladrilho; a mão de um menino em sua nuca, empurrando com muita força. As vezes que ela fugiu e não encontrou nada, voltou e não encontrou nada.

Fugiu de novo. Óbvio que estou forçando a barra, preenchendo as lacunas. Mas, por outro lado, não é exagero algum, e, sim, incrivelmente familiar.

Shannan não sou eu, ou Jenny. Ela também não é Cameron, mas também posso ver como todas nós nos alinhamos, fazendo uma versão da mesma forma no mundo, tentando acreditar nas pessoas ou em promessas. Tentando ser o suficiente. Tentando – sempre tentando – ser livre de alguma forma. Desdobrar-se.

Puxo a tacha do quadro de cortiça, sinto a agulha me picar quando ela encontra a almofada carnuda do meu polegar, uma sensação de corda bamba passando por mim. O número na parte inferior da postagem em minha mão é o número dele. Um pedaço de papel fino, tremendo em meus dedos, tudo se resumindo a um único ponto, uma sarda de meu próprio sangue brilhante.

Com cuidado para tocar apenas na parte inferior do anúncio, para não estragar nenhuma impressão digital valiosa ou resíduo de suor, peço a um dos caixas um malote grande e coloco o anúncio em segurança dentro dele, antes de correr para o telefone público atrás do café, a fim de ligar para o escritório do xerife. Cherilynn Leavitt atende.

Para além de sua voz, calorosa e alegre, o sino em meu ouvido continua alto.

— Ei, Cherilynn — consigo dizer. — Aqui é Anna Hart. Will está por aí?

— Ele está em campo. Quer que eu o coloque no rádio para você?

— Não, tudo bem. — Minha voz parece vítrea. Respiro. — Escute, pode checar um telefone para mim, rápido? Eu espero.

— Posso — responde ela.

Enquanto aguardo, mal estou em meu corpo. Meus pensamentos estão confusos, sem sentido. Finalmente Leon Jentz entra na linha.

— Ei, Anna. Tenho as informações de que precisa. O que houve?

— Difícil dizer ainda. — Mais uma vez, a sensação de desencarnação e, no entanto, de alguma forma, continuo falando. — Só estou seguindo uma pista. O que achou?

— Esse número está registrado no Centro de Artes de Mendocino.

Ele está bem aqui, a quarteirões. Óbvio que está.

— Tem um nome para mim?

— Sem nome. Os estúdios dos artistas têm vários telefones, e esse é um deles. Os moradores mudam muito, acho.

— Sabemos qual estúdio?

— Número quatro. O que acha que é?

— Uma nova testemunha, talvez. — A mentira vem do nada, sem esforço. — Eu o aviso se souber de alguma coisa. Mas pode mandar uma mensagem para Will, para que ele me encontre no Centro de Artes assim que puder?

— Pode deixar!

✦ ✕ ✦

(sessenta e um)

Minutos depois, estaciono, deixando Grilo no banco de trás, e me aproximo do aglomerado de anexos que está aqui desde o final dos anos 1950. No maior deles, há doze apartamentos enumerados que funcionam como alojamento e espaço de trabalho para instrutores e artistas residentes, seis em cima e seis embaixo, com uma escada arqueada de aspecto industrial entre eles.

O número quatro está vazio e silencioso. Na janela empoeirada à esquerda da entrada, um pedaço de vitral projeta cores borradas na passarela de concreto, esferas vermelhas, azuis e amarelas.

Bato e não obtenho resposta, em seguida, testo a maçaneta, para ver se a porta está trancada, e está. Tento espiar pelas janelas, mas elas estão cobertas de poeira e teias de aranha, marcadas por cocô de mosca.

A galeria onde os turistas vêm comprar birutas pintadas à mão e cinzeiros de vidro soprado ainda não está aberta. Não há ninguém por perto, exceto um jardineiro de joelhos que divide uma planta hosta com uma pá afiada – um homem mais velho que não reconheço. Está vestindo um macacão e um boné, com tufos de cabelo prateado aparecendo por baixo.

Eu me aproximo, apontando para trás.

— Sabe de quem é esse estúdio? O número quatro.

— Esteve vazio por um tempo, mas um novo estagiário virá de Portland no final do mês. — Ele deposita as luvas manchadas de terra sobre os joelhos. — Quem você está procurando?

— O artista que saiu.

Seus óculos estão embaçados, mas os olhos são afiados, e seus ombros, largos.

— O aluguel dele expirou, mas toda a papelada está no escritório. Por quê? O que precisa saber?

Percebo que levantei suspeitas. Provavelmente pareço mais do que suspeita, na verdade, o cabelo desgrenhado e as roupas amarrotadas, descuidadas. Também estou sem fôlego. Mas, por mais que eu saiba que preciso desacelerar e tranquilizá-lo de que não sou uma ameaça, não consigo parar de pensar em passar por aquela porta. O homem que matou Shannan e depois levou Cameron pode estar lá dentro. Suas impressões podem estar no telefone, ou o seu nome, em um recibo, um cartão de visita ou uma obra de arte.

— Quem é o seu supervisor? — pergunto ao homem e então me agacho para olhá-lo nos olhos. — Preciso entrar naquele estúdio. Quem tem a chave?

— Eu sou o supervisor. Stan Wilkes. O que está acontecendo aqui, afinal?

Demoro vários minutos para me explicar e convencer Stan a me deixar dar uma olhada lá dentro. Finalmente, ele assente, movendo-se com o lento movimento de uma tartaruga, e se levanta, limpando terra dos joelhos. Depois de eras, ele enfia a mão no bolso traseiro e tira de lá uma chave-mestra, pequena e arredondada no topo, pendurada em um pedaço de barbante vermelho.

Caminhamos juntos, e ele abre a porta, sua grande sombra projetada na verga e na ombreira.

— Vá em frente — diz ele.

Entro quando me ocorre pela primeira vez que, mesmo na idade dele, Stan pode ser quem estou procurando. É um homem grande, ainda capaz de causar danos. Sem respirar, viro na sua direção.

Ele tropeça para trás, assustado. Em seus olhos arregalados, vejo sua idade se tornar óbvia. Está nas mãos também e no brilho da testa. Ele é apenas um homem velho, e eu o assustei.

✦ ⬥ ✦

Depois que Stan sai, fecho a porta atrás de mim, para ter privacidade. A sala é um retângulo frio, de aproximadamente trinta metros quadrados. Rachaduras e manchas escuras marcam o piso de concreto. Manchas de tinta a óleo. Ao longo de uma parede, uma bancada de madeira parece igualmente marcada, danificada pelo longo uso.

O interruptor da luminária suspensa não funciona, mas acima há três claraboias de acrílico com bolhas. Elas lançam luz em cones leitosos, onde partículas de poeira nadam, parecendo ampliadas, granuladas. Embora a sala esteja vazia, há uma sensação de resíduos por toda parte: o cheiro quase medicinal de óleo de linhaça e guache emanando das paredes; a boca escura do forno vazio, o cavalete encostado no canto, com uma das pernas de apoio balançando como se fosse um membro quebrado.

Não posso deixar de desejar que o espaço pudesse falar comigo, contar-me sua história. Cameron esteve aqui, posando ou se enfeitando? Implorando por amor ou por sua vida? Seu sequestrador usou esse telefone estreito e amarelo contra o batente da porta para ligar para ela? Aquele com a corda torcida serpenteando? Foi aqui que ela o contatou pela primeira vez? Onde ele começou a atraí-la para sua fantasia perturbada?

Ainda estou olhando atenta para o telefone quando ouço uma vibração atrás de mim. Não há ninguém lá quando me viro, mas o som continua como um pequeno martelo macio na parede ou nos canos, vindo de um armário nos fundos.

Cameron, penso e vou até a porta. Não é um armário, mas um espaço de armazenamento feito de blocos de concreto escuro. As paredes são cinzentas e porosas e cheiram a umidade, o ar parece espesso e úmido o suficiente para beber, para engolir em pedaços. Em um canto, acima de uma pequena pia enferrujada, um pequeno pássaro cai das vigas, assustando-me ao bater violentamente contra a parede. As asas branco-acinzentadas são um borrão frenético. Ele entrou por uma janela quebrada e não consegue sair.

Sinto-o lutar como se estivesse martelando meu peito em vez de um bloco de concreto, toda a sua energia de pânico e desesperança apontada para mim. Minha pulsação salta quando ele bate contra o concreto e depois contra as vigas, procurando inutilmente o céu. Finalmente, ele para em uma das vigas cobertas por teias de aranha, seu batimento cardíaco pulsando, visivelmente. E então noto que várias telas foram empilhadas nas proximidades, descansando entre as vigas como degraus de uma escada. Quase instantaneamente, esqueço-me do pássaro e encontro uma cadeira, tomando cuidado para não mexer em nada que possa ter impressões digitais. É preciso algum esforço para içar as telas para baixo sem cair, mas, quando o faço, fico atordoada; elas têm a assinatura reveladora de Jack Ford no canto inferior direito. Devem valer centenas de milhares de dólares.

Meu primeiro pensamento é que Jack deve ter tido alguma conexão com este estúdio, que está aqui há mais de trinta anos. Ele poderia ter pintado aqui, ou simplesmente usado esta sala para armazenamento. Então me ocorre que dezenas de artistas devem ter usado este espaço nas últimas décadas e que qualquer um deles pode ter sido um colecionador das obras de Jack e ter sem querer deixado as telas aqui. O nível de poeira nas pinturas e o fato de que foram deixadas aqui quando o resto do estúdio foi esvaziado me levam a suspeitar que elas provavelmente não têm nada a ver com o presente, com Cameron ou com o sequestrador. Mas ele *esteve* aqui, e ela também pode ter estado. Obviamente teremos que chamar uma equipe, para procurar por impressões de imediato, bem como amostras de fibras e cabelo, principalmente na área de armazenamento, que, com a espessura das paredes e a travessa alta e inacessível, poderia facilmente ter sido usada como uma cela de cativeiro. Se Cameron tivesse conseguido descobrir uma pedra solta ou algum outro objeto, pode ter quebrado a janela para tentar chamar a atenção de alguém. Talvez seja por isso que o sequestrador a tirou deste lugar, para que ninguém pudesse ouvi-la gritar se ele tirasse sua mordaça.

Meus pensamentos ainda estão girando em possíveis cenários quando ouço Will chamar meu nome da sala principal. Ele parece corado, como se tivesse corrido para chegar aqui, e é surpreendentemente bom vê-lo. Saber que posso entrar em contato com ele quando precisar e que ele encontrará uma maneira de vir.

Demoro um pouco para explicar minha teoria do quadro de mensagens, uma vez que mostrei o anúncio a Will, como ele pode ter sido usado para atrair Cameron e possivelmente Shannan também. Em seguida, levo-o para a área de armazenamento, onde deixei as pinturas encostadas na parede, não querendo mexer nelas, caso sejam úteis de alguma forma para a investigação.

— Essas são do Jack? — pergunta Will, incrédulo.

— Louco, *né*? Pode ser uma coincidência total que estejam aqui.

— Ou são do Caleb, e ele está envolvido de alguma forma — Will se apressa em dizer.

— Caleb? Por que você pensaria isso?

— Porque todo o trabalho de Jack pertence a ele.

— Exatamente. Se ele sabe da existência delas, digo, se tem mesmo uma conexão com este estúdio, não teria vendido os quadros como vendeu todo o resto? Ele não deve saber que estão aqui.

— Pode ser. Ou pode ser que a ligação complicada com o pai tenha feito com que ele quisesse mantê-los, não?

Dou de ombros, para reconhecer a possibilidade enquanto Will liga para Leon pelo rádio comunicador, explicando que temos uma potencial cena de crime para registrar e que ele deve alertar a equipe.

Então ele se volta para mim.

— Sabemos quem esteve aqui por último?

— Todos os arquivos estão no escritório da galeria. Ainda não está aberta, mas o nome do zelador é Stan Wilkes. Foi ele que me deixou entrar. Eu posso estar totalmente errada sobre o quadro de mensagens, mas acho que não.

— Se você *estiver* certa, ele pode ter alcançado outras garotas desta forma. Talvez já esteja mirando em outra vítima.

— Eu sei. Esses anúncios podem estar em toda a costa.

Will assente e então se abaixa, para olhar mais de perto a tela da frente, ainda apoiada com as outras contra a parede da área de armazenamento. A iluminação é ruim, e a superfície da pintura está envelhecida e coberta de poeira, mas a imagem é visível mesmo assim. É abstrata e quase primitiva, com uso limitado de cores, apenas preto, branco e azul. As formas são dramaticamente angulares, incitando algo que não consigo identificar até que Will aponta.

— Acho que essa é a escultura acima do Salão Maçônico.

— Merda, é mesmo — confirmo, perguntando-me por que não vi isso de imediato. — É *O Tempo e a Donzela*. E quanto aos outros?

Ele puxa o punho da camisa sobre a mão, para preservar quaisquer impressões, e cuidadosamente inclina as telas para frente. São quatro ao todo e são todas versões do mesmo quadro, com o mesmo esquema de cores: uma ousada forma de V branco, sugerindo asas; uma barra preta que se aproxima da foice da morte, o rosto da donzela redondo e manchado, seu cabelo um agrupamento de rabiscos brancos e aquosos. O fundo áspero e espesso em cada quadro, um azul-escuro – mesmo através da camada de poeira – que parece ter sido espalhado como glacê, com uma espátula.

— Bizarro — murmura Will.

A obsessão é algo *bizarro*, tenho que concordar, embora os pintores sempre voltem aos temas continuamente, como Monet e seus lírios ou Degas e seus dançarinos. A diferença aqui é que o objeto que tão nitidamente fascinou Jack Ford, pelo menos durante o período em que ele os pintou, também me fascinou por toda a minha vida.

— Odeio admitir, mas eles são meio bonitos — confesso em voz alta.

— Quer dizer que odeia admitir porque Jack era um babaca? — Sua expressão me diz que ele concorda. — De qualquer forma, devemos verificar isso. Talvez Caleb possa nos ajudar a identificá-los. Vou mandar um dos meus agentes até lá, para trazê-lo aqui.

— Eu posso ir. Não vou demorar cinco minutos. Nesse meio tempo, peça a Stan Wilkes que deixe você entrar no escritório.

— Ok, certo. Só tome cuidado, está bem?

— Sempre tomo.

Ele me lança um olhar de soslaio, como se dissesse *"nós dois sabemos que isso não é verdade"*.

✦ ✖ ✦

(sessenta e dois)

A distância entre a casa de Caleb e o Centro de Artes é de apenas alguns quarteirões, então caminho até lá, meus pensamentos voltando rapidamente para o anúncio e para as fotos que estive olhando por dias, de Cameron no bosque, de Shannan com seu olhar ponderado, sua cautela. Ainda estou longe de entender como todos os pontos se conectam, mas encontrar o estúdio deve representar algo. Mesmo que os artistas do Centro normalmente se mudem muito, Stan Wilkes deve ser capaz de nos dar uma lista de nomes para analisar em nosso banco de dados. Os técnicos do laboratório criminal também devem conseguir extrair as impressões digitais do anúncio com bastante facilidade, se o papel não tiver sido manuseado em excesso ou movido. E então, temos as pinturas, que espero que Caleb possa nos ajudar a localizar.

Passo pelo portão da frente, percebendo que a luz está acesa na garagem. Lá dentro, vejo a grande figura de Caleb cruzando na frente da janela quadrada. Quando me aproximo, batendo levemente na porta, ele está parado na frente de um cavalete suspenso com uma grande tela. Pelo que posso ver, a imagem é abstrata, cheia de curvas escuras e ondulantes. De alguma forma, até este momento, eu tinha me esquecido de que Caleb é um artista também.

— Anna — cumprimenta ele, abrindo a porta. — Tudo bem?

— Desculpe aparecer sem avisar. — Entro e vejo que ele está seguindo o legado do pai. Peças em grande escala, linhas ousadas e quase selvagens. — É que encontramos algumas pinturas do seu pai autografadas no Centro de Artes. Talvez você possa vir e identificá-las para nós, ou até mesmo nos ajudar a saber a quem pertencem.

— Caramba. — Ele esfrega as mãos em um trapo que está segurando e depois o joga em um balde de plástico próximo no chão de concreto sem olhar para baixo, como se soubesse exatamente onde tudo está.

O espaço atrás dele é perfeitamente ordenado: pincéis e tubos de cores são organizados por tom em sua mesa de trabalho. Quando Jack pintava aqui, o espaço sempre pareceu pertencer a um colecionador. Agora tudo está surpreendentemente no seu lugar; o chão, limpíssimo.

— O que você estava fazendo lá?

— Só estou seguindo uma pista do caso Cameron Curtis. As pinturas foram uma surpresa total. — Chego um pouco mais perto de seu cavalete e sutilmente o vejo mover o corpo na frente dele.

— O Centro de Artes. Por que estaria olhando lá?

Olho para a tela novamente, percebendo algo decididamente feminino nas formas em jogo, desta vez, nas curvas e nas dimensões.

— Ah, só uma dica aleatória que recebemos.

— Interessante. — Seus olhos são frios e elétricos sobre os meus.

Reconheço a mudança em sua energia, que está quase reptiliana agora. Ele está lendo o ar entre nós como uma cobra faz com a língua. Lendo ou tentando ler minha mente.

— Tem certeza de que são do meu pai?

Sei que não posso esconder o que ele já viu, que estou juntando as peças, descobrindo o que perdi antes; o que está bem na minha frente. Tudo o que posso fazer é entrar no jogo.

— Com certeza. Eles são todos da estátua *O Tempo e a Donzela*. Você se lembra de ter visto algo assim quando Jack estava vivo?

Ele franze a testa um pouco e balança a cabeça.

— Acho que não. Deixe-me fechar e encontro você lá.

— Tudo bem, não me importo de esperar.

— Ah, certo. — Suas pupilas são intensas sobre mim novamente. Ele parece estar gostando disso. — Só preciso pegar minha carteira e já volto. Espere aí.

Ele tranca a garagem quando saímos para a entrada de carros e então se dirige para a casa enquanto fico lá, explodindo silenciosamente. Será que ele realmente quer me seguir até o Centro de Artes? Ele é tão ousado? E, se for, há uma maneira de avisar Will que suspeito dele assim que chegarmos lá? Minha mente continua girando enquanto várias gotas de chuva atingem meu rosto. Quando saí da cabana esta manhã, estava frio e claro, mas o céu ficou escuro e esponjoso. Olho rapidamente para a casa, a fim de ver se Caleb está vindo, e então dou um passo em direção à porta trancada da garagem, olhando pela janela. Quero dar mais uma olhada na tela, para confirmar minhas impressões. Mas desta vez meus olhos se voltam a outra coisa. Uma fotografia fixada sobre a bancada de trabalho de Caleb, preta e branca e, de alguma forma, antiquada, como se tivesse sido recortada de um livro de história.

Eu me inclino mais perto do vidro, à beira de reconhecer algo, quando ouço um carro ligando, então vejo Caleb saindo de trás da garagem em uma picape Toyota branca. A adrenalina flui quando pulo para fora do caminho, perguntando-me se ele pretende me atropelar. Em vez disso, ele pisa no freio, por tempo o suficiente para gritar pela janela aberta, seus olhos endurecidos, quase de cerâmica:

— Se me seguir, vou matar a Cameron.

Logo acelera e sai cantando pneu.

Fico paralisada por um instante enquanto assimilo tudo o que me escapou, como uma bomba explodindo em minha mente. Como o perfil de Caleb é perfeito para o tipo de homem que pode se transformar violentamente, tornando-se um assassino, um monstro. Uma infância fraturada pelo abandono e pelo caos, o pai tirano e alcoólatra. A maneira como perdeu

Jenny, a pessoa que mais amava no mundo, completamente impotente para salvá-la. Em seguida, o caso continuando sem solução, seu assassino nunca encontrado. Essa peça por si só teria sido suficiente para liberar a raiva dentro dele, alterando-o fundamentalmente, corrompendo sua essência, como Hap havia explicado há muito tempo no Bosque Krummholz.

De alguma forma, não fui capaz de reconhecer a natureza torturada de Caleb, sua ferida – mesmo quando nos sentamos lado a lado no penhasco, naquele dia. Talvez eu tenha confundido sua história com a minha, ou confundido seu passado com seu presente, ou, talvez, eu simplesmente tenha esquecido a regra fundamental de Hap, de manter meus olhos abertos o tempo todo, minha confiança retida até ser conquistada. De qualquer forma, o arrependimento é um luxo para o qual não tenho tempo. Não posso perder Caleb, mas não tenho como segui-lo. E cada segundo conta.

Logo após a porta da garagem, há um telefone preto rotativo pesado. Chuto o batente da porta com força, logo acima da maçaneta, e ela se abre. Quando ligo para o escritório de Will, minha mão se contrai, cada músculo tenso e estridente. Cherilynn atende.

— Temos o suspeito! — digo a ela. — Ele está indo para o leste, fora da cidade, talvez em direção à rodovia. Dirige uma picape Toyota branca. A placa começa com H46. Não peguei o resto. Estou na casa de Caleb Ford, na Rua Kelly.

— Estou mandando alguém buscar você — informa ela antes de desligar. — Fique aí.

Eu me sinto quase tonta quando desligo, rezando para que não seja tarde demais para parar Caleb antes que ele alcance a Cameron. A ameaça dele para mim, de que vai matá-la se eu o seguir, é aterrorizante. Mas agora que ele está fugindo, é provável que faça isso de qualquer maneira, o mais rápido que puder.

Da rua principal, ouço sirenes começarem a soar. Estou saindo pela porta, para encontrar a viatura, quando meus olhos focam novamente na foto em preto e branco sobre a bancada. E agora sei por que parece familiar: é de uma mulher pomo em um vestido tradicional, com um bebê amarrado em uma cesta de tecido, seios soltos sob a roupa, um monte de nozes reunidas nas proximidades; sua casa tem formato de cone e é feita de casca de árvore, junco e tábuas de sequoia. Exatamente como o abrigo que vi na floresta, naquele dia.

Corro pela porta, para a garagem. A chuva está caindo mais rápido, e o céu está quase cor de chumbo quando vejo a viatura acesa vindo em minha direção, desesperada para ver Will dentro dela ou no segundo carro logo atrás. Ambos param bruscamente, as portas se abrindo. O rosto de Will é o único que procuro enquanto gotas de chuva caem sobre meu rosto e pescoço.

— Ele voltou para a floresta! — grito, embora saiba que ainda não fará sentido para Will. — Ele vai matar a Cameron!

(sessenta e três)

— Pode nos levar até lá? — Will exige saber depois que explico tudo, ainda sem fôlego, meu corpo tremendo horrores. — Lembra do caminho?

Não é apenas Will que tenho que convencer, mas todos os oficiais estaduais e locais que foram notificados, dezenas de rostos tensos, todos olhando para mim. Um alerta nacional divulgou uma descrição da caminhonete de Caleb, mas agora ele provavelmente já teve tempo de escondê-la em algum lugar e começar a caminhar em direção ao abrigo pomo. Só o vi uma vez, naquela longa caminhada desde a minha cabana, e foi a quilômetros de onde eu havia saído pela primeira vez, quem sabe a que distância da estrada mais próxima. Posso encontrar de novo? Realmente sei onde está?

— Sim — obrigo-me a dizer.

Will pede ajuda ao posto dos guardas-florestais pelo rádio, trabalhando para reunir todos os homens disponíveis para a missão de busca e resgate enquanto analiso o mapa com nauseantes pontadas de insegurança. Há uma área ao norte e ao leste da minha cabana, bem no fundo da faixa verde de terra da reserva, que pode levar até lá. Mas é isso mesmo? Cruzei uma estrada paralela naquele dia? O rio fica assim tão longe do cume mais alto? A elevação está certa?

— Você tem as coordenadas? — pergunta Will atrás de mim.

— Aqui. — Aponto para a área que encontrei, torcendo por tudo o que é mais sagrado para não estar errada. — A estrada municipal nos levará a alguns quilômetros de lá, mas o resto teremos que fazer a pé, dividindo-nos em equipes com walkie-talkies. Cada equipe precisará de uma fotocópia deste esboço que fiz do abrigo pomo, junto com as coordenadas e a placa da caminhonete Toyota branca registrada em nome de Caleb.

— Entendi — responde ele. Então seus olhos se estreitam. — Você está bem?

— Óbvio. — Tento respirar. — Estou pronta.

Em meia hora, a escolta sai da cidade em silêncio, dezenas de veículos levantando lama ao longo da Estrada Lago Pequeno em direção à entrada principal da Floresta Estadual Jackson, a chuva batendo no para-brisa. A cada curva sinuosa, sinto o estômago revirar, perguntando-me se já é tarde demais.

Will e eu vamos juntos, em silêncio. O céu está tão escuro que pode muito bem ser noite quando chegamos à estrada paralela, o fim da linha para viagens de veículos. A partir daí, contatamos o resto da equipe, todos nós em ponchos pretos que ficam escorregadios antes mesmo de ligarmos nossos walkie-talkies, para partir a pé. Assumo a liderança, tentando não pensar em nada ou deixar a ansiedade tomar conta de mim, torcendo para que meu corpo saiba exatamente aonde está indo e possa me levar até lá pelo tato. Tudo está em jogo agora. É difícil não entrar em pânico.

Caminhamos por dois ou três quilômetros, vinte e cinco buscadores em fila ou em forma de um V estreito, até que o terreno torna isso impossível, todos nós encharcados até a alma. Mesmo quando pegamos as lanternas, a atmosfera pesada torna a visibilidade um desafio, a vegetação gotejando em uma espessa massa ao nosso redor, as colinas e os vales ficando cada vez mais lisos e íngremes, impenetráveis em alguns lugares. Cada vez que chego a uma bifurcação na trilha, procuro desesperadamente por pontos de referência, qualquer tipo de sinal de que estou no caminho certo, mas tudo parece diferente na chuva. Não posso ter certeza se alguma vez estive aqui, mas luto para impedir que meu medo e minha dúvida fiquem aparentes. A equipe precisa acreditar que sei o caminho, e eu preciso acreditar ainda mais.

A temperatura caiu, e o céu está escuro, embora seja pouco depois das 14h. Posso ver resquícios de minha própria respiração além do capuz gotejante do meu poncho, enquanto me pergunto se fiz com que nos perdêssemos. Estou exausta com tudo isso: a dúvida, o esforço, a pressão crescente, o pavor, as vozes na minha cabeça dizendo que já falhei com ela, ao não perceber as pistas e os sinais mais importantes.

E então acontece: olho para cima e sei que encontrei o cume certo. Eu me arrasto por entre arbustos e lama até o topo, e lá está o abrigo pomo, lá embaixo, passando pela mata caída e samambaias sombrias e úmidas, sob pinheiros e cicutas pingando de chuva – ali. As equipes atrás de mim fazem muito barulho ao chegar, sacando as armas, e me sinto tensa a ponto de desmoronar.

Toco a pistola Glock sob a jaqueta, para ter certeza de que ainda está lá enquanto Will verifica a trava de segurança de sua arma.

— Acho que ele sabe que estamos chegando — digo-lhe.

— O que a faz dizer isso?

— A maneira como ele me disse para não segui-lo, como se soubesse que eu descobriria.

— Você estava sozinha quando viu o abrigo naquele dia. Provavelmente é a única pessoa no mundo que poderia descobrir tudo isso, mesmo com a foto na garagem dele.

— Certo — afirmo, sem me sentir mais confiante. — Acho que saberemos em breve.

Quando Will dá o sinal, descemos o morro por meio de arbustos e folhagens encharcados, um pequeno exército tentando manter a surpresa e o sigilo do nosso lado e, muito provavelmente, falhando. Talvez um homem devesse ter ido sozinho primeiro, considero. Talvez devêssemos ter posicionado atiradores no alto – mas é tarde demais para ficar imaginando, tarde demais para qualquer coisa.

Quando chegamos lá, o abrigo foi destruído, ou quase. Parece que passou um ciclone pelo local. Os postes de suporte e pedaços de casca de árvore estão espalhados como gravetos. Nenhum sinal de Caleb.

— Cameron! — grito, mas ela não está aqui. Lá dentro, no chão de terra encharcada, vejo apenas vestígios de sua luta, manchas de sangue em um lençol emaranhado que parece uma pintura em aquarela sinistra e pedaços de corda esfarrapados e encharcados; um balde ao lado cheira a esgoto; uma cama de compensado manchada parece um altar e provavelmente foi exatamente isso, já que ele a estuprou e a torturou nessas semanas em que foi sua prisioneira.

Will sinaliza para que a maior parte da equipe se espalhe e continue procurando. Em seguida, envia uma mensagem pelo rádio para que a entrada do parque seja bloqueada. Quando se vira para mim, sua expressão parece grave, determinada.

— Ele a levou para algum lugar. O que está pensando? Para onde iria?

— Não tenho certeza — respondo, tentando me concentrar em meio ao medo, em meio à possibilidade muito real de que, não importa como tenhamos chegado perto ou tentado, não fomos capazes de salvá-la.

(sessenta e quatro)

A Floresta Estadual Jackson ocupa mais de duzentos quilômetros quadrados de terra preservada e está tão escura na tempestade atual quanto um planeta desconhecido, um pesadelo se tornando realidade minuto a minuto. Em suas dezenas de histórias ao longo dos anos, Hap descreveu todo tipo de desafio nessas florestas: predadores; quedas violentas; hipotermia e trilheiros perdidos. Se Cameron se libertou de alguma forma – um pensamento muito improvável –, ela pode estar em grande perigo, mesmo sem Caleb. Mas pelo menos ela está nesta floresta, e não em outro lugar. Conheço essa terra como a palma da minha mão, com cada célula do meu corpo. Se Cameron estiver aqui, acredito que posso encontrá-la.

As equipes restantes se separaram e se espalharam pelo local, apontando lanternas para samambaias, matas mortas e sequoias esponjosas e vazadas, comunicando-se por walkie-talkies, chamando o nome de Cameron. A chuva está diminuindo para um respingo frio e intermitente, mas o céu continua escuro e inchado, formando sombras em tudo: o ar frio, as cascas de árvore, a pedra e a ravina, o caminho cada vez mais traiçoeiro. As direções que podemos seguir são vertiginosas e infinitas, trilhas quase inexistentes. Em um ponto, encontro-me até a cintura em samambaias pegajosas, a linha do cume tão escura que parece que estou nadando em vez de andando. Eu me inclino para frente, ouvindo Will logo atrás de mim, e espero que ele me alcance.

— Vou descer por esse vale — anuncio, apontando para a encosta à nossa esquerda. — Se ela está tentando se esconder de Caleb, ficaria longe do cume e se limitaria às áreas densas de planície.

— Bem pensado. Vou primeiro.

— Cobriremos mais terreno se nos separarmos — insisto. — Não vamos ter muito mais luz de qualquer maneira. Se seguir nessa direção — aponto para a encosta do outro lado —, o vale vai de leste a oeste por cerca de oitocentos metros. Vou andar nessa direção e encontro você antes da próxima subida. Usaremos nosso walkie-talkie se precisarmos.

— Ok. Mas, Anna, tome cuidado.

Garanto que sim antes de testar meu equilíbrio e começar a me inclinar para o lado. Em minutos, ele desaparece de vista, e estou profundamente envolvida em mais samambaias. Elas batem contra meu poncho e se agarram às minhas mãos enquanto tento um ângulo mais seguro na encosta. Então, antes que eu saiba o que está acontecendo, o solo fica totalmente escorregadio, e estou caindo colina abaixo em uma velocidade alarmante, enrolando-me para me proteger enquanto galhos pretos úmidos me atacam de todos os ângulos.

Quando finalmente chego ao fundo do vale, estou sem fôlego e machucada. Caí duzentos metros ou mais, quase verticalmente.

— Will! — chamo e então me esforço para ouvir sua resposta.

Nada.

Começo a pegar o walkie-talkie, mas faço uma rápida triagem dos meus ferimentos primeiro. Minhas mãos estão cortadas, e meu quadril direito lateja. Toco a dor na nuca com a ponta dos dedos e sinto meu próprio sangue úmido. Com um ferimento aberto e sangrando assim, estou cheirando a jantar para qualquer predador próximo. E há Caleb, que pode estar em qualquer lugar, em qualquer uma dessas sombras que gotejam e estremecem. Ter Will ao meu lado não necessariamente me protegeria de Caleb, não se ele tiver a intenção de me matar. E não estou *tão* machucada pela queda. Decido caminhar um pouco mais sozinha, sentindo-me grata por pelo menos não ter deixado a lanterna cair no caminho.

Hesitando, começo a me mover para frente, devagar, o fundo do vale alagado como um pântano. Minutos depois, minha lanterna começa a piscar, como se a bateria estivesse acabando. Eu a balanço em advertência e então tropeço em uma raiz e caio novamente, batendo meu joelho direito com força na lama. De quatro, vejo algo disparando para a minha esquerda, uma asa escura em movimento, como se eu tivesse assustado uma coruja ou algo maior.

Congelo, prestando atenção com todo o meu corpo. Meu coração bate forte, minha garganta parece atada e fechada. Vi o movimento a trinta graus para a esquerda. Tateio em busca da lanterna que caiu e, em seguida, levanto-me novamente. Seguindo uma travessia esponjosa, sinto o chão da floresta subir sob meus pés como uma boca escura e macia. Estou apavorada com o que posso encontrar, ou quem.

Acima, o dossel parece tricotado e fechado, e o céu é uma lembrança. Tenho a sensação de que caí em um vazio, e que, mesmo se eu chamasse Will, ele não poderia me encontrar aqui. Esse também não é um dos testes de Hap, não é um jogo de sobrevivência, é minha vida e talvez a minha morte também. Penso em tudo que Hap tentou me ensinar sobre a natureza, como ela exige respeito, não importa quanto conhecimento se tenha. Seu próprio desaparecimento prova isso. Ele sabia mais do que ninguém, tinha mais paciência, reverência e respeito, e, ainda assim, a natureza o levou – mas não pode me levar. Não se eu tiver a esperança de encontrar Cameron. É nisso que devo me concentrar agora; não no meu medo, mas na razão de eu estar aqui. Porque é isso que significa sobrevivência.

Prossigo pela vegetação rasteira; folhas e galhos molhados puxando minhas roupas. Então uma clareira se abre, um grupo de sequoias antigas. Posso sentir o cheiro e quase as ouço respirando. Elas parecem estar aqui como testemunhas, mas de quê?

Então algo se move novamente. Ouço um pequeno suspiro engasgado, minha lanterna brilha sobre uma figura: ossos finos e pintados de lama, mais animal do que menina.

Ela está agachada em um emaranhado de galhos, seu cabelo bagunçado e selvagem, tentando se camuflar. Os olhos estão enormes e olham diretamente para mim, a expressão é assombrada e feroz.

— Cameron!

Mal estou respirando quando ela dá um passo em minha direção em sua camisa de flanela esfarrapada, pernas pálidas e assustadoramente magras. Os pés estão descalços.

— Quem é você? — grasna ela antes de tropeçar e cair, de fraqueza ou pelo estado de choque.

Corro para o seu lado e caio de joelhos. Ela está tremendo como se fosse partir ao meio.

— Está tudo bem, Cameron. Sou uma detetive e estou aqui para ajudar. Há muito tempo que procuro por você.

— Onde ele está? — Sua voz está desgastada, apavorada.

— Ainda estamos procurando por ele, mas você está segura, prometo. Ninguém pode machucá-la agora. Não vou deixar.

— Quero minha mãe — murmura Cameron, chorando. Algo dentro dela estala e se solta. — Quero ir para casa.

Antes que eu possa responder, ouço um arbusto se soltar e farfalhar atrás de nós na clareira, um corpo em movimento. Viro o corpo para encontrar o som, pronta para lutar até a morte, se for preciso. Mas não é Caleb, é Hector.

Não consigo nem imaginar como ele chegou aqui. Talvez tenha seguido o grupo de busca da cidade, não querendo deixar isso para as autoridades. Ou talvez tenha simplesmente se materializado como mágica? Seja como for, parece que agora está vendo a ressurreição. Em suas mãos, a lanterna treme, a luz oscilando sobre suas roupas e o rosto, encharcados, a impossibilidade de tudo isso. A graça.

Ele não diz uma palavra, apenas larga a lanterna, ainda iluminada, e corre até nós, pegando Cameron nos braços. Ela deve pesar quase nada agora, mas posso ver que não importa o tamanho que ela tenha. Ele vai carregá-la de qualquer maneira.

Abro o canal no meu walkie-talkie.

— Temos a Cameron. Ela está viva, câmbio.

Um estalo surge, e então a voz de Will.

— Anna? Ah! Graças a Deus. E Caleb?

— Nenhum sinal dele.

— Sabe onde está?

— Acho que sim. Também tenho ajuda aqui. — Olho para Hector, deixando a explicação completa para depois. — Vamos encontrar uma estrada, e alcanço você de lá. Chame uma ambulância, certo? E nada de mídia. Ainda não.

— Entendido.

No silêncio que se segue, digo a Cameron que não deve ter medo, que Hector é seguro, um amigo. Então nos conduzo para fora da clareira, uma lanterna em cada mão, o vale denso e escuro ao nosso redor, meu coração tão cheio que acho que poderia voar se precisasse.

A distância, posso ouvir o Rio Grande, cheio e correndo rápido por causa da tempestade. Aponto para lá, direcionando a luz através da vegetação rasteira, enquanto atrás de mim a respiração de Hector vem com esforço, seus passos vacilando muito. Não ouço Cameron depois de um tempo. Talvez ela esteja inconsciente ou talvez acredite que *está* segura nos braços de Hector. Para ela, ele é apenas um de seus salvadores, um homem forte o suficiente para segurar o peso de seu corpo. O fato de ela não saber que ele é seu irmão torna a coisa duas vezes mais bonita.

✦ ▪ ✦

(sessenta e cinco)

Levamos Cameron para o hospital em Forte Bragg, onde Emily e Troy já estão esperando no carro. Avisei a Will que não queria a mídia, mas, ainda assim, os canais, de alguma forma, ficaram sabendo do resgate. O estacionamento além da área das ambulâncias está entupido de vans, holofotes móveis e suportes de vídeo. Emily tem que passar por eles para chegar ao quarto da ala de emergência onde Cameron está sendo tratada, mas ela consegue.

— Sei que quer ver sua filha imediatamente — explico depois de levá-los a uma sala privada —, e você a verá. Mas agora precisamos deixar os médicos fazerem o trabalho deles. E, depois, precisaremos de uma declaração dela. Mas ela está segura e viva. E isso é o que importa.

— Aquele monstro que a levou ainda está por aí, em algum lugar — diz Troy com intensidade, como se não tivesse me ouvido. — Você o deixou escapar. Que tipo de incompetência *é* essa?

— Olhe, nosso xerife está cuidando disso, e o FBI também. Um alerta já foi enviado amplamente, de norte a sul, através das divisas estaduais e até a Lua, se necessário. Nós o encontraremos.

O rosto de Troy fica lilás enquanto a raiva borbulha. Posso ver que ele precisa culpar alguém, mas já estou farta.

— Se não consegue se controlar, vá ficar do lado de fora. Não estou brincando. Sua filha passou pelo inferno. Entende isso?

Seus olhos brilham com puro desdém.

— Como você ousa...

— Troy. — A voz de Emily é inesperadamente firme.

A mandíbula dele se flexiona, cheia de nós que podem nunca se soltar totalmente. A culpa não resolvida. Todas as coisas que fez e pelas quais nunca pedirá perdão. Mas, finalmente, a contragosto, dá um passo para trás, abandonando a discussão.

Quando chega a hora de começar a entrevista inicial com Cameron, deixo os Curtis com um dos delegados de Will, que pode responder a quaisquer perguntas que ainda possam ter, e sigo em direção ao quarto de Cameron. No caminho, vejo Hector discutindo com uma enfermeira, tentando obter informações sobre a irmã. Suas botas ainda estão sujas de lama, e seu rosto é terrível de se ver, dominado por todas as emoções.

— Está tudo bem — garanto à enfermeira, para que ela saiba que cuido disso.

— Onde ela está? — exige ele uma vez que a enfermeira se foi.

— Sente-se um minuto.

Os olhos de Hector passam por mim, vasculhando o corredor de cima a baixo como se não pudesse assimilar nada além de Cameron. Ele trouxe a irmã aqui, carregou-a até os braços gritarem de cansaço, mas agora é um estranho de novo. Ninguém sabe quem ele é, exceto eu.

— Como acabou na floresta, Hector? Fiquei muito chocada ao vê-lo lá.

— Fiquei louco nesses últimos tempos, sem saber como ajudar. Estava no carro, em frente ao escritório do xerife, quando vi todos os carros de patrulha se acenderem e avançarem pela cidade. Então segui. Não foi legal, mas acabou tudo bem, *né*? Cheguei lá a tempo.

— Chegou — confirmo, sabendo exatamente o quanto essas palavras significam. — Ela passou por muita coisa, mas poderia ter sido muito pior. As costelas estão muito machucadas, e ela tem ligamentos rompidos no ombro. Precisará de cirurgia, mas tenho certeza de que vai ficar bem. Ela é uma guerreira, certo?

Ele acena com a cabeça, e então suas pupilas se estreitam.

— Ele... a *machucou*?

Pela pressão que colocou na palavra, como ele não consegue dizer o que quer dizer, sei que está perguntando se Cameron foi estuprada. Gostaria que houvesse alguma maneira de poupá-lo da verdade, mas é tarde demais para isso. Tudo que posso fazer é assentir lentamente enquanto seu rosto se contrai. A dor latente se transforma em fúria e depois em desespero.

— O que posso fazer por ela? — pergunta ele, angustiado.

— Ah, Hector, desculpe. Mas agora temos que deixar os médicos assumirem. Você terá que ser paciente, se puder. O processo de cura será muito complexo para ela, mas, se realmente ama sua irmã, e sei que ama, você não vai atrapalhar ou forçar seus sentimentos sobre ela. E, com o tempo, ela vai saber quem você é. Você tem todas essas lembranças, poderá devolver essa parte da vida dela.

Seus olhos ficam marejados, e ele engole em seco.

— Aquele cara que a levou ainda está solto.

— Está. Mas vamos pegá-lo.

— Você não pode esperar que eu apenas fique sentado aqui. — Ele está cerrando os punhos com tanta força que os nós dos dedos ficam brancos. — Não enquanto ele pode aparecer aqui ou machucar outra pessoa.

— Ele não pode chegar até a Cameron aqui. Colocamos policiais armados fora do quarto dela, e ninguém vai deixá-la desprotegida por um momento. Eu te prometo isso.

Ele fica imóvel, todo o corpo parecendo vibrar. Reconheço o que ele está sentindo agora, e que, se não fizer nada, vai acabar desmoronando.

— Olhe — digo —, será que poderia me fazer um favor? Minha cadela está no escritório do xerife, em Mendocino. Pode pegá-la, garantir que ela tenha comida e água e trazê-la aqui para mim?

— Ah. — Um pouco da tensão deixa seus olhos enquanto ele se endireita. — Sim. Posso fazer isso.

✦ ✖ ✦

Quando abro a porta do quarto de Cameron, as persianas e as cortinas de privacidade foram fechadas. Na cama, ela está recostada em travesseiros, os joelhos dobrados sob os cobertores como se estivesse tentando ficar menor enquanto uma enfermeira limpa as lacerações em suas mãos e pulsos. Fitas de curativo em forma de borboleta marcam sua bochecha direita e o centro do queixo, onde recebeu pontos. Apesar de tudo isso – feridas e hematomas, invisíveis ou não –, ela é linda. E está viva.

Cameron olha para mim.

— Seu nome é Anna — diz ela fracamente.

— Isso mesmo. — Eu me aproximo. — Anna Hart.

Ela fecha os olhos e os abre novamente.

— Você salvou a minha vida.

A enfermeira reveza o olhar entre nós, compreendendo a emoção.

— Só vou dar uma saidinha. Já volto.

Quando a enfermeira sai, pego a cadeira que ela ocupava, a apenas alguns centímetros da cabeceira da cama ajustável de Cameron, com os lençóis brancos insossos.

— Você que salvou sua própria vida — corrijo enquanto minha garganta aperta com o sentimento. — Você fez tudo.

Ela me olha insegura, como se fosse chorar também.

— Obrigada — murmura baixinho.

— Você já passou por tanta coisa, mas vou ter que fazer algumas perguntas. Sabe quem sequestrou você? Reconheceria uma foto dele?

Ela desvia o olhar.

— Pode me dizer o que aconteceu, Cameron?

Ela balança a cabeça, ainda olhando para a parede.

— Tem alguma ideia de para onde ele possa ir?

Sem resposta.

— Sei que isso é difícil para você. Mas é muito importante se quisermos prendê-lo.

Mais uma vez, Cameron não diz nada.

Respiro fundo, tentando colaborar com ela, que está totalmente fechada.

— Tudo bem, podemos conversar mais tarde. Está com frio? Posso pegar outro cobertor para você?

O lado machucado de seu pescoço se contorce, sua pulsação. De alguma forma, tenho que encontrar uma maneira de conversar com ela, mas agora não é a hora.

— Só quero que você saiba que não há nada que possa me dizer que me faça julgá-la. Você é muito corajosa, Cameron.

Ela meio que se vira para olhar para mim.

— Não tive escolha.

— Teve, sim. Você poderia ter desistido.

Will está no corredor quando saio do quarto de Cameron.

— Nada? — pergunta.

— Ela não está pronta.

— Entendo isso, mas estamos caçando um homem. Caleb pode estar a caminho de qualquer lugar agora, do outro lado da fronteira com o Canadá, ou já trabalhando em outra vítima.

— Acha que não sei disso? — Olho para a porta de Cameron, então abaixo a voz e o conduzo em direção ao posto de enfermagem. — Ela está frágil.

Pense no que ela passou, o trauma que suportou. Muito do que aconteceu com ela é indizível, Will.

Ele suspira enquanto o que falei fica no ar e então assente.

— Ela tem que saber que é a nossa prioridade, e não a informação. Ela merece isso.

— Sim, merece. — Ele esfrega os olhos com a ponta dos dedos, parecendo exausto. Atrás dele, no posto de enfermagem, há um quadro branco com o nome de Cameron, junto de notas rabiscadas em vermelho de seus cuidadores sobre fluidos intravenosos, sinais vitais e remédios administrados. No topo está a data de hoje: 14 de outubro.

Fico olhando para os números sem acreditar. Entre minha saída de São Francisco e hoje, aconteceu uma eternidade de mudanças. Nós duas destruídas, vulneráveis e transformadas, ligadas para sempre, quer haja ou não palavras para isso. E, no entanto, apenas três semanas se passaram, nem mesmo um único ciclo da lua.

⟡ ✖ ✦ ⟡

(sessenta e seis)

Durante toda a noite e no dia seguinte, a caçada por Caleb continuou. Cães, equipes de campo e mais homens foram trazidos; cada condado no norte da Califórnia se inscreveu para ajudar na busca – e pareceu que tínhamos um exército, enfim, uma maré humana crescente. Rod Fraser mandou seu helicóptero em nossa direção de novo, para varrer a costa. Ele mostrou a foto de Caleb para Gillian Pelham e Kate McLean, e nenhuma delas achou que este era o homem que viram sequestrar Polly. Ainda assim, a mídia estava enlouquecendo com especulações. Mais equipes de notícias chegaram para inundar a cidade, tentando chegar perto de Cameron e seus pais e perseguindo Will por declarações e atualizações.

Quando o boletim informativo de Caleb foi divulgado na internet, atingindo milhares e milhares de pessoas em poucas horas, o exército se expandiu. Na manhã seguinte, 15 de outubro, a picape Toyota de Caleb apareceu perto de Galloway, em uma estrada pouco usada do condado, avistada por uma mulher que reconheceu o número da placa do noticiário. Ela ligou para o escritório de Will, quase gritando.

Mandamos dezenas de homens para lá, vasculhamos a área em busca de lugares onde Caleb possa ter se escondido. Mas, mesmo com essa descoberta importante, não temos como saber há quanto tempo o carro dele ficou abandonado, ou quantos quilômetros ele pode andar por dia, ou quão completa e cuidadosamente ele poderia desaparecer, ou por quanto tempo.

◆ ◼ ◆

À medida que a busca continua, Will, eu e uma pequena equipe de homens, alguns deles do FBI, trabalhamos para revirar cada centímetro do abrigo pomo e o depósito no Centro de Artes, onde outras vítimas podem ter sido mantidas em cativeiro ou mesmo mortas. Conseguimos um mandado para a casa de Caleb, que levará muito tempo para ser esquadrinhada, mesmo com mais pessoas trabalhando.

Entrar é estranho e inquietante, como se o tempo estivesse retrocedendo. Como se eu pudesse andar pelo longo corredor apainelado e encontrar Jenny em seu quarto, tocando violão ou ouvindo Simon e Garfunkel no aparelho de som.

A primeira porta do corredor à esquerda é a de Caleb. Estive aqui pela última vez na adolescência, deitada no tapete felpudo marrom, comendo biscoitos de manteiga de amendoim, enquanto Caleb falava sobre naufrágios famosos ou outros fatos obscuros. O quarto é o mesmo, parece quase parado no tempo, como se Caleb nunca tivesse realmente terminado de crescer nesta casa, porque Jenny também não conseguiu. A colcha xadrez é azul-marinho e marrom, infantil. Duas paredes são forradas com estantes abarrotadas de livros. Sobre uma mesa e ao longo de uma parede, estão dezenas de fotos de meninas, todas adolescentes com longos cabelos escuros, castanhos ou pretos, todas lindas, todas alvos ou objetos de obsessão. Presas.

Shannan está aqui, em três retratos lado a lado, parecendo dolorosamente esgotada, seus olhos entorpecidos e assombrados, como se a série fosse um tríptico de sua espiral no nada. E então vejo Cameron, tanto em cores quanto em preto e branco. Também há esboços a lápis de seu rosto, dos ombros, do pescoço e dos pulsos, todas as nuances e fragmentos cuidadosamente capturados com pinceladas e sombras em camadas. Ternamente atencioso e meticulosamente controlado.

Continuo examinando o cômodo, sentindo-me cada vez mais nervosa. É como se eu não estivesse em um quarto, mas em um laboratório. Isso – tudo isso – está dentro da mente de Caleb: como ele pensa, o que quer, o que o tem impulsionado nos últimos meses, senão anos. Tenho que acreditar que, provavelmente, há outras vítimas também, nos lugares onde ele morou antes, até mesmo no Golfo Pérsico, e que ele está fazendo isso há muito tempo, e que nunca vai parar se não o pegarmos.

Quando Cameron sai da cirurgia e está confortável em seu quarto particular, Will e eu começamos a entrevistá-la, lentamente e com cuidado. Uma das coisas que mais dificulta que ganhemos sua confiança é que somos parte do problema, fazendo-a se lembrar de coisas que deseja desesperadamente esquecer. Temos a obrigação de encontrar e deter Caleb, caso contrário, ela nunca vai estar segura novamente. Mas, mais do que isso, sei que, se ela puder encontrar uma maneira de falar ao menos sobre uma parte de sua tragédia, reconstruir algumas dessas lembranças, elas poderão começar a deixar seu corpo e liberar mais espaço interno, para que Cameron possa se recuperar lentamente.

É um processo complicado, e não apenas por causa de seu estado físico instável; o trauma de sua provação afetou a memória e a capacidade de se concentrar. Um momento pode parecer nítido na narrativa, enquanto o próximo se estilhaça. Ela repete certos detalhes, mas muda outros. Às vezes não consegue falar nada, apenas chorar. Outras vezes, parece quase sem emoção, piscando em sua cama de hospital, como se fôssemos completos estranhos. Nunca diz o nome dele, mas, de vez em quando, vejo algo surgindo em meio à dor e à dormência. Uma ferocidade pequena, mas presente. Algo que não pode ser destruído.

A linha do tempo dos últimos meses é uma das coisas mais difíceis de remendar, mas aos poucos começamos a ver, em pequenos pedaços, como Caleb conseguiu chegar até a Cameron. No início de agosto, ela viu o anúncio no quadro de mensagens para ser modelo de um artista. Ela estava com Gray naquele dia, apenas fazendo um lanche no café ao voltarem da praia, mas, quando arrancou o número e o colocou no bolso, ela o fez secretamente. Também telefonou para ele em segredo, de seu quarto, uma tarde, enquanto a mãe estava fora, marcando a primeira reunião no centro de informações turísticas de Mendocino, na Rua Principal.

— Um lugar público — comento, ouvindo-a. Foi um movimento fundamental da parte dele, com o objetivo de construir confiança. A localização também foi uma escolha inteligente, cheia de turistas, não de moradores locais. Eles provavelmente não seriam vistos por ninguém que os conhecesse e, se fossem, estavam apenas conversando do lado de fora, em uma das mesas de piquenique, na sombra, um bom dia no final do verão. — Você se sentiu segura para ir sozinha.

— Sim. — Ela acena com a cabeça. — Acho que isso foi estúpido.

— De jeito nenhum. Ele poderia ter sido completamente íntegro.

— Mas não foi.

— Você não sabia disso.

Ela olha para cima com os olhos ainda profundamente sombreados pelo seu tormento, o corpo dolorosamente magro.

— Ele parecia normal.

— Sobre o que conversaram naquele dia? — pergunta Will. — Você se lembra?

— Ele queria ver meu portfólio de modelo, mas eu não tinha. Fiquei envergonhada por nem ter pensado nisso antes.

— Foi quando pediu a Gray para tirar aquelas fotos no bosque, Cameron? Você queria levar algo com aparência profissional?

Ela assente.

— Quando nos encontramos novamente, mostrei as fotos. Ele disse que eram legais, mas que não eram adequadas para ele. Ele ia fazer esboços e queria alguém que parecesse realmente natural. Achou que eu estava usando muita maquiagem ou algo assim.

— E depois, o que aconteceu? — pressiona Will com suavidade.

— Ele me disse que iria pensar no assunto e me responder, mas, que, se desse certo, tinha muitos contatos no mundo da arte, na moda também. Caí que nem pato. — Ela desvia o olhar, tomada pela vergonha.

— Isso porque ele manipulou você — digo a ela, querendo poder carregar um pouco do seu fardo, um fardo impossível. — Ele a atraiu, pegando-a com a guarda baixa. Você não fez nada de errado.

— Eu devia ter contado para a minha mãe ou Gray. Alguém.

— Você só queria algo para você. Isso faz muito sentido, considerando como as coisas eram estressantes em casa.

— Acho que sim. — Ela não parece convencida.

— As coisas que são realmente importantes para nós, Cameron, muitas vezes não contamos a ninguém porque não podemos. O que você fez foi natural, você só tem 15 anos, sabe.

Em seu silêncio, mantenho o olhar fixo no dela, tentando falar sem palavras. *Você lutou por si. É por isso que ainda está aqui.*

Ao longo das próximas horas e dias, descobrimos mais coisas. Como, no início de setembro, Cameron começou a ir ao estúdio de Caleb, para posar para ele uma ou duas vezes por semana, depois da escola. Ele não pediu que ela posasse nua, ou que fizesse qualquer coisa que pudesse soar ameaçadora. A cada passo, ele se comportava quase de maneira passiva, o que, ironicamente, aumentava seu poder sobre ela. Em outras palavras, todas as armadilhas funcionaram.

Talvez as coisas tivessem escalado rápido demais entre eles porque outras coisas já haviam acontecido, coisas que ninguém podia ter previsto. Cameron havia ido ao posto de saúde, sendo confrontada com todo aquele trauma enterrado. Num sábado, ela também tinha atendido a ligação da assistente de Troy, que telefonava para jogar uma bomba na sua família. É difícil dizer o que poderia ter acontecido sem esses fatores, mas logo ela estava fugindo para encontrar Caleb; ou porque confiava nele cada vez mais, acreditando que ela poderia ter esse sonho de ser modelo se trabalhasse duro o suficiente por isso; ou porque o desespero havia crescido a ponto de não estar pensando com nitidez. De qualquer forma, Cameron obviamente não tinha ideia do que de fato estava se metendo, até que era tarde demais. Até a noite em que saiu para encontrá-lo e não voltou.

— Por que naquela noite? — pergunto.

— Ele disse que tinha um amigo artista de Los Angeles que eu devia conhecer. Ele só ficaria na cidade por algumas horas.

— Então você esperou sua mãe ir para a cama e desativou o alarme. Já tinha feito isso antes?

— Algumas vezes. Pensei que estava tudo bem, acreditei nele. Mas, quando cheguei à caminhonete onde ele estava esperando por mim, algo estava diferente.

— Ele parecia agitado? — pergunto. — Como se não fosse ele mesmo?

— Sim. Estava nervoso e falando sozinho. Tipo, sussurrando. Foi muito estranho.

— Você pediu que ele a levasse para casa?

— Eu não sabia o que fazer. Então chegamos ao semáforo em direção à cidade, e ele foi para o outro lado. Ele não estava indo para o estúdio, não havia nenhum amigo.

— E depois, o que aconteceu? — pergunto o mais gentilmente que posso.

— Tentei sair do carro. Eu ia pular, estava com muito medo. — Puxando o cobertor, ela agarra os braços sob o vestido de algodão. Posso ver arrepios sob suas mãos. — Ele pisou no freio e gritou comigo, começou a me sufocar e me jogou contra a lateral da janela. Acho que desmaiei.

— E foi então que ele a levou para o abrigo?

— Não, ele me levou para outro lugar primeiro. Era uma sala pequena e escura, com um cheiro meio bolorento. Minhas mãos estavam amarradas. Achei que ele fosse me matar logo, mas não. — Ela se vira em direção à janela, seu corpo cerrado como um punho. — Ele disse que me amava.

Há um longo silêncio carregado. Trazemos água para ela. Peço a uma das enfermeiras outro cobertor para Cameron, aquecido, e percebo que minhas próprias mãos estão congelando, em solidariedade. Meu peito dói.

— Quanto tempo você ficou lá? — pergunto, questionando-me por que não a ouvi no dia em que caminhei perto do abrigo pomo, por que ela não me ouviu.

— Uma semana talvez? Ele ficava me dando algum tipo de pílula para me fazer dormir.

Meu olhar fixa no de Will por um tempo. Os especialistas forenses encontraram vestígios de sangue com luminol no depósito do Centro de Artes, mas nenhuma das amostras é grande o suficiente para combinar e sequenciar. Eles também coletaram mais provas não identificadas – pedaços de unhas e fibras diversas. Algumas das amostras de cabelo parecem corresponder às de Cameron, mas há outras que não.

— Viu algum sinal de que ele manteve alguém no quarto ou no abrigo antes de você? — pergunta Will.

— Não sei. Acho que não.

— Já viu outra modelo com ele? — continua. — Encontramos muitas fotos de outras garotas. Uma é Shannan Russo, um jovem de 17 anos que foi assassinada no início desse verão, mas a maioria ainda não conseguimos identificar. Parece que ele está fazendo isso há muito tempo.

Pela expressão de Cameron, posso ver que ela entende o que estamos dizendo, que ela tem sorte de estar viva.

— Como finalmente escapou? — pergunto.

Ela pisca devagar, com pesar.

— Fiquei no abrigo por um longo tempo, a maior parte do tempo sozinha. Ele ia de vez em quando, para me alimentar e... — Ela engole o resto da frase, incapaz de sequer pensar no que veio a seguir, quanto mais dizer. Agarrando seu cobertor como um escudo, prossegue: — Fazia tempo que eu não o via. Comecei a pensar que ia me deixar morrer de fome, mas então ele voltou, e, dessa vez, foi pior.

— O que foi diferente? — pergunto.

— Ele parecia assustado com alguma coisa. Estava se mexendo, agarrando coisas, falando sozinho. Realmente perturbado. Tinha uma faca na mão, e eu tinha certeza de que tudo estava acabado. — A voz dela vacila.

— E depois, o que aconteceu?

— Ele soltou minhas mãos, e não sei. Pensei que não tinha escolha a não ser lutar, que era minha última chance.

— Já teve que lutar com ele antes?

— Na verdade, não. Ele é muito maior do que eu. A faca estava bem ali, mas não achei que ia conseguir. Em vez disso, comecei a jogar coisas, tudo o que pudesse agarrar. Ele perdeu o equilíbrio e caiu contra a parede, e então as coisas começaram a desabar. Cheguei até a porta e a abri com um chute, e então ouvi algo. Ele também ouviu. Alguém estava vindo.

— E foi quando você correu?

— Sim.

— Tem alguma ideia de aonde ele possa ter ido? — pergunta Will. — Ele alguma vez mencionou outros lugares, querendo fugir?

— Acho que não. Ele gosta daqui, gosta do mar. Não acho que ele vá muito longe.

— O mar? — pergunto. — O que tem o mar?

— Tudo. Ele me contou sobre o mergulho em busca de pérolas no Irã. — Ela levanta o olhar para encontrar o meu, seus olhos parecem muito perceptivos de repente. Tristes, mas perceptivos. — Ele nem sempre parecia maluco.

Não, nem sempre, penso. E então nós a deixamos descansar.

(sessenta e sete)

No Halloween, embora eu não esteja com a mínima vontade de comemorar, fico na frente do Bar do Patterson e vejo crianças da vizinhança falando doce ou travessura? – na Rua Lansing, entrando nos estabelecimentos que ainda estão todos com as portas abertas e com as luzes brilhando muito, mesmo depois do horário de fechamento. Há uma casa inflável no Parque Rotary e uma mesa em frente ao Mercado Mendosa, onde as crianças podem fazer pinturas bobas no rosto. Mas tudo que posso pensar ao ver monstros, bruxas e super-heróis passando e os pais logo atrás deles a uma distância respeitável é que todo o mundo – a cidade inteira – deveria estar em casa, com as portas bem fechadas.

Wanda sai de trás de seu posto no bar, para conversar um pouco. Ela está vestida como Píppi Meialonga, com pedaços de arame pendurando tranças de fios vívidos sobre os ombros. Ela tem uma grande tigela de aço inoxidável nos braços, com minibarras de chocolate: Três Mosqueteiros, Crunch e Special Dark.

— Como está a Cameron? — pergunta ela enquanto se abaixa para esbanjar sua afeição usual em Grilo, equilibrando a tigela no quadril.

— Melhor a cada dia. Ela foi para casa na semana passada.

— Que ótimo! — Ela mal está ouvindo enquanto esfrega o rosto e as orelhas de Grilo, as duas tendo um momento só delas.

Só então vejo Will e os filhos virando a esquina da Rua Ukiah, mas Beth não está à vista. Enquanto os observo, duas garotas pré-adolescentes param na nossa frente, dizendo oi para Grilo enquanto Wanda joga um punhado inteiro de doces em cada um de seus baldes de abóbora de plástico laranja. Elas sorriem como se tivessem ganhado na loteria, ambas vestidas como a Chapeuzinho Vermelho.

Quando se afastam, as capas tremulando como bandeiras atrás delas, digo a Wanda:

— Se dependesse de mim, eu a manteria no hospital até encontrarmos Caleb. Acho que é mais seguro. Mais fácil de monitorar do que a casa dela.

Sua postura normalmente serena se torna rígida enquanto ela me escuta.

— Você está bem, Anna? Quer entrar e comer alguma coisa? A sopa está bem gostosa hoje.

— Obrigada. Acho que vou ficar bem. Só queria que essas crianças saíssem das ruas, sabe?

Ela segue meus olhos com os seus. Tanta inocência em desfile, tanta vida humana frágil.

— Sei o que quer dizer, mas também acho que é meio corajoso estar fora de casa hoje à noite. Não apenas para as crianças, mas também para os pais. Como se estivessem dizendo: *isso você não pode nos tirar.*

Grilo se inclina contra minha perna como se concordasse com a afirmação de Wanda, mas eu, não.

— Mas poderia se quisesse, Wanda. Ele poderia tirar tudo.

Depois de um tempo, decido que o melhor é ir para casa e saio da cidade com Grilo no banco de trás, ao longo da estrada escura como breu. No meu estado mental de agora, a floresta parece se distorcer além dos meus faróis, as árvores isoladas, pulando como sombras em forma de gancho. Continuo pensando em quantas vítimas Caleb pode ter feito ao longo dos anos, quantos alvos de sua obsessão. Nas dezenas de fotos em seu quarto, pelo menos, todas as garotas têm uma semelhança impressionante umas com as outras: o mesmo cabelo escuro comprido e o formato do rosto suavemente arredondado. Elas também sugerem mais do que uma conexão física passageira com Jenny, como se Caleb estivesse procurando variações de sua própria irmã.

É um pensamento perturbador, mas sobre o qual não posso deixar de ponderar enquanto entro na minha própria garagem sombria e desligo o motor. A noite está fria e totalmente silenciosa aqui, na floresta. Sem som de coruja, sem coiotes, sem lua para iluminar o caminho. Grilo trota à minha frente e sobe para a varanda, parando uma vez para marcar seu território. Destranco a porta, meus pensamentos ainda em Jenny e sua ligação com tudo isso. *Quem* esses criminosos em série visam é uma parte crucial para entender o *porquê*. Para Caleb, a complexa série de gatilhos em seu passado deve incluir o assassinato violento da irmã. Mas seu relacionamento com Jenny teria sido intensificado muito antes por outros fatores: o abandono da mãe deles, a negligência e o alcoolismo do pai. Perder uma irmã não transforma todo o mundo em um assassino, obviamente. Algo já havia começado a corromper a essência de Caleb, de modo que a morte de Jenny fez mais do que mergulhá-lo na dor – isso o despedaçou de vez.

Qualquer que seja a especificidade das suas feridas – e só posso arriscar suposições agora –, em algum momento elas se tornaram muito urgentes e barulhentas, e ele não pôde mais ignorá-las. Começou a caçar meninas – não mulheres adultas. Garotas que lembram a irmã que ele perdeu. Sequestrá-las significa que ele finalmente tem algum controle sobre a história, sobre como a vida o trapaceou. Com uma vítima de cada vez, pode superar o desamparo que sentiu quando menino e exercer uma sensação de poder.

Estou mergulhada no turbilhão de tudo isso, totalmente preocupada, enquanto procuro o interruptor. As luzes flutuam, dissipando sombras, e minha respiração falha. Caleb está aqui, na cabana, sentado no centro do meu sofá.

A adrenalina me atinge. Posso sentir o gosto, frio e ácido, na base da minha língua.

Ele está todo vestido de preto, como se quisesse desaparecer. Seu rosto acima do colarinho escuro parece pairar.

— Não tente correr — diz com uma calma estranha. Sua mão se estende para a nuca de Grilo. Ela está parada ao lado dele com a mesma calma, afinal, eles já se conheciam.

A inquietação que senti na cidade e no caminho de volta para casa se transformou de pronto num medo violento e elétrico. Atinge-me com tanta força que me pergunto por um momento se posso falar ou me mover. Na mesinha de centro em frente a Caleb, há uma faca de caça de lâmina serrilhada, com cerca de vinte centímetros de comprimento. Em algum lugar da mente, armazenei o conhecimento que pode me ajudar agora: quanto dano uma arma como essa pode causar, dependendo de onde seja enfiada no meu corpo, com quanta força e quantas vezes.

Ele tem o dobro do meu tamanho, facilmente. Eu precisaria da minha arma para lutar, que está escondida debaixo do colchão no meu quarto, do outro lado de onde Caleb está sentado. Eu teria que contorná-lo para fazer isso. Impossível.

Como se Caleb pudesse ler meus pensamentos, ele se levanta, pega a faca e se move para a frente da porta do quarto. Sua expressão é fria e plana, como se estivesse pensando em vez de sentir cada movimento que faz, flutuando acima de si mesmo.

Meu diafragma se contrai de pavor, o corpo todo está enrijecido como um arame. Olho para Grilo. Ela é muito inteligente e ainda mais intuitiva. Posso ver que sente que algo está errado na maneira como mantém os olhos em mim, mas sua posição não mudou. Ainda está sentada do lado da mesa de centro, mas seu olhar está fixo e alerta. Ela está me dizendo que está de plantão, que não estou sozinha.

— Por que não acendo uma fogueira? — sugiro, tentando ganhar tempo. — Está frio aqui.

— Está bem — responde ele rigidamente, apontando para o fogão a lenha com a ponta da faca. — Só não tente nada.

Seu aviso me faz pensar que ele leu minha linguagem corporal corretamente. Quero fugir, gritar, atacá-lo e arriscar. Em vez disso, ajoelho-me perto da lenha e pego a caixa de fósforos, talas estreitas de gravetos e jornal.

— O que você quer? — pergunto, ciente de que minha voz soa estranhamente vazia. — Por que veio aqui?

Sua boca se contrai quase de modo microscópico.

— Acho que eu deveria estar perguntando a mesma coisa, Anna.

Olho em direção à lâmina que ele está segurando levemente na mão direita, quase roçando a coxa. Ele não a está brandindo, não está se comportando de maneira errática. Na verdade, está calmo demais, mais do que certo de que tem a vantagem aqui. Porque tem mesmo.

— Como assim?

— Foi você que veio atrás de mim. Eu a estava deixando em paz, mostrando respeito. — A palavra ressoa de forma estranha, com calor e forma.

Isso significa algo. É um ponto-chave. Meu pensamento ainda é lento e não confiável, perfurado pelo medo, mas já passei por isso antes. Falei com dezenas de assassinos e psicopatas, já fiz perfis complicados, oceanos escritos de anotações de casos. Também estive no quarto de Caleb, seu laboratório. De alguma forma, preciso usar o que sei para juntar as peças, a história de origem que está guiando tudo: antiga e poderosa. Propulsiva. O que ele fez e ainda pretende fazer; o que está acontecendo agora, nesta sala.

— Respeito você, Caleb — declaro. — Somos amigos há muito tempo.

— Isso mesmo. Nós somos. — Ele se inclina contra o batente da porta, seu suéter e jeans pretos como um corte ininterrupto contra a tinta branca. — Exceto que você não é a mesma, Anna. Você costumava me entender. Ou era o que eu achava, de qualquer forma.

Ele me deu mais informações, outro pequeno pedaço do todo. Tento estabilizar minha respiração, para aliviar a tensão em minhas mãos.

— Quero entender você, Caleb. Diga-me, por que Cameron é tão especial? Ela é, não é? Eu também a amo.

De repente, o rosto de Caleb fica vermelho. Sua garganta acima da gola da camisa parece estranhamente amarrada, como se ele mal estivesse se controlando.

— Você está fazendo isso há muito tempo — continuo. — Mas Cameron é diferente. Você a manteve por três semanas, mas não a matou. Não acho que você se sentiu bem em machucá-la.

Olhando por cima, vejo seus olhos se estreitarem, como se eu tivesse atingido um nervo, mas ele não diz nada. Acendo o fósforo na mão, e o enxofre queima meu nariz e meus olhos. Mesmo assim, sou grata pela ação e momentos de camuflagem. A última coisa que quero é que ele me veja tremendo. Não posso ser uma vítima em sua mente, como um cervo nos faróis. Sou amiga dele. Ele tem que acreditar que o aceito, que sei que ele não consegue se controlar.

— Só estou tentando me colocar no seu lugar, Caleb. Achou que você poderia ficar com a Cameron porque ela lembra mais a Jenny?

— Não fale dela — rebate ele, saltando um pouco para a frente na ponta dos pés.

Está usando tênis grandes e pretos e parece surpreendentemente leve com eles, considerando seu tamanho. Deve pesar cerca de noventa quilos, mas se move como um homem menor, não exatamente com graciosidade, mas eficiência. Talvez os militares o tenham ensinado isso.

— Sinto falta de Jenny, Caleb. Aposto que você também.

Sem se mover, algo parece se apoderar dele.

— Você não a conhecia.

Na minha frente, o fogo tomou conta, lambendo os gravetos sobre os pedaços de pinheiro que coloquei em forma de tripé. O cheiro de chamas tocando a madeira é um dos aromas mais familiares e calmantes que conheço, profundamente entrelaçado com minhas lembranças de Hap e de casa, de conforto. Mas tudo que posso pensar agora é quanto tempo Caleb vai me deixar viver. Se esses são os últimos momentos da minha vida.

No entanto, ele me encontrou aqui, seguindo-me desde a cidade, rastreando meus movimentos por dias, ou até mesmo semanas, ele obviamente quer retaliação. Roubei algo dele, algo precioso e insubstituível.

Sento-me nos calcanhares para encontrar o olhar de Caleb.

— Eu queria ter conhecido Jenny melhor. Sempre achei que havia algo muito triste na sua irmã. Gostaria que ela tivesse falado mais comigo. Eu queria ajudar.

Não posso dizer pela expressão de Caleb se o que estou dizendo o irrita ou o interessa, mas ele se afasta da porta do quarto e se senta no braço do sofá xadrez, de frente para mim, talvez a três metros de distância, com a faca apoiada no joelho.

— Costumávamos ter uma linguagem secreta quando éramos crianças.

— Já ouvi isso sobre gêmeos. Tenho inveja de você por ter tido alguém para amar assim.

— Foi muito especial. — O músculo em seu antebraço direito se contrai, e a lâmina *bowie* pula como se tivesse vontade própria. — Você não entenderia.

— Tenho certeza de que foi especial. Mas então alguém a sequestrou e a machucou.

Ele se senta para frente agora, enquanto suas pupilas se agarram a mim. Parece zangado, como se eu tivesse ligado um interruptor.

— Como eu disse, você não entenderia.

Grilo parece sentir uma mudança na pressão da sala. Ela está descansando perto da mesa de centro, não muito longe de onde Caleb está, mas agora sua cabeça aparece quando olha para mim. Sustento seu olhar, silenciosamente desejando que ela venha para o meu lado. Não porque ela pode impedi-lo de me machucar se ele decidir, mas para que eu tenha o conforto do corpo dela.

— Ainda está bravo com sua mãe, Caleb? É disso que se trata? Por que precisa fazer as mulheres pagarem?

— O que você sabe sobre isso?

— Minha mãe também foi embora. — Fico surpresa ao me ouvir dizer essas palavras, como se elas tivessem surgido em minha mente sem serem convidadas. — Ela se matou.

— Eu não sabia.

— Nunca falei sobre isso. Você sabe como é — digo, tentando nos alinhar com cuidado, sem engatilhá-lo. Ele é como uma bomba humana com dezenas de fios de disparo. Alguns deles posso ver, mas a maioria está enraizada dentro dele. — Às vezes gostaria que ela ainda estivesse aqui, para que eu pudesse mostrar a ela o quanto da minha vida ela bagunçou. Já desejou isso?

Seu olhar se estreita novamente, mas ele não responde.

— Como é que sua mãe não voltou depois que Jenny foi assassinada? — Estou incitando-o deliberadamente agora, testando os fios, esperando não estar errada. — Ela não se importou nem um pouco?

— Ela se importou. Mas simplesmente não podia voltar, não era uma pessoa forte.

Agora é minha vez de reagir. É como se eu estivesse olhando em um espelho. Ouvindo falas de um roteiro que escrevi há muito tempo. Tenho a estranha sensação de que tudo isso já aconteceu antes, como se o caminho já tivesse sido traçado. Como se só houvesse um lugar possível para pisar.

— Nem todo mundo pode ser forte — afirmo. — Entendo isso. Aposto que você teve que fazer muito pela Jenny, porque sua mãe não podia.

— Eu não me importava — responde ele rapidamente. — Eu era bom nisso. Nosso pai sempre foi tão inútil.

A palavra tem uma inflexão que trava e repercute. *Inútil. Babaca.* Mais uma vez, tenho a sensação de que estou olhando para um espelho – e um bem escuro.

— Vocês tinham a mesma idade, mas você sempre foi o mais forte — prossigo. — Ela podia ficar triste às vezes, mas você fazia com que ela se sentisse melhor. Você cozinhava para ela, colocava-a na cama à noite, e aposto que lia histórias, também.

De repente, ele franze a testa. Ondas carregadas de emoção se agarram a ele enquanto se levanta.

— Pare de tentar entrar na minha cabeça.

— Só quero entendê-lo, como você disse. Sinto que o decepcionei, Caleb. Acho que muitas pessoas o decepcionaram.

Ele se move para frente e para trás, como se para testar o equilíbrio.

— Sim — confirma, quase para si mesmo. — Ela não devia ter tentado me deixar.

A frase cai com um solavanco entre minhas omoplatas. Ele não está falando sobre a mãe agora. Foi Jenny que o decepcionou, Jenny que o traiu. Como não vi isso antes?

— Nem todo mundo é forte, Caleb — repito, avançando devagar em minha posição agachada. Estive ajoelhada o tempo todo em frente à lareira, interrompendo minha circulação. Meus pés formigam quando o sangue os atinge. Arrisco um olhar para a porta do quarto, então para Grilo no chão, ao lado do sofá, descansando, mas consciente, se a li direito, e, finalmente, de volta para Caleb. — Ela não aguentava mais, assim como sua mãe.

— Eu teria ido com ela. — É quase um gemido. O menino nele está aqui, conosco, ainda sofrendo. É aí que mora a raiva, bem no centro dessa ferida. — Mas ela não queria me levar, ela não quis ouvir.

— Você teve que impedi-la — concluo. — Foi assim que aconteceu. — Com ele, sou cuidadosa, tentando não pronunciar uma única sílaba errada, enquanto, internamente, estou avançando em uma sala escura como breu em busca de qualquer forma familiar, como naquele jogo de criança em que vendávamos os olhos. — Vocês discutiram, teve uma luta. Você não sabia o quão forte era.

O queixo dele está inclinado para baixo, os olhos fixos em algum ponto à sua frente, como se estivesse tentando apagar tudo isso e se concentrar *naquilo*, o maior drama, a história de sua vida. Eles devem ter discutido no último dia dela em casa. Ela fez as malas, tentou ir embora, mas ele a impediu e sem querer... o quê? Quebrou o pescoço dela?

Mas, não, Jenny tinha ido trabalhar naquele dia. Seus colegas de trabalho a viram sair para pegar carona de volta à cidade, o que significa que ele pegou a caminhonete de Jack e esperou por ela, sabendo que, de outra forma, ela já estaria muito longe. Ele parou enquanto ela estava com o polegar para fora. Ela subiu, pensando que poderia passar mais alguns minutos tentando explicar por que tinha que ir embora. E foi aí que ele fez. Sem rodeios. Estrangulou-a e a levou para o rio. Tudo isso era algo que ele tinha que fazer, uma coisa horrível, de dividir a alma. Mas parte dele gostou, parte dele ganhou vida pela primeira vez.

— Não acho que você seja um monstro, Caleb — afirmo. — Pode confiar em mim. Deixe-me ajudá-lo a encontrar uma maneira de sair dessa.

— Não. — É quase invisível a forma como seus músculos ficam tensos. Então, algo se parte dentro dele. Ele avança com a faca na direção do fogão à lenha, na minha direção. Grilo se levanta e corre na frente dele. Tudo acontece mais rápido do que a luz e mais lento do que dias ou anos. Séculos.

Caleb perde o equilíbrio. Tropeça, esbarrando no corpo da cadela, e chega perto de mim, mas Grilo não tem dúvidas agora de que estou em perigo. O rosnado em sua garganta é baixo e assustador enquanto corro para a porta do quarto, calculando mal.

Meu ombro bate contra o batente, uma batida prolongada enquanto continuo me arremessando para frente. Sons caóticos atrás de mim, Grilo latindo como nunca a ouvi latir, e então um ganido alto como se ela tivesse sido chutada ou pior.

Agora há passos estrondosos ao longo do piso de madeira. O medo em mim é tremulante, mas a sobrevivência é ainda mais feroz e inegável.

Chego à cama, mergulho a mão sob o colchão, sinto o cano frio, o aperto ondulado como uma mensagem em braile para virar. Vire *agora*.

Mas Caleb se lançou sobre mim antes que eu pudesse levantar a mão e puxar o gatilho. Sua força tira o fôlego dos meus pulmões. Caímos com força no chão, seu peso como uma montanha no meu peito.

Debato-me embaixo dele, tentando obter alguma vantagem, mas a gravidade e a força estão do seu lado. Ele me imobiliza facilmente com o quadril e o cotovelo, seu antebraço como uma clava contra meu pescoço e minha laringe. A arma e a minha mão direita esmagadas entre nós contra meu quadril.

Manchas escuras nadam em minha visão enquanto luto para respirar. Luto para continuar consciente.

Ele levanta a faca, corta o ar sobre minha cabeça, seu rosto surgindo acima de mim como uma espécie de planeta deformado e deplorável enquanto procuro no chão com a mão esquerda, desesperada por qualquer tipo de arma. Não há nada além de madeira dura, desgastada ao longo das décadas.

Alcanço acima da minha cabeça, mantendo os olhos fixos na faca, e é *bem aqui*. Meus dedos tocam a coluna de ferro da cama. É sólida, ou tão sólida quanto qualquer coisa que vou encontrar. Eu me esforço um pouco mais, agarro o poste e me lanço para cima, torcendo meu quadril e meu ombro o mais forte que posso, mais forte ainda e coloco um pé debaixo de mim. Então meu joelho esquerdo se levanta. O sangue corre para meus membros libertos.

Os olhos de Caleb se arregalam de raiva enquanto luto, a faca passando a centímetros do meu rosto, mas talvez ele não consiga me esfaquear. Com um último impulso, eu o jogo para trás na grade da cama, seu crânio batendo em ferro sólido. Ele grita, um grunhido de dor e fúria, enquanto tropeço para longe dele com uma força que realmente não tenho.

Não se trata apenas de salvar minha própria vida, mas a de Cameron, para que ela nunca tenha que temer Caleb novamente, nem por mais um momento. Tenho que pôr um fim ao que ela sofreu nas mãos dele, e Shannan também, e todas as outras meninas sem nome, silenciadas agora, esticando-se e estendendo-se em anéis concêntricos.

Giro para encará-lo enquanto ele se levanta, impulsionando-se para frente. Seu rosto está terrível, retorcido.

— Anna! — grita ele. Mas já vi o suficiente. Entendi o suficiente.

Ele nunca vai parar, nunca.

Meu braço direito está meio formigando quando o levanto à minha frente. Firmo o cano da arma e atiro em seu peito, sem me atrapalhar dessa vez, sem errar. O recuo atinge minha palma cerrada, três tiros, mas só ouço o primeiro, os outros são estampidos no meu ouvido interno, não mais alto que o meu batimento cardíaco, que parece rolar para frente como uma onda, tirando-me do transe. Os olhos de Caleb estão abertos, mas opacos, vagos; seu peito, ensanguentado.

Cambaleio para a outra sala, meu nariz ardendo por causa da pólvora. Grilo está imóvel no chão, um pequeno rio de sangue fluido perto de sua boca. Por um momento doloroso, tenho certeza de que ele a matou e mal consigo levantar a mão para verificar o pulso em seu pescoço, mas está lá. Ela ainda está viva.

Sou movida a vapor e choque, uma espécie de euforia distorcida. Curvo-me sobre Grilo e a pego no colo. Ela não luta. Mal parece consciente contra o meu peito enquanto a carrego da cabana – *como uma criança*, penso – para o carro, deixando a porta aberta atrás de mim, para que eles possam vir atrás dele e examinar o seu corpo, levá-lo e vasculhar as salas, coletando provas. A cabana é uma cena de crime agora. Nunca mais quero vê-la de novo.

✦ ✶ ✦

(sessenta e oito)

No dia 4 de novembro, acordo no quarto do andar de cima da casa de fazenda de Tally, o cobertor macio de suas próprias alpacas descansando levemente em meu peito, Grilo aos meus pés como uma pedra quente. O seu pescoço ainda está enfaixado onde Caleb a esfaqueou. Inicialmente, o veterinário pensou que a traqueia ou o esôfago podiam estar comprometidos, mas a lesão atingiu apenas tecidos moles. O médico a havia sedado antes de limpar a ferida, drenando o fluido e fechando-a com grampos. Ela se recuperou no Hospital de Animais de Mendocino nos primeiros dias antes de vir ficar comigo na casa de Tally. Foi uma mudança temporária, o primeiro lugar em que pensei depois da morte de Caleb, já que Will não tinha espaço para mim.

Enquanto empurro os cobertores, Grilo se mexe e me lança um olhar descontente antes de bocejar e voltar a dormir. Pego algumas roupas quentes na mochila no canto, visto-me e desço as escadas, sentindo o cheiro de café e torradas.

Noto que é Sam cozinhando. Tally está à mesa da cozinha lendo as notícias quando apareço. Ela abaixa o jornal rapidamente.

— Dormiu bem, Anna?

— Não muito, infelizmente.

— Ah, querida. Grilo a deixou acordada a noite toda?

— Não, ela é uma paciente perfeita. Só tive sonhos estranhos, tenho muitos deles. Não é nada demais.

Sam conduz a cadeira por trás de mim e coloca sobre a mesa um prato que cheira a paraíso. Xarope de bordo, manteiga derretida e pão caseiro.

— Sabe que nunca vou embora se continuar me alimentando desse jeito — afirmo com gratidão.

— Sem problemas — responde ele com uma piscadela. — Encontro vocês mais tarde. Estou indo para o estúdio agora.

Quando ele sai, viro-me para Tally.

— Então o que está no jornal que você não quer que eu veja?

— Ah. — Tally suspira. — Pare com isso. — Ela usa um roupão de banho turco verde-escuro e mexe nas mangas. — É só uma história sobre Polly Klaas. Achei que pudesse descansar mais antes de ficar chateada de novo.

— Por que eu ficaria chateada?

— Aparentemente a cidade está tentando aprovar uma proposta para contratar um especialista em crianças desaparecidas, mas a polícia de Petaluma está decidida a rejeitá-la.

— Isso não faz sentido.

— Eles dizem que isso atrapalharia a continuidade ou algo assim. — Ela empurra o papel na minha direção, cedendo. — Que eles estão perto de resolver o caso.

Analiso a página para ver uma citação do sargento Barresi sobre ter muitos recursos e mão de obra sem estranhos, depois outra de Marc Klaas sobre como ele está frustrado porque nada significativo no caso de Polly aconteceu em mais de um mês.

— Talvez seja a hora de eu ir para Petaluma — afirmo depois de um momento. — Não tenho certeza de como posso ajudar, mas não tenho nada além de tempo. Cameron está em casa agora, ela está bem.

Tally fica quieta, seus olhos azuis imóveis. Observo suas mãos se enroscarem na xícara de café à sua frente e, de repente, desejo ter ficado na cama.

— O quê? — obrigo-me a perguntar. — O que foi? Teve outra visão, não é?

— Não sei exatamente como dizer isso, Anna, mas Polly se foi. Eles não vão encontrar o corpo dela por algum tempo, mas vão encontrar. E o assassino também. Ela ficará em paz finalmente. Não por enquanto, mas vai um dia.

Sinto uma onda trêmula de tristeza. Um cansaço profundo até os ossos, sem fim. Há muitos cadáveres atrás de mim. E muita escuridão pela frente.

— Coitada da família dela. Pelo menos terão um corpo para enterrar, talvez isso os console.

— Espero que sim — responde ela suavemente. — Mas o assassinato dela não será em vão. Polly vai ser muito, muito importante no futuro. Ela vai mudar a forma como procuramos os desaparecidos.

— Você quer dizer a internet — concluo.

— Outras coisas também. Tudo se desdobrará com o tempo, ela não vai desaparecer. Daqui a décadas, ainda estaremos dizendo o seu nome.

Concordo com a cabeça, querendo mais do que tudo que Tally esteja certa.

— Ainda há trabalho para você fazer, Anna — continua ela. — Mas bem que poderia ficar aqui conosco para sempre. Amo ter você por perto, mas acredito que deva ir para casa agora. Sua família precisa de você.

Desvio o olhar. A mais suave e terrível bola de demolição atinge meu coração do alto do céu.

— Não posso.

— Talvez você não perceba, mas está pronta para isso. Seu filho deve ter você lá, ele precisa da mãe.

Tudo desmorona. Começo a chorar, mas silenciosamente. Não consigo recuperar o fôlego por tempo suficiente para emitir um som.

— Quantos anos ele tem?

— Quase 7 meses — sussurro. Não me permiti pensar em como seria contar essa história, nem para Tally nem para ninguém. Tenho me escondido dela, da dor e do arrependimento, o peso insuportável da minha culpa. — Ele não estava lá no dia em que Sarah morreu.

— O que aconteceu? — A voz de Tally é gentil e compassiva.

Sei que tenho que encontrar uma maneira de responder. Dizer a verdade, não importa o quão impossível isso pareça, não importa como ela vai olhar para mim depois, não importa o que aconteça a seguir.

— Brendan teve o dia de folga. Ele levou Matthew para a casa da irmã dele enquanto Sarah estava cochilando. Eu... — Minha voz falha, mas me forço a continuar. — Eu estava trabalhando em um caso grande há semanas e queria usar o tempo para verificar umas pistas. Quando Sarah acordou, percebi que não tínhamos comida em casa para o jantar, então a coloquei no carro e a prendi na cadeirinha, mas então o telefone tocou em casa. Estive esperando por uma ligação a maior parte do dia, sobre o caso. A vítima era uma criança. — Paro aí como se esse detalhe por si só explicasse tudo.

— Ela estava no carro — incentiva Tally suavemente. — E você entrou para pegar o telefone.

— Eu não devia ter deixado ela lá — explico de maneira brusca. — Mas foi só por um segundo. Eu via Sarah pela janela da frente em sua cadeirinha.

— Mas o telefonema abalou você — adivinha ela. Ou talvez não seja um palpite. Talvez ela já saiba de tudo isso. De alguma forma, o conhecimento veio até ela.

— Era o meu parceiro ligando. A madrasta do bebê assassinado que encontramos confessou. Eu mesma a entrevistei duas vezes, mas não tinha visto. Não conseguia acreditar. Simplesmente congelei lá, pensando no meu erro.

— E você tirou os olhos de Sarah.

— Só por um minuto, nem *isso*. — A última palavra é um grasnido estrangulado. Respiro fundo para poder continuar, fechando os olhos com força. — Eu tinha deixado a porta do carro aberta, para poder vê-la melhor. Ela saiu da cadeirinha do carro de alguma forma. Eu nem sabia que ela podia fazer isso, ela tinha apenas 2 anos e meio.

— Sinto muito, Anna. Que coisa para se viver.

Mas vivi isso? Às vezes me pergunto. Isso é viver, calcular a minha culpa todos os dias? Estar sem minha família? Meu filho?

Abro os olhos.

— O carro estava estacionado na nossa garagem em um ângulo. Só desviei o olhar por um segundo e então ouvi um som terrível do lado de fora. Nossa vizinha, Joyce, tinha dado ré na rua da garagem dela, e Sarah estava lá. — Agora que disse tudo, sinto-me quase entorpecida, vazia. Não há mais nada a esconder. Sem segredos para guardar.

— Oh, Anna. — Os olhos de Tally são gentis. — Foi um acidente, um acidente terrível.

— Para Joyce, talvez. Ela não tinha ideia de que Sarah estava lá, mas eu era responsável por ela, eu sou a mãe dela. — A sensação de vazio em mim se expande, como se eu estivesse sendo engolida viva, de dentro para fora. — Ela morreu na hora. Era tão pequena.

— Uma coisa dessas poderia ter acontecido com qualquer um.

— Não é verdade. Eu estava muito distraída. Meu trabalho havia assumido o controle da minha vida inteira, eu não estava presente. É por isso que Brendan me disse para ir embora. Ele sabia que a mesma coisa poderia acontecer com o Matthew. Disse que não pode mais confiar em mim.

— O luto é uma força poderosa — comenta Tally. — Muitas das famílias com as quais trabalhei ao longo dos anos chegaram a lugares semelhantes por causa da morte de uma criança. Talvez Brendan tenha tido tempo para entender seus sentimentos, talvez esteja pronto para conversar.

— Mesmo se ele pudesse me perdoar, não tenho certeza se eu poderia fazer algo diferente agora. Não mudei.

— Como assim? Por que não?

— Nunca consegui me distanciar dessas vítimas. As crianças que estou tentando ajudar, meus casos, engolem tudo. Foi assim que aconteceu o acidente. — Inclino-me contra a mesa com os cotovelos. Tudo dentro de mim parece tão pesado que me pergunto se posso continuar. Se consigo ficar de pé novamente. — Sinto tanta saudade da Sarah.

Tally fica em silêncio enquanto aproxima sua cadeira da minha. Seus braços me envolvem fortes e ternos, misericordiosos. Seu corpo é como um porto, como um verdadeiro lugar para atracar.

Fico lá, ancorada, até começar a me sentir mais forte. Então me sento, seco os olhos e começo a contar sobre Jamie Rivera. Era final de julho quando encontramos seu corpinho naquela geladeira, coberto de gelo. Eu não conseguia parar de pensar nele, como sua vida inocente tinha acabado de ser roubada, sem motivo algum. Eu queria encontrar o assassino mais do que qualquer coisa, fazer essa pessoa pagar. Enquanto isso, minha própria vida familiar exigia muito de mim, e eu não tinha nada para oferecer. Continuei dizendo a mim mesma que era só mais esse caso. Uma vez que o resolvêssemos, eu me sentiria melhor e voltaria a focar no que era realmente importante. Mas, por outro lado, eu sabia que isso nunca aconteceria. Meu trabalho é uma doença – um vício – e sempre foi.

Talvez eu devesse ter sido mais honesta com Frank, pedido ajuda ou voltado para a terapia. Eu devia ter construído aquela casa em minha mente e feito tudo o que pudesse para me curar. Talvez, então, tivesse estado acordada e observado – lá. Quando Sarah saiu do carro, eu teria saído correndo e a impedido. Eu a teria pegado em meus braços e a carregado para um local seguro.

— Nada pode trazer sua filha de volta — afirma Tally quando termino de falar. Nosso café esfriou. Meu café da manhã ignorado há muito tempo. — Só posso imaginar quanta dor você está carregando, mas ela não a culpa. Seu espírito está tão tranquilo quanto qualquer outro que já vi, Anna. Ela é como o sol.

Engulo em seco. É uma bela imagem, e quero muito acreditar nela. Sarah era assim em vida, exatamente como o sol.

— Onde ela está agora?

— Em toda a parte, como a luz. Ela cuida do irmão, do pai e de você também. É louca pela cadela. Diz que sempre quis uma como a Grilo, e que agora tem.

Mais lágrimas. De onde elas vêm? O corpo é feito só de lágrimas?

— Ela está em paz? Ela não sente nenhuma dor?

— Só quando sabe que você está sofrendo. Ela quer que você se perdoe, Anna. Você tem que encontrar uma maneira de aceitar tudo isso. Há muito mais para fazer. É assim que você pode homenagear Sarah, pode viver o propósito da sua vida.

De repente, penso em Cameron.

— Não posso simplesmente abandoná-la — tento explicar a Tally.

— Cameron sabe que você se preocupa com ela. Além disso, ela tem muitas pessoas por perto que a amam e garantirão que ela esteja segura. — Tally inclina o queixo para a frente e olha nos meus olhos com uma nitidez que me assusta. — Estamos realmente falando sobre outra coisa, Anna? Ou alguém? O que você não foi capaz de abandonar?

Balanço a cabeça, desejando que ela desvie o olhar ou desista do assunto. Já estamos sentadas aqui há muito tempo, discutindo coisas terríveis e insustentáveis. E, no entanto, sei de imediato o que ela quer dizer. Jason e Amy. Desde aquele Natal, quando eu tinha 8 anos, todas as histórias são a mesma história. Cameron chegou mais perto do meu coração do que a maioria, mas trazê-la para casa não aliviou a pressão no centro do meu peito. Matar Caleb também não.

— Não acho que posso melhorar, Tally. Sou assim há muito tempo.

— Qualquer um pode mudar. Fazemos isso indefinidamente, sempre que fazemos algo diferente. Não se subestime. Você ajudou tantas pessoas, Anna. Ajude-se, ajude Matthew. Então veja o que acontece.

— E se Brendan ainda me culpar? Eu o machuquei muito.

Novamente, seus olhos são suaves e sábios.

— Talvez ele ainda a culpe. Ou talvez a tenha perdoado há muito tempo e está esperando você para conversar.

Algumas horas depois, Tally me acompanha até meu carro. Ajudo Grilo a entrar no banco de trás e, em seguida, jogo a bolsa no chão do veículo. Nada disso é fácil. Minhas emoções ainda estão caóticas, e minha dúvida é grande, mas sei o que preciso fazer agora. A força vindo ou não até mim, tenho que tentar. Mesmo que eu tenha que aparecer de joelhos, Tally está certa. Tenho que voltar e enfrentar tudo. Tenho que ser a mãe que sou, a irmã que também sou. Tenho que encontrar um caminho de volta para Jason e Amy. Talvez eles batam a porta na minha cara, ou talvez tenham me perdoado há muito tempo também. Só há uma maneira de descobrir.

Assim que me acomodo ao volante do meu Bronco, digo pela janela aberta:

— Todas as vezes que conversamos, você nunca mencionou Hap. Por quê? Simplesmente não posso acreditar que ele não estaria assistindo tudo isso do outro lado. Observando-me e ajudando-me a fazer o que é certo. Por que ele me deixaria sozinha?

— Você o sente?

Isso me para.

— Sim.

— Então, como está sozinha?

— Nunca vi o corpo dele. Acho que é por isso que não posso deixá-lo ir.

— Anna, vou perguntar algo que pode parecer estranho, mas pense nisso por um minuto. Onde está Hap?

Onde? Ela é a vidente. Então percebo. Ele está dentro de mim, eu o ouço o tempo todo. Todas as suas aulas. A sua voz.

— Aqui.

Ela observa os próprios pés, ainda de chinelos. Apertando o roupão em volta do corpo, olha-me com um nível de franqueza que quase me tira o fôlego.

— As pessoas que amamos nunca nos deixam, Anna. Você já sabe disso. Isso é o que quero dizer com espírito, com amor.

✶ ✕ ✦ ✕

(sessenta e nove)

Passo mais um dia em Mendocino. Um longo dia – um mapa sem bordas. Saio para o promontório em um vento frio, para olhar o mar agitado, a luz do Point Cabrillo balançando na minha direção, depois para longe. Vou para a Rua Covelo e fico em frente à casa de Hap e Eden, perguntando-me se ela algum dia seria grande o suficiente para abrigar a todos e a mim também, inteiros ou não, desaparecidos ou recém-encontrados. Nossas estrelas piscando continuamente, nossas almas e as figuras que elas formam tentando se encontrar no escuro.

Vou ao Cemitério Evergreen com punhados de samambaias em um pequeno vaso de cerâmica. Vou ao Parque Rotary, para encontrar Lenore e Clay fazendo as malas para voltar a Denver e, evidentemente, felizes em me ver. Dou a eles o número da minha casa em São Francisco, depois dirijo até a casa dos Curtis, para me despedir de Emily e Cameron, esperando que elas concordem em me deixar visitá-la novamente, em breve.

Cameron está no quarto com Gray, os dois ouvindo música, sentados na cama de Cameron. O braço direito dela está em uma tipoia amarrada ao peito, e o rosto ainda apresenta a prova de seu terrível tormento. Mas também posso ver uma luz nela, recentemente acesa. Há muito trabalho pela frente, mas ela está viva e em seu corpo. Como isso é milagroso, como os dois são; os quadris colados na cama de Cameron enquanto Madonna canta *Like a Prayer*.

Deixo-os lá e encontro Emily na cozinha. Ela está organizando o armário de temperos, e há garrafas espalhadas por toda a parte. É um alívio vê-la cercada por uma bagunça de alguma forma, mesmo que por um momento, embora ela vá arrumar tudo de novo.

— Will me disse que Cameron está começando a se lembrar mais sobre o abuso precoce — digo baixinho. — Você já sabe? Ela conseguiu contar?

Emily assente, com pesar.

— Ela só está se lembrando de pedaços. O terapeuta é incrível, está ajudando muito. Mas tenho quase certeza de que é meu pai.

— Sinto muito, Emily.

Seu suspiro soa antigo.

— Sim. Eu também. Mas vou apoiá-la. Custe o que custar, por mais feia que seja, a verdade tem que vir à tona, Anna.

Ela está certa. Penso no policial que vai bater na porta do pai dela em breve. A revelação há muito esperada de seu eu secreto. A cura que pode começar.

— Estou orgulhosa de você — afirmo.

Seus olhos lacrimejam.

— Pelo menos Caleb está morto. Não tenho certeza se ela seria capaz de seguir em frente com ele ainda solto.

— Provavelmente não. — Tenho que concordar, embora a lembrança de nossa luta na cabana não tenha me deixado por um momento e talvez nunca deixe. — Como está Troy?

— Troy está... ele quer resolver tudo. Está prometendo nos apoiar.

— Bem, você saberá o que fazer — digo a ela. — Pode demorar um pouco para sentir o que é certo para si e para a Cameron, mas pode fazer isso. Vi tanta força em você, Emily. Espero que também possa ver.

Agora só há Will para encontrar. Odeio dizer a ele que estou indo embora, mas essa é a coisa mais fácil que tenho a dizer. O resto é muito para encontrar palavras, e, ainda assim, o faço, de alguma forma. Conto a ele sobre Sarah, sobre Brendan me pedindo para ir embora, sobre a culpa, o remorso e a dor crua que tenho carregado, sobre Matthew, como tenho medo de ser mãe dele. É como tirar uma montanha do meu peito até mesmo para dizer seu nome. Para contar toda a história de como cheguei aqui.

— Eu devia ter confiado mais em você desde o início — digo finalmente, em meio às lágrimas —, mas não sabia como.

— Não a culpo. Não consigo nem imaginar com o que está lidando. Sinto muito. Gostaria de ter ajudado de alguma forma.

— Você teve muito com que lidar também. A separação, sua família, o risco de perder seus filhos. É muita coisa.

Os músculos de sua mandíbula se contraem enquanto ele luta contra a emoção.

— Não foi apenas o caso de Jenny que se interpôs entre mim e Beth — confessa ele. — Minha bebida está fora de controle há anos. Quero ficar sóbrio, mas não sei como.

— Eu também. Talvez possamos nos apoiar um no outro. Qualquer um pode mudar, Will — garanto, experimentando a frase de Tally. — Mesmo que seja um passo de cada vez.

Ele fica em silêncio por um momento, olhando para a sua mesa, os arquivos e *post-its*, as canetas meio vazadas em um raio de luz. Então diz:

— Sei que é insensatez, mas ainda acho que vamos trabalhar juntos para resolver os assassinatos de 1973, mesmo que Jenny não esteja envolvida. Deveríamos ser nós, simplesmente sinto isso.

Tenho que sorrir, só um pouco.

— Suas famosas sensações estão de volta.

— Muito engraçado.

— Quero vir em algumas semanas, para ver como Cameron está.

— Sem dúvidas. O que precisar. E me diga como está, ok? Estarei sempre pensando em você.

— Amo você, Will. Sabe disso, não é?

— Sim. Eu também. Volte logo.

❖ ✖ ❖

(setenta)

Sair da cidade é mais difícil do que eu imaginava, embora saiba que voltarei – por Will, Wanda, Gray, Emily e Cameron. Caminho pela Rua Lansing, sem conseguir entrar no meu Bronco. Arrepiada de frio e malvestida, considerando o vento congelante, olho para *O Tempo e a Donzela*, totalmente branco contra o azul do céu, totalmente sem nuvens e sem culpa, silencioso e em toda a parte. Um único corvo está empoleirado na ampulheta, olhando não para mim, mas para longe, a cabeça afiada de perfil, uma flecha apontando para o mar. Um símbolo em um quebra-cabeça cheio de símbolos, um mistério à vista de todos.

Por décadas, fui atraída pela escultura sem saber o porquê. Mas, agora, tudo que posso ver é a donzela chorando com a cabeça baixa e como ela é parecida com Jenny. Jenny na praia, cantando *Goodnight, California*, com o cabelo comprido esvoaçando na frente dos olhos. Também vejo Shannan na donzela, vestindo sua jaqueta de pele de coelho, com a alma pesada demais para carregar; vejo Cameron no bosque e logo Cameron como está agora, voltando, saindo do pedestal e do quebra-cabeça; vejo Amy com o cabelo loiro claro na boca, soluçando no dia em que foi tirada de nossa casa, dos meus braços. Por fim, vejo a garota que fui no meu primeiro dia em Mendocino, reservada e ferida, observando um simples pôr do sol, o lampejo verde da sorte, como Eden chamava. Mas, realmente, foi o primeiro momento em que vi o que o amor ainda poderia fazer para me salvar, se eu tivesse a coragem de deixá-lo entrar.

✦ ✖ ✦

Por muito tempo fico na Rua Lansing, pensando na beleza, no terror, no mal, na graça, no sofrimento e na alegria. Como está tudo aqui, todos os dias, em todos os lugares, ensinando-nos como continuar avançando em nossas vidas, nosso propósito.

Há muito tempo, Corolla me disse que não é o que acontece conosco que mais importa, mas como aprendemos a lidar. Estou começando a entender a diferença e como talvez a única maneira de sobrevivermos ao que está aqui e ao que somos seja estando juntos.

Dou as costas para a escultura e começo a andar em direção ao Bronco, e, quando faço isso, algo bate e se agita atrás de mim. O corvo levantando voo, seguindo em frente. Sorrio um pouco e, em seguida, chamo Grilo. Ela se levanta no banco de trás e inclina as orelhas para frente, ansiosa para pegar a estrada. Pronta ou não, é hora de voltar para casa.

(agradecimentos)

Nos três anos em que passei escrevendo este romance, recorri a muitos livros, editores, colegas e amigos para agradecer adequadamente, mas os que vêm a seguir merecem um agradecimento especial.

Minha brilhante agente, Julie Barer, acreditou neste livro e me encorajou a escrevê-lo desde a primeira faísca, durante um longo almoço tingido de vinho na Soho House, no centro de Manhattan, se me lembro bem. Por sua inteligência, intuição infalível e coração enorme e valente, agradeço ao universo por ela, agora e sempre.

Serei sempre grata à minha editora, Susanna Porter, por sua excelência e total investimento em mim e nos mundos que estou tentando construir; e à Kara Welsh e à Kim Hovey por publicarem meu trabalho com incrível integridade, reflexão e cuidado.

Minha querida amiga e cúmplice por vinte e dois anos e contando, Lori Keene, que leu dezenas de rascunhos e também mergulhou comigo pela verdadeira cidade de Mendocino, enquanto fazíamos muitas das trilhas que Anna e Hap fazem no livro e ela me ouvia encontrar meu caminho para essas personagens e suas histórias. Por esses e tantos outros motivos, dediquei-lhe este romance.

A detetive aposentada Marianne Flynn Statz apareceu na minha vida de forma aleatória, mas sabemos que o universo não é aleatório! Ela leu meu manuscrito com cuidado, respondeu a todas as minhas perguntas com paciência, sabedoria e um senso de humor ácido e me deu um modelo mais rico e detalhado para entender crimes delicados. Este livro e Anna são mais profundos e verdadeiros por causa dela. Obrigada, Marianne!

Chris Pavone, Kristin Hannah e Christina Baker Kline me ajudaram muito durante o processo de redação, apontando coisas que eu não necessariamente queria ouvir, mas que eram absolutamente necessárias. Este livro é muito melhor por causa de seus comentários sábios e sensíveis. No mínimo, devo a vocês mais queijo chique!

Minha incrível equipe de publicação na Ballantine Books e Penguin Random House fez seus trabalhos de maneira brilhante e me deu a melhor casa possível nestes últimos dez anos: Jennifer Hershey, Jennifer Garza, Allyson Lord, Quinne Rogers, Taylor Noel, Susan Corcoran, Kathryn Santora, Hayley Shear e a incomparável Gina Centrello. Emily Hartley respondeu a mil e-mails com alegria e eficiência. A diretora de arte e designer Elena Giavaldi criou a capa completamente deslumbrante, e Dana Blanchette projetou os belos elementos de design do interior. Agradeço a Susan Bradanini Betz, por sua completa e abrangente revisão do manuscrito, e a Steve Messina, que, gentil e meticulosamente, conduziu essas páginas por um processo de produção às vezes intenso. Também preciso agradecer ao vice-presidente sênior e conselheiro geral adjunto Matthew Martin por sua leitura incrivelmente sensível e ágil deste livro.

Nicole Cunningham e a excelente equipe do The Book Group me apoiaram de todas as maneiras possíveis e são as mulheres mais incríveis e sábias do mundo. Elisabeth Weed, em particular, deu-me feedbacks sobre o manuscrito em um momento crítico, pelo qual sou muito grata. Tenho uma dívida de gratidão também com Jenny Meyer e Heidi Gall, que me ajudam em todos os aspectos dos direitos e vendas no exterior; ao meu encantador agente britânico, Caspian Dennis, de Abner Stein; e para minha incrivelmente inteligente e maravilhosa agente de cinema, Michelle Weiner, da Associação de Publicidade Cinematográfica. Agradeço a Kristin Cochrane, Amy Black, Lynn Henry, Valerie Gow, Sharon Klein e seus adoráveis colegas da Penguin Random House no Canadá e a Jenny Parrott da Point Blank / Oneworld no Reino Unido por responder com tanto entusiasmo ao meu potencial e a esta história.

Agradecimentos ✦ 367

Mergulhar em um novo gênero sem dúvidas teria sido uma tarefa mais assustadora sem os seguintes livros e recursos como guias: *The Body Keeps the Score*, de Bessel van der Kolk; *O Despertar do Tigre*, de Peter A. Levine; *The Unsayable*, de Annie G. Rogers; *Eu Terei Ido na Escuridão*, de Michelle McNamara; *The Fact of a Body*, de Alexandria Marzano-Lesnevich; *No Visible Bruises*, de Rachel Louise Snyder; *In the Name of the Children*, de Jeffrey L. Rinek e Marilee Strong; *The Killer Across the Table*, de John Douglas e Mark Olshaker; *Criminal Minds*, de Jeff Mariotte; *Unsolved Child Murders*, de Emily G. Thompson; a Fundação Polly Klaas (pollyklaas. org); *Argus-Courier: Os Arquivos de Petaluma*; "Polly's Face", de Noelle Oxenhandler, *The New Yorker*, 22 de novembro de 1993; *Who Killed Polly?*, por Frank Spiering; *Polly Klaas*, de Barry Bortnick; os arquivos do *Los Angeles Times*; *Imagens da América: Early Mendocino Coast*, de Katy M. Tahja; *History of Mendocino and Lake Counties, California*, por Aurelius O. Carpenter; *Uma Luz Entre Nós*, de Laura Lynn Jackson; *Gathering Moss*, de Robin Wall Kimmerer; e *As Canções das Árvores*, de David George Haskell.

Também preciso agradecer muito aos seguintes autores, cujo trabalho me ajudou a entender o que eu queria fazer em meu próprio livro: Tana French, Kate Atkinson, Louise Penny, Rene Denfeld, Peter Rock e Gabriel Tallent. Obrigada pelas excelentes orientações, embora não intencionais!

Brian Groh, Patti Callahan Henry, Beth Howard, Sarah McCoy e Eleanor Brown são amigos com quem conto para obter solidariedade e apoio quando mais preciso. Vocês são seres humanos incríveis e contadores de histórias fenomenais. Obrigada! Kat Berko, minha magnífica assistente, foi uma dádiva de Deus para mim, nunca a deixarei ir. Outros amigos e familiares continuam a ser indispensáveis em mais maneiras do que posso nomear: Sharon Day, Pam e Doug O'Hara, Beth Hellerstein e Dan Jaffee, Boo Geisse, Brad Bedortha e todo o clã D'Alessio; Terry Dubow, Toni Thayer, Sarah Willis, Karen Sandstrom e os Eastside Writers; Heather Greene; as Garotas de Kauai, com um salve especial para Cynthia Baker, Meg Wolitzer, Priya Parmar, Amanda Eyre Ward e Michelle Tessler; e também David Kline e Jon Zeitler, que não são garotas, mas que me receberam de forma tão calorosa e fizeram com que eu me sentisse em casa em cada momento em Kauai.

Agradeço à Karen Curtis e a Grilo (a verdadeira Grilo!) pelo amor e inspiração, e à expansiva equipe de Cleveland que me ajudou a me manter sã, alimentada, vestida, penteada e no caminho certo durante a escrita deste livro: Quincy D'Alessio, Sam D'Alessio, Alena Sorensen, Karen Rosenberg, Nan Cohen, Aaron Kamut, Kath Lepole, Brian Schrieffer, Leigh Sanford, Penny Conover, Krista Gorzelanczyk, Lindsey Campana, Erika Scotese, Karen Miner, Olga Chwa, Dave Vincent e Ron Block.

Sou grata à Rita Hinken e à Letti Ann Christoffersen, minhas duas mães; às minhas sobrinhas e aos meus sobrinhos, Margaret Bailey, Jacob Bailey, Sam e Mitchell Reller, por sempre encorajarem meu trabalho e a mim; e às minhas irmãs, Teresa Reed e Penny Pennington, que são meu verdadeiro Norte.

Por fim, agradeço aos meus filhos por serem os elementos mais importantes do meu time familiar e a estrutura da minha vida: Connor, Jamilya, Beckett e Finn. E Piper também, é óbvio! Amo e aprecio você mais do que as palavras podem dizer.

(notas da autora)

Dez anos atrás, quando a inspiração surgiu na forma de uma mulher real da história, a primeira esposa de Ernest Hemingway, Hadley, a ideia parecia ter surgido do nada. Nunca pensei em escrever um romance histórico, muito menos um que apresentasse uma pessoa real. No entanto, assim que mergulhei no processo de pesquisa e redação, percebi que não estava apenas contando uma história; estava honrando a vida e o espírito de Hadley e dando-lhe uma voz.

Algo assustadoramente semelhante aconteceu na escrita de *Quando As Estrelas Se Apagam* – a ideia que veio tão inesperada e misteriosamente, e com um *sim* interno e elétrico, ao qual aprendi a prestar atenção. Imaginei uma especialista em pessoas desaparecidas obcecada por tentar salvar uma garota desaparecida e, ao mesmo tempo, lutando para fazer as pazes com o próprio passado. Quase imediatamente soube que a história tinha que ser ambientada em Mendocino – uma pequena cidade costeira no norte da Califórnia onde passei um tempo lá pelos meus 20 anos – e que o período de tempo da narrativa tinha que ser pré-DNA, pré-celular, antes de a internet explodir e o CSI fazer leigos pensarem que poderiam resolver um assassinato com seu laptop.

A escolha de 1993 foi instintiva – aleatória –, e, no entanto, quando me aprofundei na pesquisa, fiquei surpresa ao saber que uma onda de sequestros reais de meninas ocorreu na mesma área geográfica e no mesmo período de tempo que eu estava explorando, principalmente o sequestro de Polly Klaas, de 12 anos. Polly foi levada à ponta de faca na noite de 1º de outubro de 1993, do quarto de sua casa em Petaluma, enquanto suas duas amigas assistiam. Foi uma história de terror que despertou os medos mais profundos de todos os pais e deu início à maior caça ao homem na história da Califórnia. A cidade de Petaluma uniu-se para ajudar na procura por Polly, milhares de voluntários ajudaram na busca em quase oito quilômetros quadrados e mantiveram seu centro de resgate funcionando 24 horas por dia, até 4 de dezembro, nove semanas após o sequestro, quando os restos mortais dela foram descobertos perto de uma fábrica abandonada na Estrada 101, perto de Cloverdale, Califórnia.

Os agentes do FBI foram conduzidos ao corpo pelo suspeito Richard Allen Davis, de 39 anos, um homem que tinha uma extensa ficha criminal, incluindo dois sequestros anteriores, violado sua liberdade condicional várias vezes e evitado a polícia duas vezes, semanas após o sequestro de Polly; o primeiro encontro sendo apenas uma hora depois de ele a ter sequestrado, quando dois policiais o ajudaram a tirar seu Ford Pinto surrado de uma vala lamacenta, embora ele estivesse notavelmente embriagado e desorientado, com sujeira em suas roupas e gravetos no cabelo. Ela podia muito bem ainda estar viva e por perto.

Confesso que não dormi bem nas semanas e meses em que pesquisei o caso de Polly e outros. O profundo sofrimento das vítimas e de suas famílias apareceu em meus sonhos – e nas páginas. Começou a parecer fundamental que eu contasse as histórias dessas pessoas da maneira mais direta e factível possível, como uma forma de honrar suas vidas e dignificar suas mortes e seus desaparecimentos. Dizer seus nomes tornou-se para mim um ato sagrado, uma espécie de oração.

Apenas um mês após o sequestro da filha, Marc Klaas inaugurou a Fundação Polly Klaas, uma organização sem fins lucrativos que, desde então, trabalhou com milhares de famílias, policiais e voluntários para ajudar a encontrar crianças desaparecidas. A fundação, como parte do legado de Polly, também ajudou a alterar o sistema legal da Califórnia, que agora exige prisão perpétua para infratores violentos reincidentes, e colocou as leis do Alerta Amber[1] em vigor em todos os cinquenta estados.

Os pais de Polly falaram repetidamente sobre a maneira como a busca de sua filha pela comunidade mostrou o melhor da humanidade, uma luz constante em meio à escuridão insuportável. Percebi que queria escrever sobre isso, sobre como uma cidade pode se unir quando o pior acontece. Sobre como, se algum dia vamos nos curar de verdade, precisamos um do outro para chegar lá.

Escrever um romance é uma mistura interessante de esforço, rendição, controle e vulnerabilidade. Foi só no final dos estágios de elaboração que me dei conta de *por que* estava inclinada a contar essa história específica, e não qualquer outra. Minha detetive problemática, Anna Hart, é obcecada por trauma e cura, por violência íntima e pela complexa conexão oculta entre vítimas e predadores, porque *eu* sou obcecada por essas coisas há muito tempo. Dei a ela outras partes de mim também – uma versão da minha infância passada em um orfanato e meu amor permanente pelo mundo natural como um remédio profundo. O que Anna sabe e pensa sobre as cicatrizes ocultas do abuso sexual, eu sei como uma sobrevivente de abuso sexual.

É uma porta que não queremos abrir, uma conversa que não queremos ter, mas os fatos permanecem: a cada 73 segundos, alguém nos Estados Unidos se torna vítima de uma agressão sexual; a cada 9 minutos, uma dessas vítimas é uma criança; 82% das vítimas com menos de 18 anos são mulheres. Os efeitos da violência sexual podem ser duradouros e profundos, desencadeando transtorno de estresse pós-traumático, pensamentos suicidas, uso e abuso de drogas, um vórtice pegajoso de vergonha e impotência.

Às vezes, olho para cima e para baixo na rua enquanto estou andando e me pergunto quais das garotas e mulheres andando na direção oposta – usando máscaras e socialmente distantes agora em 2020 – compartilham minha história. Acredito que nossa tristeza nos conecta, sim, e que

---

[1] Alerta Âmbar – ou alerta de emergência de sequestro de crianças - é uma mensagem distribuída por um sistema de alerta para pedir ajuda ao público para encontrar crianças sequestradas. O sistema se originou nos Estados Unidos, e leva o nome de Amber Rene Hagerman, que foi sequestrada e mais tarde encontrada morta em 1996. [Nota da Revisora]

também pode ser a fonte de nosso poder, bem como de nossa empatia. A dor de Anna Hart a conduziu ao seu caminho, ao seu destino, e o meu me conduziu exatamente até aqui. Para essas personagens, reais e imaginárias, para a floresta de samambaias, gotejando pela névoa, para os penhascos acima do Pacífico, para a cabana na floresta profunda e escura e para o próprio coração deste livro, que é tão pessoal quanto qualquer coisa que já escrevi.

Grilo existe, assim como o Bosque Krummholz, com seus ciprestes torturados e retorcidos. Sentei-me no Bar do Patterson, bebendo uísque assim como Anna e Will fazem, e tomei um café no GoodLife. É lá, na Rua Lansing, em frente ao Salão Maçônico, onde a escultura e *O Tempo e a Donzela* está nua e crua em um pedestal acima da cidade, exatamente como tem feito por mais de cem anos. Você poderia me encontrar lá, e poderíamos caminhar juntos em direção ao penhasco, conversando enquanto o vento carrega nossas vozes para o infinito e além.

✦ ✖ ✦

(sobre a autora)

Paula McLain é autora best-seller do *The New York Times* pelos romances *Love and Ruin, Circling the Sun, The Paris Wife* e *A Ticket to Ride*; o livro de memórias *Like Family: Growing Up in Other People's Houses*; e duas coleções de poesia. Seus escritos foram publicados no *The New York Times, Good Housekeeping, O: The Oprah Magazine, Town & Country, The Guardian, The Huffington Post* e em outros lugares. Paula mora em Ohio com sua família.

paulamclain.com
Facebook.com/paulamclainauthor
Instagram: @paula_mclain

CONHEÇA OUTROS LIVROS DO SELO

UM THRILLER APAIXONANTE SOBRE PODER, PRIVILÉGIO E A PERIGOSA BUSCA PELA PERFEIÇÃO

Um thriller apaixonante sobre poder, privilégio e a perigosa busca pela perfeição dos jovens do ensino médio. Tudo na vida de Jill Newman e de seus amigos parece perfeito. Até que a memória de um evento trágico ameaça ressurgir... Três anos antes, a melhor amiga de Jill, Shaila, foi morta pelo namorado, Graham. Ele confessou, o caso foi encerrado e Jill tentou seguir em frente. Mas quando começa a receber mensagens de texto anônimas proclamando a inocência de Graham, tudo muda.

Todas as imagens são meramente ilustrativas.

FÚRIA E COMPAIXÃO, BEM E MAL, CONFIANÇA E TRAIÇÃO...

O advogado Martin Grey, um homem negro, inteligente e talentoso, que comanda um pequeno escritório de advocacia no Queens, faz amizade com alguns dos homens negros mais poderosos, ricos e respeitados nos Estados Unidos, e descobre um segredo perturbador que desafia algumas de suas convicções mais irrefutáveis...

 /altanoveleditora   /altanovel

Este livro foi impresso nas oficinas gráficas da Editora Vozes Ltda.,
Rua Frei Luís, 100 – Petrópolis, RJ.